BIRGIT JASMUND

Die Elbflut

atb aufbau taschenbuch

BIRGIT JASMUND, geboren 1967, stammt aus der Nähe von Hamburg. Nach dem Studium der Rechtswissenschaften in Kiel hat das Leben sie nach Dresden verschlagen. Wenn einem dort der Wind so richtig um die Nase weht, hält sie nichts im Haus.

Im Aufbau Taschenbuch Verlag sind von ihr bereits die historischen Romane »Die Tochter von Rungholt«, »Luther und der Pesttote«, »Der Duft des Teufels«, »Das Geheimnis der Porzellanmalerin«, »Das Geheimnis der Zuckerbäckerin«, »Das Erbe der Porzellanmalerin«, »Die Maitresse. Aufstieg und Fall der Gräfin Cosel« und »Das Geheimnis der Baumeisterin« sowie bei Rütten & Loening die Liebesgeschichte »Krabbenfang« erschienen.

Die junge Luise hilft ihrem Vater, einem Elbfischer, bei der Arbeit, seit ihre Mutter vor vielen Jahren spurlos verschwunden ist. Sie beobachten beunruhigt, wie sich das Eis auf der Elbe immer weiter aufstaut. Eine Katastrophe scheint unausweichlich, wenn die Behörden nicht sofort reagieren und den Fluss vom Eis befreien. Auch der junge Geograph Conrad schätzt die Lage als gefährlich ein, aber man nimmt ihre Sorgen nicht ernst, und so geschieht das Unglück: Das Eis bricht, und Wassermassen überfluten die Orte entlang der Elbe. Bei einer dramatischen Rettungsaktion kommen Luise und Conrad einander näher. Doch als sie den falschen Freunden vertraut, steht auf einmal nicht nur ihr Glück auf dem Spiel …

BIRGIT JASMUND

Die Elbflut

1784: Eine mutige Frau und eine verheerende Naturkatastrophe

HISTORISCHER ROMAN

atb aufbau taschenbuch

MIX
Papier | Fördert
gute Waldnutzung
FSC® C083411

ISBN 978-3-7466-3882-9

Aufbau Taschenbuch ist eine Marke
der Aufbau Verlage GmbH & Co. KG

1. Auflage 2023

Umschlaggestaltung www.buerosued.de, München
unter Verwendung von Motiven von
© akg-images und © Abigail Miles / Arcangel
Satz LVD GmbH, Berlin
Druck und Binden CPI books GmbH, Leck, Germany
Printed in Germany

www.aufbau-verlage.de

KAPITEL I

»Das ist alles!« Jacob Ehrmann warf eine Handvoll Münzen auf den Tisch. Sie rollten in alle Richtungen.

Seine Kinder Luise und Georg beeilten sich, sie abzufangen, ehe sie den Rand erreichten. Sie legten die Münzen in der Tischmitte wieder zusammen. Es waren einige Groschen, mehr Pfennige, kein einziger Taler. Wenn man es zusammenrechnete … viel war es nicht. Eine eiserne Faust schloss sich um Luises Herz. Auch der fünfzehnjährige Georg sah betreten drein. Jacob setzte sich auf einen Stuhl am Kopfende des Tisches.

»Die Fische im Kasten?«, fragte Luise.

»Verkauft«, antwortete der Bruder.

»Davon leben wir seit Wochen. Seit wir wegen des Eises nicht mehr zum Fischen rausfahren können«, erklärte Jacob, als wüsste das nicht jeder in der Familie.

»Die geräucherten?«, fragte wieder Luise. Der Vater war zwischen Meißen und Pillnitz bekannt für seine geräucherten Fische. Sogar bis zu den Kaufherren nach Leipzig hatte es sich herumgesprochen, dass der Elbfischer Jacob Ehrmann seinen Fang mit einer ganz besonderen Note räucherte.

»Das ist der Erlös der letzten drei Fische.« Die schweren Lider sanken hinab, und Jacob Ehrmann sah aus wie ein Hund, der neben seinem toten Herrn trauerte.

Luise sprang auf, nahm eine Tasse vom Wandbord und schenkte ihrem Vater ein. Die Kanne hielt sie den ganzen Tag auf dem Herd warm. Entsprechend schwarz und stark war der

Kaffee. Sie verdünnte ihn mit etwas Wasser, ehe sie die Tasse vor ihren Vater stellte. Georg schaute sie an, als hätte er auch gerne eine Tasse Kaffee gehabt, aber sie schüttelte den Kopf. Man sollte sich nichts gönnen, was man sich nicht selbst erarbeitet hatte. Nach diesem Grundsatz hatte der Vater sein Leben ausgerichtet, und so hielt er es auch bei seinen Kindern. Von klein auf hatten sie und Georg gelernt, dass Belohnungen verdient werden mussten. Jacob trank den Kaffee in langsamen Schlucken. Weder wurde seine Miene weicher noch entspannte sich seine Haltung. Er knallte die leere Tasse auf den Tisch und stiefelte aus dem Haus.

Alles, was Luise noch hätte sagen können, um ihren Vater aufzumuntern, schmeckte ihr selbst schal. Niemand wusste besser als sie, wie wenig sie mit Waschen und Flicken für reiche Dresdner Haushalte dazuverdiente.

Tags darauf stand für Jacob an, den Fischerschuppen der Familie Ehrmann und den daran angebauten Räucherofen zu säubern. Vor allem Letzteres war eine schwere und schmutzige Arbeit. Jacob verlangte dabei die Hilfe seines Sohnes. Der hatte den Tag in der Werkstatt des Wagenbauers Leopolds in der Radeberger Vorstadt verbringen wollen. Georg träumte davon, bei diesem Wagenbauer in die Lehre zu gehen, statt Fischer zu werden. Ein ständiger Streitpunkt zwischen ihm und seinem Vater. Bereits vor dem Frühstück war die Stimmung im Hause Ehrmann auf einem Tiefpunkt, und Luise erhielt auf ihre gut gemeinten Bemerkungen entweder keine oder einsilbige Antworten. Sie atmete auf, als die beiden Männer aus dem Haus waren.

Sie räumte noch die Küche auf und hatte dann auch außerhalb zu tun. Obwohl die Kälte unter die Röcke kroch, in ihre Waden biss und dort richtig zupackte, wo der nackte Oberschenkel begann, und der Atem an ihren Wimpern gefror, war sie froh darüber, fortzukommen. Auf den Rücken geschnallt trug sie den Packen Wäsche, den sie in Dresden ausliefern wollte. Den Handwagen, den Georg ihr dafür gebaut und als Eintrittsbillett in seine Wagenbauerkarriere betrachtete, ließ sie zu Hause. Im Schnee war er nur hinderlich.

Luise ging oberhalb des Treidelpfades am Ufer der Elbe entlang, durchquerte Wachwitz und die Radeberger Vorstadt. Andere hatten vor ihr eine Spur getreten. Den Strom überspannte eine geschlossene Eisdecke, unter der er hoffentlich ruhig dahinfloss. Sie konnte keine Anzeichen der gefürchteten Eisversetzung entdecken: dass Eisschollen sich an Biegungen oder Hindernissen sammelten und sich immer höher auftürmten, das fließende Wasser immer mehr behinderten, bis es aufgestaut wurde.

Sie entdeckte auf dem Eis zwei Männer, die ein Loch hineinhackten, um zu kontrollieren, ob das Wasser wirklich so ruhig floss, wie es den Anschein hatte. Die Loschwitzer Fischer hackten ebensolche Löcher ins Eis, um den Fluss zu beobachten. Manche versuchten auch, in diesen Löchern zu angeln, aber die froren zu schnell wieder zu.

In Dresden besuchte Luise zunächst den Haushalt eines Majors auf der Neustädter Seite. Nahe des Schwarzen Tores bewohnte die Familie zwei Etagen eines großzügigen Hauses. Im Erdgeschoss befand sich die Tabakspfeifenniederlassung Hornig. Herrn Christoph Hornig gehörten auch das Haus und das Nachbargebäude, in dem er wohnte. Die Fassaden strahlten hell im Winterwetter, nur bei genauem Hinsehen waren feine Risse zu entdecken und abgeplatzte Putzstellen unter den Fenstern oder an den Türsimsen.

Luise ging in den Hof und zog die Glocke an der Hintertür. Es dauerte eine Weile, bis das Dienstmädchen der Majorsfamilie öffnete. Sie besaß ein längliches Gesicht wie ein Pferd und hatte die erste Jugendzeit hinter sich. Ihr unvorteilhaftes Aussehen wurde durch die weit auseinanderstehenden Schneidezähne noch verstärkt. Sie hieß Annifried und schaute mürrisch, als sie Luise vor der Tür erkannte.

Die deutete einen Knicks an und setzte gleichzeitig ihre Last ab. »Ich bringe die Wäsche.«

»Das wird auch Zeit. Wir haben bereits gestern mit dir gerechnet. Die gnädige Frau … Komm hoch.«

»Bei dieser Kälte dauert es länger, bis die Sachen trocknen.«

Annifried machte keine Anstalten, ihr mit der Wäsche zu helfen. Luise musste das Paket allein die Treppe hinaufschleppen. Im Vorraum zur Küche wuchtete sie es auf einen Tisch und wickelte die Verschnürung ab. Annifried zählte nach, was Luise ihr hinschob, und kontrollierte die Stücke auf ihrer Wäscheliste.

»Es fehlt ein Laken. Ich habe vier aufgeschrieben, und du hast nur drei zurückgebracht. Das dulden wir nicht. Die Kosten für das eine werde ich von deinem Lohn abziehen.«

Im Kopf rechnete Luise flink aus, dass sie dann die nächsten Wochen aus diesem Haushalt keinen Lohn bekommen würde. Das durfte nicht geschehen. Nicht gerade jetzt.

»Es waren nur drei Laken. Ganz bestimmt. Du weißt, dass ich noch nie etwas verloren habe. Du kannst mir kein Laken abziehen, das du mir nie gegeben hast.«

»Es fehlt eines. Wenn ich hier vier aufgeschrieben habe, habe ich dir auch so viele mitgegeben.«

»Es waren nur drei. Zähle alle Laken in diesem Haushalt, und dann wirst du feststellen, dass keines fehlt.«

»Du hast kein Recht, mir zu sagen, was ich zu tun habe.« Annifried schob den Kopf vor und ähnelte mehr denn je einem Pferd. »Die gnädige Frau muss hiervon erfahren. Du bewegst dich nicht von der Stelle.«

Annifried lief aus dem Raum. Ihre Pantinen klapperten einen empörten Rhythmus auf den Dielen. Luise zog das Haushaltsbuch zu sich heran und schaute auf die Einträge. Sie war froh, dass ihr Vater darauf bestanden hatte, sie solle auch Lesen, Schreiben und Rechnen lernen. Es bereitete ihr keine Mühe, die Einträge zu entziffern. Es stand dort tatsächlich die Übergabe von vier Laken. Ihr schoss Hitze ins Gesicht. Sie war sich ganz sicher, nur drei bekommen zu haben.

Die gnädige Frau Majorin rauschte, in eine Wolke Wohlgeruch gehüllt, herein. »Es fehlt ein Laken?«, flötete sie in einer Stimmlage, die eher an eine junge Frau als an eine Dame ihres Alters erinnerte. Luise hatte sie noch nie anders als mit dieser Kleinmädchenstimme sprechen hören.

»Sie hat ein Laken verschlampt, oder wahrscheinlich hat sie es heimlich verkauft und lügt uns nun dreist ins Gesicht«, trumpfte Annifried auf.

»Ich lüge nicht.«

»Dann erkläre, warum du nicht die Anzahl an Laken wieder mitbringst, die wir dir zum Waschen gegeben haben.« Die Majorsgattin sah aus und sprach, als stände ihre halbwüchsige Tochter mit einem zerrissenen Kleid vor ihr.

»Ich … weil …« Luise geriet ins Stottern. Den Blick hielt sie wieder auf das Haushaltsbuch gerichtet. Vier Laken – die Worte sprangen ihr ins Auge. Dann las sie noch etwas anderes. Die Woche. Es war die Woche des ersten Sonntags nach Epiphanias. Der letzte Sonntag war aber bereits der dritte nach Epiphanias gewesen. Annifried hatte die falsche Woche aufgeschlagen.

Ihr Zeigefinger stieß auf das Papier herab. »Das ist nicht die richtige Woche. Wir sind zwei Sonntage weiter.«

»Zeig her!« Die Majorin beugte sich von der anderen Seite heran, drehte das Haushaltsbuch um und vertiefte sich in die Einträge.

Sie kniff die Augen zusammen, blätterte eine Seite um. Als sie sich nach einer Weile aufrichtete, schoss sie einen strengen Blick auf ihr Hausmädchen ab.

»Du hast dich in der Woche geirrt. Für die letzte Woche sind drei Laken eingetragen. Deswegen hast du mich gestört? Für nichts und wieder nichts.«

Annifried wurde rot und knickste tief. »Verzeihung Madame. Das tut mir wirklich sehr leid.«

»Du musst dir mehr Mühe geben. Es ist immer dasselbe mit dir.«

»Gnädige Frau.«

Die Majorin drehte sich um. »Gib dem Mädchen den Lohn und belästige mich nicht weiter«, sagte sie über die Schulter.

Es war nicht der beste Zeitpunkt, das war Luise klar, aber wenn nicht jetzt ... Sie leckte sich über die Lippen. »Gnädige Frau, darf ich etwas mit Euch besprechen? Es ist wichtig für mich. Bitte.«

»Was gibt es denn noch? Annifried gibt dir dein Geld.«

»Das weiß ich, gnädige Frau. Ich möchte Euch gerne etwas zeigen.« Luise fummelte an ihrem Bündel herum. Schließlich zog sie ein Stoffstück hervor, das mit Blumen, Ranken und graphischen Mustern bestickt war. Umgeben von Vergissmeinnicht prangten in der Mitte die Worte »Vater unser im Himmel«. Luise breitete das Tuch auf dem Tisch aus und glättete die Falten. »Dies wollte ich Euch zeigen, gnädige Frau.«

Die Majorin warf einen Blick darauf. »Recht hübsch. Hast du das gefertigt?«

»Mit meinen eigenen Händen. Ich habe auch die Muster selbst entworfen. Alle Stiche sind ebenmäßig und klein, wie es sein soll«, erklärte Luise. Es fiel ihr nicht leicht, ihre eigene Arbeit zu loben.

»Du hast geschickte Hände«, gab die Majorin zu. »Warum zeigst du mir das?«

»Weil Ihr eine vornehme Dame seid und diese Dinge zu würdigen wisst. Ich wollte Euch fragen, ob Ihr Bedarf an Stickereien habt, gnädige Frau?«

Aus dem Hintergrund kam ein Schnauben von Annifried. Luise überhörte es. Nicht nur Georg hatte Träume, sie auch.

»Ich will dir das nicht abkaufen«, kam es von der Majorin.

»Dies ist mein Mustertuch und steht nicht zum Verkauf. Wenn Ihr eine Kissenhülle oder Stickereien für ein Kleid benötigt, ich kann auch Borten und Bänder verzieren. Ich würde gerne für Euch arbeiten, gnädige Frau. Sticken!«

»Was denkst du, wer du bist? Wenn ich etwas gestickt haben will, gebe ich es einer Meisterin und lege den teuren Stoff nicht in unkundige Hände. Du machst die grobe Wäsche, das Sticken überlasse anderen.«

Tränen stiegen Luise in die Augen. Sie blinzelte. »Ihr habt die feinen Stiche gesehen, die ich zustande bringe. Gebt mir eine Gelegenheit, mich zu bewähren, ich bitte Euch.«

Die Majorin hatte den Vorraum verlassen. Annifried stand an die Wand gelehnt und gab sich keine Mühe mehr, ihr Lachen zu unterdrücken.

»Du willst eine Stickerin sein«, prustete sie.

Das machte Luise wütend. »Ich will mein Leben nicht auf den Knien verbringen, Asche aus dem Ofen kehren oder Teppiche ausklopfen und dankbar sein müssen für die abgelegten Kleider der Herrschaft. Ich habe eben Träume.«

»Träume sind Schäume. Du wirst nie für vornehme Haushalte sticken oder nähen. Flickwäsche, das ist für solche wie dich.«

»Ich werde eine Stickerin werden. Du wirst sehen. Es wird eine Zeit kommen, da werden sich die vornehmen Damen um meine Arbeit reißen. Das verspreche ich dir.«

»Beeile dich mit deinen Träumen, damit ich nicht vorher ins Grab sinke«, spottete Annifried und legte einige Münzen auf den Tisch. »Hier ist dein Geld, und nun verschwinde. Die schmutzige Wäsche liegt in der Kammer.«

Zuerst zählte Luise die Münzen in aller Ruhe nach. Es fehlte nichts.

Danach brachte sie Wäsche in den mutterlosen Haushalt eines Lehrers an der Kreuzschule. Dort saßen sieben Kinder aufgereiht wie die Orgelpfeifen am Tisch und waren in ihre Aufgaben vertieft. Gerade einmal das Jüngste wagte es, hochzuschauen, als sie eintrat. Der Lohn für ihre Arbeit lag abgezählt in einer Zinnschale, und der Berg an schmutziger Wäsche, den Luise mitnahm, überstieg den zurückgebrachten. Bei dieser Familie zeigte sie ihr Mustertuch nicht vor.

Mit der schmutzigen Wäsche schwer bepackt stapfte Luise über den Altmarkt. Unzählige Paar Stiefel hatten den Schnee zu braunem Matsch zertreten. Die vornehmen Gewölbe mit den besten Waren befanden sich in den Galerien der den Altmarkt umgebenden Häuser. Luise riskierte manchen Blick auf modische Hüte, Handschuhe aus hauchdünnem Leder, seidene Strümpfe und bestickte Bänder. Besonders den Letzteren galt ihre Aufmerksamkeit. Die Stiche waren nicht so fein und gleichmäßig, wie sie selbst sie fertigbrachte.

Sie drückte sich so lange die Nase an dem kleinen Fenster des Gewölbes platt, dass der Inhaber herauskam und sie davonjagte, weil eine Frau wie sie die vornehme Kundschaft vergraulte.

KAPITEL II

Aus einer Garküche duftete es verführerisch nach heißen Pasteten, und Luise befingerte das Geld in ihrer Börse. Sie hatte an diesem Tag nur eine dünn mit Schmalz bestrichene Scheibe Brot gegessen, und der Weg nach Hause war noch weit. Sie dachte aber auch daran, dass die Familie nur noch ihren Verdienst hatte. Sie versagte sich den Genuss einer Pastete und machte sich auf den Heimweg.

Dabei durchquerte sie die Schlossgasse und sah am Ende des Schlossplatzes die Brücke über die Elbe bereits vor sich. Auf der rechten Seite des Platzes befanden sich das Brühlsche Palais und gegenüber die Hofkirche. Luise kam sich klein vor neben diesen herrschaftlichen Bauten und zusätzlich mit dem herzoglichen Schloss im Nacken. Ohne nach rechts und links zu schauen, hastete sie auf die Brücke zu.

»Luise? Du bist doch Luise Ehrmann«, hörte sie hinter sich jemand ihren Namen rufen. Die Stimme kam ihr bekannt vor, aber sie verband keinen Namen damit.

Sie schaute über die Schulter. Ein Kindermädchen hielt ihre beiden Pfleglinge fest an der Hand. Sie hatte nur Augen für diese. Eine Reihe von Herren spazierte, angetan mit Dreispitz oder Pelzmützen, allein oder zu zweit über den Platz. Betuchte Damen achteten darauf, ihre Röcke nicht im Schneematsch zu beschmutzen, und Frauen einfachen Standes gingen ihren Geschäften nach. Niemand achtete auf sie. Trotzdem war sie sich sicher, ihren Namen gehört zu haben.

»Luise, hier!« Ein hellbrauner Handschuh winkte. Die

Trägerin verschwand beinahe unter einem großen Hut und hatte sich gegen die Kälte in einen pelzverbrämten Mantel gehüllt.

»Erkennst du mich nicht?« Die Frau stand jetzt vor Luise und lachte.

Sie konnte der anderen endlich ins Gesicht blicken und erkannte sie: Rosina Weller. Sie waren beide gleich alt, hatten sich in der Schule ein Pult geteilt, waren zusammen konfirmiert worden, hatten sich danach noch einige Male gesehen und sich dann aus den Augen verloren. Rosina war schon immer von zarter Statur gewesen. Unter dem großen Hut und mit dem Pelz am Mantel sah sie noch zerbrechlicher aus. Die Haut ihres Gesichts wirkte rein und klar wie Marmor und wurde durch die zart geröteten Wangen unterstrichen. Die dunklen Augenbrauen hoben sich gefällig davon ab.

Rosina ließ ihr keine Zeit für weitere Betrachtungen, sondern umarmte sie stürmisch wie eine lang vermisste Freundin. Sie stieß dabei an den Packen, den Luise auf dem Rücken trug. »Womit schleppst du dich ab?«

»Das ist Wäsche, die ich waschen muss und flicken.«

»Macht ihr das immer noch?«

»Es ist ein Zubrot zum Fischen und hilft uns«, antwortete Luise. Sie löste sich aus den Armen der anderen und ließ ihre Last zu Boden gleiten, achtete sorgfältig darauf, sie so hinzustellen, dass sie niemand unbemerkt wegnehmen konnte. »Wieso bist du so schick?«, wollte sie wissen und überlegte gleichzeitig, was im Dorf über Rosina geredet wurde. Sie konnte sich an nichts erinnern.

»Ich habe es gut getroffen.« Rosina drehte sich geziert um die eigene Achse.

»Hast du einen vermögenden Mann geheiratet?«

»Geheiratet! Ich doch nicht!« Die Freundin lachte perlend.

»Es ist kalt, lass uns irgendwo hingehen. In ein Kaffeehaus zum Beispiel.«

Davon hatte Luise gehört, aber noch nie eines besucht. Sie bezweifelte auch, dass jemand wie sie dort Einlass fand. Rosina schienen die gleichen Gedanken durch den Kopf zu gehen, denn sie schaute zweifelnd auf den voluminösen Packen.

»Keine so gute Idee mit diesem Ding, aber ich friere hier langsam fest.« Rosina trat von einem Fuß auf den anderen.

»Dahinten habe ich eine Garstube gesehen. Da können wir uns aufwärmen«, sagte Luise schnell. Sie schulterte die Wäsche wieder, und gemeinsam gingen sie zurück zum Altmarkt.

Aus der Garstube roch es immer noch köstlich nach Pasteten. Und Luise hatte sich nicht getäuscht, es gab zwei Tische in einem düsteren Raum ein paar Treppenstufen unterhalb des Straßenniveaus. Rosina zog eine Schnute und achtete sehr darauf, nirgendwo anzustoßen. Bei den Ausmaßen ihres Hutes verlangte das Geschick. Sie legte ein Taschentuch auf die Bank ohne Lehne, ehe sie sich setzte.

Die Betreiberin der Garküche kam sofort heran, um etwas anzubieten.

»Ganz bestimmt nicht«, erwiderte Rosina.

»Die Herrschaften können hier nicht sitzen, ohne etwas zu essen oder zu trinken.«

»Ich werde hier nichts zu mir nehmen und mir am Ende was wegholen.«

»Ich muss darauf bestehen, wenn die Damen bei mir im Warmen sitzen wollen. Ich kann den Damen warmes Würzbier bringen.«

Rosina verzog erneut das Gesicht, seufzte dann laut und kramte in einer Geldbörse. Sie warf einige Münzen auf den Tisch. »Reicht das, damit wir hier eine Weile sitzen und uns unterhalten können? Bringen Sie etwas Licht dafür.«

Die Frau strich die Münzen wortlos ein und zog sich zurück.

»Ich will alles wissen. Wie bist du so vornehm geworden, Rosina?« Luise beugte sich vor.

»Ottilia«, sagte diese.

»Was?«

»Ich nenne mich Ottilia. Das ist ein Name wie Milch und Honig und klingt vornehm.«

»Wieso brauchst du einen vornehmen Namen?«

»Kannst du dir nicht vorstellen, dass es Situationen gibt, in denen man alles hinter sich lassen will und dabei auch den Namen abstreift? Ich nenne mich jedenfalls jetzt Ottilia.«

»Wie du willst. Bist du Witwe?«

»Da ich nie verheiratet war, kann ich auch keine Witwe sein. Ich habe einen Gönner. Er bezahlt mir eine Wohnung, schenkt mir Schmuck und schöne Kleider. Sieh mich an und dann dich. Kannst du dir vorstellen, dass ich auch einmal die Wäsche fremder Leute gemacht habe?«

Luise schüttelte den Kopf.

»Siehst du, ich auch nicht mehr. Das war in einem anderen Leben. Jetzt bette ich mich auf weiche Daunen und stehe erst zum Mittag auf.«

»Und dein Gönner?«

»Er besucht mich. Wir reden, und na ja … es ist ganz zauberhaft mit ihm. Er ist ein feinsinniger Geist. Wir besuchen Konzerte und Kartenabende. Ich habe ihn schon in die Oper begleitet.«

»Heiraten will er dich nicht?«

»Was du immer mit dem Heiraten hat. Das ist kein Thema zwischen uns.«

»Es bezahlt dir doch keiner eine Wohnung für ein bisschen reden und ins Konzert gehen. Daran ist was faul.«

»Sehe ich aus, als wäre etwas faul?« Wieder ließ Rosina – Ottilia – ihr perlendes Lachen hören. »Ich sage dir, es ist ein prima Leben. Du könntest es auch haben. Du müsstest nur ein wenig nett zu einem Herrn sein. Und dann – Wäsche adé. Schau dir deine Hände an.« Sie griff über den Tisch hinweg nach Luises Rechter. »Und meine dagegen.«

Der Unterschied war augenscheinlich: brüchige Nägel und rote Haut die eine, makellos mit gefeilten und polierten Nägeln die andere.

»Ich habe auch Träume.«

»Von einem Ehemann, der Fischer ist und den dein Vater dir ausgesucht hat.« Ottilias Augen blitzten spöttisch.

»Ich will das Leben in Loschwitz genauso hinter mir lassen wie du. Auf meine Weise.«

»Welche soll das sein?«

Luise wühlte in der Wäsche nach ihrem Mustertuch und legte es auf den Tisch. »Diese.«

Wortlos schaute Rosina auf die Stickerei. Sie berührte sie mit den Fingerspitzen. »Das hast alles du gemacht? Das ist schön.«

»Ich habe auch die Muster selbst entworfen. Nun suche ich jemanden, der mich als Stickerin beschäftigen will. Du hast doch Zugang zur vornehmen Welt, kannst du nicht ein gutes Wort für mich einlegen?«

»Ich weiß nicht ...«

»Es gefällt dir doch?«

»Das schon, aber die vornehme Welt ist komplizierter, als du es dir vorstellst. Es gibt viele, die mit mir nichts zu tun haben wollen, weil ich nicht vornehm geboren bin. Vor allem Frauen denken so. Ich kann dir nicht helfen.«

Luises Hoffnung, die eben hochgeschlagen war wie eine Flamme im Stroh, sackte auch genauso schnell wieder zusammen. »Nur ein paar Worte hier und da. Mehr verlange ich nicht. Ich gehe dann selbst hin und zeige meine Muster vor.«

Ottilia faltete das Tuch wieder zusammen und schob es über den Tisch. »Ich will es versuchen, aber versprich dir nicht zu viel davon. Einfacher ist es auf jeden Fall, dir einen Gönner zu suchen. Komm zu mir, wenn du … Na ja, ich muss jetzt gehen.« Sie sprang auf und huschte zur Tür hinaus.

»Gib dich mit der nicht ab«, sagte die Garküchenbetreiberin und setzte einen Holzteller vor Luise ab. »Das ist die Letzte für heute.«

Die Pastete duftete köstlich.

KAPITEL III

Wo die Elbe eine Biegung machte, türmte sich das Eis hoch auf. Der Fluss hatte die Schollen an dieser Stelle zusammengeschoben, und er brachte jeden Tag neues Eis. Oberflächlich gesehen bedeckte eine geschlossene Eisdecke die Elbe, und darunter floss das Wasser. Tatsächlich brach das Eis an jedem Tag irgendwo auf, es schob die Schollen voran, bis sie an einer Biegung hängen blieben. Unentwegt knackte und krachte der gefrorene Fluss, und es hörte sich an, als wollte er die Welt verschlingen.

Jacob Ehrmann stand am Ufer, hatte die Stirn gerunzelt und blickte auf das aufgetürmte Eis. Neben ihm trat der Loschwitzer Dorfälteste Valentin Kyritz von einem Fuß auf den anderen. Zwei andere Fischer warteten neben ihm, einer war Gabriel Neuber und der zweite der zahnlose Moritz Hammel, der älteste Fischer in Loschwitz, der sich wegen seines Rheumas schwer auf einen Stock stützte.

»Das sieht nicht gut aus«, nuschelte Moritz Hammel und stieß seinen Stock fester in den Schnee.

»Wir müssen etwas tun, sonst endet alles in einer Katastrophe«, stimmte Jacob ihm zu.

»Was soll das sein?«, wollte der Dorfälteste wissen. »Wir sind keine zweihundert Männer in Loschwitz, was sollen wir gegen einen Fluss ausrichten?«

»Deshalb müssen wir uns an die Obrigkeit wenden. Die feinen Herren müssen verstehen, was uns bevorsteht, wenn sie tatenlos bleiben. Wir leben mit dem Fluss und von ihm, wir kennen ihn genau.« Jacob schaute die anderen herausfordernd an.

»Willst du ihnen sagen, dass du in deinen steifen Gelenken etwas spürst? Die werden nicht auf dich hören.« Gabriel Neuber spuckte aus.

»Wir dürfen nicht tatenlos zusehen.«

»Es ist nicht unsere Verantwortung. Du kannst machen, was du willst, aber ohne mich. Ich lasse mich in nichts reinziehen.« Diesmal drehte Neuber sich um und stapfte davon.

»Der Junge hat recht, der versteht sein Handwerk. Ich weiß nicht, warum du uns hergeschleppt hast. Eis hat die Elbe in jedem Winter, ich erlebe es seit mehr als sechzig Jahren.« Moritz Hammel ging langsam davon, gestikulierte mit dem Stock und schrie Neuber hinterher, dass der auf ihn warten solle.

»Ich sollte auch gehen. Auf mich wartet Arbeit. Jacob, wirklich … das Leben ist so, du kannst nichts machen.« Valentin Kyritz wandte sich ab.

Jacob hielt ihn am Ärmel fest. »Du stiehlst dich nicht fort, du bist der Dorfälteste.«

»Genau deswegen lasse ich mich nicht von dir vereinnahmen. Ich stehe für das ganze Dorf. Wir können gegen das Wetter nichts ausrichten.«

»Wir können aber dafür sorgen, dass das Wasser frei fließen kann. Wenn das Eis bei steigenden Temperaturen aufbricht, muss es abfließen können. Diese Eisverwerfungen müssen weg. Überall entlang der Elbe müssen die weg. Du berichtest nach Dresden oder gehst am besten selbst hin und erklärst es genau.«

»Du spinnst.«

»Du bist der Dorfälteste, auf dich werden sie hören.«

»Ich mache mich nicht vor den Amtmännern lächerlich.«

»Diese Eisschollen müssen jedenfalls weg.«

»Die sind aneinander festgefroren, die bekommst du nicht einmal mit Hammer und Meißel auseinander. Es muss nur wärmer werden, dann schmilzt alles von ganz alleine weg. Das ist genau das, was sie mir in Dresden sagen werden. Schönen Tag noch.« Valentin schüttelte den Kopf, zog sich die Mütze tief über die Ohren und folgte den beiden Fischern.

Wie konnten sie nicht sehen, was so offensichtlich war? Jacob trat gegen das Eis.

Diese ungläubigen Thomasse. Die Menschen entlang der Elbe schwebten alle in Gefahr. Das Eis türmte sich immer höher auf. Wenn es aufbrach ... das Wasser anstieg ... Wie es vor den Brücken aussah, in Dresden und in Meißen, wollte er sich nicht vorstellen.

Jacob packte zu und zerrte an einer Eisscholle, die vor ihm aus der Elbe ragte. Er setzte das Gewicht seines Körpers ein, kümmerte sich nicht darum, dass die Kälte in seine Hände biss. Im Eis entstanden Risse. Die Scholle löste sich. Er kippte nach hinten, landete auf dem Hintern. Sofort rappelte er sich wieder auf. Der Eisbrocken lag am Ufer. Ein erster Erfolg. Ein kleiner. Jacob zog ihn weiter vom Fluss weg und suchte sich den nächsten.

Ein Eisstück nach dem anderen löste er aus der Barriere am Ufer, zerrte es an Land und ließ es liegen. Seine Hände waren längst blutig, wo er sich die Haut fetzenweise abgerissen oder sich an scharfen Kanten geschnitten hatte. Er hinterließ rote Abdrücke auf dem Eis. Seine Kraft ließ nach, und wenn er sich umschaute, hatte er erst so wenige Eisschollen entfernt. Dennoch glaubte er, zu hören, dass der Fluss leichter um diese Biegung floss.

Er tat das Richtige. Überall müsste es so gemacht werden. Alle Anwohner an der Elbe ... Jacob hockte sich einen Augenblick hin, um sich auszuruhen.

»Vater! Was machen Sie da?«, rief jemand. Im ersten Augenblick klang die Stimme wie die seiner Frau Barbara, die vor fünfzehn Jahren spurlos verschwunden war, als hätte es sie nie gegeben. Hatte sie damals beschlossen, ihn zu verlassen, oder war ihr ein Unglück zugestoßen? Er wusste es nicht, und diese Ungewissheit war auch nach der langen Zeit schlimmer auszuhalten, als wenn er sie hätte zu Grabe tragen müssen.

»Vater!«

»Barbara«, sagte er. Er blinzelte, und das Bild klärte sich.

Es war seine Tochter Luise. Sie lief auf ihn zu.

»Vater! Was machen Sie?«, wiederholte sie und blieb vor ihm stehen. Ihre Wangen waren vom Laufen und der Kälte gerötet, die Haare standen wirr unter ihrer Kappe hervor.

»Das Eis muss weg. Es behindert den Fluss. Wir brauchen Pferde und Seile. Am besten kommt die Armee und sprengt es weg.«

»Sie sind keine Armee, Papa, und Sie können das Eis nicht mit den Händen wegräumen. Schauen Sie sich an.« Luise berührte sanft seine linke Hand. Blut war schon in den Schnee getropft und dort zu Rosa verwässert. »Das muss verbunden werden. Kommen Sie nach Hause.«

»Wieso bist du hier?«, fragte Jacob.

»Sie waren nicht da, als ich vom Markt kam, aber Gabriel Neuber berichtete von einer Auseinandersetzung.«

»Der ist ein selbstsüchtiger Mensch. Auf den musst du nicht hören.«

»Auch nicht, wenn er mir sagt, wo Sie ganz alleine am Fluss sind?« Luise lächelte und erinnerte ihn mehr denn je an ihre Mutter. Jacob ballte die verletzten Hände. Der Schmerz vertrieb Barbaras Bild.

Luise hatte ein Tuch entfaltet und wickelte seine Rechte darin ein. »Geben Sie mir Ihr Taschentuch.«

Sie zog es aus seiner Tasche und umwickelte seine andere Hand.

Zu Hause badete Luise seine Hände in warmem Wasser, behandelte sie mit einer streng riechenden Salbe aus Schweineschmalz und verschiedenen Kräutern. Schon beim Auftragen spürte er, wie gut sie ihm tat. Nachdem die Hände dick verbunden waren, kamen sie ihm vor wie Klumpen. Er setzte sich in der Stube aufs Sofa und war mit seinen Gedanken allein. Luise hatte den Ofen angeheizt, die Verschwenderin, weshalb er es jetzt angenehm warm hatte.

KAPITEL IV

In Wehlen stand der Geograph Conrad Meinel am Ufer der zugefrorenen Elbe und musterte den Fluss. Das wechselhafte Wetter der vergangenen Wochen mit sehr kalten Tagen von Temperaturen unter minus zehn Grad Réaumur wechselte sich ab mit kurzen Tauwetterperioden, in denen das Thermometer auf mehr als fünf Grad Réaumur kletterte. Dieser Februarmorgen gehörte zu einer kalten Periode, die Sonne brachte die von Schnee und Eis bedeckte Landschaft zum Glitzern. Conrad hatte dafür keinen Blick übrig.

Seine Aufmerksamkeit galt den zu bizarren Formationen zusammengeschobenen Eisschollen, die sich zu Miniaturgebirgen an Ufern und Untiefen aufgetürmt hatten. Bei Tauwetter war die Eisdecke aufgebrochen und bei Frostgraden wieder zusammengefroren. Stellenweise war das Eis mehrere Ellen dick. Das Elbtal war zwischen Rathen und Pirna besonders eng, zu beiden Seiten erhob sich das Elbsandsteingebirge. Conrad dachte mit Schrecken daran, was passieren mochte, wenn dauerhaftes Tauwetter einsetzte, das Eis aufbrach und sich flussabwärts wälzte und dann noch das Schmelzwasser aus den Nebenflüssen, von den Hängen und aus Böhmen hinzukam. Die Flut wäre verheerend, im kalten Wasser hätte niemand eine Überlebenschance. Ihn schauderte.

Die Dicke des Eises hatte er bereits vor Tagen mithilfe mehrerer Eisenstäbe gemessen, mit denen er sonst Markierungen im Gelände anbrachte, wenn es Straßen und Pfade zu vermessen galt. Das Eis war in Ufernähe überall wenigstens eine Elle dick, an vielen Stellen mehr als zwei Ellen. In die Flussmitte zum Nachmessen traute er sich nicht, obwohl die Eisdecke überall geschlossen aussah.

Conrad ging am Ufer auf und ab. Er suchte am wolkenlosen Himmel nach Anzeichen einer Wetterveränderung, schnupperte in der Luft nach dem Geruch von Frühling.

»So früh schon außerhalb der warmen Stube, der junge Herr Meinel.«

Bei diesen Worten fuhr Conrad herum und stand dem Wehlener Holzhändler Joachim Liebethal, einem entfernten Verwandten von ihm, gegenüber. Der tippte sich grüßend an seine Pelzmütze und grinste spöttisch.

Hatte dieser Mensch ihn etwa dabei beobachtet, wie er nach oben gestarrt und an der Luft gerochen hatte? Joachim Liebethal galt in Wehlen als ein Mann, der die Schwächen anderer skrupellos zu seinem Vorteil nutzte. Ihm hätte Conrad sich nicht gerne in lächerlicher Pose präsentiert. Er grüßte den Holzhändler unverbindlich und überlegte, wie er einem Gespräch entgehen konnte.

Der andere stapfte breitbeinig zum Ufer und schaute aufs Eis. Gegen die Sonne kniff er die Augen zusammen und beschirmte sie sogar mit einer Hand. »Schaut nicht gut aus mit dem Eis. Wenn's nicht bald wegtaut, kostet das Existenzen.«

»Weil Hochwasser kommt?«, forschte Conrad vorsichtig nach.

»Bah, Hochwasser haben wir jedes Jahr. Oder was die Leute dafür halten. Wenn's zwei Ellen höher geht, schreien sie gleich. Ich mein die Fischer und die Schiffer. Verdienen ja nichts, wenn der Fluss gefroren ist.«

»Für den Transport Ihres Holzes macht sich der gefrorene Fluss auch nicht gut.«

»Ich komm zurecht. Holz brauchen die Leute immer zum

Bauen, zum Heizen. Die Öfen in Meißen ständen lange still ohne mich. Muss es eben in Karren dorthin transportiert werden. Dauert länger, macht es teurer.« Liebethal sprach von der Porzellanmanufaktur in Meißen, deren Öfen mit Holz befeuert wurden, das zu einem guten Teil aus seinem Handel stammte. »Für den Herrn Kartenzeichner ist der Winter auch nicht die beste Zeit.«

»Ich bin Geograph«, berichtigte Conrad. »Mit der Kartographie beschäftige ich mich nur gelegentlich. Das Hauptfeld meiner Arbeit besteht in der Vermessung des Landes, der Aufteilung des Raumes und der Untersuchung der Erde.«

Für Liebethal zählte nur, was er in sein Säckel stecken konnte, ihm war anzusehen, dass er mit Landvermessung nicht viel und mit Raumaufteilung noch weniger anfangen konnte.

»Hört sich alles nicht nach einer Beschäftigung für den Winter an.«

»Ein Großteil meiner Tätigkeit findet am Schreibtisch statt. Ich schreibe Abhandlungen über Naturphänomene. Aktuell bin ich mit der Zusammenstellung von Material für ein Lehrbuch für die Bergakademie in Freiberg befasst.« Conrad hatte selbst dort studiert und war stolz darauf, mit dem Lehrbuch quasi in die Riege der Dozenten aufzusteigen. Er hauchte in seine Hände, die in fingerlosen Handschuhen steckten und in der Kälte rot gefroren waren.

»Ist kalt, was?« Liebethal sah jedoch aus, als fühlte er sich wohl, weil die Kälte seiner vierschrötigen Figur nichts anhaben konnte. Er hatte die Hände in den Taschen seines Lammfellmantels vergraben. »Sie werden noch ein mächtig vornehmer Herr werden, vor dem wir einfachen Menschen uns verneigen müssen.«

»Ich strebe danach, ein gelehrter Herr zu werden. Die Wissenschaften der Geographie sind auch für die mit dem Handel befassten Herren nicht ohne Bedeutung.«

»Wenn's gilt, Bodenschätze auszubeuten. Da stimme ich Ihm zu. Stößt Er auf Erze, soll Er sich nur bei mir melden, ich bin für ein neues Geschäft immer zu haben.«

»Ich merke es mir«, antwortete Conrad frostig. Joachim Liebethal blieb sich in jeder Lage treu und hatte nicht verstanden, worin seine Tätigkeit bestand. Conrad verabschiedete sich und stapfte zurück in die Stadt.

In einem zweigeschossigen Haus gegenüber der Kirche wohnte Conrad mit seiner Mutter zusammen. Sie teilten sich die Wohnung im Obergeschoss des Wehlener Lehrerhauses. Im Erdgeschoss wohnte der jetzige Lehrer mit seiner Familie in zwei Stuben und zwei Kammern, während die andere Hälfte des Hauses das Klassenzimmer einnahm. Conrads Vater war bis zu seinem Tod der Wehlener Lehrer und Kantor gewesen. Seitdem nahm seine Mutter die große Lehrerwohnung als Wittum für sich in Anspruch, obwohl es das für einen Lehrer im Kurfürstentum Sachsen nicht gab. Von einer Lehrerswitwe wurde erwartet, dass sie Unterschlupf im Hause ihrer Kinder fand. Der junge Kollege im Erdgeschoss war vom Hilfslehrer zum Lehrer aufgestiegen und wartete nun darauf, dass die große Wohnung im Obergeschoss für ihn, seine schwangere Frau und die beiden drei und vier Jahre alten Töchter frei wurde.

Conrad wusste, dass auf seiner Mutter der Druck lastete, die Wohnung zu räumen, aber solange er keine Aussicht auf eine feste Stellung hatte, konnte er sich eine eigene Unterkunft mit einer Stube für seine Mutter nicht leisten. Deshalb setzte er große Hoffnungen darein, sich mit dem Lehrbuch der Bergakademie als Dozent zu empfehlen. Dann könnte er nicht nur seiner Mutter einen angenehmen Lebensabend bieten, sondern auch an Heirat und die Gründung einer eigenen Familie denken.

Auf Zehenspitzen ging er am Klassenzimmer vorbei. Hinter der Tür hörte er die Kinder ein Gedicht aufsagen. Er ignorierte den ewigen Geruch nach Kohl und Haferschleim aus der unteren Wohnung und mied die knarrenden Stufen auf der Treppe. Hinter der eigenen Tür wartete seine Mutter, als hätte sie dort auf seine Ankunft gelauert. Sie war einen guten Kopf kleiner als er und stand vorgebeugt. Bevor er den Schal abgelegt hatte, umfasste sie mit rheumaverdickten Fingern sein Gesicht.

»Du bist ganz kalt, mein Lieber«, sagte sie vorwurfsvoll, als zählte er gerade einmal ein Drittel so viele Jahre wie die dreißig, die er alt war. »Warum gehst du bei dieser Kälte raus, statt in der warmen Stube zu bleiben?«

»Es ist nichts, Mama. Lassen Sie mich.« Er streifte ihre Hände ab, hielt sie einen Augenblick liebevoll in seinen.

In der Wohnung war es tatsächlich sehr warm, ihm brach der Schweiß aus unter seinen vielen Schichten Kleidung. »Warten Sie bis ich Hut und Mantel abgelegt habe.«

Sie hielt ihm einen Morgenmantel hin, verlangte danach von ihm, dass er mit ihr ein zweites Frühstück einnahm. Sie hatte in der Stube, in der Nähe des glühend heißen Ofens, bereits alles vorbereitet.

»Du solltest zu Hause bleiben, wenn es so kalt ist. Die Temperatur ist weit unter dem Gefrierpunkt. Du wirst noch krank werden«, sagte sie und legte ihm eine Scheibe geröstetes Brot auf den Teller.

In seiner Tasse dampfte Tee, obwohl ihm der Sinn eher nach einem Glas kalter Milch stand. »Ich bin schon groß. Sie müssen sich nicht mehr um mich sorgen.«

»Ich werde erst damit aufhören, wenn ich ins Grab gesunken bin. Was bei der Kälte draußen nicht mehr lange dauern wird.«

Er nahm das nicht ernst. Seit Jahren klagte sie, jeder Winter sei ihr letzter. »Um die Elbe steht es schlecht. Wenn das Eis aufbricht …«

»Dein Onkel Joachim sieht das nicht als schlimm an. Die Elbe führt jedes Jahr Eis, und jedes Jahr fürchten sich einige Leute vor einer schlimmen Eisversetzung, die nie eintrifft«, unterbrach ihn seine Mutter. Sie legte eine gewollte Munterkeit in ihre Stimme.

Joachim Liebethal war mitnichten sein Onkel. Die Verwandtschaft war sehr viel weitläufiger. Conrad war nicht in der Lage, diese genau zu erklären, er zweifelte auch daran, dass es seine Mutter konnte. Dennoch betonte sie gerne die Verbindung zum erfolgreichsten Wehlener Holzhändler.

»Herr Liebethal tut vieles als belanglos ab und redet über Probleme einfach hinweg.« Conrad biss in sein gebuttertes Röstbrot und klang streng wie ein Lehrer gegenüber einem faulen Schüler.

»Er versteht den Lauf der Welt. Du musst dich gut mit ihm stellen, dann kann er bestimmt etwas für dich tun.« Es war nicht zu überhören, dass seine Mutter mit den Plänen ihres Sohnes für dessen Zukunft nicht einverstanden war. Sie hätte es lieber gesehen, wenn er in die Fußstapfen des Vaters getreten und ebenfalls Lehrer an der Wehlener Schule und Kantor in der Kirchgemeinde geworden wäre. Das hätte zumindest ihr Problem mit der Wohnung gelöst. Dass er vollkommen unmusikalisch war und seine Neigungen auf anderen Gebieten lagen, vergaß sie dabei.

Conrad traf eine Entscheidung. »Ich werde nach Dresden reisen, Mutter.«

»Vor Ostern? Wegen einer Stellung?« Sie schaute ihn verwirrt an.

»Morgen.«

»Nicht bei diesem Wetter.«

»Wenn die Fuhrwerker unterwegs sein können, kann ich es auch.«

»Du wirst dir den Tod holen.«

Conrads Entschluss stand fest, und alle von seiner Mutter vorgebrachten Einwände prallten an ihm ab.

KAPITEL V

Vor der Dresdner Augustusbrücke staute sich das Eis und hatte sich an den Brückenpfeilern zu einem beinahe mannshohen Gebirge aufgetürmt. Es rieb und kratzte an den hölzernen Pfeilern. Das ergab ein Geräusch, wie sich Luise das Scharren von Dämonenkrallen an den Pforten der Hölle vorstellte. Es fuhr ihr durch Mark und Bein, und sie fragte sich, ob die Brücke den Eismassen noch lange standhalten konnte. Neben ihr stand das Paket mit schmutziger Wäsche, das sie gegen saubere eingetauscht hatte.

Sie hatte sich extra beeilt, die saubere Wäsche abzugeben, um sich auf der Brücke mit ihrem Vater zu treffen. Jetzt suchte sie ihn vergeblich unter den vielen Menschen, die alle das Schauspiel des Eises betrachteten. Arm und Reich stand einträchtig nebeneinander, und in vielen Gesichtern entdeckte sie einen Ausdruck wohligen Schauers. Luise schulterte ihr Bündel und strebte der Neustädter Seite zu. Sie drängte sich durch die Menge und wurde mehrfach angerempelt und böse angeschaut.

Der Vater hatte sie an diesem Tag nach Dresden begleitet, weil er bei den Behörden vorstellig werden wollte. Seine Sorgen wegen des befürchteten Eisaufschlusses waren größer, nicht kleiner geworden. Die Behörden mussten tätig werden. Mit seinen verbundenen Händen hatte Jacob sogar einen Bericht geschrieben, in dem er alles genau aufzählte. Weder von Luise noch von Georg hatte er sich dabei helfen lassen.

Sie stellte sich auf Zehenspitzen und spähte umher. Mit

einer Hand hielt sie sich dabei am Brückengeländer fest. Den rechten Fuß hatte sie in einer der Trageschlaufen des Wäschepakets verankert.

Jemand packte sie an der Schulter. Auf den mit Eis überzogenen Bohlen der Brücke wäre Luise beinahe gestürzt. Sie musste sich an der Person abstützen, die sie aus dem Gleichgewicht gebracht hatte. Die stellte sich als junger Mann heraus, etwa in Georgs Alter. Im Gegensatz zu dessen vom Wetter geprägten Gesicht blickte sie eine bartlose, weiche Miene an.

»Sehen Sie doch!«, keuchte der unbekannte junge Mann.

Luise suchte einen festen Stand und befreite sich aus seinem Griff. Erst dann folgte ihr Blick seinem ausgestreckten Arm. Auf dem Eis vor der Brücke kletterten magere, zerlumpte Kinder herum. Immer höher wagten sie sich hinauf und sprangen dann wieder hinunter. Irgendjemand klatschte Beifall, andere fielen ein. Auch der junge Mann neben Luise.

»Mutige Burschen!«, rief er ihnen zu und pfiff auf zwei Fingern.

Das Geräusch gellte Luise in den Ohren. Jemand warf eine Handvoll Münzen auf das Eis. Das löste unter den Gassenjungen eine wilde Balgerei aus. Weitere Würfe folgten. Das Gerangel auf dem Eis nahm zu.

»Da, da hinten ist noch etwas«, rief eine helle Knabenstimme, die mühelos die Geräuschkulisse auf der Brücke übertönte.

»Mein gnädiger Herr!«, rief dem Jungen eine Frauenstimme zu. »Es gehört sich nicht, vor den einfachen Menschen so laut zu sprechen.«

Luise hielt nach der Frau und dem Kind Ausschau. Auch andere wurden nun aufmerksam. »Der kleine Prinz Karl August Friedrich aus dem Haus Wittelsbach«, wurde geflüstert. Jedermann in Dresden wusste, dass der achtjährige Junge zur Erziehung in der Stadt weilte. Seine Mutter war eine Schwester des sächsischen Kurfürsten und mit dem Herzog von Pfalz-Zweibrücken verheiratet.

Einige verneigten sich. Luise tat es ihnen nach und versuchte, einen Blick auf das fürstliche Kind zu erhaschen. Sie erblickte einen Knaben, der sich von anderen durch weiches, lockiges Haar unterschied, das ihm unter einer Pelzmütze hervorquoll. Sein Wintermantel bestand aus dunkelblauem Loden und hielt den kleinen Körper sicherlich gut warm. Die Füße steckten in fellbesetzten Stiefeln. Neben ihm standen seine Erzieherin und zwei uniformierte Herren als Gefolge.

»Das ist lustig. Ich will auch werfen«, verlangte der Prinz. »Ich will Münzen.« Er streckte fordernd die Hand aus.

Einer der Uniformierten ließ Geld hineinfallen.

Etliche der Münzen fielen schon vor der Brüstung zu Boden, aber einige schafften es aufs Eis. Auf der Brücke bückte sich der Uniformierte nach dem Geld und sammelte es ein, auf dem Eis sprangen die Gassenjungen danach. Der Prinz warf die Münzen, die die Uniformierten aufgesammelt hatten, erneut. Luise schob ihr Bündel vor sich her und strebte weiter der Neustädter Seite zu. An der Auffahrt der Brücke entdeckte sie ihren Vater.

Jacob schaute angestrengt drein. Er winkte mit seinen verbundenen Händen, dass die Buben vom Eis kommen sollten. Wenn sie ihn überhaupt bemerkten, kümmerten sie sich nicht um ihn. Sie jagten weiter den Münzen hinterher, die in immer größerer Zahl von der Brücke regneten.

Einer der Jungen geriet mit einem Bein in eine Spalte zwischen den Eisschollen. Er wollte sich festhalten, rutschte aber ab und verschwand. Jacob rannte los. Im Laufen warf er seinen Umhang beiseite und kletterte über eine Scholle. Ein junger Mann folgte ihm. Etliche Leute waren auf das Drama aufmerksam geworden. Sie zeigten von oben dorthin, wo der Junge verschwunden war. Jacob und der andere rannten, kletterten und rutschten über das Eis und hatten endlich die Stelle erreicht. Luise war zu keinem klaren Gedanken fähig, konnte aber auch die Augen nicht abwenden von dem, was sich auf dem Fluss abspielte.

Der Junge hielt sich noch mit den Fingern an der Eiskante fest, aber es war nur eine Frage der Zeit, bis er den Halt verlor. Das Eis bewegte sich. Er rutschte mit einer Hand ab. Es würde ihn zermalmen. Jacob erreichte die Scholle. Er wollte nach oben klettern, aber der junge Mann war schneller und sprang hoch. Er bekam die Kinderhand zu fassen, fand selbst irgendwie Halt und zog den Buben mit Schwung heraus. Wie ein leerer Sack schlenkerte der durch die Luft. Jacob streckte die Arme und fing das Kind auf. Der junge Mann verlor nun seinerseits den Halt, stürzte glücklicherweise zurück aufs Eis und nicht zwischen die Schollen vor der Brücke.

Einen Augenblick lag er starr auf dem Rücken. Dann bewegte er Arme und Beine, richtete sich halb auf. Durch die Menge ging ein Raunen der Erleichterung.

Jacob hatte den geretteten Jungen auf die Füße gestellt und verpasste ihm eine Ohrfeige, dass dessen Kopf herumflog. »Das ist für deine Dummheit«, schimpfte er dabei. Eine zweite Ohrfeige folgte. »Das für deinen Übermut.«

Luise strebte von der Brücke herunter und zum Ufer, um ihren Vater aufzuhalten. Der Wäschepacken behinderte sie, aber natürlich kam es nicht infrage, ihn unbewacht stehen zu lassen. Sie schleppte sich also damit ab.

Für einen Augenblick breitete sich Schrecken im Gesicht des Jungen aus, dann übernahmen die Instinkte die Führung, die ihn auf der Straße überleben ließen, und sein Gesichtsausdruck wurde wütend. In seinen Backen sammelte er Spucke, um sie Jacob ins Gesicht zu schleudern und anschließend zu flüchten. Der alte Fischer verpasste dem Bengel aber eine dritte Ohrfeige, weswegen dieser sich verschluckte.

»Denk nicht einmal dran«, knurrte Jacob und hielt den Jungen am Arm fest. »Solche wie dich kenne ich genau.«

»Papa, bitte!«, rief Luise und bemühte sich, auf dem Eis nicht ins Rutschen zu kommen. Es gelang ihr nicht, aber der junge Herr war inzwischen aufgestanden und griff beherzt zu. Er bewahrte sie vor einem Sturz.

»Sie können keine fremden Kinder schlagen«, sagte Luise und löste den Arm des jungen Herrn von ihrem Ellenbogen. Seine Kleidung war deutlich vornehmer als ihre und die ihres Vaters. Er trug auch seinen Hut wieder und wirkte wie ein studierter Mann.

»Ich kann«, widersprach Jacob und schüttelte den geretteten Jungen wie eine Puppe. »Wenn die Lümmel leichtsinnig sind. Du hast doch gesehen, was passiert ist. Klettert auf dem schiebenden Eis rum, als wäre das ein Misthaufen.«

»Is wegen dem Geld«, murrte der Knabe.

»Du gehörst von deinem Vater gehörig übers Knie gelegt.«

»Den gibt's nicht.«

»Dann von einem Onkel oder deiner Mutter. Viel hätte nicht gefehlt, und das Eis hätte dich zerquetscht.«

»Ich wär schon rausgekommen.«

»Einen Teufel wärst du.«

Luise atmete erschrocken ein. Es sah ihrem Vater nicht ähnlich, den Leibhaftigen im Mund zu führen.

»Das geht den Herrn nichts an. Ich habe nicht darum gebeten, von Ihm gerettet zu werden.«

»Auch noch frech werden! Schleich dich!« Jacob verpasste

dem Burschen eine vierte Backpfeife, die ihn aufs Eis schleuderte, weil er ihn gleichzeitig freigab.

Das ließ der Junge sich nicht zweimal sagen, kroch erst auf allen vieren weg und nahm dann die Beine in die Hand. Die anderen Schlingel waren längst verschwunden, nachdem kein Geld mehr geworfen wurde.

»Ich muss Ihnen zu Ihrer mutigen Tat gratulieren«, sagte der junge Herr und lüftete kurz seinen Hut. »Wenn ich mich vorstellen darf, Conrad Meinel mein Name. Geograph aus Wehlen und Freiberg.«

»Sie waren nicht weniger mutig. Jacob Ehrmann, Fischer aus Loschwitz. Das ist meine Tochter Luise.«

Conrad Meinel nahm ihre Rechte und schüttelte sie. Sein Händedruck war nicht zu fest, aber auch nicht so schlaff, dass es sich anfühlte, als stecke die Hand im Bauch eines toten Fisches. »Auf meinem Weg von Wehlen nach Dresden bin ich durch Ihr schönes Dorf gekommen.«

»Schön …? Es ist unsere Heimat. Wir waren noch nie woanders.« Luise befreite ihre Hand und wusste nicht, ob sie einen Knicks machen sollte. Sie entschied sich dagegen.

»Außer in Dresden.« Conrad Meinel lächelte herzlich.

»Ich hatte auf der Amtmannschaft zu tun. Aber die feinen Herrn … Das Eis … da müssen sie doch … Sie haben nur gesagt, dass es längst Befehle gibt, vor den Brücken Artillerie in Stellung zu bringen. In Meißen und Torgau und auch hier in Dresden. Um die Eisschützen wegzusprengen. Ich sehe nichts von Artillerie.«

»Mir haben sie das Gleiche gesagt. Ich war gestern beim Amtmann, um ihn vor dem Eis zu warnen. Wenn es aufbricht … und noch das Eis und das Schmelzwasser aus Böhmen dazukommt. Es gibt eine Katastrophe, wenn keine Vorsorge getroffen wird.«

»Meine Rede.« Jacob sprach ungewohnt munter. Mit Fremden unterhielt er sich selten so eifrig.

»Können wir nicht vom Eis heruntergehen?«, warf Luise ein.

Obwohl das Spektakel vorüber war, standen immer noch etliche Personen auf der Brücke und sahen auf sie hinunter. Sie wollte nach ihrem Packen greifen, aber Conrad Meinel war schneller. Er ächzte, als er ihn anhob.

»Was ist denn da drin?«

»Wäsche«, informierte Luise ihn. »Schmutzige Wäsche, die ich waschen und plätten muss, ehe ich sie zurückbringe. Die Frauen und Töchter der Fischer verdienen auf diese Weise etwas dazu.«

Er schwang sich den Packen auf den Rücken, und sie gingen ans Ufer, blieben unterhalb der Brücke stehen. Dort konnten sie von oben nicht mehr gesehen werden, aber es pfiff ein unangenehmer Wind unter dem Bogen. Luise verkroch sich tiefer in ihre Jacke und zog ihr gestricktes Dreieckstuch höher, bis es auch ihr Kinn bedeckte.

»Sie sind ein gelehrter Herr. Welche Maßnahmen haben Sie den Behörden vorgeschlagen?«

»Das Eis muss sehr genau beobachtet werden. Seine Bewegungen müssen gemessen und die Dicke ständig kontrolliert werden. Artillerie muss bereit stehen, um das Eis an besonders gefährdeten Stellen mit Kanonenschüssen aufzubrechen.«

Jacob nickte. »An verschiedenen Kontrollstellen entlang des Flusses von Schandau bis Torgau. Meldereiter müssen an der böhmischen Grenze stationiert werden, um die Menschen flussabwärts zu warnen, wenn das Schmelzwasser kommt. Das muss alles vorbereitet werden. Es reicht nicht, Artillerie an die Brücken zu beordern, die dann nicht zu sehen ist.«

Luise fragte sich, was mit ihm los war. Sie konnte sich nicht erinnern, wann sie ihn das letzte Mal so viele Worte hintereinander hatte sprechen hören. Zwischen den beiden Männern entspann sich ein Gespräch über Eis, Wasser und das Wetter. Luise war vergessen. Sie konnte nur zuhören und staunen. Ihr Vater unterhielt sich mit diesem Fremden, als würde er ihn seit Jahren kennen. Seine Augen leuchteten richtig.

KAPITEL VI

Luises Füße wurden kalt, bald spürte sie ihre Zehen nicht mehr. Der Wind wurde auch immer unangenehmer. Die Männer schienen nicht zu frieren, obwohl auch ihre Nasen rot aussahen. Sie trat von einem Fuß auf den anderen und bewegte die Zehen in den Stiefeln. Es half nichts.

»Fräulein Ehrmann, Ihnen wird kalt, während wir hier stehen. Das ist unverzeihlich.« Conrad Meinel verneigte sich leicht vor ihr.

Daran war Luise nicht gewöhnt, und sie wusste nicht, wo sie hinschauen sollte.

»Es wird auch bald dunkel«, fiel ihr Vater ein. »Wenn wir nicht in finsterer Nacht nach Hause gehen wollen, müssen wir uns auf den Weg machen.«

»Dann werde ich mich verabschieden. Ich bleibe noch bis morgen in Dresden und kehre dann nach Wehlen zurück.«

»Haben Sie eine Unterkunft in Dresden?«

»Ich werde schon irgendeine Herberge finden.«

Jacob legte den Kopf schräg und schaute den ihn überragenden Conrad Meinel an. »Warum kommen Sie nicht mit zu uns? Wir wohnen nicht vornehm, aber im Haus ist es warm, es gibt ein Abendbrot, und einen Platz zum Schlafen finden wir auch für Sie. Wir könnten uns noch weiter austauschen.«

»Da haben Sie recht, guter Herr Ehrmann«, erwiderte Conrad. »Nur kann ich Ihr großzügiges Angebot nicht annehmen, und Ihrer Frau und Ihrer Tochter zusätzliche Arbeit machen.«

»Ich bin ohne Frau«, sagte Jacob gepresst.

»Umso schlimmer. Dann kann ich Ihnen erst recht nicht zur Last fallen.«

»Sie fallen uns nicht zur Last«, mischte sich Luise ein. »Überhaupt nicht. Es ist alles so, wie mein Vater es gesagt hat.«

»Dann ist es abgemacht, und Sie müssen nicht mit einem zugigen Herbergszimmer vorliebnehmen.«

Die Männer gaben sich die Hand, und dann schulterte Conrad Meinel den Packen mit der Schmutzwäsche.

Auf dem Sofa in der Stube, auf dem sonst Georg schlief, hatte Conrad Meinel die Nacht verbracht, während der Bruder mit dem Vater zusammen in dessem Bett geschlafen hatte.

»Nie wieder«, schimpfte Georg am frühen Morgen. »Ich verbringe nicht noch eine Nacht mit Papa zusammen in einem Bett. Wenn dieser Mensch bleibt, schlafe ich bei den Neubers.«

»Das könnte dir so passen. Denkst du, ich weiß nicht, dass du beide Augen auf die älteste Neubertochter geworfen hast?«

»Es ist mir egal.«

Die Geschwister saßen zusammen in der Küche, wo der Tisch für ein Frühstück gedeckt war. Der Brei simmerte in einem Topf auf dem Herd, auf dem Fensterbrett blieb die Milch im Krug kühl. Luise hatte einen Sellerie kleingeschnitten und blanchiert, mit Zwiebeln angereichert bildete er die frische Zutat zu ihrem Frühstück. Als Letztes standen Brot und Schmalz auf dem Tisch. Georg hatte danach schon begehrlich die Hand ausgestreckt, die Schwester gab ihm einen Klaps auf die Finger.

»Wir warten auf Vater und unseren Gast.«

»Wo bleiben die eigentlich?«

»Vater ist draußen und hackt Holz.« Das Geräusch hinter

dem Haus war bis in die Küche zu hören. »Herrn Meinel habe ich noch nicht gesehen.«

»Der feine Herr schläft offenbar gerne lange. Wer keinem ordentlichen Beruf nachgeht, kann es sich auch erlauben, lange im Bett zu liegen. Ich will nicht mehr ewig auf mein Frühstück warten, Herr Leopolds braucht mich nachher.« Georg griff wieder nach dem Brot.

Erneut schlug Luise ihm auf die Finger. »Untersteh dich. Wir werden nicht unhöflich sein.«

Georg seufzte. Sie saßen weiter am Tisch und warteten. Aus der Stube war nichts zu hören. Draußen fuhr die Axt in Holzscheite.

»Hast du schon an seine Tür geklopft?«

Luise schüttelte den Kopf.

»Oder nach ihm gesehen?«

»Natürlich nicht.«

»Ich warte nicht länger.« Georg sprang auf und verschwand aus der Küche. Die Schwester hörte ihn an die Stubentür pochen, dann wurde sie geöffnet. Sie knarrte in ihren Lederangeln.

Gleich darauf stand Georg wieder in der Küchentür. »Du solltest besser kommen und dir das ansehen.«

»Das kommt nicht infrage. Ich kann doch nicht die Schlafstube eines fremden Mannes betreten.«

»Es ist eine besondere Lage«, flüsterte Georg. Er zog sie von ihrem Schemel hoch. Widerwillig folgte ihm Luise.

Sie stieß die nur angelehnte Tür einen Spalt auf und spähte hinein. Unter dem hoch aufgetürmten Federbett hörte sie ein Stöhnen. Gleich darauf richtete sich ein zerzauster Conrad Meinel auf. Er schniefte, und trotz des schlechten Lichts im Zimmer erkannte Luise eine gerötete Nase und triefende Augen. Oje, auch das noch, lautete ihr erster Gedanke, für den sie sich gleich darauf schämte. Sie befahl Georg, ein Licht zu holen, und zog selbst die Vorhänge zurück.

Einen Fremden im Bett zu erblicken, war eine ungewohnte Erfahrung. Zögernd trat sie näher.

»Bleiben Sie liegen, Herr Meinel. Ich sehe doch, dass es Ihnen schlecht geht«, sagte sie, als er Anstalten machte, sich zu erheben. »Soll ich nach einem Arzt schicken? Oder einem Bader?«

»Auf keinen Fall«, keuchte Conrad Meinel und musste husten. »Ich will Ihnen keine Umstände machen.«

»Das machen Sie nicht. Ich werde Ihnen einen Tee bereiten und eine Hühnerbrühe.«

Hühnerbrühe hatte Luise nicht im Haus, aber sie schickte Georg zu den Nachbarn, welche zu holen. Sie selbst bereitete in der Küche einen Lindenblütentee. Jacob Ehrmann kam herein und war völlig bestürzt über die Krankheit seines Gastes, wusste aber weder, was er tun, noch, was er sagen sollte. Luise musste ihn ebenso betreuen wie den Kranken. Dem flößte sie den heißen Tee ein. Ihrem Vater legte sie eine Scheibe Schmalzbrot hin. Georg kam mit einem Topf Hühnerbrühe zurück. Er saß mit dem Vater in der Küche, während Luise dem Kranken Wadenwickel machte, ihm den Schweiß von der Stirn wischte und dabei immer wieder versicherte, er müsse sich keine Vorwürfe wegen seiner Krankheit machen.

KAPITEL VII

In den folgenden Tagen war Conrad Meinel zu schwach, um auch nur den Abtritt aufzusuchen. Georg kam die Aufgabe zu, ihm einen Nachttopf hinzustellen und diesen auszuleeren. Luise fütterte den Patienten mit allem, was er herunterbrachte, und war froh, wenn er es bei sich behielt. Vor allem die Hühnerbrühe schien ihm zu bekommen. Gegen das Fieber setzte sie auf Wadenwickel. Oft genug wurde der Patient jedoch von Schüttelfrost heimgesucht, und dann häufte sie alle Decken auf ihn, die im Hause verfügbar waren. Bis er sie wieder von sich stieß, weil er darunter zu ersticken glaubte.

»Es tut mir so leid, dass ich Ihnen diese Mühe verursache«, krächzte Conrad. »Sie müssen mich für einen lästigen Gast halten.«

»Sie können nichts dafür, krank geworden zu sein. Denken Sie nicht darüber nach, sondern werden Sie gesund«, widersprach Luise streng. »Jede Aufregung ist Gift für Sie. Sie sollen liegen bleiben, schlafen und viel trinken.«

»Zu etwas anderem bin ich auch nicht nütze.«

Nachdem drei Tage lang das Fieber nicht sinken wollte und Luise wirklich Angst um ihren Patienten bekam, stimmte Jacob dem Besuch eines Arztes zu, obwohl das ein Loch in ihre schmale Barschaft riss. Aus Dresden Neustadt kam dieser am Tag danach zu ihnen und fand einen fiebernden, sich kaum noch bei Bewusstsein befindenden Patienten vor. Conrad Meinel sprach im Delirium, wusste weder, wo er sich befand, noch wo er wohnte, und konnte kaum seinen Namen buchstabieren. Der Arzt ließ eine Flasche Laudanum da, aus der dem Patienten morgens und abends einige Tropfen im Tee verabreicht werden sollten, damit er die Krankheit ausschlafen könne. Hühnerbrühe und heißen Tee befand der Arzt ebenfalls für gut.

Für seinen Besuch, der kaum eine halbe Stunde gedauert hatte, verlangte der Mann vier Taler und für den Weg von Dresden heraus noch einen extra. Zähneknirschend zählte der Vater das Geld ab.

»Mit den Händen hat der nie gearbeitet«, moserte er, nachdem der Arzt auf einem nervösen Braunen davongeritten war. »Sonst wüsste er, wie viel unsereins schuften muss, um fünf Taler zu verdienen.«

»Wir mussten den Arzt holen, Papa«, mischte sich Georg ein und klopfte sich Schnee von den Stiefeln. Er hatte vor dem Haus dessen Pferd gehalten.

»Das mussten wir«, stimmte der Vater zu. »Wir können keinen Gast bei uns beherbergen und nicht alles für ihn tun, was nötig ist. Es hätte aber vielleicht auch gereicht, die Wehfrau aus dem Dorf zu holen, wie wir es für uns tun.«

Die Wehfrau holte die Kinder auf die Welt und kümmerte sich um die anderen Leiden der Loschwitzer, von denen sich keiner einen Arzt leisten konnte.

»Das ist ein vornehmer Herr, dem können wir nicht mit der Hebamme kommen. Was soll er von uns denken?«, widersprach Luise.

Die fünf Taler für den Arzt wurden ihnen zwei Tage später ersetzt. Luise hatte auf Conrad Meinels Bitte hin einen Brief an seine Mutter nach Wehlen geschrieben. Sie solle sich wegen seines Ausbleibens nicht sorgen, er komme zurück, sobald er wieder reisen könne. Mit dem Antwortbrief aus Wehlen wurde eine Rolle Taler abgegeben, die die Mutter ihrem Sohn schickte, damit er seine Ausgaben bestreiten konnte. Conrad bestand in einem wachen Moment darauf, dass Jacob alles nahm und für seine Unterbringung und Pflege verwandte.

»In einer Herberge müsste ich auch für meine Unterkunft bezahlen. Es ist nur recht und billig, wenn Sie das Geld erhalten.« Es waren weit mehr als fünf Taler, aber Conrad schloss mit seiner verbliebenen Kraft Jacobs Hand um das Geld.

Später in der Küche zählten die Ehrmanns über zwanzig Taler in Groschen und Pfennigen.

Das Laudanum half Conrad beim Schlafen, die Hühnerbrühe und die Wadenwickel drängten das Fieber zurück. Nach einer Woche war Luise sich sicher, dass er sich auf dem Weg der Besserung befand. Den Arzt hatte sie kein zweites Mal kommen lassen müssen.

Leise betrat sie mit einer Schüssel Wasser und Tüchern die Krankenstube. Am Arm baumelte außerdem ihr Korb mit dem Stickzeug. Inzwischen hatte sie sich daran gewöhnt, die Schlafstube eines fremden Mannes zu betreten, ihn zerzaust und mit verquollenen Augen zu sehen. Conrad Meinel schlief. Er wachte auch nicht auf, als sie die Wasserschüssel auf dem Tisch neben seinem Bett abstellte. Sein Atem ging tief und gleichmäßig. Es war nicht mehr das angestrengte Luftholen des Kranken, sondern das ruhige Schnaufen des Genesenden.

Sie setzte sich leise auf einen Stuhl und zog ihre Stickerei hervor. Mit blauem Faden und akkuraten Stichen setzte sie die begonnene Arbeit fort – ein Muster aus Blüten und Ranken, das sich ihrer Ansicht nach hervorragend dazu eignete, das Mieder eines Kleides zu verzieren. Oder die Ärmel. Natürlich konnte man es auch auf einen Sonnenschirm sticken oder auf Strümpfe. Luise hatte sich dieses zarte Muster ausgedacht und war der Meinung, dass es einer vornehmen jungen Dame gut stehen würde.

Es gefiele ihr auch an sich selbst. Sie hatte sogar überlegt, ihre besten Handschuhe, die sie sonntags in der Kirche trug, damit zu besticken. Ihre guten Strümpfe hatte sie bereits verziert, einen Sonnenschirm besaß sie nicht, und an ein neues Kleid war in nächster Zeit nicht zu denken. Völlig versunken gab Luise sich der Arbeit ihrer Hände hin, zog die Nadel durch den Stoff, wählte verschiedene Garne aus und setzte alles daran, die Blüten und Ranken auf dem Stoff so zart erscheinen zu lassen, wie sie es in ihrer Vorstellung waren. Sie bemerkte nicht, dass sie seit geraumer Zeit beobachtet wurde.

Ein Hustenanfall ließ sie zusammenzucken. Conrad Meinel krümmte sich im Bett und hielt ein Taschentuch vor seinen Mund. Luise legte die Stickerei weg und schob ihrem Patienten ein Kissen in den Rücken, um ihm Erleichterung zu verschaffen.

»Es geht wieder«, hustete er in das Taschentuch, ehe er es wegsteckte. Der Blick aus seinen Augen war klar, das Fieber hatte ihn aus seinen Klauen entlassen.

»Ich habe heißes Wasser gebracht zum Waschen. Inzwischen ist es bestimmt kalt.« Luise deutete auf die Schüssel. »Ich hole neues.«

»Bleiben Sie. Ich kann mich mit kaltem Wasser waschen. Das macht mir nichts aus. Seit Jahren bin ich es so gewohnt. Seit meiner Studentenzeit.« Er verstummte.

Luise hatte sich schon halb von ihrem Sitz erhoben, nun sank sie wieder zurück.

»Sie haben geschickte Hände.« Conrad lehnte sich an das Kissen in seinem Rücken. »Ich habe Ihnen eine Weile beim Sticken zugesehen. Das hätte ich nicht von Ihnen gedacht.«

Sie fuhr auf. »Weil ich die Tochter eines Fischers bin, trauen Sie mir das Sticken nicht zu?«

Conrad schoss die Röte in die Wangen. »Das habe ich so nicht gemeint. Natürlich traue ich Ihnen geschickte Hände zu. Sie haben einen Haushalt zu versorgen, obendrein einen kranken Gast, erledigen Wäsche für andere Haushalte und finden immer noch Zeit zum Sticken …« Er senkte den Blick. »Das finde ich bewundernswert.«

Luises Ärger verflog im Nu. Auf seine Frage erklärte sie ihm, wie sie das Muster ausgedacht und auf ein fettiges Stück Papier gezeichnet hatte und wie aus der Zeichnung in ihrem Kopf die Vorlage für ein Stickmuster geworden war. Sie breitete das Tuch auf der Bettdecke aus und sah zu, wie er mit den Fingern vorsichtig über die Stickerei strich.

»Ich verstehe nichts von der Sache«, begann er wieder. »Mir scheint das eine sehr feine Arbeit zu sein. Daran arbeiten Sie doch sicher Stunde um Stunde und Stunde.«

»Es braucht Zeit.« Luise senkte bescheiden den Kopf. »Ich habe auch einige Übung, schließlich sticke ich, seit ich zehn Jahre alt bin.«

»Es ist so fein. Wie gemacht für das Kleid einer jungen Braut. Wollen Sie sich weiterentwickeln als Stickerin?«

»Nichts wünsche ich mir mehr als das«, antwortete sie aus tiefstem Herzen.

»Aber Ihr Vater lässt Sie nicht?«

»Mit ihm hat das nichts zu tun. Niemand will mir einen Auftrag geben. Die vornehmen Damen wollen eine erfahrene Stickerin beschäftigen, statt einer unbekannten jungen Frau eine Chance zu geben. Die Tochter eines Fischers darf eben keine Träume haben.«

»So dürfen Sie nicht denken. Ohne Träume ist das Leben trostlos. Glauben Sie an sich und planen Sie einen Schritt nach dem anderen auf ihrem Weg als Stickerin.«

»Wenn ich nur wüsste, was ich planen soll.« Sie seufzte.

»Überall, wo ich meine Mustertücher vorzeige, ernte ich nichts als Spott und Hohn. Einmal Wäscherin, immer Wäscherin. So halten es die Frauen der Loschwitzer Fischer seit Generationen.«

»Und begraben alle ihre Träume. Das dürfen Sie nicht.« Conrad Meinel hatte lebhaft gesprochen. Laut und keuchend entrang sich ein Husten seiner Brust, und wieder hielt er sich das Taschentuch vor den Mund.

»Sie dürfen nicht so viel sprechen.«

»Sie müssen sich schneller von mir überzeugen lassen. Haben Sie nie für andere gestickt?«

»Ein Altartuch für die Loschwitzer Kirche. Ein paarmal Brautbänder für eine Fischerhochzeit.«

»Das ist ein guter Anfang.«

Sie zuckte mit den Schultern. »Das Altartuch hat mir die Dankbarkeit der Kirchväter eingebracht. Wer interessiert sich für ein Tuch in einer Dorfkirche? Es kommen keine vornehmen Personen her, die es sehen könnten.«

»Ich würde Ihnen gerne helfen, Ihren Traum zu verwirklichen. Als es um meinen ging, hatte ich auch Hilfe. Das möchte ich weitergeben.«

»Was war Ihr Traum?«, fragte Luise. Erst hinterher kam ihr der Gedanke, dass dies ungebührlich neugierig erscheinen könnte.

Conrad schien es nicht zu stören, er richtete sich im Bett in eine sitzende Position auf. »Nicht wenige wollten mich drängen, in die Fußstapfen meines Vaters zu treten und Dorfschullehrer zu werden.«

»Ihr Vater aber nicht?«, riet sie.

»Er hat meine Neigungen unterstützt und mich nicht gedrängt, seinem Weg zu folgen. Es kam von meiner Mutter und ihrer Familie.«

»Was waren Ihre Neigungen? Lehrer ist doch ein angesehener Beruf.« Diesmal dachte sie an ihren Bruder und den Vater.

»Ich wollte an der Bergakademie in Freiberg studieren und Geograph werden. Mein Vater hat mir ein Erbe hinterlassen, das mir dies ermöglichte. Dafür bin ich ihm auch Jahre, nachdem er von uns gegangen ist, noch dankbar.« Er schwang die Beine aus dem Bett.

»Was machen Sie?« Luise drehte sich weg, um einen Mann, mit dem sie nicht verwandt war, nicht beim Verlassen des Bettes zu beobachten.

»Ich bin gesund genug, um aufzustehen. Können Sie mir die Wasserschüssel ein wenig heranrücken und meine Kleidung hinlegen? Dann komme ich allein zurecht. Ich freue mich, wenn wir unser Gespräch danach in der Küche fortsetzen können.« Er lächelte sie an.

Luise kam seinen Wünschen nach und verließ eilig die Stube. In der Küche beschäftigte sie sich mit der Flickwäsche, die dort in einem großen Korb unter der Bank stand. Sie stopfte ein Loch in einer Tischdecke. Flink führte sie die Nadel durch den Stoff.

Als sie fertig war, schaute sie hoch. Conrad Meinel war noch nicht in der Küche erschienen.

Dabei war annähernd eine halbe Stunde vergangen. Benötigte ein Mann so lange, um sich zu waschen und anzuziehen?

Vor der Stubentür blieb sie stehen und lauschte. Kein Laut war dahinter zu hören. Sie zögerte zunächst, klopfte dann aber an und trat ein.

Conrad Meinel saß vollständig angezogen auf dem Bett. Nur die Schuhe fehlten. Er sah kläglich zu ihr auf. In der Waschschüssel lag ein Lappen und ein Handtuch auf dem Bett.

»Sie warten auf mich?«

»Ich wollte schauen, ob bei Ihnen alles in Ordnung ist.«

»Nichts ist gut. Meine Beine gehorchen mir nicht.«

Luise sah ihn erschrocken an.

»Nicht, was Sie denken. Es fühlt sich an, als hätte ich hier keine Knochen, Muskeln oder Sehnen.« Er schlug sich auf den Oberschenkel. »Wie Brei. Ich konnte kaum durch das Zimmer gehen und musste mich wieder hinsetzen.«

»Sie hätten noch nicht aufstehen dürfen. Wollen Sie sich wieder hinlegen? Ein Fieber muss richtig ausgeheilt werden, sonst kehrt es schneller zurück, als Sie es sich vorstellen.«

»Ich will aufstehen«, beharrte er stur. »Im Bett lag ich lange genug.«

»Stützen Sie sich auf mich.« Luise kam sich bei diesem Angebot ungeheuer mutig vor.

Mit ihrer Hilfe schaffte Conrad Meinel es in die Küche, wo sie ihm ein deftiges Essen mit Kohl und Speck vorsetzte.

Das war der Auftakt zu einer Reihe von Gesprächen, die Luise mehr und mehr genoss. Conrad Meinel war ein angenehmer Unterhalter, der sie gerne an seinem Wissen teilhaben ließ. Sie erfuhr viel über die Vermessung von Straßen und Plätzen. Nicht nur in Ortschaften, sondern vor allen Dingen bei den Straßen über Land. Conrad erklärte ihr, wie die Größe eines Sees oder die Höhe eines Berges ermittelt wurden.

Sie verstand kaum die Hälfte seiner Ausführungen und hätte schon eine Stunde später nichts davon mit eigenen Worten wiederholen können. Zu fremd war ihr der Inhalt, aber auch faszinierend. Sie hörte ihm einfach gerne zu.

KAPITEL VIII

Luise und Conrad saßen in der Küche des Fischerhauses. Er las in einem Buch, das ihm seine Mutter aus Wehlen geschickt hatte, Luise beschäftigte sich mit Flickwäsche und fragte sich, wie die vornehmen Leute es schafften, derartig viele Tischdecken, Laken oder Unterwäsche zu zerreißen. Im Haushalt der Familie Ehrmann ging man sorgsam mit den Sachen um. Zwischen ihr und Conrad herrschte ein angenehmes, konzentriertes Schweigen.

Seit seinem ersten Versuch, das Bett zu verlassen, waren zwei Tage vergangen, und er hatte endlich Appetit und mit Lust eine Speckpastete mit Pilzen gegessen, danach sauer eingelegte Möhren und Zwiebeln auf Brot und dazu Tee aus Linden- und Brennnesselblättern getrunken. Jetzt war er wirklich auf dem Weg der Besserung. Darüber freute sich Luise – einerseits. Gleichzeitig war sie traurig, denn es bedeutete, dass er sie bald verlassen würde.

»Au! Du hast mich gebissen, du Biest!«, rief Georg aus dem Flur und unterbrach ihre Gedanken.

»Das ist Georg«, sagte Luise überflüssigerweise. »Was hat er?«

Zugleich standen sie und Conrad auf und stießen an der Tür zusammen, weil sie in den Flur stürmen wollten. Conrad ließ ihr den Vortritt.

Dort stand Georg und hielt seinen Schal in den Händen. Sein Wams stand offen. Aus einem Finger quoll Blut. Der Schal bewegte sich.

»Was hast du gemacht?«, wollte Luise wissen.

»Nichts.«

»Dein Finger, du blutest.«

»Das war nicht ich. Das war …«

Wieder bewegte sich der Schal. Zwischen den Falten tauchte eine fleischfarbene Nase mit einem schwarzen Fleck auf. Ein pelziges Gesicht mit zwei schwarzen Knopfaugen folgte. Ein zweiter schwarzer Fleck auf der Stirn des Tierchens verstärkte dessen putziges Aussehen. Das Fell stand ihm struppig vom Kopf ab.

»Was ist das?«, fragte Luise. Es kam ihr vor wie ein Marder. Aber Georg würde doch nicht …? Wie sollte er einen Marder gefangen haben? Schliefen diese Tiere nicht im Winter?

»Das ist ein Frettchen«, sagte Conrad. Er hob die Hand, um mit einem Finger das pelzige Köpfchen zu streicheln.

»Vorsicht, der hat scharfe Zähne«, warnte Georg.

»Wo hast du es her? Das ist doch kein Haustier. Ich habe so etwas noch nie gesehen.«

Ein Blick aus schwarzen Knopfaugen traf Luise. Sie erkannte darin Angst und Verwirrung, und sogleich schlug ihr Herz für dieses kleine Wesen.

Das arbeitete sich weiter aus dem Schal heraus. Kurze Beine, kleine Pfoten und ein schlanker Körper erschienen. Bevor das Frettchen sich ganz befreite, schlang Georg eine weitere Schlaufe seines Schals um dessen Leib.

»Wo hast du es her?«, wiederholte Luise ungeduldig.

»Gefunden. Zuerst habe ich es für einen Hasen gehalten, der unseren Kochtopf bereichern könnte. Schnell habe ich dann aber gesehen, dass es ein kleiner Fritz ist. Es war im Eis eingeklemmt, und wenn ich es nicht entdeckt hätte, wäre es zerquetscht worden. Zum Dank hat es mich gebissen.«

»Ist es verletzt?«

»An einem Hinterbein vielleicht. Aber nicht schwer, jedenfalls hat es gezappelt, als wären es mindestens zwei seiner Sorte.«

»Können wir es behalten?« Luise streckte die Hände aus, und ihr Bruder übergab ihr den Schal. Das Frettchen lag für einen Moment still, und Luise spürte, wie es sich ihr anvertraute. Der ängstliche Ausdruck verschwand aus den Augen.

Durch die Wollschichten hindurch spürte sie den wendigen Leib und einen buschigen Schwanz. Sie trug den kleinen Kerl in die Küche. »Da hast du es warm. Ich schaue, ob dein Bein schlimm verletzt ist. Am besten nenne ich dich Fritz, das passt zu einem hübschen Kerl, wie du einer bist. Findest du nicht auch?«, plapperte sie dabei.

»Und wenn es eine sie ist?«, rief Georg von hinten.

»Dann machen wir daraus Fritzi.«

In der Küche setzte Luise das Frettchen auf den Küchentisch. Flugs befreite es sich aus dem Schal, flitzte an einem Tischbein herunter und am Herd wieder hoch, sprang von dort auf ein Regal. Töpfe und Tiegel schepperten zu Boden, eine Schüssel fing Conrad geistesgegenwärtig auf.

»Schlimm verletzt scheint der kleine Kerl nicht zu sein«, sagte er dazu.

Fritz saß oben auf dem Regal und begann, sich das Fell zu putzen. Lange hielt er es allerdings bei dieser Beschäftigung nicht aus, sondern lugte neugierig herunter und kletterte zurück auf den Boden, entwischte unter einen Schrank. Außer Rascheln war nichts mehr zu hören. Georg kniete sich vor den Schrank und schaute nach.

»Den bekommen wir da so schnell nicht wieder raus.«

Conrad erklärte, dass Frettchen für die Jagd abgerichtet wurden, wegen ihrer Flinkheit und Beweglichkeit. Sie ernährten sich von Fleischabfällen und seien keine Tiere, die im Haus gehalten wurden, sie sähen ja, was es in wenigen Minuten angerichtet hätte.

»Er ist sicher irgendwo entkommen und aufs Eis geraten«, beendete Conrad seine Ausführungen.

»Dann gehört Fritz jemandem?«

»Bestimmt.«

Georg kniete immer noch vor dem Schrank. Jetzt schaute er hoch. »Das Kammergut Pillnitz?«

»Werden wir ihn zurückgeben müssen?«

»Er gehört in erfahrene Hände.«

»Welche erfahrenen Hände?«, fragte Jacob von der Tür her. »Wieso kniet Georg vor dem Schrank?«

»Da hat sich ein Frettchen versteckt. Es war eingeklemmt. Jetzt kommt es nicht mehr raus.« Georg richtete sich auf und hockte auf seinen Fersen.

»Das Frettchen kommt unter dem Schrank nicht mehr raus?« Über Jacobs Miene huschte ein Lächeln.

»Im Eis war es eingeklemmt«, präzisierte Georg. »Unter dem Schrank könnte es herauskommen, aber es …«

»Es hat sich wohl erschreckt wegen der neuen Umgebung und der vielen fremden Menschen.«

Jacob kniete sich neben seinen Sohn und spähte unter den Schrank. Er holte etwas aus seiner Tasche. Luise erkannte ein Stück der Schnur, mit dem er und Georg ihre Netze flickten. Die Schnur schlängelte sich unter den Schrank. Zunächst passierte nichts, aber dann sah sie eine kleine Pfote danach haschen. Fritz kam hervor, folgte der Schnur, als wäre sie ein Beutetier. Ohne Scheu kletterte er auf Jacobs Arm und hielt erst auf seiner Schulter an.

Jacob verdrehte den Kopf, um ihn zu betrachten. »Verletzt scheint er mir nicht. Jedenfalls nicht sehr. Das Fell sieht räudig aus, als sei er längere Zeit draußen und auf sich allein gestellt gewesen.« Der Fischer richtete sich vorsichtig auf.

»Zu Ihnen kommt er sofort«, maulte Georg.

Niemand reagierte auf diesen Einwand. Fritz kletterte auf Jacobs andere Schulter. Er hielt seinen Arm Luise hin, und das Frettchen nahm die Einladung an.

»Er sitzt auf meinem Arm«, freute sich diese. »Er ist ganz warm und hat kleine Krallen. Ich spüre sie durch den Stoff.«

»Du musst ruhig mit ihm umgehen, damit er keine Angst bekommt. Gib ihm Milch in einer flachen Schale zu trinken. Er kann auch ein rohes Ei schlecken, oder du kochst eines für ihn.«

»Woher wissen Sie das?«

»Ich bin ein Fischer und kenne mich mit kleinen Tieren aus, auch wenn sie nicht im Wasser leben.« Der Vater zeigte ein seltenes Lächeln.

»Er gehört wahrscheinlich zum Kammergut Pillnitz. Wir werden ihn zurückgeben müssen.«

»Das müssen wir«, stimmte Jacob zu. »Sobald er gefressen und sich erholt hat. Wir müssen einen Käfig für ihn finden, er kann nicht frei im Haus bleiben.« Er strich seiner Tochter über die Wange und fuhr danach mit einem Finger über Fritz' Kopf. Sein Blick war auf die Töpfe gerichtet, die noch am Boden lagen.

Fritz benötigte nicht lange, um sich vollständig zu erholen. Bereits zwei Tage später glänzten die schwarzen Flecken in seinem Fell. Luise hatte seine Betreuung übernommen, nachdem Jacob und Georg einen Fischkäfig geholt und ihn mit Futter hineingelockt hatten. Er ließ sich durch die Stäbe hindurch streicheln und nahm manierlich kleine Stückchen Innereien oder gekochtes Ei von den Fingern. Mit der Milch in einer flachen Schale hatte er ein Schlachtfeld angerichtet, das für so ein kleines Tier erstaunlich war.

Luise konnte ihm nie böse sein, obwohl sie alles wegputzen musste. Sein Anblick war zu possierlich. Es fiel ihr deshalb nicht leicht, ihn in einen Korb zu setzen und einen Deckel über ihm festzubinden. Fritz begleitete ihr Tun mit einem Fauchen.

»Es tut mir leid, mein Kleiner. Wir müssen dich zurückbringen, also sei lieb«, beruhigte Luise ihn ohne viel Erfolg.

Conrad beobachtete sie. Weil der Weg nach Pillnitz weit war und sie ihn zu Fuß gehen mussten, hatte er entschieden, noch nicht kräftig genug zu sein, sie zu begleiten. Deshalb verließ sie mit Georg an ihrer Seite das Haus. Die Hände in den Taschen seiner Jacke vergraben schlenderte er neben ihr her.

Kaum hatten sie Loschwitz verlassen, blieb er stehen. »Stört es dich, alleine nach Pillnitz zu gehen? Der Weg ist nicht schwer zu finden, und was soll passieren?«, fragte er betont harmlos.

»Wohin willst du?«

»Meine eigenen Angelegenheiten verfolgen.«

Luise überlegte, was der Bruder meinen könnte. Gab es ein Mädchen, dem er schöntat?

»Georg, du bist fünfzehn.«

»Was soll das heißen? Kann ich mit fünfzehn keine eigenen Angelegenheiten haben?« Er stieß einen empörten Pfiff aus.

Sogleich regte sich Fritz im Korb. Luise hob eine Ecke des Deckels an und spähte hinein. Fritz schaute frech zurück. »Du bist mir einer, lässt dich von einem harmlosen Pfiff bange machen.« Sie lächelte. Ihren Bruder schaute sie gleich darauf ernst an. »In deinem Alter bist du viel zu jung, um nach einem Mädchen zu schauen.«

»Das seid nur ihr Weiber, die ihr nie was anderes im Kopf habt. Mädchen interessieren mich nicht. Wehe, du verrätst mich bei Papa.« Er wartete ihre Reaktion nicht ab, sondern stob davon – zurück in Richtung Dorf.

Ihr kleiner Bruder. Luise schaute ihm nach. Wahrscheinlich steckte kein Mädchen dahinter, sondern er traf sich mit Freunden, und sie ließen eine Pfeife herumgehen. Sie packte den Korb fester und ging weiter.

In Pillnitz klopfte Luise an die Tür zum Gesindetrakt und erklärte einem hochmütig dreinschauenden Diener ihr Anliegen.

»Das Tier ist da drin?«, erkundigte sich der Mann mit einem Blick voller Abscheu auf den Korb.

Zur Antwort fauchte Fritz.

»Er kann doch nicht raus?«

»Nicht, solange der Deckel festgebunden ist. Halten Sie hier Frettchen für die Jagd auf kleines Getier?«, wollte Luise freundlich wissen.

»Woher soll ich das wissen? Gehe sie zum Wirtschaftshof und frage sie da nach. Hier im Haus werden keine schmutzigen Tiere geduldet.«

Im Wirtschaftshof hörte sich ein freundlicher Herr, der sich ihr als Aufseher über die Ställe vorstellte, ihr Anliegen geduldig an.

»Natürlich haben wir Frettchen.« Er strahlte zu ihr herunter. »Ich weiß aber nichts davon, dass eines ausgerissen ist.«

Er führte sie zu den Käfigen, die auf hohen Beinen an der Südseite des Rinderstalles standen. Es waren mindestens ein halbes Dutzend und in jedem wurden zwei Frettchen gehalten. Die Tiere kamen neugierig heran, als sich die Menschen näherten. Fritz roch die Anwesenheit der anderen, denn er gebärdete sich wie wild. Luise befürchtete, dass der Korb seinem Toben nicht standhalten würde.

»Es fehlt keines«, stellte der Aufseher fest. »Was Sie in ihrem Korb haben, kann keines unserer Frettchen sein.«

»Wollen der gute Herr nicht nachschauen?«

»Habe ich doch.«

»Ich meine, im Korb nachschauen?«

»Sie sind eine ganz Hartnäckige. Dann zeigen Sie her.«

Luise band eine Ecke des Deckels los und ließ den Aufseher einen Blick hineinwerfen. Fritz versuchte sofort, aus dem Korb zu klettern, aber ein beherzter Griff des Aufsehers in sein Nackenfell verhinderte das.

»Wie ich gesagt habe, das ist keiner von unseren. Auch wenn er wie ein mutiger Jäger aussieht. Waren Sie mit ihm auf der Jagd?«

»Wo denken Sie hin? Mein Vater ist Fischer.« Fritz wurde wieder in den Korb gesetzt, und Luise band den Deckel sorgfältig fest. Etwas ratlos wartete sie anschließend, ob der Aufseher noch etwas von ihr wollte oder ob sie einfach mit Fritz wieder gehen könnte.

»Er muss sich erst eingewöhnen, aber dann werden Sie keinen Ärger mehr mit Mäusen und Ratten haben. Er jagt besser als jede Katze. Wenn aber jemand den hübschen Kerl vermisst, muss ich ihn zu Ihnen schicken.«

»Das verstehe ich«, antwortete Luise. »Schicken Sie ihn nach Loschwitz, er soll dort nach der Fischerfamilie Ehrmann fragen.«

»Jacob Ehrmann?«

»Das ist mein Vater.«

»Seine Räucherfische sind das Beste, was ich in dieser Richtung je gegessen habe, obwohl unsereins leider nicht oft dieses Vergnügen hat. Ehrmanns Fische landen meist auf den Tellern der vornehmen Herrschaften, und die lassen nichts über.«

Diese Aussage über die Räucherkunst ihres Vaters machte Luise stolz. Sie dankte dem Aufseher und fügte hinzu: »Im Augenblick haben wir allerdings keinen Räucherfisch und können auch nicht fischen.«

»Das Eis auf der Elbe, ich verstehe. Wir beobachten es hier auch. Warten Sie einen Augenblick.« Er verschwand um die Ecke des Rinderstalls.

Luise hob den Korb vor ihr Gesicht und spähte durch einen Spalt hinein. Fritz lag eingerollt und halb unter einem Schaffell begraben in einer Ecke. Er blinzelte sie aus munteren Augen an. »Du wirst nicht hierbleiben«, flüsterte sie ihm zu, dabei spürte sie eine große Freude.

Der Aufseher kam zurück und trug einen schäbigen Kasten aus Holz unter dem Arm. Vor Luise klappte er den Deckel nach oben. Die fuhr entsetzt zurück, als sie auf blutige Innereien blickte.

»Geben Sie dem kleinen Kerl davon. Frettchen sollen ja schlank sein, aber Ihrer ist doch sehr dünn. Innereien sind der größte Leckerbissen für sie.«

»Danke.«

»Nicht in den Korb zu dem Frettchen tun. Der Geruch bringt es schier um den Verstand.«

Luise blieb alleine zurück und sah sich vor die Aufgabe gestellt, den Korb mit Fritz und in der anderen Hand den unhandlichen Kasten zu tragen. Wenn der wenigstens einen Griff gehabt hätte. Oder wenn Georg da gewesen wäre, um ihr zu helfen. Sie machte sich auf den Rückweg.

Der Weg nach Loschwitz zog sich. Den Kirchturm sah sie bereits, aber er wollte nicht näherkommen. Dafür wurden ihre Arme immer länger. Der Kasten war dermaßen unbequem zu tragen, dass sie mehrfach versucht war, ihn im Schnee stehen zu lassen. Hätte er nicht Futter für Fritz enthalten ... Sie mobilisierte ihre letzten Kräfte und schleppte sich weiter mit Korb und Kasten ab. Warum hatte sie Georg erlaubt, seiner Wege zu gehen?

Luise blieb auf der Fahrstraße stehen, um zu verschnaufen. Den Kasten ließ sie aus den Armen in den Schnee am Wegesrand gleiten. Er verschwand in dem wattigen Weiß, und der Schnee schlug über ihm zusammen. Den Korb setzte sie darauf ab und rieb sich die Oberarme.

»He, ho!«

Der Ruf hinter ihr ließ sie zusammenzucken. Sie schaute sich um und erblickte eine schnell näherkommende Kutsche. Zwei Füchse waren davor gespannt, und der Kutscher schien nicht willens, das Tempo zu drosseln. Eilig sprang Luise in den hohen Schnee neben dem Fahrweg. Ihr Rock bauschte sich, und an ihren Waden wurde es kalt. Die Kutsche näherte sich unaufhaltsam.

Dicht rauschte sie an Luise vorbei. Es befanden sich kaum drei Handspannen zwischen ihr und den Rädern. Sie fiel nach hinten. Durch die Seitenscheiben erkannte sie als Insassen der Kutsche einen älteren Herrn und in seiner Begleitung eine Dame. Obwohl Luise darum kämpfte, nicht vollends im Schnee zu versinken, riss sie die Augen auf. Die junge Frau sah Ottilia zum Verwechseln ähnlich. Sie neigte sich lachend zu dem Mann an ihrer Seite. Ihr Gesicht war von einer pelzverbrämten Kapuze umrahmt, aus der einige dekorative Locken herauslugten. Beide hatten nur Augen füreinander.

Dann war die Kutsche vorbei. Luise kämpfte sich nicht ohne Mühe aus dem Schnee heraus und klopfte sich ab. Ihre Röcke waren feucht, die Füße fühlten sich an, als hätte sie im Eiswasser der Elbe gestanden. Von der Kutsche war längst nichts mehr zu sehen, als sie sich erneut den Kasten unter den Arm klemmte und den Korb aufnahm.

Georg war nicht zu Hause, als sie endlich das Ehrmannsche Haus erreichte. Der Vater ebenfalls nicht. Dafür empfing sie ein beinahe genesener Conrad Meinel. Er erkannte auf den ersten Blick, was mit ihr los war, und sorgte rührend dafür, dass sie sich aufwärmte, die feuchten Sachen gegen trockene tauschte und den Tee trank, den er zubereitete.

Fritz musste so lange in seinem Korb neben dem Herd warten. Der Kasten mit dem Fleisch stand hinter dem Haus.

KAPITEL IX

Ich begleite Sie«, sagte Conrad. »Das Krankenlager habe ich lange genug gehütet. Viel zu lange schon falle ich Ihnen zur Last.«

Er war zu allem entschlossen. Regelmäßig verließ er das Bett und spazierte im Garten hinter dem Haus auf und ab. Nach kurzer Zeit fühlte er jedes Mal seine Kräfte schwinden. Das letzte Mal hatte ihn ein derartig hartnäckiges Fieber auf die Bretter geschickt, da war er noch zur Schule gegangen. Die ganze Zeit war seine Mutter um ihn herumgetanzt, hatte ihm die Stirn gekühlt, ihm heiße Brühe und kalte Wadenwickel gebracht, ihm aus Herrn Friedrich Eberhard Collins ›Kurtzgefaßte Lebens-Regeln‹ vorgelesen, bis er am liebsten vor Qual geschrien hätte. Einzig seine Schwäche hatte ihn davon abgehalten. Wie viel angenehmer war es gewesen, von Luise Ehrmann gepflegt zu werden. Ihr freundliches Wesen und ihre zarten Hände. Er schüttelte den Gedanken an sie ab und konzentrierte sich darauf, Stiefel und Umhang anzulegen. Zusätzlich mit Schal, Handschuhen und einer Filzkappe angetan verließ er gemeinsam mit Jacob Ehrmann das Haus.

»Sie dürfen sich nicht übernehmen. Wir werden nur einen kurzen Gang tun«, erklärte dieser.

»Zum Fluss. Ich will sehen, wie es dort steht. Es ist wärmer geworden. Ist die Gefahr einer Eisflut gebannt?« Conrad wollte schneller gehen, bemerkte aber bald, dass ihm die Kraft fehlte.

Jacob Ehrmann passte sich seinen Schritten an. »Keineswegs. Es ist gefährlicher geworden. Das Eis taut und kann jeden Tag aufbrechen. Sie müssen noch einmal nach Dresden reisen und bei den Amtspersonen vorsprechen.«

»Gerne, aber ich fürchte, dass sie wieder nichts auf meine Worte geben werden. Sie haben es schon einmal nicht.«

Sie hatten den Fluss erreicht und blieben auf dem Deich stehen. Noch bedeckte die Elbe eine geschlossene Eisdecke. Aber das Tauwetter der letzten Tage hatte ihre Oberfläche milchig werden lassen.

»Wenn das Tauwasser aus Böhmen kommt«, insistierte Jacob, »werden die Flut und das Eis alles in Ufernähe zerstören. Ich spüre es in meinen Knochen, die Winterfluten der Jahre 1777 und 1781 werden nichts dagegen sein.«

Sie standen eine lange Zeit am Ufer, schauten auf den Fluss, beobachteten den Horizont und suchten nach Anzeichen, um das Wetter der nächsten Zeit zu bestimmen.

»Wenn das Tauwetter anhält, das Eis gleichmäßig schmilzt und nicht zu viel aus Böhmen kommt, können wir verschont bleiben, Herr Ehrmann.«

»Das sind recht viele Wenns. Das Wetter schießt eine Kapriole nach der anderen. Das ganze letzte Jahr geht das schon so.«

Conrad wusste, was er meinte. Seit vergangenen Mai hatte kosmischer Staub monatelang den Himmel verdunkelt. Abergläubische Naturen sprachen vom Jüngsten Gericht, dass die Ausdünstungen der Hölle den Himmel vergifteten. Er war überzeugt, dass dieser Staub in der Atmosphäre auf eine natürliche Ursache zurückzuführen war, obwohl auch er den Grund nicht kannte. Einige sprachen von einem weit entfernten Erdbeben, und der Staub sei von den Winden der höheren Schichten erfasst und über die ganze Welt getragen worden. Andere hielten einen gewaltigen Sturm in der afrikanischen

Wüste für die Ursache, der den Sand über alle Kontinente verteilte.

Er selbst glaubte weder an das eine noch das andere, sondern hielt den Ausbruch eines Vulkans mit einem gewaltigen Ascheausstoß für die Ursache der Staubwolke über ganz Europa. Von überall her war der Staub gemeldet worden, und man hatte auch vom Ausbruch einer ganzen Vulkankette auf der weit im Norden liegenden Insel Island gehört. Ihm fehlte aber der letzte schlüssige Beweis für seine These. An der Bergakademie in Freiberg hatte er mit seiner Auffassung allein gestanden, und aus Sorge um seine Position im erlauchten Kreis der Lehrenden hatte er seine Meinung nicht allzu laut vertreten.

»Ich glaube an einen Vulkan«, sagte Jacob Ehrmann zu seiner Überraschung. »An Vulkanasche in der Luft, auch wenn ich keine Ahnung habe, wie sie sich so lange dort halten konnte.«

»Sie haben davon gehört?«, fragte Conrad und kam sich im selben Moment dumm vor. Warum sollte ein Mann wie Jacob Ehrmann nicht von einem Vulkanausbruch gehört haben? Es hatte schließlich in allen Zeitungen gestanden. Der Fischer schien ihm ein vielseitig interessierter und gebildeter Mann zu sein.

»Nicht wenige in Loschwitz glaubten an höhere Mächte«, sagte Jacob Ehrmann verächtlich. »Die gleichen stecken auch jetzt den Kopf in den Sand und wollen die Gefahr nicht sehen. Mein Nachbar etwa. Gabriel Neuber. Dabei steht sein Haus dichter an der Elbe als meins. Bei den letzten Fluten hat es immer einen Schaden davongetragen.«

»Vielleicht geht wirklich alles gut. Keiner weiß es genau.« Conrad sprach ohne viel Hoffnung. Der Eispanzer auf dem Fluss schien ihm in diesem Jahr dicker zu sein als gewöhnlich. Wenn das Wasser kam, das Eis aufbrach …

»Ich spüre es hier drin.« Jacob schlug sich auf die Brust. »In jedem Finger und jedem Zeh kratzt es. Die Artillerie muss kommen, dieses Eis aufbrechen und es den Fluss hinunter leiten. Gerade bei Tauwetter. An allen Brücken müssen sie die Eisschürzen wegschießen. Machen sie das? Hören Sie etwas davon? Man müsste es aber tun.«

»Die Artillerie ist alarmiert und bereit, mit Kanonen und Mörsern gegen das Eis vorzugehen. In Dresden, Meißen und in Torgau. Das wurde mir in der Hauptamtmannschaft versichert.«

Der Fischer warf ihm einen Blick zu, der alles darüber aussagte, was er davon hielt.

»Wir können nichts tun. Lassen Sie uns zurückgehen.« Conrad wurde kalt, und er wollte nicht länger auf das Eis starren.

KAPITEL X

Georg zog den Kopf zwischen die Schultern und mühte sich mit steifen Fingern und Ledergurten am Pferdegeschirr ab. Das Pferd unter dem Gurt, ein gutmütiger Brauner, wartete geduldig. Atem dampfte vor seinem Maul und hing als Eiskristalle an den längeren Haaren am Unterkiefer. Neben dem Braunen stand ein Fuchs, und an dessen Geschirr machte sich Jacob Ehrmann zu schaffen. Der Fuchs war weniger geduldig, schüttelte den Kopf und stampfte mit einem Huf auf.

»Halt still«, fuhr Jacob ihn verhalten an. »Verdammtes Leder, steifer als Stockfisch.«

Endlich saßen alle Riemen, und der Fischer hielt die Zügel in der Hand. Georg musste auf sein Geheiß hin aufs Eis klettern und kontrollieren, ob die Bootshaken richtig in den Eisschollen verankert waren. Einen schlug er mit einem Hammer noch fester ein, danach gab er ein Zeichen. Mit Rufen trieb Jacob die Pferde an. Die schauten sich erstaunt um, wer ihnen da ein Kommando gab, zogen jedoch gehorsam an.

Die ersten Schritte gingen leicht, bis sich die Gurte spannten. Jacob trieb die Pferde weiter an, wie er es bei den Bauern gesehen hatte. Irgendwas machte er falsch, jedenfalls blieben der Braune und der Fuchs stehen.

»Nun macht schon«, forderte Jacob sie auf.

»Vielleicht war es keine gute Idee, Papa.« Georg stand immer noch neben den Eisblock, der am Geschirr hing. Seine Aufgabe sollte sein, darauf zu achten, dass das Eis sich nicht verhakte. Die Zügel klatschten auf Pferderücken, sein Vater trieb die beiden erneut mit Rufen an. Seiner Stimme war anzuhören, dass er ungeduldig wurde.

»Lassen Sie sie etwas zurückgehen. Vielleicht fällt es ihnen leichter, wenn sie nicht sofort schwer ziehen müssen?«, schlug Georg vor.

»Wie soll ich das machen?«

»An den Zügeln ziehen?« Georg fühlte sich hilflos. Er wusste, sein Vater war der Meinung, er müsse sich mit Pferden auskennen, weil er Wagenbauer lernen wollte. Dabei war er ihnen bei Leopolds kaum je nahe gekommen, und in Wahrheit fürchtete er sich vor ihren großen Hufen.

Offenbar hatte er trotzdem das Richtige gesagt. Die Pferde gingen brav zurück, als Jacob an den Zügeln zog. Und sie gingen auch wieder voran, als er es ihnen befahl. Diesmal trieb er sie gleichmäßig an und ließ nicht nach, nachdem sie sich in Bewegung gesetzt hatten. Sie stemmten sich ins Geschirr – der Eisblock bewegte sich knirschend. In Georgs Brust jubelte Freude.

Die Pferde zogen das Eis bald einhundert Schritte vom Ufer fort, ehe Jacob sie anhielt und Georg die Haken löste. Die Temperaturen lagen über dem Gefrierpunkt, und vom Eis sickerte Wasser in den nassen und schweren Boden. Georg sank mit den Stiefeln fast bis über den Fuß ein. Sofort lenkte Jacob das Gespann zurück zum Ufer.

Eisblock um Eisblock zogen sie aus dem Fluss, legten sie auf einem Feld ab. Der Weg von der Elbe her war von den Pferdehufen bald aufgewühlt, dass die Tiere bis zu den Fesseln einsanken. Ihr Atem ging keuchend, ihre Hälse waren dunkel vor Schweiß, und Dampf stieg von ihren Leibern auf. In ihrem Mienen glaubte Georg zu lesen, dass sie sich eine Pause wünschten. Ihm erging es ebenso. Unter Jacke und

Schal schwitzte er, an den Füßen war ihm kalt. Der matschige Boden und das angetaute Eis hatten seine Stiefel durchweicht.

Auf dem Feld lag eine erkleckliche Anzahl Eisschollen, aber der Elbe war nicht anzusehen, dass sie überhaupt etwas herausgezogen hatten. Georg hackte die nächste Scholle frei, trieb die Bootshaken hinein und gab seinem Vater das Zeichen. Ergeben ließen sich die Pferde antreiben, ihre Gutmütigkeit war wirklich kaum zu überbieten. Die Eisscholle polterte die Uferböschung hinauf aufs Feld.

Georg wischte sich mit dem Ärmel über das verschwitzte Gesicht. »Das bringt nichts. Es ist so viel Eis im Fluss, wir können nicht annähernd genug herausziehen, um etwas zu bewirken.«

»Wenn niemand etwas tut, bessert sich auch nichts. Das müsste überall entlang des Flusses gemacht werden«, antwortete sein Vater mürrisch. »Einer muss anfangen.«

»Wir brauchen eine Pause. Die Pferde auch«, verlangte Georg, als der Braune und der Fuchs stehen blieben und gesenkten Kopfes darauf warteten, dass er das Eis vom Haken löste.

»Ausruhen können wir, wenn es dunkel geworden ist.«

»Die Pferde …«

»Die schaffen noch was. Sind doch kräftige Tiere.« Jacob klopfte dem Braunen den Hals.

Über das Feld rannte eine lang aufgeschossene Gestalt auf sie zu. Sie fuchtelte mit den Armen. Der Wind trug eine wütende Stimme zu Georg und seinem Vater herüber. Die Worte waren nicht zu verstehen, und gegen die tief stehende Sonne war auch nicht zu erkennen, wer dort kam. Dennoch bestand für Georg kein Zweifel daran, dass dort Heiner Kirbach nahte. Ihm gehörte das größte Bauerngut in Loschwitz und auch die beiden

Pferde, die Jacob sich ausgeliehen hatte. Als er näher kam, bestätigte sich Georgs Vermutung.

»Was soll das werden?« Heiner Kirbachs knollige, von roten Äderchen durchzogene Nase war röter als gewöhnlich.

Jacob stellte sich breitbeinig vor die Pferde. Die Peitsche, die er die ganze Zeit in der Hand gehalten, aber nicht eingesetzt hatte, wirkte wie eine Waffe. »Wonach sieht es denn aus?«

Die Blicke des Bauern schweiften über sein Feld, seine Pferde, die Eisblöcke und blieben schließlich auf der Peitsche hängen. »Hast du sie damit geschlagen? Bei mir bekommen Pferde die Peitsche nicht zu spüren.«

»Bei mir auch nicht. Ich habe sie nicht mal angetippt.«

»Du schirrst sie ab, und ich nehme sie mit. Dann vergessen wir das Ganze.«

»Papa, Sie haben die Pferde nicht – ausgeliehen? Ich dachte …« Georg schüttelte den Kopf.

»Ausgeliehen! Ich nenne das gestohlen.« Heiner Kirbach wandte sich wieder an Jacob. »Ich sage es ein letztes Mal, spann sie aus.«

»Das kommt nicht infrage«, sagte Jacob sofort. »Wir brauchen sie. Wir müssen so viel Eis wie möglich aus der Elbe holen. Wie sollen wir das mit unseren Händen schaffen?«

Georg dachte, das sei großzügig von Heiner Kirbach, den er als gierigen neunmalklugen Menschen kannte. Dennoch stellte er sich neben seinen Vater. Familie war Familie.

»Ich lasse mir von euch nicht drohen.«

»Wir drohen nicht. Siehst du denn nicht, dass etwas getan werden muss? Wenn das Schmelzwasser den Fluss mit so viel Eis ansteigen lässt, droht uns allen eine Gefahr, die die Eisfluten der vergangenen Jahre weit übersteigt.«

»Was tust du dagegen? Zwei Dutzend oder ein paar mehr Eisblöcke mit meinen Pferden ans Ufer ziehen, wo sie auf meinem Feld schmelzen und eine Schlammwüste hinterlassen, auf der ich unmöglich im Frühjahr säen kann. Gegen deine Eisflut wirst du damit nichts ausrichten. Ich sage dir was, sie existiert nur in deinem Kopf. Und jetzt gib mir die Pferde zurück.«

Heiner Kirbach wollte nach den Zügeln greifen, aber Jacob stieß ihn zurück. Der große Mann, der auf diesen Widerstand nicht gefasst gewesen war, stolperte und fiel hin. Mit hochrotem und wütend verzerrtem Gesicht sprang er wieder auf. Diesmal wehrte Jacob ihn mit dem Peitschenstiel ab. Georg verhinderte, dass der Bauer so leicht wieder auf die Füße kam. Sie rangen alle drei im Schnee miteinander, und die Pferde schauten ihnen ungerührt zu. Heiner Kirbach befreite sich und rannte davon.

»Den sind wir los.« Jacob klopfte sich Schnee von Jacke und Hose. »Wir haben noch eine Menge Arbeit vor uns und keine Hilfe.«

»Sie können unmöglich weitermachen wollen, Papa. Er wird zurückkehren und wir bekommen richtig Ärger.«

»Bis dahin schaffen wir auf jeden Fall noch etwas.« Jacob nahm die Zügel wieder auf und trieb die Pferde an.

Sie schafften weitere Eisblöcke heran, bis mehrere Männer über das Feld auf sie zu stapften. Einer von ihnen war Heiner Kirbach, ein anderer der Dorfälteste Valentin Kyritz und etwa eine Handvoll weiterer Herren. Der Loschwitzer Pfarrer war auch dabei. Er war ein älterer Herr und keuchte hinter den anderen her.

»Jacob, was fällt dir ein!«, rief Kyritz und fügte hinzu, dass er bereit sei, die Dinge auf sich beruhen zu lassen, wenn Jacob keine weiteren Schwierigkeiten mache.

Nimm es an, Vater, flehte Georg stumm und ohne viel Hoffnung.

»Steht da nicht rum, sondern helft uns lieber.«

»Da hörst du es«, eiferte der Bauer. »Dieser Mensch hat vollständig den Verstand verloren. Erst stiehlt er meine Pferde, dann greift er mich an, wenn ich sie zurückverlange.«

»Das nenne ich nicht gestohlen«, mischte sich Georg ein. »Die Pferde stehen hier, und natürlich hatte mein Vater nie vor, sie zu entwenden. Herr Kirbach wird sie zurückerhalten.«

»Da hörst du es. Wie der Vater so der Sohn. Walte deines Amtes«, verlangte Heiner Kirbach.

Als hätten die anderen nur auf dieses Stichwort gewartet, ergriffen sie Jacob an beiden Armen und entwanden ihm die Peitsche. Auch Georg wurde festgehalten. Der Bauer schirrte seine Pferde ab und ging mit ihnen davon.

»Was passiert jetzt mit uns?«, fragte Jacob. Er hörte sich stolz wie immer an.

»Ich kann nicht so tun, als hätte es das hier nicht gegeben«, begann der Dorfälteste. »Jetzt nicht mehr. Du weißt, wie Heiner Kirbach ist. Er würde keine Ruhe geben. Du hättest ihm einfach die Pferde zurückgeben sollen, aber du ... Jacob, Jacob.«

»Was wirst du machen?«

»Du musst nach Dresden. In Gewahrsam«, sagte der Dorfälteste. »Es geht nicht anders. Widersetze dich nicht, ich will nicht auch noch Gewalt anwenden müssen.«

Jacob war blass geworden, wirkte aber gefasst. Er nickte.

»Nein! Vater!« Georg wollte sich losreißen, aber die Hände seiner beiden Häscher lagen wie Klammern um seine Arme.

»Beruhige dich, Sohn. Du kannst nichts machen. Es ist am besten, den Dingen erhobenen Hauptes entgegenzublicken.«

»Vater!«

»Bringt ihn weg«, ordnete der Dorfälteste an.

Jacob wurde weggeführt. Die beiden Männer rechts und links neben ihm packten ihn nicht zimperlich an. Der Fischer wollte sich noch einmal umdrehen, aber die beiden schubsten ihn vorwärts.

»Vater!« Georg wollte zu ihm laufen, wurde aber ebenfalls festgehalten. Ein Arm wurde ihm schmerzhaft auf den Rücken gedreht, und er ging in die Knie. »Was wird jetzt?«, keuchte er.

»Du beruhigst dich, Junge. Dir wird nichts passieren.«

»Bringt Er mich auch ins Amthaus? Oder in die Festung nach Dresden?«

»Du wirst nirgendwohin gebracht, wenn du vernünftig bist.« Auf einen Wink des Dorfältesten hin wurde er losgelassen.

Georg sprang auf und ballte die Fäuste.

»Geh nach Hause. Deinem Vater kannst du nicht helfen. Schon gar nicht, wenn du hier laut wirst. Dein Vater hat sich seine Schwierigkeiten selbst zuzuschreiben. Er musste stur sein bis zum Letzten.« Valentin Kyritz sprach leiser weiter: »Er war nicht immer so. Als seine Frau noch lebte ... er war ein anderer Mann damals. Es ist eine Schande, dass ihn dies treffen musste. Wenn wenigstens Gewissheit da wäre.«

Er redete noch weiter, aber Georg hörte es nicht mehr.

KAPITEL XI

Die Tür der Stube wurde aufgerissen, und Georg stürmte herein.

»Tür zu!«, rief Luise sofort. »Fritz entwischt sonst.«

Georg schmetterte die Tür zu. Schon als er hereingekommen war, hatte sich das Frettchen unter das Sofa geflüchtet. Sowie Ruhe eingekehrt war, spitzte es hervor. Erst war nur die Nase zu sehen, dann der ganze Kopf. Luise lockte es mit einem Stück hart gekochtem Ei. Fritz kletterte an dem auf dem Sofa sitzenden Conrad Meinel hoch, schwang sich von dort auf die Lehne und nahm das Ei. Die Hälfte fiel allerdings runter. Er folgte mit einem eleganten Sprung. Auf dem Boden krümelte er weiter mit dem Ei herum.

Georg ließ sich auf einen Stuhl fallen und schleuderte seine Mütze auf den Tisch.

Luise hatte sich nach vorn gebeugt und tupfte mit der Fingerspitze Eikrümel auf, hielt sie Fritz hin. Der nahm eins nach dem anderen, als hätte er sie nicht zuvor überall verstreut.

»Sie haben Vater«, platzte Georg heraus.

»Was?« Luise richtete sich auf. »Was ist mit ihm? Was habt ihr gemacht?«

Der Bruder erzählte, wie sie mit den Pferden des Bauern Kirbach Eisschollen aus der Elbe gezogen hatten, wie der Dorfälteste gekommen war und sie den Vater schließlich nach Dresden abgeführt hatten.

»Was passiert dort mit ihm?« Luise war blass geworden.

Die beiden Ehrmann-Geschwister schauten auf Conrad.

»Ich weiß es nicht, schließlich bin ich kein Rechtsgelehrter. Es muss jemand nach Dresden gehen und sich im Amthaus nach Ihrem Vater erkundigen. Wir müssen eine Eingabe schreiben.«

»Der Kirbach kann doch nicht behaupten, seine Pferde wären gestohlen worden, wenn er später mit ihnen nach Hause gegangen ist? Wie kommt er auf so etwas?«

»Vater hat nicht nachgegeben.«

»Das sieht ihm ähnlich.« Luise seufzte. »Wenn sie Vater auf der Festung arretieren … wir können doch hier nicht alleine bleiben.« Sie fühlte sich, als stünde sie am Abgrund. Sie suchte Blickkontakt mit dem Geographen, aber der schaute auf seine auf den Oberschenkeln liegenden Hände, schien sich unwohl zu fühlen, Zeuge dieser intimen Szene zu werden. »Was machen wir jetzt?«

»Die Eingabe schreiben, von der Herr Meinel gesprochen hat?«, fragte Georg hoffnungsvoll.

Mit dessen Hilfe schrieb Georg einen Brief und trug ihn tags darauf nach Dresden. Erschöpft kehrte er in der Dämmerung zurück. Das Schreiben habe er abgeben können, aber den Vater nicht sehen dürfen.

»Was nun?«, wollte Luise wissen.

Georg zuckte mit den Schultern. Niemand hatte ihm etwas sagen können – oder wollen.

»Wird er angeklagt und zu einer Strafe verurteilt?«, fragte Luise trotzdem weiter.

»Das weiß ich nicht.«

»Es wird ihm nichts Schlimmes passieren. Letztendlich ist kein Schaden entstanden. Bauer Kirbach hat seine Pferde wohlbehalten zurück«, mischte sich Conrad ein. »Sie können Ihren Vater nicht im Amthaus behalten wie einen gemeinen

Landstreicher, aber natürlich darf er nicht gegen die Obrigkeit wettern, wie er mit Seinesgleichen spricht.«

»Muss er eine Strafe zahlen?«

»Fräulein Luise …?«

»Ich weiß, aber ich mache mir Sorgen um ihn. Das wird ihn noch unversöhnlicher werden lassen.«

Conrads Blick ruhte warm auf ihr, das tat ihr gut. Wie es ihr überhaupt gefiel, ihn im Haus zu haben.

»Unser Kurfürst ist gütig und weise, seine Amtleute ebenso. Sie werden einen Fischer mit Haus und Hof und zwei Kindern nicht einem besitzlosen Landstreicher gleichstellen. Ich werde bleiben, bis Herr Ehrmann zurückkommt. Sofern Sie dies wünschen, Fräulein Luise.«

Sie stimmte dankbar zu.

Später in ihrer eigenen Schlafstube stach Luise lustlos die Nadel mit einem grünen Faden durch ihr Mustertuch. Die Stube war nur von einer einzigen Kerze erhellt, und sie musste die Augen zusammenkneifen, um etwas zu erkennen. Aber darin lag nicht die Ursache, warum ihr an diesem Abend nichts gelingen wollte. Aufseufzend legte sie den Stoff beiseite. Conrads Zuversicht – in Gedanken war sie längst beim Vornamen angelangt – teilte sie nicht. Der Vater war schon immer gut darin gewesen, mit Worten alles schlimmer zu machen. Die Loschwitzer Fischer hatte er mehr als einmal gegen sich aufgebracht, zum Beispiel, als die Idee aufkam, zusammen mit anderen rechtselbischen Fischern eine Gemeinschaft zu gründen und in eine gemeinsame Kasse einzuzahlen, um den Hinterbliebenen verunglückter Kollegen eine kleine Rente auszuzahlen und die Kosten der Beerdigung zu übernehmen. Das Vorbild waren die Arbeiter in der Meißner Porzellanmanufaktur, die seit Jahren eine derartige Kasse betrieben. Mit harschen Worten hatte er sich dagegen ausgesprochen, was auf alle

Loschwitzer Fischer zurückgefallen war. Man könne sich nicht mit den anderen verbrüdern, die nichts vom Fischen verstünden, es solle nur niemand erwarten, dass er so jemandem sein Geld anvertraue – am Ende einem aus Übigau, hatte er gewettert. Sie hatten nichts mehr von dieser Vereinigung gehört. Luise glaubte, die anderen Fischer hätten diese Kasse gegründet und den Vater außen vor gelassen. Von denen durfte er keine Fürsprache erwarten. Als ältestem Fischer in Loschwitz wäre es an Moritz Hammel gewesen, sich für den Vater einzusetzen. Wenigstens einen Besuch hätte er machen müssen, um ihnen Hilfe anzubieten. Der einzige Lichtblick war Conrad. Sie war dem Herrn im Himmel noch nie so dankbar gewesen wie jetzt, dass er den Besucher mit einer Krankheit geschlagen und zum Verweilen im Haus gezwungen hatte.

KAPITEL XII

Seine Unterbringung im Dresdner Amthaus erfolgte in einer Kammer im ersten Stock. Die war etwas länger als das Bett, das darin stand und genauso breit. Am Fenster verhinderten Gitter, dass er es öffnen konnte. Außer dem Bett gab es noch einen Eimer mit Deckel für die Notdurft. Ein Ofen fehlte, aber in einer Ecke verlief ein Schornstein und strahlte Wärme ab.

Für einen Arrest war es eine bequeme Unterkunft. Wer sonst unter Brücken schlief, nur einen Strohsack als Lager hatte, diesen vielleicht mit anderen teilen musste, für den mochte es sogar besser als sein Zuhause sein. Für Jacob dagegen war es schrecklich, den Raum nicht verlassen zu können. Stundenlang stand er am Fenster, die Hände um die Gitterstäbe gelegt, und starrte hinaus auf die Wand des ungefähr drei Armlängen entfernten nächsten Hauses. Verrenkte er den Hals, erblickte er einen Fleck trüben Himmels. Er sah nichts vom Fluss, keinen Busch, keinen Baum.

Manchmal gingen Menschen durch den Gang zwischen den beiden Häusern. Er hörte ihre Schritte. Vielleicht hätte er rufen können? Was sollte er mit ihnen reden? Würden sie einem wie ihm zuhören? Am ersten Abend konnte er weder das Essen, einen Graupenbrei mit Erbsen, anrühren noch in der Nacht ein Auge zutun. Der Magen knurrte, seine Gedanken kreisten um die Kinder, die sich hoffentlich ohne ihn im Haus nicht ängstigten. Sie waren noch nie in ihrem jungen Leben allein gewesen. Zum Glück war Conrad Meinel da.

Den gleichen Graupenbrei gab es zum Frühstück. Diesmal aß Jacob ihn mit dem mitgelieferten Holzlöffel. Er schmeckte nichts, aß nur, weil der Verstand ihm sagte, sein Körper brauche die Nahrung. Danach stand er wieder am Fenster, lehnte die Stirn an die Gitterstäbe. Das kalte Metall auf der Haut zu spüren, zeigte ihm, dass noch Leben in ihm war.

Seine Zellentür wurde rasselnd aufgeschlossen, und Jacob drehte sich um. Eine verhuschte Magd mit einem Buckel, die ihren Kopf unter einem grauen Schal versteckte, schlich herein und tauschte den Eimer für die Notdurft aus. An der Tür wartete ein Wächter in der Dresdner Stadtlivree. So mager wie die Frau war, so feist kam dieser Mann daher. Das Kinn verschwand beinahe in den Fettwülsten seines Halses.

»Was passiert mit mir? Werde ich angeklagt? Wessen beschuldigt man mich?«, schoss Jacob seine Fragen auf ihn ab.

Der Fette drehte langsam den Kopf, als falle es ihm nicht leicht, seine Massen in Schwung zu bringen. »Immer mit der Ruhe, Mann. Du wirst selbst wissen, warum du hier bist.«

»Ich weiß es eben nicht.«

»Woher soll ich es wissen?«

Bevor der Wärter sich wegdrehen konnte, fragte Jacob schnell: »Kann ich einen Brief schreiben?«

»Wenn du Papier, Feder und Tinte hast.«

Weil es offensichtlich war, dass er das alles nicht hatte, wollte Jacob auffahren, bezähmte sich aber. Er ballte die Hände zu Fäusten und presste die Fingernägel in die Handballen. »Was muss ich tun, um es zu bekommen?«

»Bezahlen.«

Er klopfte seine Taschen ab. Ein paar Pfennige und drei Groschen förderte er zutage.

»Guter Witz, Mann.« Der Fette lachte, dass sein Bauch und seine Wangen wackelten. »Das kostet fünf Taler.«

»Wucherer«, begehrte Jacob auf. »Ein Bogen Papier, etwas Tinte und eine Schreibfeder kosten niemals so viel.«

»Hier drin kostet es fünf Taler.«

»Ich habe das Geld nicht. Wenn er mich einen Brief schreiben lässt, gibt meine Familie ihm das Geld.« Jacob tat es um jeden Pfennig weh, der in den Händen dieses gierigen Menschen landen würde, aber noch mehr fürchtete er, im Arrest zu versauern, wenn er mit niemandem Kontakt aufnahm.

»Kredit gibt es nicht.« Diesmal drehte die Wache sich endgültig weg und schloss Jacob wieder ein.

Der warf sich gegen die Tür, die stabil war und nicht einmal um die Dicke eines Haares nachgab. Trotzdem warf er sich dagegen, bis sein ganzer Körper schmerzte. Den Rest des Tages verbrachte er auf dem Bett und wusste nicht, wie er liegen sollte, aber alles andere war noch schmerzhafter.

Tags darauf tat ihm immer noch alles weh, wenn er sich bewegte. Lag er still auf dem Bett, fühlte er nichts mehr. Den Blick hielt er auf das vergitterte Fenster gerichtet und beobachtete, wie der Tag vorbeiging. Solange die Mauer des Nachbarhauses zu erkennen war, musste Tag herrschen. Er überlegte, wie viele Tage er schon eingesperrt war. Waren es drei oder vier? Jacob fürchtete, den Überblick verloren zu haben, weil er den Fluss nicht sehen konnte. Sein ganzes Leben lang war er jeden Tag an der Elbe gewesen. Der Fluss hatte ihm geholfen durchzuhalten, nachdem Barbara verschwunden war, er hatte ihm die Kraft gegeben, zwei Kinder alleine großzuziehen. Ohne ihn fühlte er sich wurzellos.

Mitten hinein in diese Überlegungen hörte Jacob, wie ein Schlüssel ins Schloss gesteckt und herumgedreht wurde. Mühsam richtete er sich auf.

In der Tür stand der fette Wachmann vom Vortag. »Raus mit dir!«

»Was?«

»Dein Arrest ist beendet.«

Es dauerte einen Augenblick, bis diese Worte in Jacobs Gehirn ankamen. Wegen der Schmerzen konnte er sich nur langsam aufrichten. Die Geduld des Fetten reichte nicht weit.

»Willst du nicht raus? Ich kann wieder zusperren und dich verfaulen lassen.«

»Nein!« Jacob ignorierte den Schmerz und zwang sich auf die Füße. Zögerlich ging er aus der Zelle, wartete immer darauf, sich gleich wieder eingesperrt zu finden.

Niemand hielt ihn auf. Auf der Treppe auch nicht. Die Tür zur Gasse stand offen. Jacob trat hindurch und atmete tief ein. Es war dunkel, und bis er zu Hause wäre, wäre es bestimmt nach Mitternacht. Das war ihm egal. Er machte den ersten Schritt, ignorierte das Ziehen in den Beinen. Nach und nach wurde es besser, als hätte er sich eingelaufen. Er strebte der Elbe zu, wollte noch über die Brücke und die Stadt hinter sich lassen, ehe die Tore geschlossen wurden. Die Nacht in Dresden verbringen zu müssen, war ein schrecklicher Gedanke für ihn. Keinen Moment länger als nötig wollte er es ohne Luise und Georg aushalten.

Der Himmel war von Wolken bedeckt, weder Sterne noch Mond spendeten Licht, aber die vereiste Elbe durchschnitt als helles Band die Stadt. Jacob eilte auf die Brücke zu. Es kam ihm erstaunlich vor, wie viele Menschen unterwegs waren. In Loschwitz wäre um diese Zeit nur noch der Nachtwächter draußen. Ihm kamen Flaneure in vornehmer Kleidung entgegen, Handwerksburschen im Dutzend oder Paare, bei denen selbst der in diesen Dingen unerfahrene Jacob überzeugt war, sie wären nicht miteinander verheiratet. Zu eng schmiegten sich die jungen Frauen an ihre deutlich älteren Begleiter. Er entdeckte sogar Paare, die ihre Gesichter hinter Masken verbargen.

Er setzte die ersten Schritte auf die Rampe der Brücke, als ein Krachen ertönte. Jacob wusste augenblicklich, worum es sich handelte. Er rannte zum Brückengeländer und schaute flussaufwärts. Andere drängten sich neben ihn.

»Was ist das?«

»Was geschieht da?«

So hörte er sie fragen. Mit ausgestreckten Armen deuteten sie auf den Fluss. Das Krachen kam rasch näher, begleitet von einem Donnern.

»Herr im Himmel, erbarme dich unser«, betete eine Frau direkt neben ihm.

Durch das Eis liefen gezackte Risse auf die Brücke zu. Dicht dahinter folgte ... Jacob brauchte einen Moment, um zu begreifen, was das wirklich bedeutete. Dann packte er die Betende neben ihm, als die Risse im Eis die Brücke erreichten. Ein Beben ging durch das Bauwerk.

»Das Eis bricht auf! Dahinter kommt die Flut!«, rief er. »Wir müssen von der Brücke runter!«

Er zog die Frau hinter sich her. Kümmerte sich nicht darum, dass sie sich wehrte und kreischte, er sei ein Sittenstrolch. Das Donnern des den Rissen folgenden Wassers erfüllte die Luft. Die geborstenen Eisschollen türmten sich auf. Das Wasser schob sie vor sich her, trieb sie gegen die Ufer. Die ersten Wellen schwappten über das Flussbett hinaus. Noch zogen sie sich wieder zurück, ließen nur das Eis an Land liegen.

»Lassen Sie mich los! Was fällt Ihnen ein?«, schrie die Frau Jacob an.

»Es wird furchtbar werden!« Er löste seinen Griff um ihren Arm.

Sie rannte auf die Brücke zurück. Die Menschen dort schrien auf, als das Wasser gegen die Pfeiler brandete. Jacob wusste, dass er hier nicht stehen bleiben konnte, denn der Platz zwischen Schloss, Brühlschem Palais und Hofkirche wäre in Kürze vom Wasser bedeckt. Wer dann noch auf der Brücke stand, käme nicht mehr trockenen Fußes in Sicherheit. Jacob rannte die Treppe neben dem Palais hinauf auf die Festungsmauer. Er wollte sich von oben einen Überblick verschaffen.

Aus den Häusern strömten die Menschen mit Fackeln, viele standen noch auf der Brücke. Die nächtlichen Flaneure hatten sich von seinem erhöhten Standpunkt aus in wild umherschwärmende Glühwürmchen verwandelt. Die Fackeln warfen ihr zuckendes Licht auf den Fluss, der Jacob schon um etliche Zoll gestiegen schien.

Wie eine schwarze, träge Masse wälzte das Wasser sich heran. Aus zusammengekniffenen Augen beobachtete er, wie es unter der Brücke durchfloss. Noch ging alles gut, die Pfeiler hielten dem Wasserdruck stand, das Eis verkeilte sich nicht unter den Brückenbögen. Jacob hatte wenig Hoffnung, dass es so bleiben würde. Der Weg am Ufer stand inzwischen unter Wasser, und immer noch hielten sich Menschen auf der Brücke auf. Er winkte ihnen zu, dass sie herunterkommen sollten. Ob sie ihn überhaupt bemerkten, wusste er nicht.

Das Wasser brachte Schlamm mit sich, entwurzelte Bäume, Bretter, er entdeckte den Bug eines Kahns, mehr Bretter. Dann sah er eine Kuh vorbeitreiben, bei der er nicht wusste, ob sie lebte oder schon tot war. Wie mochte es in Loschwitz aussehen? Luise, Georg und Conrad Meinel, wie kamen sie zurecht? Hoffentlich standen das Haus und der Fischerschuppen noch?

Ausgeschlossen, noch auf die andere Seite zu kommen und nach Hause zu gelangen. Seine Kinder waren auf sich allein gestellt. Der Gedanke fraß sich in seine Brust. Sie waren alles, was ihm von seiner Frau geblieben war. Seiner Barbara. Manchmal, wenn er Luise von der Seite ansah oder sie bei einer Bewegung beobachtete, erkannte er Barbara in ihr. Jacob hielt seine Oberarme umklammert und starrte zur Brücke.

Konnte er es noch schaffen, auf die andere Seite und nach Hause zu kommen? Er war ein kräftiger Mann, und niemand kannte die Elbe wie er. Wenn er einfach loslief ... und erst in Loschwitz wieder stehen blieb? Jacob fühlte sich hin- und hergerissen. Das war das Gefühl, das er am schlechtesten ertragen konnte. Er entschied, den Versuch zu wagen.

Gerade da erhob sich Geschrei auf der Brücke. Die Menschen hatten bemerkt, in welcher Gefahr sie schwebten: Dass sie alle fortgerissen würden, wenn die Brücke nicht standhielt, und dass sie wegen des steigenden Wasser nicht mehr ans sichere Ufer gelangen konnten. Einige rannten in Richtung des Neustädter Ufers, aber die meisten wandten sich dem Schlossplatz zu.

Jacob legte die Hände wie einen Trichter an den Mund. »Eine Kette bilden! Haltet euch an den Händen!«

Ob sie ihn hörten oder von selbst auf diesen Gedanken kamen – etliche fassten einander an den Händen und strebten dem Schlossplatz zu. Der stand inzwischen bestimmt einen Fuß unter Wasser. Das eiskalte Nass schwappte überall hin und würde sich weiter ausbreiten. Jacob rannte die Treppe wieder hinunter. Das Wasser umspülte seine Füße. Die Kälte biss in seine Zehen. Er ließ sich davon nicht aufhalten, strebte wieder der Brücke zu.

»Alle an den Händen fassen, dann folgt mir! Nehmt die Kinder hoch!«, befahl er.

Die Leute gehorchten. Er ergriff die Hand eines älteren Mannes mit einem gewaltigen Backenbart, zog ihn hinter sich her über den Platz und zur Treppe. Wasser schwappte in seine Stiefel. Seine Füße fühlten sich an, als würden sie zu Eis gefrieren. Jacob wusste, dass das nicht stimmte, und ließ sich nicht aufhalten. Er sprang auf die dritte Stufe der Treppe und schickte den älteren Mann energisch weiter hinauf.

»Oben seid ihr sicher. Fürs Erste«, rief er den anderen zu. »Geht nach Hause! Bringt euch in Sicherheit und helft anderen!«

Eine Frau weinte. Das Kind, das sie auf dem Arm hielt, ebenfalls. Sie blieb eine Stufe über Jacob stehen und sah so erschöpft aus, als könnte sie nie wieder in ihrem Leben einen Schritt gehen. Die anderen hasteten an ihr vorbei, ohne sie zu beachten.

»Bring dich und dein Kind in Sicherheit«, sagte Jacob leise zu ihr. »Wo wohnst du?«

»In der Pirnaischen Vorstadt«, antwortete sie kraftlos.

»Ich bringe dich nach Hause.« Er nahm ihre Hand. In der Pirnaischen Vorstadt stand das Wasser mit Sicherheit in den Straßen und auf den Plätzen. Vielleicht gab es das Zuhause dieser armen Frau schon nicht mehr?

KAPITEL XIII

In Loschwitz saßen die Geschwister und Conrad bei Kerzenschein in der Stube des Ehrmannschen Hauses. Die Männer waren jeder in eine Seite der ›Leipziger Zeitungen‹ vertieft. Luise stickte tief über den Stoff gebeugt. Sie war der Meinung, Georg zeige sich zu unbesorgt wegen der Arretierung des Vaters.

Sie wollte gerade fragen, ob sie nicht eine weitere Eingabe an den Amtmann schreiben sollten, als ein Krachen ertönte. Augenblicklich sprang Georg auf.

»Hölle und Heiland!«, rief er. »Dass das jetzt passiert, wo Papa …« Er rannte aus der Stube, Luise und Conrad hinterher.

Im Flur hatte Georg sich schon die Jacke übergeworfen und knotete eilig einen Schal um den Hals. Conrad tat es ihm nach. Ihre Unruhe übertrug sich auf Luise, auch sie griff nach einem Umschlagtuch.

»Was ist los?«, fragte sie.

»Die Elbe.« Mehr Zeit nahm sich der Bruder nicht, stürmte, gefolgt von Conrad, zur Tür hinaus.

Luise folgte den beiden. Jeder im Dorf hatte das Krachen gehört. Auf der Gasse mitten durch den Ort war ein Rennen und Rufen. Alle strebten in Richtung Fluss. Viele schwenkten Fackeln, die gespenstisch die Dunkelheit vertrieben.

Die Elbe war kaum hundert Schritt entfernt, und als Luise das helle, vereiste Band erblickte, wusste sie, was das Knacken und Krachen verursachte: Das Eis war geborsten, Wasser strömte darüber. Die Eisschollen wurden von der Strömung mitgerissen, den Deich hinaufgeschoben. Die ersten überragten bereits die Krone. Luise rannte schneller. Neben ihr war die Neuberin. Sie keuchte. Ein junger Mann überholte sie, stieß der Fischerin den Ellenbogen in den Rücken und kümmerte sich nicht darum, dass sie stolperte. Luise half ihr hoch.

»Elendiger Bengel«, schimpfte die ältere Frau und richtete ihre Röcke. »Kein Benehmen, diese jungen Leute. Du bist eine Gute, Kindchen. Dein Bruder aber …«

Das Geschwätz der Nachbarin war mehr, als Luise ertragen konnte. Sie ließ deren Arm los und eilte weiter, erreichte die Fischerschuppen, die gleich hinter dem Deich standen. Georg und Conrad waren nicht zu sehen, aber die Tür des Ehrmannschen Schuppens stand offen. Innen hingen die Netze und die Reusen ordentlich aufgereiht an der Wand. Der Räucherofen stand in einer Ecke, das Rohr für den Rauchabzug führte durch das Dach nach draußen. In einer Kiste daneben lagerten die Räucherspäne. An den Wänden hingen Spieße, Haken, Spreizer und Greifer, von klein bis groß. Alles musste in Sicherheit gebracht werden. Sie sah sich um. Was sollte sie zuerst nehmen? Wie viel Zeit blieb, bis das Wasser kam?

Sie raffte ein Netz und zwei Reusen. Alles war schwer, sie konnte es kaum tragen. Dennoch schwankte Luise zur Tür hinaus. Gabriel Neuber schleppte mit seinen Söhnen sein Boot über den Deich. Er zog, die Buben schoben.

»Wirf es rein«, rief er.

Luise gehorchte. Dort lag schon mehr. Sie schlüpfte zurück in die Fischerhütte, nahm Gerätschaften von der Wand, gleichzeitig suchte sie nach einem Sack. Weil sie keinen fand, riss sie sich einen Teil eines Unterrocks ab, wickelte die Gerätschaften hinein und legte sie auf eine Kiste. Die zerrte sie zum Eingang des Schuppens. Sie war schwer, und Luise brauchte ihre ganze Kraft, um sie zu bewegen.

Über den Deich kam Conrad auf sie zu. Über seiner Schulter lag ein Seil, und er stemmte sich gegen das, was daran hing. Die Spitze des Fischerbootes erschien. Luise nahm sich einen Augenblick Zeit, ihn zu betrachten. Er war ein Mensch, wie es auf der Welt nur wenige gab. Wer außer ihm würde sich um Haus und Hof fremder Leute kümmern, als wären es Verwandte? Sie schob die Kiste zur Tür hinaus und sprang halb darüber.

»Herr Meinel!« Luise winkte. »Hierher!«

Sie lief auf ihn zu, um zu helfen. Conrad schüttelte den Kopf, gab ihr keine Handbreit seines Seils, sondern wies sie mit dem Kinn weiter. Georg schob das Boot von hinten. Sein schmächtiger Leib stemmte sich gegen das Heck. Seine Stiefel rutschten auf dem Hang. Er gab nicht auf, suchte wieder festen Stand und schob weiter.

Auf dem Deich stehend schaute Luise auf die Elbe. Das Wasser war gestiegen, umspülte den Deichfuß, schob Eisschollen den Hang hinauf. Eine knallte Georg gegen den Knöchel, warf ihn von den Füßen.

»Georg!«

Er hing nur noch mit einer Hand am Heck des Bootes, die Füße waren im Wasser. Wenn er seinen Griff verlor …! Conrad hatte angehalten, aber er konnte nichts tun. Ließ er das Boot los, war Georg auf jeden Fall verloren. Luise rannte. Auf einmal war der älteste Neuber-Junge neben ihr.

»Gib mir deine Hand!«, rief sie Georg zu.

Gemeinsam mit Wilhelm Neuber griff sie zu, bekam den Arm ihres Bruders zu fassen und zog. Sie ließ erst wieder los, als Georg sicher auf dem Deich stand. Wilhelm Neuber nahm seine Position ein und schob. Er war kräftiger, auch älter als Georg, und es ging voran. Das Boot erreichte die Deichkrone, kippte nach vorne und rutschte auf der anderen Seite hinunter. Dort lag es auf der Seite wie ein gestrandeter Riesenfisch. Luise hielt ihren Bruder im Arm. Sanft, aber bestimmt streifte Georg ihre Hände ab.

»Das Wasser steigt schnell«, sagte Wilhelm gerade. »Es wird über den Deich gehen. Hölle aber auch, wer hätte das vor ein paar Tagen gedacht.«

»Mein Vater«, antwortete ihm Luise. »Dafür hat man ihn in Dresden arretiert.«

Wilhelm schwieg. Seine Miene wirkte peinlich berührt.

In die Stille hinein sagte Georg: »Wir müssen das Boot weiter an Land ziehen. Hier ist es nicht sicher.«

Conrad ergriff wieder das Seil. Wilhelm hob schnell die Kiste aus dem Schuppen hinein und stellte sich an Meinels Seite. Georg und Luise schoben von hinten. Das Boot knirschte über den angetauten Schnee. Sie bleiben erst wieder stehen, als sie das Ehrmannsche Haus erreicht hatten. Die Tür war nur angelehnt.

»Fritz!«, rief Luise.

Sie rannte ins Haus, um nach dem Frettchen zu sehen. Zuvor hatte Fritz in der Stube mit einem Holzscheit gespielt. Das Scheit lag in einer Ecke, von Fritz fehlte jede Spur. Sie fand das Frettchen auch nicht anderswo im Haus. Conrad war ihr gefolgt, tröstend legte er einen Arm um sie.

»Wieso ist er weggelaufen? Er hatte es gut hier.«

»Bestimmt hat ihn erschreckt, dass wir so schnell aus dem Haus gelaufen sind.«

»Ich hätte die Tür richtig schließen sollen.«

»Daran können Sie nichts mehr ändern. Fritz ist ein kluges Tier, er wird sich zurechtfinden. Vielleicht kommt er auch zurück. Ich muss wieder rausgehen, da ist bestimmt ...«

Die Flut.

Luise lief auch wieder hinaus. Das Fischerboot lag vor dem Haus, war an einem Baum festgebunden.

Die Elbe hatte inzwischen den Uferdeich überspült und an einigen Stellen eingerissen. Ungehindert strömten Wasser und Eis ins Hinterland. Der Acker, auf den Georg mit dem Vater das Eis gezogen hatte, stand unter Wasser. Auf das Eis, das sie dort abgelegt und über das Valentin Kyritz sich so aufgeregt hat, kam es nun auch nicht mehr an. Georg nahm sich einen Augenblick Zeit, die überflutete Fläche zu betrachten. Deswegen saß sein Vater in Dresden im Amthaus.

Er fühlte sich verloren. Jacob hätte gewusst, was zu tun war, um Haus und Fischerschuppen zu retten. Diese Last ruhte nun auf seinen Schultern.

Der alte Moritz Hammel hatte das Kommando über die Loschwitzer übernommen und sie in Trupps eingeteilt, die die Bruchstellen des Deichs abdichten sollten. Auch Conrad Meinel und Georg hatten Schaufeln in den Händen und kämpften darum, dem Raubbau des Wassers zu begegnen. Wo das Wasser am Deich fraß, versuchten sie, die Löcher schneller zuzuschaufeln, als sie wieder aufrissen. Schlamm, Eis, Steine – was ihnen vor die Füße kam, wanderte hinein. Georg stand zwischen den anderen im Matsch, spürte seine Füße und Hände nicht mehr. Sein Körper führte die Bewegungen ohne sein Zutun aus. Conrad keuchte neben ihm, und für einen Studierten schlug sich der Herr aus Wehlen nicht schlecht.

Kaum hatte Georg das gedacht, rutschte dem anderen der Dreck von der Schippe und landete auf dessen Stiefeln. »Heilige Verdammnis!«, schimpfte Conrad und schüttelte den Dreck ab. »Das hat alles keinen Zweck. Für jede Schaufel, die wir auf den Deich kippen, reißt die Flut zwei mit sich fort.«

Insgeheim dachte Georg das Gleiche, mochte es jedoch nicht aussprechen.

»Das Wasser steigt so schnell, dass es mit bloßem Auge zu

erkennen ist. Bald wird es den Deich vollkommen überflutet haben. Wir mühen uns umsonst.«

»Was sollen wir machen, um unsere Häuser zu schützen?« Diesmal konnte Georg sich nicht zurückhalten. »Haben Sie eine bessere Idee, als es wenigstens zu versuchen?«

»Ich weiß nichts anderes.« Conrad richtete sich mühsam auf. Streckte den Rücken durch. »Holla, was kommt da? Sind die wahnsinnig?«

Georg schaute in die gleiche Richtung und erkannte augenblicklich, was der Geograph meinte. Vom Sternenlicht und von zwei schwankenden Laternen gut beleuchtet näherte sich auf dem vom Wasser überspülten Treidelpfad vor dem Deich eine mit zwei Pferden bespannte Kutsche. Die anderen hatten sie nicht bemerkt, da Georg und Conrad am weitesten von allen entfernt in Richtung Pillnitz am Deich gearbeitet hatten. Die Panik der Pferde war nicht zu verkennen, sie stampften durch die Eisschollen und das Wasser, dass es nur so spritzte und klatschte. Der Kutscher auf dem Bock versuchte verzweifelt, sie auf den Deich zu lenken. Die Pferde gehorchten ihm nicht.

Wie sie von dort hinuntergeraten waren, war Conrad ein Rätsel. Wer bei diesem Wetter und auf diesem Weg unterwegs war, konnte nichts anderes als lebensmüde sein. Im Schein der beiden Kutschlaternen erkannte Georg die Güte des Wagens. Das war kein einfacher Karren, sondern ein vornehmer Wagen, aber in seinen Augen gab es keinen anderen Weg, als die Pferde auszuspannen und das Gefährt zurückzulassen. Er gestikulierte wild mit den Armen in der Luft, es war jedoch nicht zu erkennen, ob der Kutscher ihn bemerkt hatte. Aber es gelang ihm, die Pferde halb den Deich hinaufzulenken.

»Schafft er es?«, fragte Conrad.

»Glaube ich nicht. Der Druck des Wassers ist zu hoch, und die Strömung zu stark.«

In diesem Moment stand der Kutscher auf und stürzte sich mit einem Hechtsprung auf den Deich. Er überschlug sich, rollte auf der Landseite hinunter und rappelte sich wieder auf. Ohne sich umzudrehen, rannte er davon.

Die führerlosen Pferde rutschten ins Wasser zurück. Die Kutsche war inzwischen nah genug, dass Georg am Fenster eine Insassin erkennen konnte. Sie hatte die Scheibe geöffnet und wandte ihnen ein panisches Gesicht zu.

»Da ist eine Frau!«, riefen Georg und Conrad gleichzeitig.

»Wir müssen sie retten.« Conrad ließ die Schaufel fallen und stapfte auf die Pferde zu.

Georg folgte ihm. »Wir müssen aufpassen, dass das Wasser uns nicht mitreißt. Ich versuche, die Pferde aufzuhalten, holen Sie die Frau aus der Kutsche.«

Was sich nach einem einfachen Plan anhörte, war kaum umzusetzen. Georg rutschte vom Deich herunter und wurde einige Längen mitgeschleift, nachdem er einen Zügel zu fassen bekommen hatte. In ihrer Panik strebten die Pferde voran. Er riss am Zügel, schrie sie an, und es tat ihm in der Seele weh, den verängstigten Tieren weitere Schmerzen zuzufügen. Er zog den Kopf des einen Pferdes zu sich herum, und das Tier konnte nicht mehr weiter geradeaus stürmen. Das andere musste auch stehen bleiben. Georg redete beruhigend auf sie ein und fragte sich in Gedanken, wie er sein Messer aus dem Futteral an seinem Gürtel ziehen sollte, wenn er beide Hände für die Zügel benötigte. Wie sollte er die Riemen durchschneiden und die Pferde befreien?

Eine Eisscholle krachte gegen die Kutsche und schrammte an den Rädern, danach an den Pferdebeinen entlang. Holz splitterte. Das Pferd wollte sich mit einem Satz zur Seite in Sicherheit bringen und prallte gegen die Deichsel. Vor Schmerzen stieß es ein schrilles Wiehern aus.

»Halten Sie die Pferde fest!«, rief Conrad von hinten.

»Ich versuche es.« Georg bemühte sich, zu erkennen, ob das Pferd verletzt war. Es war zu dunkel, aber er konnte sich kaum vorstellen, dass das Tier diesen Stoß unbeschadet überstanden hatte. Er wagte es immer noch nicht, den Zügel loszulassen und nach seinem Messer zu greifen. Es besaß eine lange, dünne Klinge, die sehr scharf war. Gewöhnlich nahm er damit Fische aus.

»Ich habe Sie. Stützen Sie sich auf mich«, hörte er den Geographen hinter sich sagen.

»Helfen Sie mir mit den Pferden. Schnell«, verlangte er. »In meinem Gürtel steckt ein Messer, schneiden Sie die Riemen durch. Die Kutsche ist verloren, aber die Pferde …«

Es dauerte eine gefühlte Ewigkeit, ehe er eine Hand an seiner Seite spürte. Sie tastete herum, bis sie den Messergriff zu fassen bekam.

»Schnell!«, verlangte Georg noch einmal.

Der erste Riemen löste sich mit einem Plopp. Weitere folgten. Das eine Pferd war frei, und Georg ließ die Zügel los. Mit zwei gewaltigen Sätzen sprang das Tier auf die Deichkrone. Das ganze Gewicht der Kutsche hing nun an dem zweiten Pferd und drohte, es in den reißenden Fluss zu ziehen.

»Schneller!«

Erneut das ›plopp, plopp‹. Die Lederriemen sirrten durch die Luft. Einer noch, aber ausgerechnet dieser widersetzte sich dem Messer. Conrad sägte und sägte, brachte aber kaum einen Schnitt zustande.

»Lassen Sie mich!«

Sie wechselten sich ab. Georg säbelte mit der Klinge auf dem Leder herum. Es war doppelt genäht und besonders widerstandsfähig. Er versuchte, mit der Messerspitze die Naht aufzutrennen, aber sie war zu fest, und er fand keinen Ansatzpunkt.

»Verdammtes Ding!«

»Beeilen Sie sich! Ich kann das Pferd nicht mehr lange halten.«

Endlich fand die Messerspitze einen Zwischenraum. Es dauerte nicht mehr lange, und der Riemen war zerteilt. Im selben Moment ließ Conrad die Zügel los. Das Pferd wieherte auf und sprang den Deich hinauf; die Kutsche kippte nach hinten. Es polterte und dröhnte, als der Fluss sie mit sich riss. Beinahe wäre Georg hinterhergestürzt. Seine Knie zitterten, als er sich den Deich heraufkämpfte. Das Loch, das sie hatten stopfen wollen, war inzwischen so groß, dass ein Pferd mühelos hindurchpasste. Wasser strömte durch die Lücke.

Auf dem Deich standen nicht nur die beiden Pferde, erschöpft und völlig durchnässt, sondern auch eine Gestalt, wie Georg keine je gesehen hatte. Das musste die Insassin der Kutsche sein. Eigentlich waren von ihr nur ein langer Mantel und ein ausladender Hut mit einer Feder zu sehen. Sie deutete mit einer Hand auf den Fluss.

»Meine Kutsche.«

Conrad erreichte die Dame zuerst und neigte den Kopf vor ihr. Georg hielt das angesichts der Situation für überflüssig. »Wir müssen vom Deich hinunter. Der wird nicht mehr lange halten, dann steht hier alles unter Wasser. Das wird kein gemütlicher See sein, in dem man seine Füße baden kann. Sie sehen es ja an Ihrer Kutsche, Madame.« Georg wusste nicht, woher seine Wut kam. Vielleicht daher, dass ein kostbarer Wagen zu Bruch gegangen war – die Arbeit vieler Stunden zerstört –, und zwei Pferde zu Tode verängstigt.

Conrad bot der Dame den Arm. Georg schnaubte verächtlich.

KAPITEL XIV

Jacob trug das weinende Kind auf dem Arm. Seine Jacke war mit Tränen und Rotz verschmiert. Die Frau, sie hatte ihm den Namen Elise Denglerin genannt, hielt sich einen halben Schritt hinter ihm. Er hörte ihre keuchenden Atemzüge. Von der Jungfernbastei schaute Jacob auf den Fluss. Die Elbe hatte ihr Bett verlassen und die ufernahen Straßen überflutet. Es war nicht zu erkennen, wie weit sie sich hinter der Stadtmauer ausgebreitet hatte. Er drehte sich zu Elise um.

»Wie kommen wir zum Tor?«

Sie schaute ihn aus großen Augen an.

»Zum Pirnaischen Tor. Ich komme aus Loschwitz und kenne mich in der Stadt nicht gut aus.« Er sprach laut und eindringlich und drang diesmal zu der jungen Mutter durch.

»Komm mit.«

Sie lief voran und führte ihn durch dunkle Gassen. Als das Tor in Sicht kam, wateten sie durch knöchelhohes Wasser. Die Kälte biss in seine Füße. Jacob versuchte, die Zehen in den Stiefeln zu bewegen und dabei nicht zu stolpern.

Das Tor war geschlossen, die Wachen standen auf Tischen, die sie augenscheinlich aus naheliegenden Häusern geholt hatten. Neben sich ihre Laternen, die die Umgebung schwach erhellten. In diesem Licht erkannte Jacob, dass die geschlossenen Torflügel das Wasser nicht aufhielten. Es floss darunter hindurch in die Stadt und drang auch durch Ritzen im Holz.

»Können wir raus?«, fragte Jacob, als sie sich den Wachen bis auf Rufweite genähert hatten.

»Das Tor bleibt zu!«

»Ich bringe die Frau und ihr Kind nach Hause. In die Vorstadt.«

»Da ist alles überschwemmt.«

Jacob wurde wütend über diese einsilbigen, nutzlosen Antworten. »Wie kommen wir raus?«

»Weiter hinten haben Leute eine Leiter aufgestellt.« Die andere Wache deutete unbestimmt die Mauer entlang.

Elise wieder einen halben Schritt hinter sich, lief Jacob los. In der nächsten zur Mauer führenden Gasse entdeckte er die Leiter. Sie wurde nach oben hin immer schmaler, reichte aber bis an die Mauerkrone.

»Du zuerst«, sagte er zu Elise. »Ich bin hinter dir mit deinem Jungen.«

Sie schüttelte den Kopf.

»Das ist der einzige Weg aus der Stadt und zu deinem Zuhause. Schau nicht nach unten, setze Fuß vor Fuß und Hand vor Hand. Du schaffst das. Ich bleibe dicht hinter dir.«

Sie schaute noch einmal zweifelnd die Leiter hinauf und zu ihm, dann setzte sie den rechten Fuß auf die unterste Sprosse. Jacob rückte den Jungen in seinem Arm zurecht, legte dessen Hände fest um seinen Hals und die Beine um seine Hüfte. Elise erklomm die Sprossen langsam, ihre langen Röcke und dünnsohligen Schuhe behinderten sie. Seine genagelten Stiefel boten ihm besseren Halt.

»Gibt es auf der anderen Seite auch eine Leiter?«, fragte er, als sie oben angekommen war.

»Ja.«

»Was siehst du sonst noch?«

»Nur Wasser.«

»Warte auf der Mauer, bis ich oben bin.« Jacob rückte den Jungen zurecht, obwohl das kaum nötig war. Der Kleine hatte aufgehört zu weinen und hielt sich gut fest, als hätte er den Ernst der Lage verstanden.

Auf der anderen Seite kletterte diesmal Jacob als Erster hinunter, und Elise folgte ihm. Die Stadtwachen hatten recht gehabt, das Wasser stand überall in der Vorstadt. In Ufernähe waren erste Häuser bereits von den Fluten fortgerissen, und Jacob war froh, als Elise sich nicht dorthin wandte. Er wusste nicht wieso, aber es war ihm wichtig, dass diese arme Frau ihr Zuhause nicht verlor. Sie platschten wieder durch das in den Gassen stehende Wasser, das ihnen nun schon bis zur Wade reichte.

»Da vorne ist es«, sagte Elise und stockte.

Auf einem Umweg hatte sie Jacob durch die Vorstadt geführt, und nun deutete sie auf etwas, das einmal ein Haus gewesen war. Die Hälfte oder mehr fehlte – von der Flut geholt. Das Dach war eingestürzt.

»Da habe ich gewohnt. Die Kinder … mein Mann … unsere Sachen …« Sie stürzte los. Das Wasser spritzte auf.

Jacob folgte ihr. In dieser Flut gab es für niemanden Hoffnung. Vor den Resten des Hauses blieb Elise stehen. Ein halber Raum, der einmal die Küche gewesen sein mochte, stand noch. Ein einsamer Stuhl, an der Wand hing ein Regal, auf dem sich Geschirr stapelte. Das raffte Elise an sich.

Jacob kletterte auf den Stuhl und spürte eine nicht in Worte zu fassende Erleichterung, aus dem eisigen Wasser herauszukommen. Die abgebrochenen Reste der Decke befanden sich auf Höhe seiner Augen. Er griff danach. Die Decke bog sich durch – sein Gewicht, Elises und das des Jungen würde sie niemals aushalten.

»Wo kommt nur das Wasser her?«, sagte er mehr zu sich selbst.

»Aus der Elbe«, antwortete sie ihm und hörte sich an, als hätte er etwas furchtbar Dummes gesagt.

»Das kann nicht sein«, widersprach Jacob sofort. »Es ist zu viel, als das alles aus der Elbe kommen könnte.«

Elise schien sich nicht weiter für dieses Problem zu interessieren. Sie schaute Jacob traurig an. »Wo ist mein Mann? Und die Kinder? Wo sind sie?« Sie streckte die Arme nach dem Jungen aus, den Jacob ihr gab.

»Wo arbeitet dein Mann?«

»Auf dem böhmischen Holzplatz.«

»Direkt am Fluss?« Jacob wartete ihre Antwort nicht ab. Er kannte sich in der Pirnaischen Vorstadt nicht aus, aber Holzplätze lagen immer am Flussufer, weil die Stämme auf dem Wasser geflößt wurden. Der Holzplatz war sicher als Erstes geflutet worden, und wenn sich Elises Mann mit den anderen Kindern dort aufgehalten hatte … Auf einmal konnte er es nicht mehr aushalten. Das verzweifelte Gesicht der Frau, die begriff, dass sie vielleicht ihre Familie verloren hatte. Das zerstörte Haus und die Ungewissheit, was mit seinen eigenen Kindern und seinem Heim geschehen war. Besaß er noch ein Zuhause?

»Ich muss gehen. Es ist …« Jacob drehte sich um und rannte weg. Sein Weg führte ihn zurück zur Stadtmauer.

Die Leiter stand noch dort, und diesmal fiel es ihm nicht mehr so leicht, sie zu erklimmen. Er kauerte einige Zeit auf der Mauerkrone, während die Uhr der nahen Kreuzkirche Mitternacht schlug. Bei jedem Gong zitterte Jacob. Alle Kraft hatte ihn verlassen.

Nachdem der letzte Ton verklungen war, rannten Männer durch die Gasse. Sie bemerkten ihn nicht, aber er hörte sie rufen: »Das Maternihospital! Das Wasser steht überall. Sie brauchen Hilfe.«

Dann entfernten sie sich, und Jacob seufzte auf der Mauerkrone. Im Maternihospital fanden seit Hunderten von Jahren nicht nur Kranke Aufnahme, sondern auch Arme, Alte und Beladene. Das Haus wurde von frommen Schwestern geleitet, sie fragten nicht nach Stand und Vermögen, sondern nur, ob jemand Hilfe benötigte.

Jacob kletterte von der Mauer. Er konnte nicht zuschauen und sein eigenes Schicksal bedauern, wenn die frommen Schwestern vom Wasser eingeschlossen waren.

Im Hof des Hospitals stand das Wasser wenigstens eine Elle hoch und reichte ihm beinahe bis zum Knie. Die Kälte spürte er längst nicht mehr. An den Ecken der Gebäude brannten Fackeln, und eine Menge Menschen liefen umher. Die frommen Schwestern im grauen Habit halfen den Insassen hinaus, die noch gehen konnten. Die Kranken wurden in ihren Betten hinausgetragen. Jacob fasste mit an. Sie brachten die Menschen in die Kreuzschule hinter der gleichnamigen Kirche, wo sie in den Klassenräumen unterkamen.

»Komm Mütterchen, ich nehme dich auf meine Schultern und bringe dich in Sicherheit«, sagte Jacob zu einer ausgemergelten Frau. Strähniges, graues Haar umrahmte ein Gesicht eher von der Größe eines Kindes, dafür umso faltiger. Sie wog auch nicht mehr als eine Zehnjährige, aber als Jacob sie auf den Arm nehmen wollte, schlug sie ihm die knochigen Fäuste mit erstaunlicher Kraft ins Genick.

»Bin niemandes Mutter. Nicht deine, nicht meine.« Ein Speichelfaden lief über ihr Kinn.

»Schon gut«, beschwichtigte er sie. »Das habe ich nur gesagt, weil ich deinen Namen nicht kenne. Wie soll ich zu dir sagen?«

»Ich kenne ihn auch nicht. Wo bringst du mich hin?«

»In Sicherheit. Das Haus steht unter Wasser.«

»Alles trocken.« Sie hatte zwar aufgehört, ihn zu schlagen,

zappelte nun aber auf seinem Arm wie ein kräftiger Hecht auf dem Boden seines Fischerkahns.

Er hatte die Frau im zweiten Stock des Hospitals gefunden. Bis hierher war das Wasser nicht gestiegen und würde es auch nicht, trotzdem konnte er sie nicht allein und hilflos zurücklassen. Es mochte Wochen oder Monate dauern, bis die frommen Frauen zurückkehren konnten.

»Du musst mitkommen. Alleine kannst du hier nicht bleiben.« Er verließ mit ihr auf dem Arm das Zimmer und ging vorsichtig die Treppe hinunter. »Früher warst du bestimmt eine Schönheit«, sagte er, um die lastende Stille zu unterbrechen.

»Die Schönste. Lass mich runter. Keiner hat mich je getragen. Runter, runter.« Sie schlug wieder auf ihn ein.

Zum Glück erreichten sie in diesem Moment den Hof. Jacob warf sich die Alte wie einen Sack Mehl über die Schulter, hielt ihre Beine fest und kümmerte sich nicht um die Schläge, die seinen Rücken trafen. Er eilte mit ihr in Richtung Kreuzkirche. Jemand hatte dort im Turm eine Laterne aufgehängt, und er war in der Nacht gut zu sehen. Vor der Schule brannte ein Feuer. Die Flammen loderten in den Himmel, Menschen hatten die Hände danach ausgestreckt. Eine der frommen Frauen eilte mit flatternden Röcken auf Jacob zu.

»Die gute Sanne. Ich danke Ihnen, dass Sie sie rausgebracht haben.« Die Frau streckte die Arme aus, um die Greisin zu übernehmen. Dabei raunte sie Jacob zu: »Es ist nicht einfach mit ihr, ich weiß das. Menschen mit weniger guten Herzen hätten sie einfach oben gelassen. Ruhen Sie sich am Feuer aus, dort gibt es auch heißes Würzbier. Das können Sie gebrauchen, Sie sehen ganz verfroren aus.«

Jacob kehrte ins Hospital zurück und half den Männern, die bettlägerigen Hospitalinsassen mit ihren Betten nach draußen zu tragen. Am Feuer aufwärmen konnte er sich, wenn alle gerettet waren. Die Betten waren schwer und unhandlich, passten nur durch die Türen, wenn sie angekippt wurden.

In den Dachkammern lagen die Kranken nicht mehr in Betten, sondern auf Strohsäcken. Die Versehrten wimmerten, als sie die Treppen hinuntergetragen wurden, manche schluchzten laut, andere starrten stumm an die Decke. Jacob rutschte ein Sack aus den vor Kälte gefühllos gewordenen Händen, als er gerade aus der Tür in den Hof trat. Dem Mann darauf fehlte ein Bein, das andere war verkrüppelt. Er rutschte von dem Strohsack in die Fluten und schrie auf. Für einen Augenblick geriet er mit dem Kopf unter Wasser, und aus dem Schrei wurde ein Gurgeln. Gleich darauf tauchte er wieder auf, schlug im Wasser mit den Armen um sich und versuchte hochzukommen.

»Zur Hölle mit euch«, war noch der harmloseste Fluch, der über seine Lippen strömte.

Jacob stand auf der Treppenstufe und spürte seine Hände nicht mehr. Seine Gedanken arbeiteten langsam, und er war noch dabei zu verstehen, was passiert war, als der andere, mit dem er den Sack getragen hatte, den Fluchenden längst hoch half.

»Nimm wenigstens den Sack«, sagte dieser und legte sich den Arm des Versehrten über die Schulter. So schlurften und hüpften beide davon.

Erst nach mehreren Versuchen gelang es Jacob, den Strohsack in seine Arme zu nehmen. Stroh und Leinwand waren vollkommen durchnässt. Er ließ alles wieder fallen und trat es mit dem Fuß aus dem Weg. Im Haus waren noch mehr Menschen, die Hilfe brauchten.

Den nächsten Sack trugen sie zu dritt. Eine schwangere Frau lag darauf in den Wehen. Sie hatte die Hände um ihren aufgeblähten Bauch gekrallt und stöhnte ohne Unterlass. Jacob konnte ihr nicht ins Gesicht schauen und hätte sich am liebsten die Ohren zugehalten, aber dazu hätte er den Strohsack loslassen müssen. Er fühlte sich fünfzehn Jahre in der Zeit zurückversetzt – die Geburt seines Sohnes Georg. Seine Frau hatte oben in der Schlafstube gelegen, die Nachbarinnen und die Hebamme waren bei ihr gewesen; er hatte in der Küche gewartet und die vor ihm stehende Bierkanne nicht angerührt. Einen Tag und eine Nacht, und es war noch nicht zu Ende gewesen. Damals hatte er sich die Ohren zuhalten können und die Schreie trotzdem gehört. Als seine Frau verstummt war und das Schreien seines Sohnes erklang, war er mit weiten Sätzen nach oben geeilt. Die Hebamme hatte ihm das nackte, noch blutig verschmierte Neugeborene mit den Worten, »dein Sohn«, in die Arme legen wollen. Er war zurückgewichen, als wäre sein Kind eine giftige Schlange. Danach hatte das Unglück seinen Lauf genommen. Vielleicht wäre alles anders gekommen, wenn er damals für Georg gleich die Liebe empfunden hätte, die er ihm jetzt entgegenbrachte, und ihn sich in die Arme hätte legen lassen. Seine große Schuld …

Die Schwangere wurde von zwei frommen Frauen in Empfang genommen und zu einem Karren geführt, vor den ein magerer Gaul gespannt war. Kaum war sie hinaufgehoben worden, zog das Pferd an. Jacob drehte sich um und wollte wieder zurückgehen, fühlte sich dann aber von einem Griff um seinen linken Arm aufgehalten.

»Bleib da. Du musst dich ausruhen und Kräfte sammeln.« Es war dieselbe fromme Frau, die ihm Sanne abgenommen hatte. In ihre gütige Miene hatte sich Strenge gesellt. »Es nützt niemandem, wenn du zusammenbrichst.«

Sie schob ihn zu einer Bank, auf der hastig Platz gemacht wurde. Ohne es zu wollen, sank Jacob nieder, eine Decke wurde über seine Schulter gelegt. Füße und Hände reckten sich von selbst dem Feuer entgegen.

»Du musst deine Glieder bewegen, damit sie schneller warm werden«, riet die fromme Frau ihm. »Stammst du von hier? Ich habe dich noch nie im Hospital gesehen.«

»Von der anderen Elbseite.«

»Aus Dresden Neustadt also.«

Ihm fehlte die Kraft, ihren Irrtum zu berichtigen. Es war auch nicht wichtig.

»Nehmen Sie das. Es wird Sie von innen wärmen.« Jemand hielt eine dampfende Tasse vor ihn.

Es hätte ein Eisklumpen oder auch ein faustgroßer Diamant sein können, Jacob bemerkte es nicht einmal. »Barbara?«

Das war die Stimme seiner Frau gewesen. Zum ersten Mal seit fast fünfzehn Jahren hatte er sie wieder gehört. Obwohl das nicht sein konnte. Er schaute hoch, aber durch den Schleier seiner Haare und gegen den Schein des Feuers erkannte er nichts.

»Jacob? Bist du das, Jacob?«

Die Tasse fiel zu Boden. Hastig wischte er die Haare beiseite, blinzelte. Wo Barbara hätte stehen sollen, flimmerte nur die Luft im Funkenflug. Er wollte aufspringen, aber in diesem Moment begannen seine Beine zu kribbeln wie von unzähligen Ameisen gebissen, und er kam nicht hoch.

»Barbara?«, flüsterte er.

Er entdeckte sie nicht unter den Menschen am Feuer. Wie sollte er auch? Sie war seit Jahren tot, und seine Sinne hatten ihm einen Streich gespielt. Es kam nur daher, weil die Schwangere die Gedanken an Georgs Geburt heraufbeschworen hatte. Jacob sackte in sich zusammen, presste die Hände auf die Ohren, sperrte alle Geräusche bis auf das Summen in seinem Schädel aus.

KAPITEL XV

Mit Erstaunen betrachtete Luise die Dame, die Georg und Conrad ins Haus brachten. Sie liefen gleich wieder fort, um anderswo zu helfen. Georg rief ihr noch etwas über die Schulter zu, aber sie verstand ihn nicht.

Obwohl ihr Hut zerzaust, das dunkelrote Kleid sowie der dazu passende Mantel bis zum Knie nass und schmutzig waren, strahlte sie eine Vornehmheit aus, die Luise sich klein fühlen ließ. Es konnte kein Zweifel daran bestehen, dass diese Dame in Dresdner Salons gehörte und nicht in das Haus eines Fischers. Dennoch stand sie in aller Ruhe in Luises Schlafkammer und knöpfte sich die Handschuhe auf.

»Können Sie nicht für etwas Wärme sorgen, ma chère?« Ihre Stimme war überraschend tief.

Luise knickste. »In diesem Stockwerk können wir nur die Schlafstube meines Vaters heizen.«

»Mon dieu, wie halten Sie das aus? Lassen Sie uns dorthin gehen.«

»Mein Vater ist nicht da. Es brennt kein Feuer im Ofen.«

Die vornehme Dame verdrehte die Augen. Ihre Hände hatte sie von den Handschuhen befreit und warf das Paar achtlos auf Luises Bett. »Angelique LaTrebe.«

»Was?«

»Angelique LaTrebe. Das ist mein Name. Ich habe mich Ihnen vorgestellt. Darf ich Ihren werten Namen erfahren?« Jetzt hob sie die Arme und zog mehrere Nadeln aus ihrer Frisur, mit denen der Hut an seinem Platz gehalten wurde.

Automatisch streckte Luise die Hand aus und empfing die Nadeln. »Ehrmann. Luise Ehrmann, zu Ihren Diensten. Mein Vater ist der Fischer Jacob Ehrmann. Dieses Haus gehört ihm.«

»Richten Sie ihm meinen Dank aus.« Sie knöpfte sich den ebenfalls roten Mantel auf, der im Ton etwas dunkler gehalten war als das Kleid. »Wollen Sie mir nicht helfen, meine Liebe?«

Luise entschuldigte sich für ihre Unaufmerksamkeit und schickte sich an, der französischen Dame mit dem Mantel behilflich zu sein. Dessen Oberteil war eng geschnitten und saß wie angegossen über dem Kleid. Sie wagte kaum, an dem kostbarem Stoff zu ziehen, wollte nichts kaputtmachen. Der Mantelkragen bestand aus gefärbtem Kaninchenfell, dessen Weichheit einlud, die Wange hineinzuschmiegen.

»Nun machen Sie schon.« Angelique LaTrebe bewegte die Schultern.

Endlich hielt Luise den kostbaren Mantel in ihren Händen. Sie strich über den Kaninchenfellkragen und legte ihn vorsichtig über einen Stuhl, glättete noch einige Falten.

»Sie müssen nicht sorgsam damit sein, das Stück ist verdorben. Dieser Dreck geht nie wieder raus.« Angelique LaTrebe zeigte auf den schlammigen Saum.

Mit einem Zipfel ihrer Schürze rieb Luise an dem Schmutz, verschlimmerte den Fleck eher, als dass sie ihn entfernte. »Das lässt sich bestimmt rauswaschen. Ich kann das für Sie tun, Frau LaTrebe. Ganz vorsichtig werde ich sein, Sie können mir vertrauen, ich wasche regelmäßig für vornehme Damen in Dresden.«

»Sie brauchen sich keine Mühe geben.« Angelique LaTrebe schaute an sich hinunter. »Das Kleid ist auch hin. Den Mantel kann ich zu nichts anderem tragen als zu diesem Kleid. Meine

Garderobe verschmerzt es, und bestimmt wird bald jemand für Ersatz sorgen. Wenn er von meinem Unglück erfährt ... Vorerst muss ich Sie bitten, mir auszuhelfen.«

Luise bot der Dame das Kleid an, mit dem sie sonntags zum Gottesdienst ging. Es war graubraun mit einem hellen Unterkleid und der Französin zu kurz. Ihre Arme schauten daraus hervor wie die Beine eines Storchs aus seinem Gefieder. Die Fesseln waren zu sehen. Luise reichte ihr noch ein Tuch, das die andere sich um die Schultern legte.

»Gibt es überhaupt einen warmen Raum im Haus?«, wollte sie wissen.

»Gewöhnlich brennt ein Feuer in der Küche, und wenn wir Besuch bekommen, heizen wir die Stube. Beides befindet sich unten. Wenn das Wasser kommt ... wir bleiben besser oben. Ich kann Ihnen eine Decke holen, und wenn wir beide uns dicht zusammensetzen ...«

»Ich setze mich nicht dicht neben ein Weib. Wie sieht denn das aus?«

Darauf antwortete Luise nicht, sondern holte aus der Schlafstube ihres Vaters eine Decke. Angelique LaTrebe nahm im einzigen Stuhl des Zimmers Platz, wickelte sich die Decke um die Beine und griff nach dem Spiegel. Luises kostbarster Besitz, der noch von ihrer Mutter stammte. Am Rand war ein kleines Stück ausgebrochen, die Spiegelfläche hatte mehrere blinde Flecken. Kritisch betrachtete Angelique LaTrebe sich, zupfte an den Haaren, kniff sich in die Wangen und richtete ihre Augenbrauen, zuletzt strich sie über ihre Stirn.

Luise beobachtete jede ihrer Bewegungen und schwankte zwischen Bewunderung und Ärger wegen der letzten Bemerkung der Französin. Sie selbst saß auf ihrem Bett und hatte sich ebenfalls in eine Decke gewickelt.

»Sie müssen mir nicht böse sein, ma chère, weil ich das gesagt habe. Wir Frauen sind die Zierde der Männer. Neben ihnen glänzen wir, und das muss unser Bestreben sein. Sehen Sie das auch so?«

Obwohl sie nicht genau verstanden hatte, was Madame LaTrebe ausdrücken wollte, nickte Luise. Es kam nicht infrage, der vornehmen Dame zu widersprechen.

»Sie sind sehr hübsch. Gibt es keinen Mann, dem dies aufgefallen ist?«

Diese direkte Frage verneinte Luise und wies darauf hin, dass sie ihrem Vater und ihrem Bruder den Haushalt führte.

»Das kann doch nicht der Wunsch für Ihr Leben sein?«

»Mein Wunsch ist ein anderer.«

»Es gibt einen Mann, den Sie erhören wollen?« Angelique LaTrebe beugte sich vor.

»Es ist etwas anderes.«

»Wollen Sie es mir sagen? Ich werde es für mich behalten.«

»Ich zeige es Ihnen.« Aus einer Schublade ihrer Kommode zog Luise zwischen ihren Leibchen das Mustertuch hervor und breitete es vor der Französin aus. Ranken und Blumen erblühten. Gespannt wartete Luise auf eine Reaktion.

Einige Zeit betrachtete Angelique LaTrebe die Stickerei, strich sogar mit den Fingerspitzen darüber.

»Sehr hübsch. Eine Reinheit und Zartheit, die ihresgleichen sucht. Das muss jedermann gefallen. Alles ist möglich. Eine glänzende Zukunft.«

In Luises Brust breitete sich ein warmes Gefühl aus. Eine glänzende Zukunft. Der vornehmen Dame gefiel ihre Arbeit. Ein Silberstreif tat sich auf am Horizont. »Es gefällt Ihnen, Frau LaTrebe? Sie sehen eine glänzende Zukunft für mich?« Sie musste diese magischen Worte wiederholen. »Werden Sie mir dabei helfen, sie zu erringen?«

»Aber natürlich.«

»Sie kennen sicher viele vornehme Haushalte in Dresden, in denen man feine Handarbeiten benötigt. Werden Sie mich empfehlen?«

»Wo immer es mir möglich ist. Wirklich sehr hübsch.« Die vornehme Dame streckte eine Hand aus und umfasste zart Luises Kinn, drehte ihr Gesicht ins Profil. »Es wird Ihnen ungemein helfen.«

»Meine Stickerei – die finden Sie doch hübsch? Das haben Sie gesagt?«

»Dann meine ich es auch so.«

Die Hand hielt immer noch ihr Kinn, drehte das Gesicht zurück. Beide Frauen schauten sich direkt in die Augen.

»Was hat mein Aussehen damit zu tun?«, fragte Luise. »Ich will für vornehme Damen sticken.«

»Alles! Was denken Sie, ma chère? Ein gepflegtes Äußeres ist das Billett zu vielem. Es kommt nicht nur darauf an, was jemand anzubieten hat, sondern auch darauf, wie es verpackt ist. Das berechtigt Sie zu den schönsten Hoffnungen.«

Gegen ihren Willen fühlte sich Luise geschmeichelt. Das war einmal etwas anderes als die plumpen Komplimente der unverheirateten Fischer oder die frechen Rufe der Dresdner Gassenburschen, wenn sie Wäsche auslieferte.

Trotzdem sagte sie: »Ich denke, es kommt mehr darauf an, dass die Muster überzeugen. Ich kann mir auch andere ausdenken, aber es ist nicht immer einfach mit den Farben des Stickgarns. Ich kann mir nicht so viele leisten, weil Vater es nicht gerne sieht.«

Ein Krachen am Haus ließ beide Frauen zusammenzucken.

»Was war das? Das hat sich angehört wie …« Angelique La-Trebe fehlten die Worte. Die Decke über ihren Knien war zu Boden gerutscht.

Luise rannte zum Fenster. Eisschollen wälzten sich durch

den schmalen Vorgarten, hatten den Lattenzaun umgerissen. Die Streben wurden vom Eis zermalmt. Der hölzerne Vorbau mit der Eingangstür wurde ebenfalls weggerissen. Das Haus stand wie eine Insel in der Flut.

»Was ist das? Was passiert nun?«, kreischte Angelique LaTrebe.

Ihre Stimmlage tat Luise in den Ohren weh. Ihr war auch der Schreck in die Glieder gefahren, aber sie hörte ihren Vater in ihren Gedanken sagen, dass gegen eine Flut Schreien und Kreischen nicht half, viel besser bewahrte man kaltes Blut und tat, was nötig war.

»Wir werden alle sterben!«, zeterte die vornehme Dame.

»Dieses Haus hat mehr als eine Flut überstanden«, versuchte Luise, sie zu beruhigen. Dabei verschwieg sie, dass die meisten Fluten gar nicht bis zum Ehrmannschen Haus gekommen waren. Das Wasser hatte höchstens am Weg davor geleckt.

»Wenn die Flut ins Haus kommt … Und diese Geräusche … Ich halte das nicht aus.« Frau LaTrebe presste sich die Hände auf die Ohren.

Luise sagte ihr lieber nicht, dass das Wasser längst im Haus war. Nachdem der Vorbau fortgerissen war, floss es ungehindert unter der zweiten Tür durch. Sie konnten nur hoffen, dass die beinahe drei Ellen starken Mauern der Gewalt des Wassers standhielten. Und dass es nicht die Höhe der Fenster erreichte und diese eindrückte. Dann würde wochenlang der Wind durch das Haus streifen, weil ihnen das Geld für neue Fenster fehlte. Auch davon sagte Luise nichts.

»Dann wird das Haus mitgerissen! Und dann?«

Luise riss sich zusammen. »Dann können wir nur beten.«

»Wie beten?«

»Vater unser im Himmel … Oder uns aufs Dach retten oder beides.«

»Wo sind die Männer? Ihr Bruder und der andere nette Herr. Warum retten sie uns nicht?«

»Hoffentlich sind sie selbst an einem sicheren Ort. Wir müssen allein zurechtkommen, bis das Wasser fällt.«

Sie saßen für den Rest der Nacht dicht nebeneinander auf Luises Bett, und irgendwann legten sie die Arme umeinander.

In den frühen Morgenstunden erreichte die Flut ihren Scheitelpunkt. Danach fiel das Wasser. Luise und Angelique LaTrebe merkten es nur daran, dass das Krachen und Reiben des Eises an den Hauswänden aufhörte und das Brausen des vorbeischießenden Wassers leiser wurde. Der Vormittag war bereits einige Stunden alt, als Luise sich nach unten wagte.

Noch stand das Wasser wadenhoch im Haus. Sie stieg in das eiskalte Wasser, ihre Röcke saugten sich damit voll, und ihr blieb beinahe die Luft weg. Das Wasser war bis eine Handbreit unter die Fenster gestiegen. Bis dahin war alles nass und schlammig. In der trüben Brühe schwamm ein Brotkanten an Luise vorbei, und sie trat auf etwas, das unter ihrem Fuß zerbrach. Die untere Angel der Küchentür war aus ihrer Verankerung gerissen, der Rahmen an dieser Stelle gesplittert. Die Tür hing schräg, in dem Spalt hatte sich der gute Topf verfangen, in dem Luise den Brei kochte, und schwankte dort wie ein Betrunkener. Sie nahm ihn und strich über die Beulen und Dellen. Es würde sich richten lassen.

»Wie sieht es aus?«, rief Angelique LaTrebe herunter.

»Bleiben Sie oben.«

Luise watete zur Haustür und drückte diese mit Mühe auf. Aus dem Rinnsal unter der Türschwelle hindurch wurde ein Schwall, und sie musste sich an der Klinke festklammern, um nicht mitgerissen zu werden. Aber das Wasser sank um ein paar Fingerbreit. Es musste raus aus dem Haus, und der Schlamm, den es zurückließ, auch, ehe es wieder kälter wurde und alles gefror. Draußen sah es trostlos aus. Sie wandte sich ab, setzte den Erkundungsgang durch das Haus fort.

In der Speisekammer hatte sie alles nach oben gestellt und gehängt, und sie hoffte, dass es trotz der Feuchtigkeit im Haus noch brauchbar war. Wieder zerbrach etwas unter ihrem tastenden Schritt.

»Luise?« Sie erkannte die Stimme ihres Bruders. Er musste hinter dem Haus stehen. »Bist du da?«

»Ich bin unten«, rief sie zurück. »Uns ist nichts passiert. Kommt nicht nach vorne, da ist zu viel Wasser bei der Tür. Ihr müsst durch ein Fenster rein.«

Sie ging wieder nach oben. Die nassen Röcke hingen schwer um ihre Beine. Die Schlafstube ihres Vaters besaß zwei Fenster nach hinten hinaus. Eines davon öffnete sie. Von unten lehnte Georg eine Leiter ans Haus. Sie reichte nicht bis an das Stubenfenster heran, aber einen gelenkigen jungen Mann hinderte das nicht. Kurz darauf kletterte Georg ins Zimmer. Conrad folgte ihm. Beide Männer waren nass, schmutzig und sahen verfroren aus.

»Den Garten hinter dem Haus hat es arg erwischt. Vorne sowieso«, sagte Georg.

Luise berichtete kurz, wie sie das untere Stockwerk vorgefunden und die Tür aufgedrückt hatte. »Überall ist Schlamm, wirklich in jeder Ritze.« Sie sah resigniert drein.

»Was ist mit der Dame? Ist sie noch da?« Georg blies auf seine Hände.

»Sie wartet in meiner Schlafkammer. Die arme französische Dame, das muss ein großer Schreck für sie gewesen sein.« Luise legte Decken und Tücher auf dem Bett zurecht.

»Französisch?«, fragte Conrad und griff nach einem Tuch.

»Sie heißt Angelique LaTrebe. Das ist doch französisch?«

»Der Name klingt französisch, trotzdem gehe ich jede Wette ein, dass diese Dame nicht mehr französisches Blut in ihren Adern hat als ich. Einen Namen kann sich jedermann leicht selbst geben.«

Das hörte sich an, als traute er dem Gast nicht, aber den Grund dafür konnte sich Luise nicht vorstellen. Sie hatte eine ausgesprochen freundliche Angelique LaTrebe kennengelernt.

Nachdem sich die Männer abgetrocknet und umgezogen hatten, saßen alle in Decken gehüllt in Luises Schlafkammer und starrten vor sich hin. Georg schaute in regelmäßigen Abständen nach, wie weit das Wasser im Haus zurückgegangen war. Bis zum Nachmittag mussten sie warten, ehe es abgeflossen war. Er holte aus der Speisekammer, was noch brauchbar schien.

»Mon dieu, endlich etwas zu essen. Ich habe gedacht, ich müsste verhungern.« Angelique LaTrebe griff herzhaft zu.

Luise hatte bisher gedacht, vornehme Damen würden kaum mehr essen als ein Vögelchen. Die Französin entwickelte jedenfalls einen gesunden Appetit.

Ein Geräusch auf dem Dachboden ließ Luise innehalten. Die anderen schienen nichts gehört zu haben, aber es klang, als rumorte dort jemand herum. Conrad wurde auf ihr Lauschen aufmerksam und erbot sich, der Sache auf den Grund zu gehen. Seine Schritte polterten auf der Bodentreppe, und vom Dachboden war kein Laut mehr zu hören.

»Das war der Geist der Flut. Huhu«, witzelte Georg.

»Damit macht man keine Scherze.«

Conrad hatte die Tür hinter sich offen gelassen, und ein Schatten huschte herein, flitzte durch den Raum und kletterte an einem Bettpfosten hoch.

»Fritz! Er ist wieder da.« Luise streckte den Arm aus, aber das Frettchen sprang darüber und klaute sich den letzten Wurstzipfel vom Brett, von dem alle gemeinsam gegessen hatten. Manierlich hielt er ihn mit seinen kleinen Pfoten fest und biss hinein. Sein vormals seidiges Fell war struppig und schmutzig. Er sah aus, als hätte er schwierige Tage hinter sich.

Der Wurstzipfel war schnell verschwunden, und Fritz brachte sich unter dem Bett in Sicherheit. Er raschelte dort herum. Nur sein buschiger Schwanz war zu sehen.

»Was ist das für ein putziger Kerl?«, wollte Angelique La-Trebe wissen. Luise erklärte es ihr.

»Ein ungewöhnliches Haustier für eine außergewöhnliche junge Dame. In Dresden würden Sie damit Furore machen, ma chère, und zum Liebling der Salons werden. Ich sage es noch einmal: Es kommt nicht nur auf das Was, sondern vor allen Dingen auf das Wie an.« Sie zwinkerte Luise zu.

Im Laufe des 29. Februar fiel das Wasser der Elbe so weit, dass es das Ehrmannsche Haus und den Garten freigab. Wo die Flut gestanden hatte, bedeckte eine Schlammschicht Wände, Böden und Möbel. Luise seufzte, wenn sie daran dachte, dass sie putzen und schrubben musste, bis die Haut ihrer Hände rot und wund war. Das möglichst, bevor der Schlamm trocken und hart wurde. Danach ließ er sich kaum noch entfernen.

Zunächst schaute sie sich aber gemeinsam mit den Männern draußen um. Was einmal ein hübscher Garten vor dem Haus gewesen war, hatte sich in eine Öde verwandelt. Alle Blumen- und Kräuterbeete waren verschwunden. Einzig die beiden zum Spalier gezogenen und dicht an der Hauswand stehenden Apfelbäume – ihr Vater hatte je einen zur Geburt seiner Kinder gepflanzt – standen noch. Die Eisschollen hatten böse Schrunden in die Rinde gerissen. Luise berührte eine an dem zu ihrer Geburt gepflanzten Baum. Ob sie sich davon erholen würden, wusste sie nicht zu sagen.

»Mit Harz verschließen, dann lassen sich die Bäume vielleicht retten«, sagte Conrad hinter ihr leise.

Vor dem benachbarten Neuberischen Haus stand der Fischer mit seiner Frau. Das Haus war größer und stand im Gegensatz zu allen anderen mit der Schmalseite zur Straße und mehrere Ellen weiter vorn, weshalb es der Gewalt der Eisflut mehr ausgesetzt gewesen war. Eine Ecke des Hauses war zusammengebrochen. Die Neuberin hatte Tränen im Gesicht und rang die Hände. Luise trat zu der älteren Frau und nahm sie in den Arm, bot ihr an, fürs Erste bei ihr zu wohnen.

»Das ist lieb von dir, Mädchen«, schniefte die Neuberin. »Es wird schon gehen. Du hast doch die vornehme Dame bei dir im Haus. Das meiste hat die gute Stube abbekommen, und in nächster Zeit werden wir sowieso keine Muße haben, sie zu nutzen.«

Das Zerstörungswerk der Flut setzte sich hinter dem Haus fort. Dort befand sich der lange und schmale Krautgarten, in dem Luise Gemüse und Obst anbaute. Das Wasser hatte ungefähr die Hälfte zerstört. Das gesamte von Georg gespaltene und aufgeschichtete Brennholz hinter dem Haus war verschwunden. Sie fanden einige Scheite im Schlamm, die Georg sorgsam einsammelte und auf einem ebenfalls angeschwemmten Stein zum Trocknen legte. Lediglich die Baumstämme, die erst noch zu Brennholz verarbeitet werden mussten, lagen noch hinten.

»Wenigstens war Vater klug genug, die Werkzeuge in Sicherheit zu bringen. Einer der Neuberschern Jungen wird mir an der Trummsäge helfen. Heute Abend hast du ein Feuer im Ofen, das verspreche ich dir, Luise.«

»Lassen Sie mich helfen. Die Nachbarn haben ihre eigenen Sorgen.« Conrad Meinel wischte alle Einwände beiseite.

Den restlichen Tag verbrachte Luise auf den Knien. Sie kümmerte sich nicht um deren Schmerzen, auch nicht um die in Schultern, Armen und Händen. Dafür war am Abend die Stube bewohnbar, und in der Küche konnte der Herd genutzt werden. Georg hielt Wort mit dem Feuerholz.

KAPITEL XVI

Jacob Ehrmann schreckte aus dem Schlaf hoch. Die raue Unterlage, auf der er gelegen hatte, fühlte sich fremd an. Neben ihm schnarchte jemand, und es roch anders, als er es gewohnt war. Dann erinnerte er sich, wie er geholfen hatte, die Insassen des Maternihospitals zu retten, und wie eine der frommen Frauen ihn in den oberen Stockwerken der Kreuzschule auf ein Lager gewiesen hatte. Und er hörte Barbara seinen Namen sagen.

Barbara!

Jacob richtete sich auf, versuchte, die Dunkelheit zu durchdringen. Allmählich stellte sich sein Blick ein, und er erkannte weitere auf Strohsäcken schlafende Menschen. Ob Barbara unter ihnen war? Er würde keine Ruhe finden, bevor er sich nicht überzeugt hatte. Leise stand Jacob auf und ging durch die Reihen, beugte sich über die Schlafenden. Es waren alles Männer oder Jungen. Er verließ den Raum, der statt einer Tür nur einen Vorhang besaß.

Im Flur spendete eine Öllampe trübes Licht. Jacob tastete sich die Treppe hinunter. Unten saß eine fromme Frau auf einem Stuhl. Der Kopf war nach vorne gesunken, und sie schmatzte im Schlaf. Eine der Holzstufen knarrte. Die Frau schreckte auf.

»Entschuldigung«, wisperte Jacob. »Ich wollte Sie nicht erschrecken.«

»Ich hätte nicht einschlafen sollen.« Sie lächelte ihn an. »Was treibt Sie zu dieser Zeit von Ihrem Lager? Sie haben Ihren Schlaf bitter nötig und verdient.«

Jacob erkannte in ihr die Frau, die ihm die widerspenstige Sanne abgenommen hatte. »Ich suche Barbara.«

»Wer soll das sein?«

»Sie war am Feuer. Da habe ich sie kurz gesehen, aber bevor ich mit ihr sprechen konnte, war sie verschwunden. Ich muss sie finden.«

»Barbara. Ich kenne niemanden, der so heißt.«

»Sie ist keine der frommen Frauen. Vielleicht eine Helferin?« In Jacob staute sich eine Spannung auf, die es ihm unmöglich machte, stillzustehen. Er wippte auf den Fußballen vor und zurück.

»Eine Helferin namens Barbara kenne ich auch nicht. Ist sie eine Verwandte von Ihnen?«

»Wir … wir haben uns aus den Augen verloren. Als ich beim Feuer ihre Stimme hörte … Ich muss sie unbedingt finden.«

»Sie haben nur ihre Stimme gehört?«

»Sie war es. Ohne jeden Zweifel.« Immer noch wippte Jacob vor und zurück. Als er es bemerkte, hielt er kurz inne. Bis die innere Unruhe zu groß wurde.

»Wie sieht sie denn aus, Ihre Verwandte namens Barbara?«

Ja, wie sah sie aus? Er hätte die junge Barbara genau beschreiben können, ihre strahlenden Augen, die Nase und den federnden Schritt. Wie mochte sie sich in den vergangenen Jahren verändert haben? Die fromme Frau wartete auf eine Antwort.

»Sie hat braunes Haar. Ungefähr Ihre Größe. Sie war schlank bei unserem letzten Zusammentreffen. Außerdem hatte sie hier einen Leberfleck.« Jacob zeigte auf eine Stelle unterhalb seines linken Schlüsselbeins.

»Sie müssen Ihre Barbara gut gekannt haben, wenn Sie das gesehen haben.«

»Also wir haben uns ... nicht so gut gekannt. Ich muss sie unbedingt wiederfinden.«

»Ich weiß nicht, wie ich Ihnen helfen kann, außer indem ich Sie und Ihre Suche in meine Gebete einschließe.«

»Dafür danke ich Ihnen. Ich muss fort.«

»Gott sei mit Ihnen.«

Jacob ging nach draußen. Die Dämmerung kroch eben über den Horizont. Seine Stiefel und die Hosenbeine waren noch feucht. Er drückte sich tiefer in seine Jacke und ignorierte die Schwäche seines Körpers. Der Gedanke, bald seiner Frau gegenüberzustehen, hielt ihn aufrecht.

Dresden schlief nie und in einer Nacht wie dieser schon gar nicht. Die Straßen waren voller Menschen. Sie standen in Gruppen beisammen, gestikulierten wild und redeten aufgeregt miteinander. Frauen gossen eimerweise schmutziges Wasser auf die Gassen, teilweise zum Fenster hinaus. Mit Erleichterung registrierte Jacob, dass der Scheitelpunkt der Flut vorüber war. Das Wasser in der Stadt war gefallen, Stellen, die in der Nacht noch knöchelhoch überflutet gewesen waren, lagen wieder bloß.

Die Erinnerung an seine Frau kreiste unablässig durch seine Gedanken. Ein paarmal fragte er sich zwischendurch, wie es zu Hause stehen mochte. Ob das Haus noch da war, Georg das Boot gerettet hatte? Der Junge war oft so gedankenlos. Gleich darauf beherrschte wieder Barbara all sein Denken und Tun.

Ziellos wanderte er durch die Stadt, besah sich alle Frauen und lauschte ihren Stimmen. Mehrmals wurde er deswegen als Gaffer beschimpft, einmal warf jemand einen Stein nach ihm, und ein anderes Mal drohte ihm ein Ehemann Prügel an. Von Barbara keine Spur.

Jacob fühlte sich müde, unendlich müde. Er wusste, dass es mit Schlaf nicht getan war. Die Erschöpfung steckte tief in seinen Knochen und kam von der Schuld, die in seiner Brust vergraben war. Die Stimme seiner Frau hatte sie hervorgelockt. Er war ihr kein guter Ehemann gewesen, hatte nur seine Arbeit gekannt. Auf ihr zartes Wesen hatte er keine Rücksicht genommen, obwohl er sich genau deshalb in sie verliebt hatte. Er hatte nach einem langen Tag im Boot und beim Räucherschuppen nicht mehr das Weinen kleiner Kinder hören wollen, nicht die Klagen einer jungen Mutter, dass der Sohn zu wenig trinke, sie nicht genügend Milch für ihn habe und er den ganzen Tag greine, wenn sie ihn nicht immer auf dem Arm trage. Das Mädchen sei zu klein, um ihr viel zur Hand zu gehen oder sich um den Bruder zu kümmern. Er sah sie vor sich, wie sie in solchen Momenten ausgesehen hatte – müde und mit Verzweiflung in den Augen, während das Abendessen auf dem Herd verbrannt war und sich der Staub in den Ecken sammelte. Er war ungeduldig geworden und sie immer trauriger.

Nicht oft gestattete Jacob sich solche Gedanken.

KAPITEL XVII

»Ich war immer der Meinung, Dunkelgrün steht mir nicht. Habe ich mich geirrt?« Die Französin drehte sich, dass sich ihre Röcke bauschten.

Luise schaute vom Spülstein auf. Alles, was im Haus aus Porzellan, Steingut, Zinn, Holz oder Glas und nicht zerbrochen war, musste abgewaschen werden. Alle Töpfe und Tiegel, jedes Messer und jeder Löffel. Nie hätte sie gedacht, dass es so viel war. Das waren ihre Sorgen, nicht, ob jemandem Dunkelgrün oder Hellblau stand.

»Ich weiß nicht, Madame LaTrebe. Das kann ich nicht entscheiden«, antwortete sie höflich.

»Sie müssen eine Meinung dazu haben. Eine Frau muss einen Instinkt dafür entwickeln, worin sie sich sehen lassen kann und was sie besser meidet.«

»Was sagt Ihnen Ihr Instinkt?«

»Gut gekontert, ma chère. Sie sind nicht ohne Witz. Das gehört auch dazu.« Angelique LaTrebe drehte sich wieder. »Ich denke, es steht mir nicht. Macht mich alt und bieder. Jegliche Frische kommt einem in Dunkelgrün abhanden. Solange ich hier bin, wird es gehen. Ich kann mir auch nicht vorstellen, dass es Ihrer Nachbarin besser steht.«

»Wahrscheinlich nicht.« Luise hatte sich längst wieder über den Spülstein gebeugt. Wie die Neuberin in Dunkelgrün wirkte, kümmerte sie herzlich wenig.

Angelique LaTrebe hatte sich ein Kleid aus deren Truhe geborgt. Beide Frauen hatten ungefähr dieselbe Figur; die Kleider

der Nachbarin passten der vornehmen Dame besser als Luises. Dass die Garderobenfrage diese Ausmaße annahm, hätte sie nicht gedacht. Ihr wäre es mehr Hilfe gewesen, hätte die Französin zu einem Handtuch gegriffen und das Geschirr abgetrocknet. Natürlich dachte die nicht daran, sondern setzte sich auf die Eckbank und tippte mit den Fingerspitzen auf der blank gescheuerten Tischplatte herum. Die Geräusche fuhren Luise durch Mark und Bein.

»Könnte ich einen Kaffee bekommen, Kindchen?«

»Tut mir leid, es ist keiner im Haus.«

»Tee?«

»Kamille oder Lindenblüten?«

»Ich meinte Tee aus China.«

»So etwas hatten wir noch nie.«

»Dann Kamille, um Himmels willen. Ich brauche etwas Warmes.«

Es war nicht lange her, dass Madame LaTrebe zum Frühstück gebratene Eier auf Blutwurst gegessen und sich damit vergnügt hatte, kleine Bröckchen für Fritz unter den Tisch fallen zu lassen. Das Frettchen war blitzschnell aus seiner Ecke hervorgekommen, hatte das Futter geholt und war genauso schnell wieder verschwunden. Dennoch trocknete Luise sich die Hände ab und machte sich an die Zubereitung des Tees. Während sie darauf wartete, dass das Wasser zu kochen begann, trocknete sie eine Tasse ab und stellte sie auf den Tisch.

»Setzen Sie sich zu mir, trinken Sie auch einen Tee. Sie haben es sich verdient.«

»Es ist noch viel zu tun.«

»Die Arbeit wird nicht weglaufen, wenn Sie mir eine halbe Stunde Gesellschaft leisten. Ich bitte Sie darum.«

Dies mochte Luise nicht abschlagen.

»Erzählen Sie mir, was Sie mit dem Sticken verbindet. Wie ergeht es Ihnen damit?«, verlangte Angelique LaTrebe. Ihre Hände wärmte sie an der Tasse. An dem Kamillentee hatte sie vorsichtig genippt und das Gesicht verzogen.

»Warum möchten Sie das wissen?«

»Es ist immer gut, zu wissen, was einen Menschen antreibt. Sehen Sie das anders, ma chère?«

Dem konnte Luise nicht widersprechen, deshalb begann sie: »Beim Sticken entsteht etwas Schönes unter meinen Händen. Etwas, das ich mir ausgedacht habe. Die Farben leuchten, die Stiche sind ebenmäßig. Ich stelle mir vor, wie eine vornehme Dame meine Stickerei trägt und andere sie deshalb bewundern. Das ist vielleicht vermessen für eine Person meines Standes?«

»Nach Schönheit zu streben, finde ich nicht vermessen. Das macht mir einen Menschen sympathisch. Wer immer so tut, als sei vor allem das Hässliche gottgefällig, lügt sich in die eigene Tasche.«

»Ist es nicht trotzdem eitel, sich an Schönheit zu ergötzen?«, fragte Luise.

»Machen Sie einen Rückzieher? Das müssen Sie nicht. Nicht bei mir. Ich erwarte von einer interessanten Person, dass sich die äußere Schönheit mit einer des Geistes paart.«

»Das ist nur selten der Fall.« Luise dachte an Martin Luther und Melanchthon, deren Bilder sie jeden Sonntag in der Kirche betrachten musste – der eine im Alter aufgedunsen, der andere Zeit seines Lebens rappeldürr wie verhungert. Beide mit Geistesgaben überreich gesegnet, ihre äußere Schönheit … für die interessierte sich niemand.

»Eigentlich recht häufig. Man muss nur genau hinschauen. Sie sind jedenfalls mit beidem gesegnet, Kindchen, dann kann unter Ihren Händen nichts anderes als Schönheit entstehen. Mögen Sie mir noch einmal Ihr Mustertuch zeigen?«

Sie wollte, und gleich darauf beugten sich beide Frauen über die auf dem Tisch ausgebreiteten Muster.

»Hübsch. Wirklich sehr hübsch«, sagte Angelique LaTrebe. »Die Muster sind detailreich. Ein Schultertuch mit diesen Rosen bestickt,« sie tippte auf eine Rosenranke mit Blüte und Knospe, »wie lange benötigen Sie dafür? Das Schultertuch in Blau und die Rosen am besten in Gelb. Heute bestellt, wann darf eine vornehme Dame mit der Übergabe des fertigen Tuches rechnen?«

»Ja … ich …« Luise verstummte und rechnete im Kopf. Ein Schultertuch war dreieckig, und die beiden kürzeren Seiten benötigten wenigstens vier Ellen Länge und die lange Seite doppelt so viel. Wenn sie pro Elle Stoff zweimal die Rose stickte und für eine Rose ungefähr … dann müsste sie … Sie kam nicht weiter, konnte sich nicht vorstellen, wie viele Rosen sie auf ein Schultertuch sticken müsste. Bei einem quadratischen Stück Stoff ließe es sich leichter ausrechnen. Die Zeit, die sie fürs Sticken benötigte, konnte sie sich gar nicht vorstellen.

»Sie wissen es nicht«, stellte Angelique LaTrebe fest.

»Das ist nicht leicht zu sagen«, redete sich Luise heraus.

»Das ist, was eine vornehme Dame als Erstes interessiert. Noch vor dem Preis für ein solches Tuch. Den zahlt ein Mann für sie, aber sie will wissen, ob sie das Tuch in dieser Ballsaison oder erst in der nächsten tragen kann. So etwas müssen Sie wissen, ma chère. Als Frau, die ein Geschäft führen will.«

Wortlos faltete Luise ihr Mustertuch zusammen. Das waren Dinge, über die sie nie nachgedacht hatte. Sie wollte sticken, keine Zeiten und Preise ausrechnen.

»Schauen Sie nicht traurig, Kindchen, das werden Sie schnell lernen. Alle haben einmal angefangen, und viele waren mit weit weniger Talent gesegnet als Sie. Sie müssen an sich glauben.« Die Französin legte ihre Hand auf Luises.

In Loschwitz hatte der Fährmann seine Kähne gerettet, im Gegensatz zu dem Laubegaster Fährmeister, dem die Flut zwei Fähren und drei Kähne geraubt hatte. Das war aber auch die einzig positive Nachricht, die Georg hörte. Er ging durch das, was von Loschwitz übrig war. Hoffnung, den Bootsschuppen des Vaters noch zu finden, hatte er keine. Das Wasser befand sich immer noch mehrere Ellen über dem normalen Wasserstand der Elbe.

Wo die Flut sich wieder zurückgezogen hatte, hinterließ sie Schlamm, angeschwemmtes Holz und Steine. Aus dem Schlamm schaute der Stiel eines Tiegels hervor, er entdeckte etwas, das vielleicht einmal die Platte eines Tisches gewesen war. Er fand auch einen Schuh, der vor Schmutz kaum noch als solcher zu erkennen war. Georg trat mit der Stiefelspitze dagegen.

Er fühlte eine Verantwortung auf seinen jungen Schultern lasten, die zu schwer dafür zu sein schien. Wenn der Vater nicht zurückkam, musste er entscheiden, wie es weitergehen sollte. Vor gar nicht einmal so langer Zeit hatte er sich genau so etwas gewünscht. Nicht die Flut und die Abwesenheit des Vaters, aber allein über sein Leben zu entscheiden und endlich die Lehrstelle beim Wagenbauer Leopolds anzunehmen.

Wenn das allerdings bedeutete, für den Rest seines Lebens ohne den Vater auskommen zu müssen … Was sollte dann aus Luise werden? Als Lehrjunge könnte er nicht für sie sorgen. Sie müsste heiraten, um versorgt zu sein. Nur gab es niemanden, der eine Neigung für sie zeigte. Herr Meinel wäre sicher eine gute Partie, und die beiden schienen sich zu verstehen.

Georg schüttelte diese Gedanken ab – der Vater würde wiederkommen, und alles wäre gut. Fritz war schließlich auch wieder da. Die Häuser, die nahe der Elbe standen, waren schwer in Mitleidenschaft gezogen. Der Loschwitzer Fährmann hatte seine beiden Fähren und drei Kähne zwar gerettet, aber der

Anleger war komplett weggerissen, und an seinem Haus fehlten alle Anbauten. In die der Elbe zugewandten Seite hatte die Flut einen Baum geschoben. Die Hauswände waren eingedrückt wie Papier. Der Fährmann war mit seiner Familie dabei, den Baum zu zersägen und zu entfernen.

Die Reihe der Fischerschuppen fehlte vollständig – wie er es erwartet hatte. Georg war sich nicht einmal mehr sicher, wo der Ehrmannsche genau gestanden hatte. Der Räucherofen … Er wusste, dass der Vater über den Verlust verärgert sein würde. Dann hätte er sich nicht ausgerechnet jetzt einsperren lassen sollen, dachte Georg und trat gegen ein im Schlamm steckendes Holzstück. Es löste sich und flog hoch, traf ihn an der Schulter. Georg konnten nicht anders, er musste lachen.

»Schön, wenn in solchen Zeiten einer was zu lachen hat.«

Georg drehte sich nach dem Sprecher um. Es war Nicolaus Wisser, Sohn des Tagelöhners gleichen Namens. Um ihn von seinem Vater zu unterscheiden, wurde der junge Wisser nur Laus gerufen. Er war ein schmächtiges Bürschchen, einen guten Kopf kleiner als Georg, aber sie waren gleich alt, hatten gemeinsam die Volksschule besucht und waren an Pfingsten vor zwei Jahren zusammen konfirmiert worden. Die Familie Wisser hatte eine Kate am Ende der Reihe mit den Fischerschuppen bewohnt.

Laus hielt einen Spaten in seinen Händen und war bis über die Knie schlammbespritzt. Offensichtlich hatte er nach Wertsachen gegraben. Ein an seiner Seite hängender Beutel schien aber leer zu sein. Georg zuckte mit den Schultern und wollte sich abwenden. Er hatte keine Lust auf ein Gespräch mit Laus.

Der stand nach ein paar schnellen Schritten wieder vor ihm. »Ich habe dich gefragt, was in dieser Zeit so spaßig ist, dass du laut herauslachen musst?«

»Das geht dich nichts an.«

»Es geht mich nichts an, dass du dich über Leute lustig machst, die alles verloren haben?«

»Das habe ich nicht«, widersprach Georg heftig. Laus zu erzählen, warum er wirklich gelacht hatte, kam aus mehreren Gründen nicht infrage. Erst einmal fehlte dem Wisser-Jungen jedes Verständnis für einen Witz; zum anderen war sich Georg nicht sicher, ob er in der Lage wäre, die Sache so zu erzählen, dass das Lustige daran verständlich wurde.

»Selbst im Warmen und Trockenen sitzen und über Leute lachen, denen gerade das geblieben ist, was sie auf dem Leib tragen. Selbst diesen Spaten«, Laus schüttelte ihn, »musste ich aus dem Dreck graben. Keine Ahnung, wem er früher gehört hat. Bei meinem Glück kommt jemand und behauptet, er gehöre ihm, weil er die Anfangsbuchstaben seines Namens in den Stiel geritzt hat.«

»Sind sie?«, erkundigte sich Georg.

Laus' Faust schoss vor. Aber er hatte schlecht gezielt und traf Georg nur am Ohr. Dem verursachte der Hieb mehr ein Dröhnen im Kopf als wirklichen Schmerz.

»Spinnst du?«, fuhr Georg auf. »Was soll das?«

»Keiner lacht über mich und meine Familie!«

»Mich schlägt keiner, ohne dass ich es ihm heimzahle.« Georg zielte besser und traf Laus an der Nase. Blut tropfte heraus. Dem ersten Schlag mit Rechts ließ er einen linken Haken folgen. Der riss Laus von den Füßen. Der Spaten fiel ihm aus der Hand, und Georg trat ihn weg. Das Teil landete im Wasser.

Georg wandte sich ab und wollte nach Hause gehen. Er hörte hinter sich ein Geräusch. Bevor er sich in Stellung bringen konnte, sprang Laus ihm auf den Rücken. Alle Mitglieder der Familie Wisser waren wie Rattenhunde, die nicht lockerließen, sich in jeden Bau gruben und erst zufrieden waren, wenn Knochen unter ihrem Biss knackten. Laus war der Schlimmste unter ihnen.

Seine Arme klammerten sich um Georgs Hals, mit den Füßen trat er gegen dessen Beine. Augenblicklich ließ Georg sich nach hinten fallen. Der Griff um seinen Hals lockerte sich, aber er kam nicht frei. Er stieß mit den Ellenbogen unter sich und trat mit einem Bein zu wie ein wütendes Pferd. Zusätzlich machte Georg sich so schwer wie möglich. Laus unter ihm stöhnte. Georg landete einen harten Treffer mit dem Ellenbogen und war auf einmal frei.

Er warf sich herum, kam auf Laus zu sitzen. Den packte er an der Hemdbrust und drückte ihn in den Dreck. Die andere Faust hielt er zum Schlag erhoben. Laus starrte ihn an. Aus der Nase floss noch Blut, es hatte die ganze untere Hälfte seines Gesichts verschmiert. Er funkelte Georg böse an.

»Das nächste Mal überlegst du dir, mit wem du dich anlegst.« Georg lehnte sich vor. Sein Gewicht ruhte auf einer Hand, drückte Laus' Brustkorb zusammen. Er erwartete ein Knacken und war froh, als es nicht so kam. Mahlende Bewegungen von Laus' Kiefer verrieten, dass der Spucke sammelte.

»Ich schlag dich zu Brei, wenn du das tust.« Als Warnung versetzte Georg ihm einen Hieb gegen die Wange. Keinen besonders harten, und sprang auf. Weil er eine zweite Warnung für angebracht hielt, kassierte Laus noch einen Tritt gegen die Beine. Diesmal einen festen, dann marschierte Georg davon. Obwohl er als Sieger aus dieser Auseinandersetzung hervorgegangen war, fühlte er sich nicht besonders gut. Ein Sieg über einen Hänfling wie Laus machte ihn nicht stolz.

Luise schimpfte mit ihm, nachdem sie sehr streng hatte wissen wollen, ob er sich im Schlamm gesuhlt hatte. Ihm war keine passende Ausrede eingefallen, weshalb er es mit der Wahrheit versucht hatte.

»Laus hat mir den ersten Schlag versetzt. Ich habe mich nur

verteidigt. Was hätte ich machen sollen? Verprügeln lasse ich mich von so einem nicht.«

»Laus überdeckt mit seiner Wut seine Hilflosigkeit. Du machst es schlimmer, wenn du dich mit ihm prügelst.« Die Worte seiner Schwester klangen weise für Georg, auch wenn es nicht leicht sein würde, ihren Rat zu befolgen.

»Wir haben einen Gast im Haus«, schimpfte sie weiter. »Was soll Frau LaTrebe denken, wenn sie dich so sieht? Runter mit den dreckigen Sachen, aber erwarte nicht, dass ich kannenweise Wasser erhitze, damit du ein Bad nehmen kannst.«

Sie blieb bei ihrer mitleidlosen Haltung, und Georg musste sich mit kaltem Wasser waschen.

Auf einem erhöhten Platz stand Conrad Meinel und betrachtete die Elbe. Der Fluss war mehr als doppelt so breit wie gewöhnlich. Die Strömung stark. Eisschollen trieben auf dem Wasser, dazwischen entwurzelte Bäume, behauene Stämme, Bauholz und zersplitterte Teile von nicht mehr erkennbaren Dingen. Es mochten Möbel, Türen, Fensterläden oder Kähne gewesen sein.

Die Elbe machte an dieser Stelle eine leichte Biegung, auf der anderen Seite war die Strömung deshalb geringer. Dort hatte sich das Eis zu einem Wall aufgetürmt. Bäume, Büsche und anderes hatte sich dort festgesetzt. Conrads Aufmerksamkeit galt aber nicht dieser gefährlichen Stelle. In Gedanken war er in Wehlen.

Hoffentlich hatte die Flut das Schulhaus verschont, und seine Mutter hatte noch ein Dach über dem Kopf.

Er war bisher ohne Nachricht von ihr. Selbst wenn sie ihm in der Nacht noch geschrieben hatte, wie hätte der Brief ihn erreichen sollen? Die Postbeförderung war wohl bis auf Weiteres unterbrochen. Seine Hoffnung bestand darin, dass zwischen dem gewöhnlichen Wasserstand der Elbe und dem Schulhaus in der Stadt Wehlen etliche Ellen Höhenunterschied lagen. Die Fluten der Jahre 1777 und 1781 hatte es unbeschadet überstanden.

Er konnte nur hoffen, dass seine Mutter sich nicht zu sehr ängstigte. Immerhin war sie ohne Nachricht von ihm. Nicht zum ersten Mal verwünschte er seine Krankheit, die ihn im unpassendsten Moment auf die Bretter geschickt hatte. Auch weil es peinlich war, sich einer fremden Familie auf diese Weise aufzudrängen, obwohl Luise Ehrmann ihm nie das Gefühl gegeben hatte, eine Last zu sein.

Luise. Er sprach ihren Namen in Gedanken aus, und sein Herz wurde weich. Sie war ein liebes Mädchen, und er glaubte, ihr etwas zu bedeuten. Weil sie ihm von ihrem Traum erzählt hatte – das sagte sie bestimmt nicht jedem. Er gäbe viel darum, sie darin unterstützen zu können. Leider kannte er sich in den Dingen weiblicher Garderobe nicht aus. Seine Mutter war dafür auch nicht die Richtige. Sie war zu uneitel, trug ihre Kleider auf, statt mit der Mode zu gehen.

Ob seine Mutter mit einer Schwiegertochter wie Luise Ehrmann einverstanden wäre? Conrad wusste nicht, woher dieser Gedanke gekommen war. Wie von selbst hatte der sich eingeschlichen. Es war viel zu früh, daran zu denken. Er kannte Luise kaum. Sein Herz war noch völlig ungeprüft, ihres nicht minder.

Conrad seufzte.

Er kehrte der Elbe den Rücken zu. Mindestens bis übermorgen müsste er noch warten, ehe die Flut so weit zurückgegangen war, dass er an eine Heimkehr denken konnte. Bis dahin war hoffentlich Jacob Ehrmann wieder zu Hause. Es wäre nicht recht, die noch so jungen Ehrmann-Geschwister in der Obhut einer Angelique LaTrebe zu lassen. Diese Person … Conrad schauderte.

KAPITEL XVIII

Jacob hatte in jeder Gasse Alten-Dresdens gesucht. War überall gewesen, wo kein Wasser stand, an manchen Stellen sogar mehrmals. Er war auch in der Seevorstadt, in der Fischerstadt – hier hatte die Flut schlimm gehaust – und in der Friedrichstadt gewesen. In letzterer hatte er einer Familie geholfen, ihren durchweichten Hausrat auf einen Karren zu laden. Das nur, weil er den Namen Barbara hatte rufen hören. Die Frau, die daraufhin in der Haustür erschienen war, hatte keinerlei Ähnlichkeit mit seiner Barbara gehabt. Sie war ungefähr in Luises Alter gewesen. Trotzdem hallte der Name in ihm nach, und er hatte dagestanden und gegafft, bis man auf ihn aufmerksam geworden war. Bevor es unangenehme Fragen gab, hatte er seine Hilfe angeboten und als Dank mit der Familie deren karge Mahlzeit, bestehend aus Grütze mit eingeweichten Brotbrocken, geteilt. Das Essen hatte ihm Kraft und Wärme zurückgegeben und ihm klargemacht, dass in Loschwitz seine zwei Kinder auf ihn warteten. Ihnen musste seine Sorge gelten, statt einer Hoffnung hinterherzujagen, von der er wusste, dass sie vergebens war.

Jacob verließ die Vorstadt und orientierte sich am Turm der Hofkirche, um seinen Weg zu finden. Das Wasser hatte sich weitgehend aus der Stadt zurückgezogen. Nur Eisbrocken lagen noch da, die langsam schmolzen und schlammige Pfützen bildeten. Dennoch war die Elbe weit davon entfernt, wieder in ihrem eigentlichen Bett zu fließen. Das entdeckte Jacob, als er sich der Augustusbrücke näherte.

Eine Reihe Soldaten stand an der Brückenrampe und versperrte den Zugang. Die Läufe ihrer Musketen ragten in den Himmel. Auf der Neustädter Seite stand eine ebensolche Reihe. Beide wurden von je einem Offizier kommandiert, dessen Rang Jacob nicht benennen konnte. Eindeutig war aber, dass niemand die Brücke betreten durfte. Die war nicht eingestürzt, sah nicht einmal beschädigt aus. Dennoch wollte man ihn daran hindern, zu seinen Kindern zu gelangen. In Jacob erwachte Bockigkeit, er senkte den Kopf, hob die Fäuste. Sollten sie doch versuchen, ihn aufzuhalten. Zum Glück kam er rechtzeitig wieder zur Besinnung. Bei der Menge an Soldaten wäre er tot, bevor er auch nur halb hinüber wäre. Gesenkten Kopfes ging Jacob an den Soldaten vorbei.

Auf der elbaufwärts gelegenen Seite der Brücke sah er sogleich den Grund für diese Sperrung. Dort standen schon andere Leute und beobachteten das Geschehen. Jacob gesellte sich zu ihnen.

Vor einem der sechzehn Brückenbögen, mehr auf der Neustädter Seite gelegen, hatte sich etwas verfangen. Wahrscheinlich lag ein Baum quer. Ein neben Jacob stehender älterer Herr mit einem bis auf die Brust reichenden grauen Bart, bestätigte seine Vermutung. An dem Stamm verfingen sich Eisschollen und Treibgut. Es fehlte nicht mehr viel, um den ganzen Brückenbogen zu verstopfen. Das Wasser brauste und donnerte dort immer stärker gegen die Barriere. Die Wellen schlugen bis über das Brückengeländer. Die Soldaten auf der Neustädter Seite mussten ihre Reihe weiter nach hinten verlegen. Das Wasser schwappte auch über andere Brückenbögen hinweg.

»Der Druck muss riesig sein. Die Brücke wird das nicht mehr lange aushalten«, murmelte Jacob.

»Ay«, stimmte der Graubart zu. »Kann jeden Moment zu spät sein, was die da treiben.«

Es knackte und donnerte an der Brücke. Jacob schloss kurz die Augen. Brach sie, blieben ihm nur die Fähren, um die Elbe zu überqueren. Wann die ihren Dienst wieder aufnahmen, stand in den Sternen. Als er das nächste Mal hinschaute, zog ein Trupp Artillerie mit einer von zwei Pferden gezogenen Kanone auf der gegenüberliegenden Seite auf. Laute Rufe ihres Offiziers schallten herüber. Die Artilleristen drehten die Kanone Richtung Brücke. Der Offizier lugte über Kimme und Korn hinweg und sagte zwei Kanonieren an, wie das Rohr auszurichten war.

»Sie wollen die Barriere wegschießen«, bemerkte der Graubart.

»Das Einzige, was sie jetzt noch machen können. Sie hätten die ganzen Eisversetzungen zerschießen müssen, die sich vor Brücken und an Flussbiegungen gebildet hatten.«

»Wenn sie dabei nur nicht die Brücke treffen. Die Spezialisten von der Artillerie. Ich war lange genug bei dem Trupp …«

Der Offizier war offenkundig mit der Ausrichtung der Kanone zufrieden, denn ein Artillerist trug schwer an einer Kugel, die er vorne in den Lauf schob.

Es knallte und donnerte, als wäre die Kanone bereits abgeschossen worden. Der Baum vor der Brücke bog sich mit einer zärtlich anmutenden Bewegung nach innen. Das Wasser spritze hoch auf. Erst lösten sich einzelne Brocken, bis es immer schneller ging, dass alles flussabwärts strömte. Gleich darauf war der Brückenbogen frei. Alle Zuschauer am Ufer atmeten auf. Jacob fühlte sich erleichtert, als wäre vor seinem eigenen Herzen eine Barriere fortgeschwemmt worden. Umständlich richteten die Artilleristen den Kanonenlauf gen Boden, damit die Kugel wieder herausrollte. Gleich darauf rückten sie ab.

Die Soldaten, die die Brücke sperrten, blieben dagegen stehen.

»Sie lassen uns noch nicht rüber«, regte sich Jacob auf.

»Was willst du drüben? Da ist es genauso schlimm wie hier.«

»Ich komme aus Loschwitz, das liegt auf der anderen Seite.«

»Wieso bist du bei der Flut nicht zu Hause? Oder hast du keines?«, forschte der Graubart nach.

»Geschäfte«, antwortete Jacob knapp. Er dachte nicht daran, die Wahrheit zu sagen.

»Aus der Brücke sind bestimmt Steine rausgefallen. Deswegen geben sie die nicht frei, weil sie jeden Moment zusammenstürzen könnte. Das gäbe ein Getöse.« Es klang fast so, als freute sich der Graubart darauf.

Jacob enthielt sich einer Antwort und spähte auf den Fluss. Gleichförmig trieben die Eisschollen vorbei. Auf einer stand breitbeinig ein Hund und schaute wild um sich. Jacob fragte sich, wie das Tier aufs Eis geraten war und wo sein Besitzer sein mochte. Er kannte sich mit Hunden nicht aus, aber auch er sah, dass dies kein Straßenköter, sondern ein Rassehund war, der sicher jemandem gehörte. Unaufhaltsam bewegte sich die Eisscholle auf die Brücke zu.

Sie krachte gegen einen Pfeiler. Drehte sich. Der Hund ließ ein langgezogenes Jaulen hören. Das nachfolgende Eis drückte die Scholle auf der einen Seite unter Wasser, ehe sie unter der Brücke verschwand. Von dem Hund war nichts mehr zu sehen.

»Der ist hin«, kommentierte der Graubart.

Jacob wusste um die Richtigkeit dieser Worte, dennoch zuckte es in seinen Beinen, zur Brücke zu rennen, um zu versuchen, den Hund zu retten. Wie er gemeinsam mit Conrad Meinel den Gassenjungen vom Eis gerettet hatte.

Schreckensrufe ließen Jacob sich umdrehen. Sie galten zwei großen Lastkähnen, die auf die Brücke zutrieben. Ihre Masten ragten weit darüber hinaus. Menschen waren an Bord nicht zu sehen. Der vordere Kahn trieb genau auf den mittleren Brückenbogen zu. Der Mast knickte ab wie ein Kienspan. Dann schob das Eis den Kahn unter der Brücke hindurch. Er kam auf der anderen Seite glatt wieder heraus, aber wo der Mast die Brücke getroffen hatte, polterten mehrere Steine aus dem Fach.

Der zweite Kahn prallte mit dem Bug gegen einen Pfeiler und machte Anstalten, sich zu drehen. Jacob befürchtete, es werde enden wie mit dem Hund auf der Eisscholle. Der Mast stieß gegen eines der halbrunden, vorspringenden Rondelle auf der Brücke. Wieder lösten sich Steine. Der Mast hielt. Von hinten drückte das Eis, schob sich unter den Kahn. Es floss darunter hindurch. So etwas hatte Jacob noch nicht gesehen. Lange währte dieser Zustand nicht, bis der Mast brach. Das Eis drehte den Kahn und schob ihn mit dem Heck zuerst unter der Brücke hindurch.

Nie und nimmer würde er heil geborgen werden können. Für diesen Tag hatte Jacob genug von der wilden, ungezähmten Elbe. Er ging nicht davon aus, bis zum Nachmittag auf die andere Seite zu kommen, sondern richtete sich darauf ein, eine weitere Nacht in Alten-Dresden zu verbringen. Er wollte es noch einmal bei den frommen Frauen vom Maternihospital versuchen.

Je weiter Jacob sich der Kreuzschule näherte, desto geringer wurden die Flutschäden. Die Kirche gegenüber der Schule war vom Wasser schon gar nicht mehr erreicht worden. Die große zweiflügelige Tür stand offen, der Kantor spielte die Orgel. Menschen strömten in das Kirchenschiff, andere kamen heraus. Jacob war kein besonders gläubiger Mann. Zwar besuchte er jeden Sonntag den Gottesdienst, aber nur, weil es sich so gehörte, nicht weil es ihm ein Bedürfnis war. Im Gebet fand er keinen Trost. Auf seine Stimmung drückte die getragene Orgelmelodie zusätzlich. Als er in der Menge den Graubart entdeckte, wandte er sich schnell ab.

An eines der Häuser, die die Kirche umgaben, heftete ein Junge ein Plakat. Weitere zusammengerollte trug er unter dem Arm. Auf die Entfernung konnte Jacob nur das Wort ›Proclamation‹ erkennen.

Vor dem Plakat bildete sich sofort eine Menschentraube. Jacob drängte sich vor, wollte auch wissen, was dort angeschlagen stand. Er konnte nur Bruchstücke entziffern. Für ein ruhiges Lesen wogte die Menge zu sehr hin und her. Er entnahm diesen Bruchstücken, dass die Superintendenturen aller sächsischen Parochien berieten, die Kollekte vom Karfreitag den Opfern dieser Eisflut zukommen zu lassen.

»Immerhin ein Anfang, aber bei Weitem nicht genug«, murmelte Jacob.

»Mehr wird folgen«, wies ihn eine Frau in seinem Alter zurecht, die aussah, als hätte sie in ihrem Leben nicht eine Mahlzeit ausgelassen.

Von aufgezwungenen Gesprächen hatte Jacob genug, er las, was noch auf dem Plakat stand: Der Kurfürst wollte sich persönlich darum kümmern, dass niemand mit seinem Verlust allein gelassen werde. Soldaten seien angewiesen, den Bauern entlang der Elbe zu helfen, das Eis von den Feldern zurück in den Fluss zu schaffen, bevor es schmolz und alles auf unabsehbare Zeit im Schlamm verwandelte.

Besser ein bisschen Schlamm als Flut, dachte Jacob, hütete sich aber, etwas davon auszusprechen.

KAPITEL XIX

Am 1. März war das Wasser weiter gefallen, wenn es auch deutlich langsamer vonstattenging als der Anstieg.

»Ich muss nach Dresden zurück«, klagte Angelique LaTrebe. »Dort warten Geschäfte auf mich.«

»Was das wohl für Geschäfte sind?«, hakte Conrad Meinel mit einem gewissen Tonfall nach.

»Ich frage Sie auch nicht nach Ihren Angelegenheiten aus. Anscheinend gibt es keine, oder warum lungert ein junger Mann wochenlang in einem fremden Haushalt herum?«

Diese Art von Gespräch entwickelte sich immer zwischen der vornehmen Französin und Conrad.

Georg räumte draußen auf, dichtete Fenster ab und reparierte Türen, während Luise nie wusste, was sie sagen sollte, um die beiden einander gewogen zu machen. Sie verstand nicht, warum der sonst so freundliche Geograph gegenüber der Französin derart kritisch war. Einmal hatte sie ihn darauf angesprochen, als Frau LaTrebe nicht zugegen war. Sie könne doch selbst sehen, was das für ein Frauenzimmer sei, es sei ansonsten nicht an ihm, darüber zu sprechen, hatte sie als Antwort bekommen und damit nichts anzufangen gewusst.

Bevor Conrad etwas erwidern konnte, fuhr Angelique fort: »Wenn Sie es genau wissen wollen, habe ich dieser jungen Dame«, sie deutete auf Luise, »ein Versprechen gegeben, und ich pflege mein Wort zu halten. Deshalb muss ich zurück nach Dresden. Hier bin ich zum Nichtstun verdammt.«

»Und ich dachte, Sie wollten wieder Ihre eigenen Kleider tragen, Madame.«

»Herr Meinel, ich bitte Sie«, warf Luise leise ein.

»Nein, lassen Sie nur. Natürlich möchte ich wieder über meine eigene Garderobe verfügen. Welche Frau fühlt sich in einem fremden Kleid wohl? Lassen Sie uns gehen und schauen, ob der Weg frei ist.« Diese letzten Sätze waren an Luise gerichtet.

»Sie wollen zu Fuß nach Dresden gehen?«

»Eine andere Möglichkeit sehe ich nicht. Meinen Wagen haben die beiden Herren der Elbe anheimgegeben. Die Pferde sind auch irgendwo. Ich bin nicht so schlecht zu Fuß, wie Sie vielleicht denken. Früher musste ich … das ist lange her, aber etwas davon ist mir geblieben.«

»Sie können nicht alleine gehen«, platzte Luise heraus.

»Sie kommen mit mir, ma chère. Ich bin nicht allein.«

»Ich meine ohne einen männlichen Begleiter. Das mag bei mir egal sein, aber für eine vornehme Dame wie Sie schickt sich das nicht.«

Angelique LaTrebe strich ihr über die Wange. »Sie sind sehr empfindsam und bringen einen natürlichen Sinn für Schicklichkeit mit. Das wird gefallen. Wenn es nicht anders geht, nehmen wir Herrn Meinel mit. Sofern der Gute einen strammen Fußmarsch nicht scheut.« Sie schaute den Herrn herausfordernd an.

»Ich begleite die Damen gerne.«

Mit Hüten und Umhängen angetan machten die drei sich kurze Zeit später auf den Weg. Fritz hatte Luise in der ausrangierten Fischkiste eingesperrt und in der Küche gelassen.

Die strenge Kälte der letzten Februarwoche gehörte der Vergangenheit an. Die Temperaturen lagen deutlich über dem Gefrierpunkt. Dafür hing eine bleischwere Feuchtigkeit in der

Luft. Luise zog ihren Umhang enger um die Schultern und schaute auf ihre Begleiter, ob es ihnen ähnlich ging. Madame LaTrebe machte nicht den Eindruck, etwas davon zu bemerken, aber bei ihr konnte es auch daran liegen, dass sich eine vornehme Dame vom Wetter in ihrem Tun nicht behindern ließ. Conrad Meinel hatte eine rote Nase und den Hut tief ins Gesicht gezogen.

Die Straße nach Dresden war wieder frei, aber sie glich in nichts mehr dem Weg, den Luise kannte. Sie war von langsam trocknendem Schlamm überzogen. Glücklicherweise war der nur dünn. Angelique LaTrebe führte die kleine Gruppe an und schritt flott aus. Der Zustand der Straße schien ihr nichts auszumachen. Wieder eine Sache, die Luise von ihr nicht erwartet hätte.

Zwischen Loschwitz und Dresden lagen Weinberge hinter Mauern und verschlossenen Toren. Im Spätsommer und Herbst hatte Luise sich manches Mal gewünscht, eine der Trauben zu pflücken, und die saftige Süße im Mund zu spüren. Sie war nie darangekommen. Während der Lese hatte sie sich nicht getraut, sich hineinzuschleichen und eine zu mausen. Jetzt hätte sie keine Schwierigkeiten, zwischen den Reben hindurchzuwandern, um nach den saftigsten Früchten zu suchen. Nur dass gerade nicht die Zeit für Früchte war, nicht einmal Blätter hatten die Reben.

Die Mauern waren von der Flut zerstört worden. Trümmer lagen auf der Straße, ebenso entwurzelte Reben. Sie mussten über etliche Hindernisse steigen, wobei die vornehme Dame geziert ihre Röcke hob und sich helfen ließ. Luise trug derbe Stiefel und bewältigte die meisten Hindernisse allein.

Erst in der Radeberger Vorstadt wurde die Straße besser, da die Anwohner die Verwüstungen bereits beseitigt hatten. Sogar der regelmäßig aus der Radeberger Richtung nach Dresden kommende Landkutscher hatte den Fuhrbetrieb wieder aufgenommen, er bog gerade hinter der kleinen Gruppe in die Straße ein.

Angelique stellte sich ihm in den Weg und winkte. »Hierher! Halte Er an!«, rief sie.

Fluchend zügelte der Mann seine Pferde, die dicht vor der Französin zum Stehen kamen. Sie schnaubten und stampften. Luise trat einen Schritt zurück, obwohl sie gar nicht in Gefahr gewesen war, aber die tellergroßen Pferdehufe sahen furchterregend aus.

»Das war knapp. Sind Sie lebensmüde, Frau?«, fuhr der dick vermummte Kutscher Angelique an.

»Weder noch.« Sie lachte und schlug die Kapuze des geliehenen Umhangs zurück. »Erkennt Er mich nicht, Sonntag?«

»Angelique LaTrebe! Wenn das keine Überraschung ist.« Auch der Kutscher lachte jetzt. »Was machen Sie hier? In diesem Aufzug? Sie müssen entschuldigen, aber das ist einer vornehmen Dame nicht angemessen.«

»Er hat so recht. Sieh Er mich als ein Opfer der Flut.« Geziert breitete Angelique die Röcke des dunkelgrünen Neuberschen Kleides um sich herum aus. »Zum Glück habe ich nur meine Kleidung verloren und nicht mein Leben.«

»Großes Glück.«

Der Unterhaltung hörte Luise mit wachsendem Erstaunen zu. Die Bekanntschaft mit einem Landkutscher hätte sie Angelique LaTrebe nicht zugetraut.

»Nimm Er mich mit, Sonntag. Ich habe die letzten Tage in diesem Kleid verbracht und sehne mich nach meiner eigenen Garderobe.«

»Springen Sie rauf, Madame.« Der Kutscher Sonntag half Angelique auf den Bock, legte ihr eine Decke über die Knie und ein Schaffell um die Schultern. »Entschuldigung für diesen Sitz, Madame, aber ich habe heute nicht mit Passagieren gerechnet. Hinten steht alles voller Kästen und Körbe.«

»Hauptsache, Er bringt mich in die Stadt.«

Mit einem langgezogenen Hüüü und einem Klatschen der Zügel auf die Kruppen der Pferde setzte Sonntag sein Gespann wieder in Bewegung. Bei jedem Schritt nickten die Pferde mit den Köpfen. Die Kutsche rollte an Luise und Conrad vorbei, weder Sonntag noch Angelique gönnten ihnen einen Blick.

Erst als sich das Gefährt mehrere Längen entfernt hatte, drehte sich die Französin um und rief über das Wagendach hinweg: »Ich vergesse Sie nicht, ma chère.«

»Was war das?«, fragte Luise mehr sich selbst, als das Gespann außer Sicht geriet.

Conrad antwortete dennoch: »Eine unhöfliche Art, sich von den Menschen zu verabschieden, die ihr Leben gerettet und sie mehrere Tage beherbergt haben.«

»Das meinte ich nicht. Wieso steht eine vornehme Dame wie Frau LaTrebe auf vertrautem Fuß mit einem Landkutscher? Das passt nicht zu dem, was sie über ihren Salon und ihre Freunde aus der vornehmen Dresdner Gesellschaft erzählt hat.«

»Landkutscher kommen viel herum und lernen allerlei Leute kennen. Vielleicht reist sie gelegentlich mit ihm?«

»Trotzdem hat sie mit ihm gesprochen, als wäre er ihr … ihr Bruder«, beharrte Luise.

»Was weiß unsereins schon, wie es bei den vornehmen Herrschaften zugeht?« Conrad Meinel betonte die zweite Satzhälfte auf eine besondere Weise. »Die Moden wechseln bei ihnen schneller als die Wochen. Was heute als schick gilt, darüber mokieren sich anderntags alle, und einen Grund dafür kann niemand nennen.«

Aus diesen Worten hörte Luise eine Verbitterung heraus, die sie sich fragen ließ, ob er die Launen der vornehmen Welt bereits einmal am eigenen Leib zu spüren bekommen hatte. Bisher hatte sie ihn als einen Mann erlebt, der in sich ruhte. Dass er auch Leidenschaften hatte, nahm Luise noch mehr für ihn ein. Sie stimmte zu, als Conrad Meinel vorschlug, zurückzugehen, weil es sich nicht lohne, weitere Gedanken auf diese Angelegenheit zu verschwenden.

KAPITEL XX

Das Wasser fiel am 2. März deutlich. Die Eisschollen wurden kleiner und stauten sich kaum noch vor der Augustusbrücke. Meistens riss die Strömung sie einfach mit. Jacob hegte die Hoffnung, dass für Dresden und die flussaufwärts gelegenen Orte das Schlimmste überstanden sei. Die flussabwärts lebenden Menschen hatten es dagegen noch vor sich. Meißen, Torgau, Wittenberg und Magdeburg Richtung Norden. Danach wusste Jacob nicht weiter.

Die Behörden der Stadt gaben gegen Mittag die Augustusbrücke für Fußgänger frei. Gesperrt blieb sie für Gespanne, da sich etliche Steine an den Bögen gelöst hatten. Jacob eilte als einer der Ersten hinüber. Er hatte es eilig, nach Loschwitz zu kommen. Wäre er noch ein junger Mann gewesen, er wäre den ganzen Weg gerannt. So musste er sich mit schnellen Schritten begnügen, und selbst die verursachten ihm Seitenstechen, kaum dass er die Radeberger Vorstadt durchquert hatte. Vornübergebeugt blieb er stehen und versuchte, zu Atem zu kommen. Er hustete und spuckte Schleim.

Eine Dame mit einem Jungen an der Hand schaute empört und erklärte dem Kind überlaut, dass dieser Mann kein Benehmen habe und man sich an Leuten seines Standes niemals orientieren dürfe. Der Junge streckte Jacob die Zunge raus. Als dieser mit einer finsteren Grimasse antwortete, brach der Knabe in Tränen aus. Jacob ging weiter und kümmerte sich nicht darum, dass die Dame hinter ihm her schimpfte.

Die Weinberge bei Wachwitz sahen in ihren elbnahen Teilen schlimm verwüstet aus. Jacob verstand nichts vom Weinanbau, aber er bezweifelte, dass die umgeknickten, teils entwurzelten Weinstöcke überleben würden, selbst wenn sie schnell wieder in die Erde kamen. Es waren nur wenige Menschen dabei, an den Hängen aufzuräumen und die Trockenmauern neu aufzuschichten. Er beschleunigte seinen Schritt, und als er die Spitze des Loschwitzer Kirchturms entdeckte, tat sein Herz einen Sprung.

Die Fischerhütten und Tagelöhnerhäuser, die nah am Ufer gestanden hatten, waren nicht mehr da. Auch sein eigener Schuppen fehlte. Das hatte Jacob erwartet und war nicht überrascht. Hoffentlich war Georg so umsichtig gewesen, den Schuppen auszuräumen und die Sachen in Sicherheit zu bringen. Den Kahn hoffentlich auch.

Die Uferbefestigungen und der Steg des Fährmanns waren der Flut zum Opfer gefallen. Sein Haus stand, obgleich es schwer beschädigt war. Teile eines entwurzelten Baumes lagen im Vorgarten. Eine Wand war notdürftig abgestützt und abgedichtet. Der Fährmann entdeckte Jacob und winkte ihm zu.

»Ein echter Schlamassel, das. Himmel, ich habe gedacht, das Haus stürzt mir über dem Kopf ein, als die Flut den Baum hereingeschoben hat. Drinnen stand alles unter Wasser. Meine Gute wollte zum Giebelfenster rausspringen, als ob das was hilft, wenn überall Wasser ist. Meine Jungs mussten sie festhalten.«

»Was ist mit deinen Fähren? Und den Kähnen?«, fragte Jacob.

»Konnte ich rechtzeitig an Land ziehen. Wenigstens. Die Fischer haben ihre Kähne auch alle gerettet.«

»Georg auch?«

»Dein Sohn war einer der Ersten. Guter Junge. Die Luise hat kräftig mitgeholfen. Haben Sie dich wieder rausgelassen?«

»Schon vor der Flut, aber ich kam nicht über die Elbe. Die Brücke war zum Teil überflutet und bis heute Mittag gesperrt.«

»Irgendwie hast du recht gehabt mit deinem Gerede. Nützt jetzt nur keinem mehr.« Der Fährmann zuckte mit den Schultern. »Ich muss wieder, es ist noch viel zu tun.«

Jacob entfernte sich vom Ufer. Dann stand er vor seinem Haus. Von Zaun und Vorgarten war nichts geblieben. Das Wasser hatte alle Beete verwüstet, nur die zum Spalier gezogenen beiden Apfelbäume standen noch. Darüber war Jacob froh. Die Bäume seiner Kinder. Den Garten müsste Georg bald umgraben, bevor der Schlamm hart wurde. Eigentlich hätte er schon damit beginnen sollen. Der Junge musste wissen ... Er dachte den Gedanken nicht zu Ende, jetzt war er ja da, um die Dinge wieder ins Lot zu bringen.

Die Hauswände waren bis zur Höhe der Fenster nass, der Vorbau mit der Eingangstür verschwunden. Die zweite Tür dahinter war mit Brettern notdürftig repariert. Statt einer Klinke war sie mit einem Lederriemen zugebunden. Darum musste er sich als Erstes kümmern. So war das eine Einladung für Gesindel, das musste Georg doch wissen. Jacob berührte die feuchte Wand. Der Putz fühlte sich krümelig an.

Er ging um das Haus herum, schaute dabei nach dem Neuberschen nebenan. Das hatte mehr abbekommen, die am weitesten vorstehende Ecke hatte die Flut voll getroffen. Eine leise Zufriedenheit konnte Jacob nicht unterdrücken. Gabriel Neuber hatte ihm die Fischteiche weggeschnappt und wusste alles besser, katzbuckelte vor der Obrigkeit und am meisten vor Valentin Kyritz. Nun konnte er sehen, welche der Herrschaften ihm helfen würde. Hinter seinem Zuhause war der halbe Garten eine Schlammwüste, die andere Hälfte hatte die Flut verschont.

Jacob ging zur Hintertür. Die war nicht abgeschlossen. Er stieß sie auf, und bevor er eintrat, putzte er sich die Stiefel an dem in die Schwelle eingelassenen Schuhkratzer ab. Während er damit beschäftigt war, flog ihm Luise mit einem Aufschrei um den Hals. Beinahe hätte sie ihn von den Füßen gerissen.

»Vater, Sie sind wieder da!« Luise schluchzte und klammerte sich an ihn, wie sie es zum letzten Mal getan hatte, als sie nicht einmal halb so alt gewesen war.

Er klopfte ihr auf den Rücken. »Kindchen, was gibt es da zu weinen? Ich bin wieder da.«

»Ich habe gedacht … Als wir nichts von Ihnen hörten, da dachte ich …«, stammelte sie. »Ich weiß nicht mehr, was ich dachte.«

Er löste sich aus ihrem Arm, schob sie vor sich her ins Haus. »Die Tür vorne müssen wir als Erstes in Ordnung bringen. Jeder kann sich sonst hereinschleichen. Die hintere sollte immer abgeschlossen sein.«

»Sie haben recht. Ich habe nicht daran gedacht.« Luise schaute ihn dabei an, als hätte er ihr Unrecht getan.

Er streichelte ihre Wange. »Wo sind Georg und Herr Meinel? Ist er noch da?«

Sie nickte. »Wir wissen nicht, ob der Weg nach Wehlen frei ist. Er ist in großer Sorge um seine Mutter, die ganz alleine ist. Die beiden helfen im Ort. Die Straßen müssen freigeräumt und repariert werden. Valentin Kyritz hat die Männer eingeteilt. Ich kann einen Kaffee kochen, ich habe ein paar Bohnen von der Neuberin. Es sind auch Brot und Blutwurst da und etwas von der Hafergrütze, die wir zum Frühstück hatten. Ich werde sie aufwärmen.«

»Wofür hat dir die Neuberin den Kaffee gegeben?«, forschte Jacob nach.

»Wir haben ihnen mit unserem Feuerholz ausgeholfen, weil die Flut ihres weggeschwemmt hat.«

»Hättest besser das Holz behalten.«

»In der Not müssen wir einander beistehen.«

»Dann mach mir in Gottes Namen einen Kaffee. Hungrig bin ich nicht.« Jacob ging in die Küche und setzte sich auf seinen Platz am Kopfende des Tisches. Das Kissen, das sonst dort lag, fehlte, aber die Küche war sauber. Seine Luise war ein fleißiges Mädchen.

»Der Schuppen ist weg, das haben Sie sicher gesehen«, sagte sie, als sie eine angeschlagene Tasse mit dampfendem Kaffee vor ihn stellte. »Unseren Kahn, die Netze, Angeln und Haken haben wir in Sicherheit gebracht. Georg hat es so gesagt.«

»Das hat er gut entschieden. Was ist mit dem Räucherofen?« Jacob trank einen ersten Schluck. Heiß und stark füllte der Kaffee seinen Magen.

Sie schüttelte den Kopf. »Das haben wir nicht geschafft. Der Ofen war zu groß und zu schwer, wir konnten ihn nicht aus dem Schuppen tragen. Aber das Räuchermehl haben wir gerettet.«

»Was nützt mir das ohne den Ofen?«, fuhr Jacob auf. Der Kaffee schmeckte ihm nicht mehr. Er trank ihn nur, damit die Bohnen nicht verschwendet waren.

»Georg …«, begann er wieder.

»… hat sein Bestes versucht. Wir konnten nicht alles retten. Wasser und Eis kamen zu schnell. Es galt, die Einwohner in Sicherheit zu bringen.«

»Ich will Georg keine Vorwürfe machen. Es kann nicht leicht gewesen sein für ihn, mit allem fertigwerden zu müssen. Ich hätte da sein müssen. Herr Meinel ist ein Gast des Hauses, er kann …« Jacob stützte den Kopf in die Hände. Während der Tage in Dresden hatte er Zeit gehabt, nachzudenken. Er war oft zu streng zu seinen Kindern, besonders zu Georg. Ihm gegenüber hatte er etwas wiedergutzumachen.

Später saßen Vater und Sohn einander in der Küche gegenüber. In der Stube putzte Luise, und Conrad Meinel hatte sich auf den Weg gemacht, Brot zu kaufen. Bei den Loschwitzer Bäckern gab es nichts mehr. Ihre Mehlvorräte waren unbrauchbar geworden, und die Mühlen an der Elbe würden so bald nichts liefern. Auch ihnen war Korn und Mehl verdorben. Der Geograph war in Richtung Weißig unterwegs.

Georg hatte die Hände auf dem Tisch verschränkt und schaute in die Ecke, wo das Frettchen im Fischkasten umherkletterte.

»Wie es scheint, bleibt dieses Tier bei uns«, sagte Jacob. »Wir werden einen richtigen Käfig bauen müssen, es kann nicht immer in dem Kasten bleiben.«

»Luise wird darüber froh sein. Ihr Herz hängt an Fritz. Er kommt zu ihr auf den Arm und die Schulter und lässt sich von ihr aus der Hand füttern.«

»Luise hat viel Arbeit mit dem Haushalt und der Wäsche. Wenn ihr das Tier Freude macht, soll es ihr gegönnt sein.«

Georg schaute beharrlich in eine andere Richtung. Innerlich seufzte Jacob, es fiel ihm nicht leicht, seinen Vorsatz beizubehalten. Der Junge war gar zu verstockt.

»Du musst den Garten umgraben«, machte er einen neuen Vorstoß.

»Das werde ich.«

»Du musst es bald machen, bevor der Schlamm hart geworden ist. Du hättest schon damit beginnen sollen.«

»Ich habe geholfen, die Straßen freizuräumen und den Leuten eine Unterkunft zu suchen, die keine Wohnungen mehr haben. Allen hat die Flut schweren Schaden zugefügt, dennoch hat niemand gezögert, die Verzweifelten aufzunehmen. Zu uns hat niemand gewollt, weil wir mit Herrn Meinel schon einen Gast haben.« Endlich schaute Georg ihn an. Auf eine herausfordernde Weise.

»Wir brauchen den Garten«, beharrte Jacob. »Wenn du nur an die anderen denkst, wirst du immer zu kurz kommen, denn die denken ganz bestimmt nicht an dich.«

»In der Not müssen wir zusammenstehen. Die Neuber-Jungen halfen, unseren Kahn zu bergen und Dinge aus dem Schuppen zu retten, dann halfen wir ihnen, und am Ende stehen wir alle besser da, als wenn jeder nur sein eigenes Schmalz rührt.«

»Dabei hast du den Räucherofen drangegeben, als könnten wir leicht auf ihn verzichten«, fuhr Jacob auf. Er stemmte die Hände mit gespreizten Fingern auf den Tisch.

»Ich habe mich schon gefragt, wann Sie darauf zu sprechen kämen.«

»Werde nicht frech. Ich bin dein Vater und dulde keine losen Reden von dir. Wir brauchen den Ofen und hätten ihn vorläufig hinter dem Haus aufstellen können. Meine geräucherten Fische sind weithin begehrt.«

Dort hatte der Ofen auch zunächst gestanden, aber die Nachbarn hatten sich beschwert, der Qualm ziehe in ihre Häuser und verrauche dort alles. Sie könnten kein Fenster mehr öffnen. Jacob war der Meinung gewesen, sie sollten sich nicht anstellen und maßlos übertreiben, aber die Dorfältesten hatten bestimmt, er müsse den Ofen aus der Nähe der Häuser fortschaffen. Deshalb hatte er ihn im Fischerschuppen aufgestellt.

»Den Ofen hätten wir nicht aus dem Schuppen bekommen, auch zu zweit nicht.«

»Auseinanderbauen! Ich habe ihn alleine zusammengesetzt, da werdet ihr ihn wohl zu zweit auseinandernehmen können.«

»Dazu war keine Zeit.«

»Weil du …«

»Papa!« Georg dehnte die beiden Silben über Gebühr.

Jacobs Hand schoss vor und klatschte seinem Sohn auf die Wange. Rote Striemen blieben zurück. »Deine frechen Reden«, keuchte er dazu, »dulde ich nicht. Ich bin immer noch dein Vater.«

Der Junge sprang auf. Hinter ihm fiel der Stuhl um. »Herr Vater!«

»Kein Wort will ich mehr von dir hören!«

»Keine Sorge, das werden Sie nicht.« Georg drehte sich um, wollte aus der Küche stürmen.

»Du bleibst!«

»Was wollen Sie noch von mir?«

Beide waren laut geworden und standen sich wie zwei Kampfhähne gegenüber. Aus der Stube kam Luise hereingestürzt.

»Was ist los? Worum wird gestritten?«, wollte sie wissen.

»Das Übliche! Was hast du gedacht? Es geht immer um das Übliche.« Georg blickte wild um sich.

»Papa.« So viel Enttäuschung lag in der Stimme seiner Tochter.

»Es ist doch wahr«, wütete er. »Jetzt will ich hier niemanden mehr sehen, wir haben alle mehr als genug gefaulenzt. Die Arbeit wird durch Nichtstun nicht weniger.«

»Draußen wird es gleich dunkel.«

»Dann nehmen wir Laternen. Ich werde mit Georg den Garten umgraben.«

KAPITEL XXI

Zwei Tage später empfing Conrad ein Schreiben aus Wehlen. Mit bebenden Fingern erbrach er das Siegel und überflog die Zeilen. Luise beobachtete ihn dabei. Seine anfangs besorgte Miene wandelte sich zu einer erleichterten, und als ihre Blicke einander begegneten, lächelte er.

»Meine Mutter schreibt, dass sie die Flut unbeschadet überstanden hat. Der Ort wurde schlimm getroffen, aber das Schulhaus blieb verschont. Nur in den Klassenzimmern unten stand das Wasser, und etliche Fenster sind eingedrückt. Bis wieder Unterricht stattfinden kann, wird es dauern.«

»Ich freue mich für Sie. Für Ihre Mutter natürlich auch. Das muss Ihnen eine große Last von der Seele nehmen.«

»Die größte. Wenn ich fliegen könnte wie ein Vogel …«

»Ihre Mutter möchte sicher, dass Sie nach Hause kommen?« Luise blickte von dem Taschentuch auf, das sie mit feiner Spitze umsäumte. Zuvor hatte sie ein Muster aus Kornblumen darauf gestickt. Das Taschentuch wollte sie Angelique LaTrebe geben.

»Das hat sie in der Tat viermal erwähnt.« Conrad lächelte noch immer, auch wenn es jetzt schief wirkte.

»Sie müssen gehorchen. Dass der Brief Sie erreicht hat, zeigt, dass die Wege zwischen Loschwitz und Wehlen passierbar sind.« Sie strich sich eine Haarsträhne aus der Stirn. »Sie müssen denken, ich will Sie loswerden, aber das ist nicht wahr. Ihre Mutter hat ein Recht auf den Sohn. Auch wenn ich mir kaum vorstellen kann, wie es im Haus ohne Sie sein wird.«

Den letzten Satz hatte Luise nur noch zu sich selbst gesagt. Es stimmte jedoch, dass ihr Conrad Meinel eine Stütze gewesen ist. Wie sie und Georg die Flut ohne seine Anwesenheit hätten überstehen sollen, wusste sie nicht.

»Ich werde morgen früh aufbrechen, sofern das Wetter es zulässt. Finde ich den Weg unpassierbar, kehre ich zurück und dränge mich Ihnen für einige weitere Tage auf. Ansonsten werden Sie sich schnell wieder an den Haushalt ohne meine Anwesenheit gewöhnen.«

Sie betrachtete intensiv ihre Handarbeit. Bis sie seine Finger unter ihrem Kinn spürte, die ihr Gesicht anhoben.

»Luise.«

»Sie waren uns so ein lieber Gast. Schauen Sie meinen Vater an, wie er ist. Glauben Sie, dass wir viele Besucher bei uns begrüßen?«

»Luise.« Seine Stimme klang weich, ihre Gesichter waren dicht voreinander.

Ein Geräusch hinter dem Haus ließ beide auseinanderfahren. Es klang, als klopfe sich jemand die Schuhe an der Türschwelle ab, um gleich hereinzukommen. Das Geräusch endete so unvermittelt, wie es begonnen hatte, niemand kam ins Haus. Trotzdem war der Zauber des Augenblicks zerstört. Conrad und Luise saßen wieder in züchtigem Abstand am Tisch.

Später allein in ihrer Kammer, als sie sich fürs Bett zurechtmachte, ließ Luise das Gespräch noch einmal Revue passieren. Der zarte Klang seiner Stimme, als er ›Luise‹ gesagt hatte. Seine Fingerspitzen unter ihrem Kinn. Hatte sie kurz vor ihrem ersten Kuss gestanden?

Von dem, was zwischen Mann und Frau vor sich ging, wusste Luise nur, was die Dorfmädchen einander hinter vorgehaltener Hand erzählten. Das hatte ihr keineswegs eine klare Vorstellung vermittelt, aber dass der Kuss eines Mannes etwas zu bedeuten hatte, wusste sie immerhin. Conrad Meinel war ein vornehmer Herr, hatte studiert, während sie nur die Tochter eines einfachen Fischers war. Er war freundlich zu ihr, weil das seinem Wesen entsprach. Mehr sollte sie nicht hineindenken, wenn sie nicht enttäuscht werden wollte. Trotzdem lag sie lange wach im Bett.

Mit verquollenen Augen von zu wenig Schlaf kroch Luise am nächsten Morgen vor Sonnenaufgang aus den Federn. Sie schauderte, als sie mit nackten Füßen den Dielenboden berührte und die kalte Luft ihre Waden entlang unter das Nachthemd kroch. Im Haus war noch alles ruhig. Hastig kleidete sie sich an, begann mit wollenen Strümpfen und endete mit einem gestrickten Dreieckstuch, das sie sich um den Oberkörper band und im Rücken verknotete.

In der Küche begrüßte Fritz sie mit einem fröhlichen Fiepen. Er klapperte im Kasten, während Luise trockene Zweige auf den letzten Rest Glut schichtete. Sie blies vorsichtig darauf, bis die Zweige Feuer fingen. Über den ersten Flammen wärmte sie sich die Hände.

»Wenigstens einer von uns ist ausgeschlafen und froh«, sagte sie zu Fritz, der immer noch fiepte und umhersprang, als gäbe es eine Wette zu gewinnen.

Entgegen seiner Ankündigung hatte ihr Vater es bisher nicht geschafft, einen Käfig für das Frettchen zu bauen. Zu viele drängendere Dinge waren zu tun. Gemeinsam mit Georg hatte er den Garten umgegraben und vor dem Haus neue Pfähle für einen Zaun gesetzt. Natürlich hatte er auch die vordere Tür verstärkt und von irgendwoher ein Schloss eingebaut. Jetzt war er mit Georg zugange, aus einem alten Waschkessel und einem Ofenrohr hinter dem Haus einen neuen Räucherofen zu konstruieren. Obwohl bereits die Nachbarn und Valentin Kyritz vorgesprochen hatten, blieb Jacob stur. Welche Fische er räuchern wolle, hatte Gabriel Neuber gestern Nachmittag hämisch gefragt.

»Welche aus deinen Teichen, und wir teilen uns den Gewinn«, hatte Jacob in vollem Ernst geantwortet.

»Ich mache mir nicht alle hier zu Feinden.« Neuber war davongestapft.

»Wir fahren raus, sobald die Elbe eisfrei ist«, rief Jacob ihm nach.

Es war mit ihm nicht besser, sondern schlimmer geworden. Die Freundlichkeit am Tag seiner Rückkehr war von kurzer Dauer gewesen, und Luise fragte sich, wie es ihm in Dresden ergangen war. Was war in den Tagen der Flut geschehen, dass es ihn bitterer als zuvor gemacht hatte? Bisher hatte er nicht darüber gesprochen, auch nicht über die Tage im Amthaus. Er weigerte sich, sich an den von den Dorfältesten organisierten Gemeinschaftsarbeiten zu beteiligen. Die Straße vor dem Haus instand zu setzen, dem hatte er zugestimmt und war der Meinung, es wäre allen geholfen, wenn jeder so verführe. Im Gegensatz zu Luise und Georg wusste er genau, wo der Ehrmannsche Schuppen gestanden hatte, und wollte auch diesen Platz und den Weg davor reinigen.

Georg erledigte seinen Teil der Gemeinschaftsarbeiten, um die Familie im Ort nicht vollständig unmöglich zu machen. Um den Bruder sorgte sich Luise. Nie hatte sie einen Fünfzehnjährigen derart hart arbeiten sehen. Wenn es ihm zu viel wurde, und er einfach sein Bündel packte …? In Dresden in schlechte Gesellschaft geriet? Mit dem Vater war darüber nicht zu reden.

Sie hatte unterdessen Wasser zum Kochen gebracht und in eine Kanne mit getrockneten Hagebuttenschalen gegeben. Den Rest stellte sie zum Waschen beiseite. Sie kochte Haferbrei, schnitt das Brot auf, das Conrad Meinel für viel Geld in Weißig erstanden hatte, holte Schmalz und Käse aus der Speisekammer. Brotwürfel wälzte sie in geschlagenem Ei und briet sie in der Pfanne aus. Zwischendurch stellte sie Fritz eine Tasse mit Wasser verdünnter Milch hin. Sie hielt die Tasse sorgfältig fest, während er trank. Der Kobold brachte es sonst fertig, alles umzukippen und eine Sauerei auf dem Fußboden zu veranstalten. Zum Dank knabberte er an ihrem Fingerknöchel.

»Schelm, du«, wies Luise ihn liebevoll zurecht. »Du bekommst gleich dein Fressen. Meine Hand schmeckt nicht.«

Weil Fritz Anstalten machte, in die Tasse zu steigen, nahm sie diese fort. Sie löste ihr Versprechen ein, indem sie ihm die Reste des aufgeschlagenen Eis zum Schlürfen gab und ein Stück Speckschwarte.

Den Tisch für das Frühstück deckte Luise besonders sorgfältig. An seinem letzten Morgen im Ehrmannschen Haus sollte Conrad Meinel nichts vermissen. Dieser erschien bereits für die Reise gekleidet in der Küche, trug derbe Schuhe und eine wollene Hose. Über die feinen Strümpfe, mit denen Luise ihn immer gesehen hatte, waren Filzlappen gewickelt.

»Sieht unmöglich aus, aber gegen die Kälte gibt es nichts Besseres«, verriet er mit einem Zwinkern.

Die Fischer bedienten sich im Winter auch dieser Methode, aber bei vornehmen Herren hatte Luise dergleichen noch nie gesehen. Der Vater und Conrad Meinel sagten zum Abschied, was schicklich war, klopften sich auf die Schultern, wünschten einander Wohlergehen. Danach strebten Georg und Jacob ihrer Arbeit am Räucherofen entgegen. Luise und Conrad standen voreinander. Er streckte ihr die Hand hin.

»Ich begleite Sie noch ein paar Schritte, ich muss auch in Ihre Richtung und Eier holen. Seit Fritz da ist, verbrauchen wir viel mehr.« Eilig band sie sich ein Tuch um den Kopf und hüllte sich in ihren Umhang. In der Speisekammer warteten noch ungefähr ein halbes Dutzend Eier auf den Appetit des Frettchens.

Am Ende des Dorfes angekommen ließ sich der Abschied nicht länger hinauszögern. Sie standen wieder voreinander. Ihre Umhänge blähten sich im Wind.

»Ich wünsche Ihnen alles Gute«, begann Luise. »Richten Sie Ihrer Mutter Grüße aus – unbekannterweise – und meinen Dank, weil sie so lange auf den Sohn verzichtet hat.«

»Luise.« Wieder dieser sanfte Tonfall. Er nahm ihre Hände.

Luises Herz pochte bis in den Hals. Hatte er jetzt einen Kuss im Sinn? Stattdessen sagte er: »Darf ich Ihnen schreiben, Luise?«

Es war nicht, was sie erwartet hatte, aber womöglich noch besser, weil er seine Gedanken mit ihr teilen wollte. Schnell nickte sie. »Ich werde jeden Ihrer Briefe werthalten.«

»Jede Woche einmal schreibe ich Ihnen. Das ist fest versprochen.«

»Ich werde antworten, so oft es mir möglich ist. Der Herr Vater wird es vielleicht nicht erlauben, dass ich jede Woche einen Brief zur Post gebe. Wegen des Portos und der Kosten für Papier und Tinte.«

»Dann ist mir jede Ihrer Antworten doppelt kostbar.«

Sie standen voreinander, und er hielt ihre Hände. Es war alles gesagt, dennoch zögerten sie die endgültige Trennung hinaus. Endlich gab sich Luise einen Ruck.

»Sie müssen gehen, wenn Sie Wehlen heute erreichen wollen.«

»Das muss ich wohl.« Er zog ihre Hände an die Lippen. Dann drehte er sich um und ging mit weit ausholenden Schritten davon.

Sie schaute ihm nach, bis seine Gestalt hinter einer Biegung verschwunden war. Die Eier fielen ihr erst wieder ein, als sie zu Hause war.

KAPITEL XXII

Das Haus in der Südvorstadt, das Angelique LaTrebe Luise beschrieben hatte, stand einzeln. Dahinter war ein großer Garten zu erahnen. Mehr beeindruckt war Luise aber von den drei Stockwerken, das im Dachgeschoss nicht mitgezählt, und von der zweiflügeligen Tür, zu der einige Treppenstufen hinaufführten. Sie stand auf der anderen Straßenseite, betrachtete das Haus und zögerte. Wäre es vielleicht besser, die Hintertür zu benutzen? Auf der linken Seite gab es eine Einfahrt, die in einen Hof zu führen schien.

Angelique LaTrebe hatte sie beim Abschied gebeten, sie zu besuchen, und sie war bestimmt keine Frau, die Besucher an der Hintertür empfing. Entschlossen ging Luise über die Straße, die Stufen zur Haustür hoch und betätigte den Klopfer. Ein satter, weithin hallender Ton erklang. Die Tür wurde fast sofort von einem Diener in einer funkelnden Livree geöffnet. Bei Luises Anblick sanken seine Mundwinkel hinab.

»Der Eingang für Sie ist im Hof.«

»Frau LaTrebe hat mich eingeladen, sie zu besuchen. Jederzeit, hat sie gesagt.« Luise versuchte, an dem Diener vorbei in die Halle zu spähen.

Die erstreckte sich über zwei Stockwerke, rechts und links führten geschwungene Treppen nach oben. Neben einem Tisch in der Halle stand ein grauhaariger Mann und war dabei, seine Handschuhe von den Fingern zu streifen. Sein Stock lag auf dem Tisch und seinen Hut hatte er auch dort abgelegt. Er schaute neugierig her.

»Madame hat Sie zu sich gebeten?«, erkundigte sich der Diener hochnäsig.

»Sie sagte jederzeit.«

»Ich werde nachfragen.« Der Livrierte wollte sie aus der Tür drängen.

»Er wird doch eine Frau nicht vor dem Haus warten lassen«, mischte sich der vornehme Herr ein. »Noch dazu, wo es draußen nicht warm und sonnig ist. Madame LaTrebe wird ein solches Verhalten sicher nicht gutheißen. Lass Er die Dame ein und in der Halle Platz nehmen.«

Der Diener schaute sich unschlüssig um. Schließlich ließ er sie eintreten und winkte sie in eine Ecke, ehe er die Halle verließ. Gehorsam stellte Luise sich dorthin, ihr in Leinen eingewickeltes Bündel hielt sie vorsichtig an sich gedrückt. Zwischen ihr und dem vornehmen Herrn befanden sich etliche Schritte, ein Gespräch wäre nur mit erhobener Stimme möglich gewesen, aber sie ging nicht davon aus, dass der Herr ein Interesse an ihr hätte.

Zu ihrem Erstaunen kam er auf sie zu und streckte ihr die Hand hin. »Ich darf mich vorstellen. Hermann Carl von Lobschütz mein Name.«

Sie knickste.

»Nicht doch«, schalt er sie milde. »Sie sind Gast in diesem Hause, ich ebenso. Zwischen uns gibt es keinen Unterschied. Verraten Sie mir Ihren werten Namen und woher Sie kommen.« Er ergriff einfach ihre Rechte und schüttelte sie.

»Ehrmann. Luise Ehrmann aus Loschwitz.«

»Ein liebliches Dorf auf der anderen Seite der Elbe. Ich war nicht oft dort.« Er schaute auf sie hinunter mit einem Zwinkern im Blick. »Sie erinnern mich an meine Gattin, Gott hab sie selig. Ihr Name war Julia, eine geborene von Tiburti. Das gleiche Haar wie Sie. Die Farbe, und sie trug es meist auf eine ähnliche Weise. Vor bald zehn Jahren ist sie von mir gegangen, aber oft habe ich noch ihre Stimme im Ohr. Besonders, wie sie mir Vorwürfe machte.«

Der Herr war älter als ihr Vater. Etwa im Alter eines Großvaters. Luise, die ihre Großeltern nie kennengelernt hatte, konnte sich nicht vorstellen, dass dieser Herr einen Enkel auf seinen Knien schaukelte oder dessen Triefnase putzte. Aus seiner Rede hatte sie eine tiefe Verbundenheit zu seiner verstorbenen Frau herausgehört und dass er sie nach all den Jahren noch vermisste. Das ließ ihr den Mann sympathisch werden, obwohl sie sich fragte, was es zu bedeuten hatte, diesen Herrn am Nachmittag bei Angelique LaTrebe anzutreffen.

»Sind Sie eine …? Nein, das sind Sie nicht, ganz bestimmt nicht. Ich habe mich geirrt. Verzeihen Sie mir?«

»Was bin ich? Oder nicht?« Luise war verwirrt von seiner Redeweise.

»Vergessen Sie es. Ich habe Unsinn geredet. Erzählen Sie mir lieber, was Sie hierherführt, Mademoiselle Ehrmann.« Er betonte ihren Namen auf die gleiche französische Weise, wie Frau LaTrebe es immer getan hatte. Es hörte sich wie gesungen an.

»Ich möchte Frau LaTrebe etwas bringen. Sie hat versprochen, mir zu helfen.« Die ganze Zeit hielt Luise das in Leinen eingewickelte Kleid und den dazu passenden Mantel an ihre Brust gepresst. Das bestickte Schnupftuch steckte in einer Tasche ihres Umhangs.

»Weiß Ihre Mutter, dass Sie hier sind?«

»Ich habe keine Mutter mehr. Sie ist gestorben, als ich noch ein Kind war.«

»Das tut mir leid. Sehr leid. Meine eigene Mutter hat mein Leben viel zu lange bestimmt, erst nachdem ich meine Julia geheiratet hatte, wurde es besser. Ich bin ein alter Mann und schwatze, und Sie sind so ein junges, hübsches Ding. Genau wie meine Julia damals. Genau das gleiche Haar.« Er hob die Hand und berührte eine ihrer blonden Strähnen. »Seien Sie vorsichtig, Fräulein Luise.«

»Wobei?«

»Bei allem, was Sie tun, da Sie keine Mutter haben, die Ihnen mit Rat zur Seite steht.«

»Sind Sie mit Frau LaTrebe befreundet?« Luise hatte ihr Herz in die Hände genommen, um sich zu trauen, dem vornehmen Herrn eine Frage zu stellen.

»So können Sie es nennen. Ich verkehre im Haus der guten Madame LaTrebe, weil sie es versteht, eine anregende Kartenpartie zu organisieren, exzellente Weine serviert und niemals die Augen verdreht, wenn ein alter Mann alte Geschichten erzählt.«

»Sie können nicht sich meinen.«

»Zu freundlich, Fräulein Luise.«

In diesem Moment erschien Angelique LaTrebe auf der Treppe. Sie trug ein Kleid in einem hellen Braun, das ihre porzellanfarbene Haut unterstrich. Sie eilte die Treppe hinab, und der Rock wehte wie eine Wolke hinter ihr her.

»Luise, ma chère, ich habe gar nicht mit Ihnen gerechnet. Sie haben Herrn von Lobschütz kennengelernt.« Sie schob sich zwischen die beiden, wandte sich dem Herrn zu: »Gehen Sie einfach durch, mein Bester. Sie kennen sich ja aus. Fast alle anderen sind schon da.«

Herr von Lobschütz tat so, als lüftete er einen Hut, und wandte sich dann einer doppelflügeligen Tür auf der anderen Seite der Halle zu. Auf seinen Stock gestützt, ging er steif darauf zu. Luise und die Französin schauten ihm nach. Als die Tür geöffnet wurde, drang perlendes Lachen in die Halle. Jemand rief: »Aber Ottilia!«, und Gläser klirrten.

»Wir gehen hier rein.« Angelique LaTrebe schob Luise in einen kleinen, zur Straße liegenden Raum. Helle Möbel und dunkelblaue Vorhänge boten einen reizvollen Kontrast. Die Sitzmöbel sahen bequem aus, und ein Sofa, bei dem eine Armlehne fehlte, zog Luises Blick auf sich. Sie hatte so etwas noch nie gesehen und fragte sich gerade, wie es sich anfühlen mochte, darauf zu sitzen, denn es gab keine richtige Rückenlehne.

»Was haben Sie sich dabei gedacht?«, fragte Angelique. Sie klang viel weniger freundlich als eben in der Halle und schubste Luise vor sich her.

Die kam auf eben jenem Sofa zu sitzen. Das Paket hielt sie an sich gepresst. Das Polster war weicher, als sie es gewohnt war, und sie sank tief ein. Noch mehr verstörte sie aber der Tonfall der Französin.

»Bitte«, flüsterte Luise. Dann nahm sie ihren Mut zusammen und richtete sich auf. »Sie haben mich eingeladen, jederzeit zu Ihnen zu kommen. Das waren Ihre Worte. Das haben Sie mir mehrmals gesagt. Und wie sehr Sie sich freuen würden – und all diese Sachen …«

»Himmel, Petite, damit habe ich nicht gemeint, dass Sie einfach hier hereinschneien. Zu dieser unmöglichen Tageszeit.« Angelique lachte auf. Richtig fröhlich klang es nicht. Sie ließ sich in einer Wolke aus hellbraunem Stoff in einen Sessel fallen. »Bringen sie euch in den Dorfschulen außer Beten gar nichts bei?«

»Doch«, widersprach Luise mit fester Stimme. »Ich habe Lesen, Schreiben und Rechnen gelernt. Auch Singen, und den Katechismus haben wir gelesen.«

»Ich meine die wirklich wichtigen Dinge, die eine Frau wissen muss.«

»Wir Mädchen haben Nähen gelernt. Die Jungen hatten dafür Landeskunde.«

»Ich bin beeindruckt, ma chère«, spöttelte Angelique. »Ich meinte etwas wie die richtige Art, einen Besuch zu machen.«

Luise zuckte mit den Schultern. In Loschwitz pochte sie an die Tür, wenn sie ein Anliegen an eine Nachbarin hatte. Alle anderen machten es genauso.

»Zuerst schreibt man einen kurzen Brief und legt eine Karte mit seinem Namen bei, wenn man jemanden besuchen will, in dessen Haus man noch nie war. Die richtige Zeit für den Besuch ist der Vormittag, aber auch nicht zu früh. Weiß jemand, dass Sie hier sind? Ihr Vater oder Ihr Bruder oder dieser junge Herr, der Hausgast?«

»Niemand. Herr Meinel ist abgereist, sobald das Wasser fiel. Ich gehe besser wieder. Es tut mir leid, dass ich alles falsch gemacht habe.« Luise legte das Paket neben sich auf das Sofa und mühte sich, aus den weichen Polstern hochzukommen, ohne dabei unwürdig zu wirken.

»Nun bleiben Sie, wo Sie schon einmal hier sind.«

»Sie haben anderen Besuch, da will ich nicht stören.«

»Die kommen einen Augenblick ohne mich zurecht. Ich freue mich doch, dass Sie gekommen sind, ma chère. Was ist das eigentlich, das Sie die ganze Zeit bewachen wie die diamantenen Knöpfe Augusts des Starken?«

»Deswegen bin ich gekommen. Weil ich es Ihnen zurückgeben will.«

»Die Knöpfe Augusts des Starken?«

Luise war verwirrt, und Angelique lachte perlend. »Meine liebe Freundin, also was ist da drin?«

»Ihr Kleid. Ich habe es gereinigt, geflickt und gebügelt und bringe es Ihnen zurück. Es ist wieder wie neu.« Luise schlug das Leinen zurück.

Das granatfarbene Kleid und der Mantel kamen zum Vorschein.

»Dieses Ding. Deswegen sind Sie gekommen.« Angelique rang die Hände. »Ich habe doch gesagt, dass Sie es behalten sollen. Ich brauche es nicht mehr. Ich trage keine Kleider, die geflickt sind. So tief will ich nicht sinken. Nehmen Sie es wieder mit und erfreuen Sie sich daran.«

»Das kann ich nicht. Ich habe gedacht, Sie meinen es nicht ernst, als Sie es mir schenken wollten. Weil es keinen Grund dafür gibt. Das Kleid ist zu kostbar, das kann ich nicht annehmen.«

»Sie können. Sie müssen. Ich schenke Ihnen das Kleid, weil Sie ein nettes, junges Ding sind. Muss es immer einen besonderen Grund geben?« Angelique sprang von ihrem Sessel auf, kam heran und ließ sich neben Luise nieder. Sie saß elegant auf der Sofakante. »Obwohl ich beinahe verstehe, dass Sie mir das Kleid zurückgebracht haben. Granat ist keine Farbe, die ich jemandem mit Ihrem Haar empfehlen würde.«

Automatisch griff Luise in ihre hochgesteckten Locken. Sie hatte sich am Morgen mehr Mühe als sonst mit ihrer Frisur gegeben.

»Sorgen Sie sich nicht«, fuhr Angelique fort. »Mit Ihrem Haar ist nichts falsch, aber zu diesem schönen Honigblond würde ich nicht so ein schweres Rot tragen. Sie haben damit völlig recht. Blau ist Ihre Farbe, ein Rot wie Erdbeeren oder die Farbe des Flieders.«

»Frau LaTrebe …«

»Sagen Sie nichts, ma chère. Sie sind zu bescheiden. Behalten Sie dieses Kleid. Einen Nutzen werden Sie davon schon haben. Ich schenke ihnen noch ein Kleid, das Ihnen besser steht. Keine Widerworte – das werde ich machen.«

Luise war sowieso sprachlos ob dieser Großzügigkeit.

»Jetzt müssen Sie aber gehen, ma chère. Ich muss mich um meinen Besuch kümmern.«

Verlegen zog Luise das bestickte Taschentuch hervor. »Ich habe Ihnen das mitgebracht. Es ist nur eine bescheidene Gabe, aber die Stickerei habe ich selbst angefertigt.« Sie hielt Angelique das Taschentuch hin.

Die nahm es, betrachtete es kurz und steckte es ein. »Natürlich, Sie sind ja eine begabte Stickerin. Ich danke Ihnen. Nicht viele haben mir bisher ein besticktes Taschentuch geschenkt. Noch niemand, wenn ich es recht bedenke. Sie finden allein hinaus.« Angelique war an der Tür, ehe Luise überhaupt aufgestanden war.

Das Kleid und den Mantel packte sie wieder ein.

KAPITEL XXIII

Aus der Schlafstube ihres Vaters hörte Luise seine Stimme durch die geschlossene Tür dringen. Es klang, als unterhalte er sich mit jemandem. Georg konnte es nicht sein, den hatte sie in die Wohnstube gehen sehen, wo er wieder schlief, seit Conrad Meinel nicht mehr im Haus war. Mit der Kerze in der Hand trat sie an die Tür und lauschte. Sie kam sich schäbig vor, aber weil der Vater nicht darüber sprach, was ihm in der Haft und während der Flut widerfahren war, erfuhr sie vielleicht auf diese Weise etwas.

Gerade schwieg er, und sie hörte seine Schritte auf den knarrenden Dielen. Dieses Umherwandern passte nicht zu ihm. Er fraß Dinge nicht in sich hinein, sondern war jemand, der mit der Faust auf den Tisch schlug, er schrie die Leute an, ihm rutschte die Hand aus.

Tagsüber hatten sie der Familie Neuber geholfen, den Flutschaden an deren Haus provisorisch zu reparieren. Gabriel Neuber war es gelungen, etwas Bauholz und zwei Stützbalken zu organisieren. Sie konnten die in der ersten Not aufgehängten Decken und Felle fortnehmen und die von der Flut weggerissene Ecke abdichten und – noch wichtiger – das Stockwerk darüber abstützen. Die Frauen kochten für alle. Jacob und Gabriel Neuber hatten miteinander geredet, wie Nachbarn es tun sollten.

Jetzt stellte sich der Nachbar nicht mehr gegen den Räucherofen im Garten. Er wollte sogar Fische aus seiner Teichwirtschaft zum Räuchern geben. Die beiden Männer waren voller Pläne gewesen. Georg hatte Luise mit dem Ellenbogen in die Seite gestoßen und dazu breit gegrinst.

»Warum?«, hörte sie aus der Schlafstube. »Es gibt keinen Grund, sich vor mir zu verstecken. All die Jahre habe ich gewartet.«

Luise presste das Ohr gegen die Tür.

»Ich verstehe das nicht. Barbara?«

Der Name ihrer Mutter. Seit sie verschwunden war – in der Elbe ertrunken, wurde allgemein angenommen – wurde ihr Name in diesem Haus nicht mehr genannt. Nie hatte der Vater mit ihnen über sie gesprochen, und Luise hatte nie gewusst, ob Wut oder Trauer ihn beherrschten.

»Komm zurück. Du musst nicht weglaufen.« Der Vater klang, als presste er eine Hand auf den Mund. Oder als wäre er betrunken. Obwohl er das nicht war, während andere Männer jeden Ärger in der Schenke ertränkten, hatte sie ihn kaum je mehr als ein Glas Dünnbier am Abend trinken sehen. Sie holte ihm einen Krug aus der Schenke, und der reichte für die ganze Woche.

Luise flüchtete in ihre Kammer. Sie hatte genug gehört. Geschwind schälte sie sich aus dem Kleid und tauschte es gegen das Nachthemd. Während sie ihre Frisur löste und das beinahe hüftlange Haar auskämmte, wanderten ihre Gedanken erneut zu dem seltsamen Verhalten des Vaters. Seit Jahren hatte sie nicht an die Mutter gedacht und war der Meinung gewesen, er hielte es genauso. Ungewöhnlich war, dass er nicht wieder geheiratet hatte, um für den Haushalt eine Frau und für Georg und sie eine Stiefmutter zu haben. Sie schob es darauf, dass ihn wegen seiner Brummigkeit keine gewollt hatte. Womöglich hatte er nicht wieder geheiratet, weil er immer noch an die Mutter dachte. Trauerte er um sie? Oder hoffte er am Ende, dass sie noch lebte? Ihr Körper war nie gefunden worden, deshalb gab es auch kein Grab auf dem Friedhof, aber für Luise bestand kein Zweifel daran, dass die Elbe die Mutter geholt hatte.

Sie legte den Kamm beiseite, teilte das Haar in drei Stränge und flocht es zu einem dicken Zopf. Dabei gähnte sie herzhaft und machte sich nicht die Mühe, eine Hand vor den Mund zu halten.

Im von zwei Ziegelsteinen angewärmten Bett kuschelte sie sich unter die Decke und fühlte sich geborgen wie ein Kind auf dem Schoß der Mutter. Der Gedanke an ihre Mutter kam auf, die Müdigkeit floh ihrem Geist und Leib. Gegen die wenigen Erinnerungen, die sie an ihre Mutter hatte, konnte sie sich nicht wehren. Schließlich liefen sogar Tränen über ihre Wangen.

Jacob Ehrmann stand vollständig angekleidet in der Küche und trank Milch aus einer Steinguttasse, als Luise herunterkam. Ein Blick in sein Gesicht zeigte ihr tiefe Schatten unter den Augen und Furchen um die Mundwinkel. Luise wünschte ihm vorsichtig einen guten Morgen und bot an, in wenigen Augenblicken einen Tee fertig zu haben. Sie würde auch gleich den bereits vorgekochten Haferbrei aufwärmen und …

»Das musst du nicht, Mädchen. Ich werde den ganzen Tag nicht da sein.« Jacob stellte die geleerte Tasse auf dem Tisch.

»Ohne Frühstück?«

»Mir ist nicht danach.«

»Ich kann Ihnen einen Imbiss zurechtmachen. Das dauert nur ein paar Minuten. Zwei oder drei Scheiben Brot mit Schmalz bestrichen, dazu einen Handkäse, und es ist auch Sauerkohl da. Ich kann eine Portion davon in …«

»Keinen Sauerkohl und nichts anderes«, unterbrach der Vater sie scharf. »Ich will nicht. Habe ich das nicht deutlich genug gesagt?« Seine Worte wirkten auf Luise wie ein Guss kaltes Wasser.

Eine Entschuldigung für seine barschen Worte erwartete sie nicht und erhielt auch keine. Jacob verließ grußlos das Haus.

Bis Georg in der Küche erschien, dauerte es geraume Zeit, was Luise nicht nur Gelegenheit verschaffte, sich zu sammeln, sondern auch das Frühstück zu bereiten und Fritz zu versorgen. Das Frettchen leckte ihre Hand, als wollte es sagen, dass alles gut werden würde. Luise hob es aus dem Fischkasten und küsste den schwarzen Fleck auf seiner Nase.

»Du bist ein Lieber, du.«

In diesem Moment kam Georg in die Küche. »Nu, was sollen die jungen Männer dazu sagen? So wird das nichts mit der Jagd nach einem Ehemann, Schwester.«

»Nur dass ich gar nicht nach einem jage.«

»Solltest du aber, sonst schnappen andere dir die besten weg.« Georg schaute sich in der Küche um. »Ist was mit Vater? Es sieht ihm nicht ähnlich, nach mir zum Frühstück zu kommen.«

»Er hat das Haus schon verlassen.« Luise berichtete, wie sie den Vater in der Küche vorgefunden hatte.

Georg zuckte mit den Schultern. »Er wird immer seltsamer.« Er streckte Fritz einen Zeigefinger hin, auf dessen Spitze eine kleine Portion Schmalz klebte. Der Kobold kam sofort heran und leckte sie ab.

»Ich denke, Schmalz ist nicht gut für ihn. Es ist zu fettig und klebt am Ende noch seine Gedärme zusammen.«

»So ein Klecks wird ihm nicht schaden, und obendrein schmeckt es ihm.«

Der ersten Portion folgte eine zweite.

»Nun ist es aber gut.« Luise zog den Schmalztopf zu sich. »Dir kommt Vater also auch seltsam vor?«

»Nicht mehr als sonst. Aber Gabriel Neuber hat er herumgekriegt. Gewieft ist er, das muss man ihm lassen.«

»Du sollst nicht so reden. Nicht über Papa und nicht über unseren Nachbarn.«

»Es stimmt aber. Oder glaubst du, wir haben Neubers aus reiner Freundlichkeit geholfen oder weil Vater auf einmal die Nächstenliebe für sich entdeckt hat?«

Genau das hatte Luise gedacht, als sie mit der Neuberin und deren ältester Tochter Edda das Essen für alle Helfer gekocht hatte.

Georg ließ sie nicht zu Wort kommen. »Ich habe gehört, wie Vater mit dem alten Neuber die Vereinbarung über das Räuchern von Fischen aus dessen Teichwirtschaft besprochen hat. Der kann danach nicht mehr gegen den Räucherofen hinter dem Haus vorgehen, und wir verdienen obendrein Geld mit seinen Fischen. Und wenn wir wieder unseren eigenen Fisch haben, kann der Neuber immer noch nichts gegen den Ofen sagen und muss ihn sogar gegen andere verteidigen. Schlau von unserem alten Herrn.«

Dem widersprach Luise nicht. »Denkst du eigentlich manchmal an Mutter?«

»Gütiger Herr Jesus, wie kommst du jetzt darauf? Ich habe keine Erinnerung an sie, weiß nur, was du mir erzählt hast oder was im Dorf rumging. Sie ist in der Elbe ertrunken oder hat sich ertränkt. Die einen sagen so, die anderen so.«

Luise musste schlucken. Aber sie sagte sich, dass sie es Georg nachsehen müsse, weil die Mutter für ihn nur ein Name war. »Vater spricht mit ihr, wenn er alleine in seiner Schlafstube ist. Als wäre sie noch da.«

»Ein Kauz und Griesgram ist er. Das beweist es doch.«

»Er spricht mit ihr voller Schmerz, als hätte er sich nicht mit ihrem Tod abgefunden und als wäre das alles nicht fünfzehn Jahre her.«

»Was sollen wir dabei tun?«

»In Dresden muss etwas geschehen sein, das ihn verändert hat. Hat er es dir gesagt?«

»Du hast Ideen. Ich bin der Letzte, mit dem er etwas bespricht.« Georg griff über den Tisch nach der Kanne Tee, aber er war nicht schnell genug. Der neugierige Fritz versuchte, daran hochzuklettern und kippte mitsamt der Kanne um.

Der heiße Tee ergoss sich über den Tisch, traf auch das Frettchen, das erschrocken fiepte und sich auf den Vorratsschrank flüchtete. Dort leckte es sich die Pfoten.

»Du Tollpatsch«, schimpfte Luise keineswegs verärgert. Sie wischte den Tee mit dem Tuch auf, mit dem sie sonst das Geschirr abtrocknete.

»Ich baue einen Käfig für ihn. Gleich heute. Es geht so nicht weiter, dass Fritz entweder in der Fischkiste eingesperrt ist oder Unsinn anstellt.«

»Du hast genug zu tun.«

»Heute habe ich das zu tun. Treibholz habe ich schon gesammelt. Gabriel Neuber hat mir ein altes Fischernetz gegeben, das zwar ein paar Löcher hat, aber die können wir flicken. Fritz braucht ein richtiges Zuhause, wo er bei uns bleiben wird.«

»Das ist lieb von dir.«

Georg stand auf und gab seiner Schwester einen Kuss auf die Wange. »Mach dir nicht zu viele Gedanken um unseren alten Herrn. Der kommt klar.«

KAPITEL XXIV

Der 10. März 1784 fiel auf einen Mittwoch. Auf dem Tisch in der Stube plättete Luise Wäsche der Frau Majorin. Seit die Flut zurückgegangen war und die Elbe wieder in ihrem Bett floss, machte sie auch wieder die Wäsche der Frau Majorin und für vier weitere Haushalte. Ausgerechnet der Witwer mit den Kindern hatte sie wissen lassen, ihre Dienste nicht mehr zu benötigen, weil sie unzuverlässig sei. Was konnte sie dafür, wenn die Elbe tagelang nicht überquert werden konnte? Wegen des Geldes ärgerte sie sich, die Arbeit fehlte ihr nicht, die Kinder hatten immer viel Wäsche zerrissen.

Georg schnitzte an einem Knochenwürfel, und Jacob hatte auf dem anderen Ende des Tisches die ›Leipziger Zeitungen‹ ausgebreitet. Er las mit konzentriert gerunzelter Stirn die erste Seite.

»Die Superintendenten haben in ihrer von Gott geschenkten Weisheit endlich entschieden, dass die Kollekte vom Karfreitag den Opfern der Flut zugutekommen soll«, sagte er, ohne von der Zeitung aufzublicken.

»Das ist gut«, warf Luise ein. »Vielleicht bekommen wir auch etwas, schließlich haben wir unseren Schuppen verloren.«

»Pah, die Karfreitagskollekte wird nie ausreichen, alle zu entschädigen.«

»Besser als nichts.«

»Was kommt dabei zusammen? Ein paar tausend Taler«, beantwortete Jacob seine Frage gleich selbst. »Zusammen mit dem, was der Kurfürst geben will, ist das trotzdem nicht mehr als ein Tropfen auf einen Stein.«

»Immerhin soll es eine Entschädigung geben.« Aus einem Gluttopf nahm Luise mit einer Zange zwei Kohlen und legte sie in das Bügeleisen. Dessen Hitze prüfte sie, indem sie auf die Plättfläche spuckte. Die Spucke verdampfte zischend. Sie nahm das nächste Wäschestück.

Georgs Blick war auf den Würfel gerichtet. Er schien nicht vorzuhaben, sich an dem Gespräch zu beteiligen.

»Das Gros werden sich die Amtleute einstecken, den Rest die Großkopferten. Bei unsereins wird allenfalls ein Rinnsal ankommen.«

»Es wird auch eine Menge Schäden geben, für die die Amtmänner verantwortlich zeichnen. An Straßen und Uferbefestigungen etwa. Ich weigere mich, immer nur das Schlechteste von allem zu glauben.«

»Dein reines Herz in Ehren Luise, aber du wirst deine Erfahrungen noch machen. Wirklich nötig wäre allerdings …« Jacob unterbrach sich.

»Was wird nötig sein?«, fragte Georg und hielt sich den Knochenwürfel dicht vor die Augen, um dessen Ebenmäßigkeit zu prüfen.

»Maßnahmen, um die schlimmen Folgen einer Flut in Zukunft zu verhindern. Was sonst? Die flussabwärts wohnenden Menschen müssen rechtzeitig gewarnt werden. Deiche müssen erhöht oder weiter im Landesinneren errichtet werden.«

»Wollen Sie sich mit ihren Ideen wieder an den Dresdner Amtmann wenden?« Georg fragte unschuldig.

»Ganz bestimmt nicht.« Jacob las weiter, er blätterte die Seite um und stieß einen Pfiff aus. »Wer sagt es denn? Es wird eine Kommission geben, um alle Schäden aufzunehmen und Pläne für Schutzmaßnahmen gegen kommende Flutkatastrophen auszuarbeiten. Eigentlich mehrere Kommissionen, eine zwischen Schandau und Dresden und weitere elbabwärts.«

»Ihr Rat wurde erhört.«

»Bestimmt nicht, eher der von Herrn Meinel. Oder unter den vornehmen Herrschaften befindet sich doch jemand mit Verstand. Wollen wir hoffen, dass er ihnen nicht wieder flöten geht, bevor die Kommissionen diese Arbeit beendet haben. So was wie das Kammergut Pillnitz dürfte es so nah an der Elbe nicht geben.«

»Soll es abgerissen und woanders wiederaufgebaut werden?« Diese Frage rutschte Luise über die Lippen.

»Das wäre das Beste.«

»Wer wird die Kommissionen leiten?«, fragte sie weiter.

»Die eine wird der Amtmann von Carlowitz leiten, die anderen die Amtmänner Brauchitzsch und Hertwig.«

»Herr von Carlowitz ist ein fähiger, gewissenhafter Mann. Das haben Sie immer gesagt, Papa.«

»Ich habe nicht immer recht«, brummelte Jacob und verschanzte sich hinter der Zeitung.

Luise faltete das letzte Wäschestück zusammen und legte es zu den anderen. Sie wünschte sich, dass der Vater etwas im Leben fand, das ihm Freude bereitete. Sie ahnte, dass sein Ausflug vor zwei Tagen, wo er wirklich von morgens bis abends fortgewesen war, keiner solchen Unternehmung gegolten hatte. Verloren hatte er darüber kein Wort, sondern war mit einem mürrischen Gesicht zurückgekommen.

Den von Georg gebauten Käfig für Fritz hatte er mit keinem Lob bedacht. Dabei hatte der Bruder sich viel Mühe gegeben. Das Frettchen verfügte nun über einen großen Auslauf hinter der Küche, der mit dem Fischernetz abgegrenzt war, und einen kleineren Verschlag im Haus. Er konnte zwischen beiden hin und her wechseln über einen Schiebemechanismus, zu dem

Georg eine der kleinen Scheiben eines Küchenfensters umgebaut hatte. Luise konnte den Schieber betätigen, um zu entscheiden, ob Fritz draußen oder drinnen bleiben musste oder die Freiheit der Wahl hatte.

Sie hatte ihren kleinem Bruder nicht zugetraut, so etwas zu bauen, und ein väterliches Lob wäre es allemal wert gewesen.

Tags darauf erreichte den Ehrmannschen Haushalt ein Schreiben, das mit einem offiziell aussehenden Siegel verschlossen war. Gebracht hatte es ein berittener Bote, den Luise mit verschwitztem Gesicht und von der Kochwäsche geröteten Händen empfing. Sie musste sich strenge Fragen nach ihrem Vater gefallen lassen. In einer Liste musste sie den Empfang des Schreibens quittieren.

Der Bote drehte sich grußlos um und war aufgesessen und davongeritten, als Luise noch in der Tür stand und ihm nachstarrte. Den Brief hielt sie in der Hand. Es stand nur der Name ihres Vaters und ›Loschwitz‹ auf der Vorderseite. Hinten prangte ein Siegel. Sie konnte es nicht erkennen, dazu war der Abdruck im Wachs zu undeutlich. Derartige Schreiben verhießen nie etwas Gutes. Hätte sie den Brief besser nicht annehmen sollen? Am Ende bedeutete es für Jacob eine neue Ladung vor das Gericht und eine neue Strafe.

Sie machte sich auf die Suche nach ihrem Vater und fand ihn schließlich gemeinsam mit Gabriel Neuber bei dessen Fischteichen. Stiefel und Hosen beider Männer waren schlammbespritzt. Neuber hielt ein Netz, in dem mehrere Fische zappelten. Einen davon griff ihr Vater mit geübten Händen und warf ihn zurück in den Teich.

»Schon zu groß. Das Fleisch wird beim Räuchern zu weich und schmeckt tranig«, sagte er.

»Deshalb musst du ihn doch nicht zurückwerfen.«

»Ich habe einen Ruf zu verlieren.«

»Ich kann den Fisch ungeräuchert verkaufen.«

»Dann fang ihn wieder raus.«

Gabriel Neuber entdeckte Luise und winkte ihr zu. »Fräulein Luise, wie schön, dass Sie uns beehren. Ich fange einen schönen Fisch für Sie, nicht zu groß und nicht tranig.«

»Deswegen bin ich nicht gekommen, Herr Neuber.«

»Was treibt dich her, Mädchen. Wir haben zu tun, das siehst du doch«, brummelte Jacob Ehrmann.

Luise trat zu ihrem Vater und sagte leise: »Sie müssen mit mir nach Hause kommen. Bitte.«

Es wäre ihm sicher nicht recht, wenn sie vor den Ohren des Nachbarn von dem Brief erzählte.

»Später. Dieser Mensch«, Jacob zeigte auf Neuber, »versteht vom Räuchern so viel wie du. Alles muss ich ihm erklären.«

»Bitte Vater, ich wäre nicht gekommen, wenn es nicht wichtig wäre.«

»Geh nur«, mischte sich der Nachbar ein. »Ich komme später mit den geschlachteten und ausgenommenen Fischen vorbei.«

»Sie müssen alle die richtige Größe haben«, sagte der Vater noch und ging dann mit Luise zurück.

Unterwegs schwiegen beide. Luise legte sich Worte zurecht, um den Vater schonend auf dem Brief vorzubereiten.

»Ist was mit Georg?«, fragte er, nachdem er sich die Stiefel von den Füßen gestreift hatte und auf Strümpfen im Flur stand.

»Nicht Georg«, brachte sie heraus. Die halbherzig zurechtgelegten Worte waren fortgeblasen, als der Vater sie ungeduldig ansah.

»In der Stube.« Dorthin hatte sie den Brief gelegt.

Jacob drehte das Schreiben in den Händen, als sie hinzukam. Das Siegel hatte er noch nicht erbrochen. »Hast du mich deswegen geholt?«

Sie nickte. »Er ist mit einem Boten gekommen. Ich musste für den Empfang unterschreiben. Es sieht nach einem offiziellen Brief aus. Ich weiß nicht, ob das richtig war, aber Sie waren nicht da, und der Bote wirkte so streng.«

»Nun ist es zu spät.«

»Ich wollte Sie lieber gleich holen, Papa. Solche Schreiben …? Es wird doch nichts Schlimmes sein?«

»Es geht immer noch eine Scheibe schlimmer, als man es erwartet.« Mit diesen Worten erbrach Jacob das Siegel.

Der Brief begann mit einem schwungvollen Initial, wie nur ausgebildete Schreiber sie zuwege brachten. So viel konnte Luise erkennen. Sie beobachtete die Miene ihres Vaters, während er las. Einmal keuchte er auf.

»Ist es eine Ladung auf das Gericht?«

Der Vater reagierte nicht.

»Bitte sagen Sie, ob es eine Ladung auf das Gericht ist.«

»Wie kommst du darauf?«

»So etwas bringt doch ein berittener Bote, und man muss dafür unterschreiben.«

»Das ist es nicht. Trotzdem mache ich da nicht mit. Das haben sich die feinen Herren schön ausgedacht.« Jacob knüllte das Schreiben zusammen und warf es in Richtung Ofen, in dem allerdings kein Feuer brannte. Es prallte von der Klappe ab und blieb davor liegen.

»Mit so einem Unsinn störst du mich nicht noch einmal bei der Arbeit.«

»Was ist es denn? Wer hat Ihnen geschrieben?«

»Nur Unsinn. Mach dir keine Gedanken darüber.« Jacob

ging in Pantinen zur Hintertür hinaus, wo Gabriel Neuber mit den Fischen neben dem Räucherofen stand.

Luise hob den Brief mit zitternden Fingern auf und glättete das Papier. Sie musste zweimal lesen, um den Sinn zu verstehen. Der Amthauptmann Freiherr von Carlowitz gab sich die Ehre und grüßte den ehrenwerten Fischer Jacob Ehrmann aus Loschwitz. Der Freiherr schrieb, er sei in seiner Funktion als Amthauptmann Vorsitzender einer Kommission zur Sicherung der Flutschäden zwischen Schandau und Dresden, was sie bereits in der Zeitung gelesen hatten. In diese Kommission berief er den Fischer Jacob Ehrmann. Er, der Freiherr, wolle sich dessen Sachverstand über die Elbe und den gesunden Menschenverstand eines Vertreters der Fischerzunft zunutze machen.

Die gewundene Ausdrucksweise bereitete Luise Mühe, und sie musste mehrmals innehalten, um zu sortieren, was mit dieser, jener, solcher und welcher gemeint war. Außer der Berufung des Vaters in die freiherrliche Kommission war in dem Schreiben ein Treffpunkt – das Amthaus in Dresden – und ein Zeitpunkt – morgen um Schlag zwölf – angegeben. Die Reise werde mehrere Tage in Anspruch nehmen, dafür sei alles vorbereitet; der ehrenwerte Fischer müsste sich nur mit den Gegenständen seines persönlichen Bedarfs ausrüsten. Für seine Arbeit in der Kommission erhalte der Fischer am Ende ein Salär von fünfundsiebzig Talern. Die Summe verursachte Luise ein Kratzen im Hals. Sie erschien ihr schwindelerregend für ein paar Tage Arbeit. Dafür müsste der Vater sonst eine ordentliche Menge geräucherten Fisch verkaufen oder sie monatelang Wäsche waschen.

Weiter hieß es, notwendige Auslagen für die Anreise zur Amtmannschaft nach Dresden würden ersetzt. Der Fischer Ehrmann solle nur die beigefügte Anweisung vorzeigen, dann wäre alles geregelt. Eine Anweisung war Luise nicht aufgefallen. Sie hielt jedenfalls keine in der Hand. Suchend schaute sie sich um und fand sie schließlich am Boden neben einem Tischbein. Der Vater hatte sie mit dem Brief zerknüllt, und als Luise diesen geglättet hatte, musste sie unbemerkt heruntergefallen sein. Nach dem Glätten fiel ihr als Erstes die schwungvolle Unterschrift ins Auge, die gleiche wie auf dem Brief. Von Carlowitz. Dem Fischer Jacob Ehrmann sollten alle Kosten auf seinem Weg zwischen Loschwitz und Dresden durch die Amthauptmannschaft Dresden ersetzt werden.

Das hatte der Vater weggeworfen, als bedeutete es nichts. Wenn der Ofen an gewesen wäre, Luise war sich sicher, er hätte es dort verbrannt. Ein Schreiben im Namen des Kurfürsten verfasst und vom Amthauptmann persönlich unterzeichnet.

Sie lief zur Hintertür hinaus in den Garten. Der Vater und Gabriel Neuber waren dabei, den Räucherofen mit Fischen zu bestücken. Georg schichtete das Holz in der Brennkammer auf. Jacob führte aus, dass die Fische einander nicht berühren durften, damit sie nachher nicht aneinanderklebten und die Haut beim Herausnehmen Risse bekam.

»Ich habe schon einmal geräuchert, wenn mir auch das Geheimnis deines Räuchermehls fehlt.«

»Das wirst du auch nicht erfahren.«

Ein Nieselregen hatte eingesetzt, der sich unangenehm auf Haut und Haar legte. Die Männer kümmerten sich nicht darum, und Luise war viel zu aufgeregt, um ihn wirklich zu bemerken.

»Papa, ich bitte Sie, was machen Sie da? Sie müssen sich vorbereiten. Es ist nicht mehr viel Zeit«, rief sie.

»Worauf musst du dich vorbereiten?«, wollte Gabriel Neuber wissen.

»Auf gar nichts. Meine Tochter redet …«

»Ich rede keinen Unfug, das wissen Sie genau.« Luise stampfte mit dem Fuß auf.

Der Vater kümmerte sich nicht um sie. »Wir sind hier fertig. Georg, du kannst das Holz anzünden.«

Der Angesprochene rührte sich nicht, sondern schaute zwischen Luise und dem Vater hin und her.

»Georg!«, fuhr Jacob auf. »Immer träumst du vor dich hin!«

Diesmal nahm der Bruder den Zunderschwamm und brauchte nicht lange, um das Feuer im Räucherofen zu entfachen.

»Ich überlasse euch euren Familienangelegenheiten. Ihr werdet schon wissen, was zu tun ist«, verabschiedete sich Gabriel Neuber und grinste.

»Deinen Anteil an den Fischen bringe ich dir morgen vorbei«, rief Jacob ihm hinterher.

»Ich will jetzt wissen, worauf Vater sich vorbereiten muss. Es ist doch nichts Schlimmes mit Gericht oder so?« Georg wischte sich die Hände an der Hose ab, den Blick hielt er auf das Feuer gerichtet, dessen zarte Flammen rasch größer wurden.

Jacob schaute ebenfalls ins Feuer. »Auf gar nichts bereite ich mich vor. Das ist eine versponnene Idee dieser Herrschaften. Ich mache mich vor denen nicht zum Hofnarr.«

»Warum sieht Luise dann aus, als hätte sie einen Geist gesehen?«

»Weil ein Brief gekommen ist, und unser Vater in die kurfürstliche Kommission zur Ermittlung der Flutschäden berufen wurde. Was wir gestern in der Zeitung gelesen haben.« Luise stolperte beinahe über ihre eigenen Worte, die nicht so schnell herauskamen, wie sie sie sagen wollte.

»Alle Wetter! Unser Herr Jesus kommt auf Ideen!« Georg grinste.

Sein Vater verpasste ihm eine Kopfnuss. »Solche respektlosen Reden dulde ich nicht.«

An Georgs Grinsen änderte sich nichts. Er behielt es auch im Haus bei, nachdem Luise ihm den Brief zu lesen gegeben hatte.

»Das ist eine Ehre, Papa. Ich glaube nicht, dass schon einmal ein Fischer in eine solche Kommission berufen wurde. Es hat also doch etwas gebracht, dass Sie in der Amtmannschaft vorstellig geworden sind. Das ist das Beste, was Ihnen passieren konnte. Für diese Flut ist es zu spät, aber bei zukünftigen werden alle Vorbereitungen mit unserem Namen verknüpft sein.«

»Das wird sich der vornehme Herr von Carlowitz unter den Nagel reißen. Außerdem werde ich nicht hingehen. Ich habe Fische zu räuchern und zu verkaufen. Es muss Geld reinkommen. Die Flut hat uns genug gekostet.«

»Sie müssen«, befand Georg. »Das ist ein kurfürstlicher Befehl, den Sie nicht ablehnen können. Und die Arbeit wird gut bezahlt. Das Räuchern übernehme ich. Ich weiß, was zu tun ist.«

»Unser gnädiger Kurfürst weiß nicht einmal, dass ich existiere. Der Brief war nur in seinem Namen verfasst. So geschieht es mit allen amtlichen Schreiben. Jeden Tag.«

»Sie müssen trotzdem hingehen. Wenn Sie es nicht tun, wird der Kurfürst von Ihrer Existenz erfahren. Aber nicht, um sie zu belobigen, Papa.«

»Sie müssen wirklich«, mischte sich Luise ein. »Kein Untertan darf seinem Fürsten den Dienst verweigern. Vor fünfzig Jahren hätte das am Galgen geendet.«

»Heute haben wir Gesetze, die das verbieten.«

»Trotzdem ist das eine Ehre. Die anderen Fischer werden Sie darum beneiden. Herr Kyritz wird sich mächtig ärgern, weil er Ihre Ratschläge in den Wind geschlagen hat, die an höchster Stelle geschätzt werden.«

Der Vater sah nachdenklich drein, und Luise tauschte mit ihrem Bruder einen schnellen Blick.

»Noch in Jahren werden alle wissen, dass Sie Mitglied der kurfürstlichen Kommission gewesen sind. Niemand wird mehr Ihren Rat missachten.« Georg setzte die Argumente fort, die Luise begonnen hatte.

»Meint ihr?«

»Auf jeden Fall«, erwiderten die Geschwister im Chor.

»Ich lasse mich von dem hohen Herren nicht für dumm verkaufen.«

»Das kann niemand, Papa. Soll ich Wäsche und Strümpfe für Sie zusammenpacken?«

»Meinetwegen«, brummte Jacob.

KAPITEL XXV

Nach Jacobs Aufbruch wurde es ruhig im Hause Ehrmann. Luise und Georg verbrachten den Abend bei den Nachbarn, wo Gabriel Neuber die gute Stube mit dem würzigen Duft seiner Pfeife füllte. Die Neuberin bot ihnen an, über Nacht zu bleiben. Georg hatte den Kopf mit dem gleichaltrigen Bernd Neuber zusammengesteckt, und ihm war anzusehen, dass er das Angebot gerne angenommen hätte. Er hätte sich mit Bernd ein Bett geteilt, und bestimmt hätten die beiden die halbe Nacht miteinander geflüstert und gekichert. Manchmal war Georg noch ein Junge, obwohl er arbeiten konnte wie ein Mann. Im Gegensatz zum Bruder verspürte Luise keine Lust, sich das Bett mit einem der Neuber-Mädchen zu teilen, und lehnte das Angebot ab, weil Fritz nicht allein bleiben könne.

Das Frettchen war in seiner neuen Behausung gut untergebracht. Es turnte im Außengehege auf einem eingegrabenen Ast umher, spielte mit Stücken von Treibholz und einem alten Eimer, den Luise ihm gegeben hatte. Es fiepte fröhlich, wenn jemand an seine Behausung herantrat. Sobald Luise ihn herausnahm, kletterte er auf ihr herum und ringelte sich um ihren Hals, als hätte er nie eine andere Herrin gehabt. Er hatte sich sogar angewöhnt, ihr im Haus auf Schritt und Tritt folgen.

»Andere haben einen Hund, du hast ein Frettchen.« Georg lachte.

Allein sein strenger Geruch, und dass er sich nicht daran gewöhnen wollte, seine Geschäfte in einer Kiste mit Sand zu verrichten, minderten ihre Freude an ihm. Er ließ sich auch nicht waschen. Der Versuch endete mit wütenden Protesten seinerseits und einem Biss in Georgs Daumen.

»Was wird Vater wohl mit fünfundsiebzig Talern machen?«, fragte Georg am zweiten Tag von dessen Abwesenheit.

»Da fällt mir einiges ein. Du brauchst neue Schuhe und eine neue gute Jacke. Mir wären neue Schuhe auch recht, und ich könnte einen Umhang für die wärmeren Tage gebrauchen. Den kann ich mir auch nähen, dann müssten wir nur den Stoff kaufen.«

»Du glaubst doch nicht, dass Vater dafür Geld ausgibt. Wann hast du das letzte Mal Stoff oder einen Umhang bekommen?«

Das war beinahe zwei Jahre her. Neu war das Kleid keinesfalls gewesen, aber aus gutem Tuch, und die Majorswitwe hatte es ihr geschenkt. Es war das Kleid, in dem sie sonntags zur Kirche ging. Georg bekam nur neue Kleidung, wenn er aus der alten herausgewachsen war.

»Ich könnte mir auch Seidengarn kaufen. Mein gewöhnliches Garn kommt mit dessen Leuchtkraft nicht mit. Und eine Stickfibel mit den Mustern, die gerade in Mode sind. Ich habe sie in einer Buchhandlung ausliegen sehen mit den neuesten Mustern aus Paris.«

»Ich könnte endlich einen Teil des Lehrgeldes bezahlen und meine Lehre als Wagenbauer beginnen. Vater kann sich einen eigenen Lehrbuben ins Haus holen.«

Sie redeten eine Weile hin und her, und ihre Wünsche wurden immer größer. Die fünfundsiebzig Taler waren längst mehrfach ausgegeben.

»Wir werden nichts davon bekommen«, beendete Luise das Wunschdenken. »Vater wird das Geld zurücklegen für schlechte

Zeiten, wie er es mit jedem Groschen tut, den er erübrigen kann.«

»Die nächste Flut kommt bestimmt, dann werden wir froh sein über das Geld.« Georg ahmte die Stimme des Vaters nach, und es gelang ihm recht gut.

Georg war unterwegs, um die geräucherten Fische zu verkaufen. Die nächsten, die Gabriel Neuber gebracht hatte, hingen bereits im Ofen. Luise bereitete im Garten die Beete für den Anbau von Kohl, Zwiebeln, Erbsen und Bohnen vor. Sie hatte auch zwei Rhabarberpflanzen und etwas Mangoldsaat geschenkt bekommen. Außerdem wollte sie zwei neue Reihen Erdbeeren setzen. Sie liebte die süßen Früchte und ließ sich diesen Luxus auch vom Vater nicht ausreden. Fritz hatte sie am Gartenzaun angebunden. Er sprang wild hin und her, und es war nicht zu erkennen, ob er die Leine als Spielzeug oder als Feind betrachtete.

»Das ist ja ein drolliger Kerl. Er springt herum wie eine zu groß geratene Maus«, sagte auf einmal jemand auf der anderen Seite des Zauns.

Luise richtete sich auf. Auf dem Weg zwischen dem Ehrmannschen und dem Neuberschen Garten stand ein Bursche, jünger als Georg und schäbig gekleidet. Nackte Füße steckten in klobigen Holzschuhen, die ausgefranste Hose endete knapp unter dem Knie, und seine Jacke war viel zu dünn für diese Jahreszeit. Außerdem nuschelte er, weil ihm ein Schneidezahn fehlt.

»Das ist ein Frettchen.«

»Ist das dein Haustier?«

Sie bejahte.

»Kann es was? Kunststücke oder so? Über eine Wippe balancieren oder durch einen brennenden Reifen springen?«

Eine Wippe wäre sicher kein Problem für Fritz, dass er durch einen Reifen sprang, glaubte Luise nicht.

»Wenn du zum Betteln kommst, kann ich dir eine Schale Dickmilch mit Honig und Rosinen, außerdem einen Kanten Brot geben«, sagte sie, ohne auf seine Fragen einzugehen.

»Ich bettel nicht«, erklärte er stolz, wuchtete eine aus Weide geflochtene Kiepe von seiner Schulter und begann, darin nach etwas zu suchen. »Dickmilch und Brot nehm ich trotzdem. Ist das das Ehrmannsche Haus? Bist du Luise Ehrmann?«

Sie nickte.

»Dann bin ich richtig. Dem lieben Jesus sei Dank, so weit hatte ich es mir nicht vorgestellt.« Aus seiner Kiepe zog er ein zerknautschtes und in billiges Leinen eingeschlagenes Paket hervor. »Das soll ich abgeben. Mein Geld bekomme ich dann in Dresden.«

Luise nahm das Paket entgegen. Es war weich, nicht besonders schwer, und etwas knisterte darin. Sie gab dem Jungen die versprochene Dickmilch und den Brotkanten. Letzteren steckte er in seine Kiepe, die Dickmilch schlang er herunter.

»Hast du ein Zuhause?«, fragte sie ihn.

»Natürlich«, antwortete er mit vollem Mund. »Ein schönes, warmes Zimmer mit einem weichen Bett und eine Mutter, die mich täglich herzt und küsst. Ich muss weiter.« Er hielt ihr die leere Schale hin und trampelte mit seinen Holzschuhen davon.

Luise trug das Paket ins Haus, wusch sich in der Küche die Hände und schlug dann das Leinen zurück. Zum Vorschein kam Stoff in verschiedenen hellblauen Tönen. Das Gewebe war zerknautscht, aber als Luise es auseinanderfaltete, hielt sie ein Kleid in Händen, das einer vornehmen Dame angemessen war.

Angelique LaTrebe. Die Französin hatte ihr Versprechen wahr gemacht.

Luise befühlte den weichen Stoff, schmiegte ihre Wange hinein und hielt sich das Kleid an. Sie betrachtete sich in dem Spiegel, der früher ihrer Mutter gehört hatte und nun in ihrer Kammer stand. Die vornehme Französin hatte recht gehabt: Das helle Blau passte gut zu ihrem honigblonden Haar.

Der Junge war aber wenig sorgsam mit dem Kleid umgegangen, und sie musste es erst bügeln, ehe sie es anprobieren konnte. Angelique LaTrebe hatte ihr nicht nur das Kleid geschickt, sondern auch passende Strümpfe und Wäsche. Dazu gehörten verschiedene Unterröcke, einer davon kordelverstärkt, und ein Paar Poschen, gepolsterte Kissen, die um die Hüfte geschnallt wurden und dem Rock Stand verliehen. Bis sie alles ausgeklopft, gelüftet und gebügelt hatte, verging der Vormittag. Georg war noch nicht wieder zurückgekommen, wahrscheinlich hatte er sich zum Kutschenbauer Leopolds aufgemacht, fegte den Hof, trug die Werkzeuge und saugte begierig alles auf, was der Meister und die Gesellen ihm an Wissen zukommen ließen. Luise gönnte es ihm; das Holz im Räucherofen legte sie nach und ließ ihn ausgehen, als die Fische fertig waren.

Zum Anprobieren des Kleides brauchte sie Hilfe. Edda, das älteste Neuber-Mädchen, kam herüber. Die lebhafte Achtzehnjährige staunte nicht schlecht, als sie das Kleid in Luises Kammer hängen sah. Die Wäsche lag auf dem Bett ausgebreitet.

»Das hat dir alles die vornehme französische Dame geschickt, die während der Flut bei euch war?« Edda ließ ihre Hände ehrfürchtig über den Stoff gleiten. »Warum hat Papa keine vornehme Dame gerettet, die mir ein Kleid schenkt? Das könnte ich zu meiner Hochzeit anziehen, und alle würden staunen.«

Edda war mit Valentin Kyritz' Sohn verlobt. Die Hochzeit

sollte Ende Mai sein, und normalerweise plauderte sie in einem fort von ihrem zukünftigen Leben als Frau Kyritz und wie angenehm es wäre, aus der Obhut der Eltern zu entkommen.

»Ich bin selbst erstaunt«, sagte Luise. Sie erzählte nicht, dass dies das zweite Kleid war, das die Französin ihr geschenkt hatte, und dass diesem ein Brief beigelegen hatte, in dem sie in zwei Tagen für den Nachmittag um vier Uhr zu einer Teegesellschaft bei Frau LaTrebe eingeladen war. Natürlich sollte sie in dem neuen Kleid kommen, und es werde eine anregende Gesellschaft da sein, um ihren Plänen entgegenzukommen. Unterschrieben war der Brief mit »Ihre liebe Freundin Angelique LaTrebe«.

»Zieh es an. Ich will sehen, wie großartig du damit aussiehst. Ich mache dir dann das Haar, und wir gehen beide durchs Dorf. Die Leute werden sich die Hälse verrenken.« Edda klatschte vor Begeisterung in die Hände.

»Das kommt nicht infrage, dass wir durchs Dorf laufen. Ich will nicht zum Gegenstand des Tratsches werden«, widersprach Luise heftig. »Du darfst niemandem etwas sagen. Versprich es.«

»Wenn du meinst« sagte Edda gedehnt. »Dann würde mal über etwas anderes geredet werden als über Fisch, Eis, Flut und wieder von vorn.«

»Mir ist es ernst, Edda.«

»Mir auch. Zieh es endlich an.«

Luise kam sich wie eine vornehme Dame vor, als Edda ihr mit den feinen Strümpfen half und dann einen Unterrock nach dem anderen für sie hielt, zuerst den mit den Kordeln verstärkten und zuletzt einen fast durchsichtigen mit breiter Spitze am Saum.

»Wenn dir ein Windstoß unter die Röcke fährt …« Edda kicherte.

»Das wird hoffentlich nicht passieren.«

»Wenn doch, werden den Mannsbildern die Augen aus dem Kopf fallen. Du hast so schlanke Fesseln. Schau dagegen meine an.« Edda streckte das linke Bein aus und lüftete ihre Röcke. Zum Vorschein kam eine kräftige Wade mit einem gestrickten grauen Strumpf. Es wirkte plump. Was nicht allein am Strumpf lag, sondern weil sie insgesamt eine gedrungene Figur hatte und darin nach ihrer Mutter kam. »Mein Verlobter stört sich nicht daran. Er findet mich gerade richtig.«

Als Nächstes band Edda ihr die Poschen um, und als Luise sich damit im Spiegel betrachtete, mussten sie beide lachen. Sie sahen aus wie zwei große Speckrollen, die über die Unterröcke quollen.

»Sie sollten vielleicht unter dem letzten Unterrock sein, damit sie nachher nicht auftragen«, sinniert Luise.

Edda half ihr, alles richtig zu ordnen, und streifte ihr dann den cremefarbenen Rock des Unterkleides und den blauen des Oberkleides über.

»Unten herum kannst du dich schon mal bei Hofe sehen lassen. Den Rest schaffen wir auch noch.«

Edda half ihr in das Mieder und zog die Schnüre stramm.

»Nicht so fest«, jammerte Luise. Sonst schnürte sie das Mieder allein und nur locker, damit sie sich bei der Arbeit bewegen konnte.

»Willst du gut aussehen, dann jammere nicht.« Edda stemmte ihr einen Ellenbogen in den Rücken und schnürte sie noch enger.

»Ich bekomme keine Luft mehr.«

»Atme flacher.« Die Freundin hatte aber ein Einsehen und ließ wieder etwas nach.

Das Oberteil des Kleides bestand aus zwei Teilen: einmal die mit Spitze verzierte, steife Brust – Stecker genannt – und eine kurze Jacke mit halblangen Ärmeln aus dem gleichen Stoff wie der Oberrock. Die Jacke lief aus in eine reich gefältelte etwa knielange Schärpe, von der Luise wusste, dass sie Manteau genannt wurde und ein Kleid wirklich vornehm machte. Je länger das Manteau war, desto vornehmer die Trägerin. Luise kam sich reichlich vornehm vor.

Beide Kleidungsstücke anzuziehen war nicht leicht, denn auch Edda war es nicht gewohnt, mit dergleichen zu hantieren. Es verging geraume Zeit, bis alles an seinem Platz saß. Das Kleid passte wie angegossen, als wäre der Schneider mehrmals zur Anprobe zu ihr gekommen. Frau LaTrebe musste ein gutes Auge besitzen, wenn sie Kleidermaße so genau einschätzen konnte.

Einzig der Ausschnitt ...

Er war tief geraten und zeigte den Ansatz ihrer Brüste. Luise bedeckte sie mit den Händen, als sie sich im Spiegel betrachtete.

»Ich kann ein Fichu dazu tragen, dann sieht man es nicht so.«

»Bist du verrückt geworden?«, protestierte Edda. »Das ist kein Kleid, um ein Fichu dazu zu tragen. Du musst mutig sein.« Sie zog Luises Hand herunter. »Vornehme Damen tragen das so, ich habe es in einem Modekupfer gesehen.«

»Ich komme mir nackt vor. Deine Mutter würde das gleiche sagen, darauf wette ich.«

»Pah, meine Mutter.«

»Meine auch, wenn sie da wäre.«

Das erstickte weitere Widerworte im Keim. Luise suchte aus ihrer Kommode ein Stück Spitze heraus, das fast die gleiche Farbe hatte wie das Unterkleid, und hielt es sich an den Ausschnitt.

»Wenn ich das annähe, geht es.«

Eddas Gesicht tauchte neben ihrem im Spiegel auf. Sie hatte die Stirn gerunzelt. »Stimmt. Der Ausschnitt ist doch etwas tief. Beinahe wie bei einer Kokotte. Ich stecke dir die Spitze an.«

Sie stach Luise nur einmal mit einer Stecknadel, und dann war eine Handbreit weniger von ihrem Dekolleté zu sehen.

»Das sieht aus, als gehöre die Spitze dahin«, sagte Luise zufrieden. »Ich werde sie annähen.« Sie machte Anstalten, das Kleid wieder auszuziehen.

Edda hielt ihren Arm fest. »Nicht. Wir müssen dein Haar richten. Setz dich hin und halte still.«

Kaum saß Luise, löste die Freundin ihre einfache Hochsteckfrisur und kämmte das lange Haar aus. Edda selbst trug das Haar zu zwei Zöpfen geflochten, die sie über den Ohren zu Schnecken aufdrehte. Luise ging deshalb nicht davon aus, dass sie eine besonders kleidsame Frisur zustande bringen würde. Es verging einige Zeit, bis sie sich zum Spiegel umdrehen durfte. Und sie war überrascht. Einige Strähnen umrahmten ihr Gesicht, andere ihren Nacken, das restliche Haar war partienweise hochgesteckt und am Oberkopf eingedreht. Eine fremde Person blickte ihr aus dem Spiegel entgegen. Am Morgen war sie noch Luise gewesen und nun …

»Wie von einer richtigen Zofe.« Sie umarmte die Freundin. Danach schritt sie im Zimmer auf und ab. Obwohl sie ihre gewöhnlichen Schuhe trug, spürte sie, dass ihr Gang ein anderer geworden war. Sie schwebte über die Dielen und erhielt von Edda die gleichen bewundernden Blicke, die sie vornehmen Damen zuwarf, wenn sie ihnen in Dresden begegnete.

»Du siehst so schön aus«, sagte Edda. »Du musst einen vornehmen Mann heiraten und jeden Tag solche Kleider tragen. Was ist mit Herrn Meinel? War der nicht fesch?«

Luise zuckte mit den Schultern. Bisher hatte sie noch keinen Brief aus Wehlen erhalten. Vielleicht hatte Conrad sein

Versprechen vergessen oder die Unmöglichkeit dieses Briefwechsels eingesehen. »Er wird sich eine Ehefrau unter den Töchtern der Pfarrer, Lehrer, Ärzte und anderen Gelehrten auswählen.«

»Schade. Ihr wart ein hübsches Paar. Dreh dich, damit ich sehen kann, wie diese Röcke schwingen.«

Luise tat der Freundin den Gefallen. Nachdem Edda gegangen war, behielt sie das Kleid an und freute sich an dem weichen Stoff. Für die Hausarbeit war es ungeeignet, aber sie entschied, diese ausnahmsweise liegen zu lassen. Sie stellte sich lieber vor, welche Augen Conrad machen würde, sähe er sie so. Das würde ihn hoffentlich von dem guten Herzen Frau LaTrebes überzeugen.

KAPITEL XXVI

Die Kommission, geleitet vom Kreisamtmann von Carlowitz, begann ihre Arbeit in Schandau, wohin die Mitglieder in mehreren Kutschen gereist waren. Für Jacob war es die erste Reise in einer Kutsche. Zuvor hatten ihn seine Füße überallhin getragen. Einige Male war er auf einem Treidelkahn nach Meißen gefahren oder hatte sich auf einem Bauernkarren mitnehmen lassen. Ihm kam dieses Herumjagen im Land unnütz vor, die Kommission hätte ihre Arbeit in Dresden beginnen und in Schandau beenden können.

»Wir hätten zurückkehren müssen«, erklärte der Freiherr mit einem feinen Lächeln, bei dem Jacob nicht entscheiden konnte, ob es vornehm oder arrogant war. »Es ist unumgänglich, unserem Bericht in Dresden zu verfassen und zu übergeben, und das sollte mit möglichst frischen Eindrücken im Gedächtnis geschehen. Da stimmen Sie mir sicherlich zu, Herr Wehrmann.« Eine Antwort auf seine Frage hatte der Freiherr nicht abgewartet, und Jacob hatte es seitdem sorgfältig vermieden, noch einmal das Wort an ihn zu richten. Nicht nur, weil der Freiherr sich seinen Namen nicht richtig gemerkt hatte.

Wie von Jacob erwartet, bestand die carlowitzsche Kommission aus lauter vornehmen Herren. Acht waren sie insgesamt. Da war zunächst einmal der Freiherr selbst und ein farbloser Mensch unbestimmbaren Alters, der sein Sekretär war. Jedenfalls wich dieser dem Freiherrn nicht von der Seite und tat mindestens ebenso vornehm. Ein Offizier des Generalstabs, der mit befehlsgewohnter Stimme die militärischen Interessen vertrat. Er stand im Rang eines Premier-Leutnants, aber seinen Namen hatte Jacob sich nicht gemerkt. Zwei Ingenieure, einer aus der kurfürstlichen Baukommission und der andere aus dem kurfürstlichen Bergamt. Ihre Anwesenheit stufte Jacob als nützlich ein. Dann begleitete sie ein Jurist, den Jacob für den überflüssigsten von allen hielt, und der sich so steif gab wie sein kunstvoll gebundenes Halstuch. Zuletzt gehörte ein Steuerbeamter zu ihnen, der sich für die Auflistung aller Schäden verantwortlich fühlte und deshalb in einer Ledertasche einen dicken Packen Papier, Schreibfedern und mehrere Flaschen Tinte bei sich trug. Die Tasche ließ er nicht aus den Augen, als enthielte sie einen Schatz.

Drei Kutschen standen bereit. Eine mit dem Wappen derer von Carlowitz auf dem Schlag für den Freiherrn und den Sekretär. Die beiden anderen waren von einfacherer Bauart, und Jacob teilte sich eine mit den Ingenieuren. An ihrem Gespräch beteiligte er sich nicht, und sie forderten ihn auch nicht dazu auf. Sie unterhielten sich auf der Fahrt nach Schandau über Baugründe, Erdspalten, Blitzeinschläge, als wären sie allein. Der Herr vom Bergamt schimpfte über die Faulheit der Studenten, was zu seiner Zeit anders gewesen wäre. Nach einer Weile hörte Jacob nicht mehr zu, aber er bemerkte, dass sie die Elbe oder die Eisflut kein einziges Mal erwähnten.

Reisen in der Kutsche bedeutete Gerüttel und Geschüttel. Jede Unebenheit fuhr Jacob ins Kreuz, und als sie nach mehrstündiger Fahrt Schandau erreichten, war er rechtschaffen froh. Gleichzeitig fühlte er sich steif wie ein fünfzehn Jahre älterer Mann. Die Welt um ihn herum schwankte und wankte immer noch, als er längst neben der Kutsche stand. Den anderen Herren schien es nicht so zu gehen, jedenfalls unterhielten sie sich ungezwungen im Hof der Herberge, in der für die Nacht ein Quartier besorgt war.

Am Stand der Sonne schätzte Jacob, dass sie noch für mindestens zwei Stunden Tageslicht hatten, also Zeit genug, um sofort mit der Arbeit zu beginnen. Keiner der Herren schien es damit eilig zu haben, sie überwachten lieber, dass ihr Gepäck abgeladen und ins Haus gebracht wurde. Jacob nahm sein kleines Bündel selbst. Die anderen waren mit Ledertaschen und Kleidersäcken angereist.

Für die acht Mitglieder der Kommission waren sieben Zimmer bestellt, was bedeutete, Jacob musste sich eines mit dem Sekretär teilen. Er hatte zwar nicht mit Luxus gerechnet, aber dass er nun seine Schlafkammer teilen sollte, wurmte ihn. Dafür gab es einen Privatsalon, in dem die Herren den Abend verbrachten, Punsch tranken und der Freiherr sowie der Offizier das große Wort führten. Jacob blieb für sich, hielt sich an Bier und seine eigenen Gedanken. Selbst mit Gabriel Neuber hätte er lieber zusammen gesessen und den Gestank aus dessen Tabakspfeife ertragen. Er vermisste die Kinder und fragte sich, wie sie ohne ihn zurechtkamen. Er hätte sich nicht von ihnen zu diesem Quatsch überreden lassen sollen. Fünfundsiebzig Taler hin oder her.

Eine Berührung an seinem Ellenbogen schreckte ihn aus diesen Gedanken. Der Sekretär stand vor ihm. »Ich habe die Erlaubnis erhalten, mich zurückzuziehen.«

»Was habe ich damit zu tun?«

»Weil wir ein Zimmer teilen.«

»Na und?«

»Ich habe einen leichten Schlaf, Herr Wehrmann.«

»Mein Name ist Ehrmann. So lautet er, und so wird er bleiben. Er ist überall wohlgelitten«, fuhr Jacob auf. Der Freiherr hatte von einer Drei-Tage-Reise gesprochen, und er wollte nicht die ganze Zeit mit einem falschen Namen angeredet werden.

»Also gut, Herr Ehrmann. Ich habe trotzdem einen leichten Schlaf, und wenn ich aufgeweckt werde, schlafe ich schlecht wieder ein. Ich möchte Sie darauf aufmerksam machen.«

»Nu?« Jacob fragte sich, worauf der Mensch hinauswollte.

»Sie sollen keine Geräusche machen, wenn Sie später ins Zimmer kommen und zu Bett gehen. Ziehen Sie am besten die Stiefel auf der Treppe aus.«

»Soll ich auch auf der Treppe schlafen, damit ich die werte Ruhe nicht störe?«

»Ich wollte Sie nur darauf hinweisen.« Der Sekretär war rot geworden und betupfte seine Oberlippe mit einem Taschentuch.

Natürlich wachte dieser Mensch auf, als Jacob später in das gemeinsame Zimmer kam, und er hatte auch vergessen, die Stiefel auf der Treppe auszuziehen. Im Bett drehte er sich zur Wand, um das vorwurfsvolle Geraschel des Sekretärs nicht hören zu müssen.

Das Frühstück sollten die Herren ebenfalls im Privatsalon einnehmen. Als Jacob, der zur gewohnten Zeit vor Tagesanbruch aufgestanden war – der Sekretär hatte fest geschlafen –, den Raum betrat, fanden dort noch keine Aktivitäten statt. Die Asche des gestrigen Tages war noch nicht aus dem Kamin gekehrt, es war nichts aufgedeckt, weder gab es warme noch kalte Getränke. Jacob machte den Bediensteten Beine und ließ ihre Einwände nicht gelten, dass es gerade einmal fünf Uhr am Morgen sei und das Frühstück erst für drei Stunden später bestellt war. Er befahl trotzdem eine Tasse Kamillentee herbei, der ihm heiß und wohltuend durch die Kehle rann.

Weil er nicht wusste, wie er sich sonst die Zeit bis zum Frühstück vertreiben sollte, brach er zu einem Spaziergang durch Schandau auf. Draußen war es dunkel, bis die Sonne über den Horizont kroch, würde es noch eine Weile dauern. Trotzdem war gut zu erkennen, dass die Flut den Ort schwer heimgesucht hatte. Alle Dämme waren überspült worden, zum größten Teil waren sie gar nicht mehr vorhanden. Die bebaubaren Uferstreifen waren schmal, denn das obere Elbtal war eng, und zu beiden Seiten erhob sich das Elbsandsteingebirge.

Die am Hang stehenden Häuser waren verschont geblieben, aber gerade die Behausungen der Tagarbeiter, der Handwerker und Gesellen, die der einfachen Menschen, hatten sich dicht am Ufer zusammengedrängt. Sie waren an Türen und Fenstern beschädigt, manch ein Haus hatte Wasser und Eis gar nicht standgehalten. Die Menschen drängten sich in den bewohnbaren Teilen der Häuser zusammen. Die meisten waren bereits wach, um einem weiteren schweren Tag so gut wie möglich zu überstehen. Es gebe kein Brot und kein Mehl und kein Korn, hörte er, weil die Flut alle elbnahen Mühlen beschädigt und die dort lagernden Vorräte unbrauchbar gemacht habe. Was nicht fortgespült worden sei, könne nicht einmal mehr ans Vieh verfüttert werden.

Von einer Brotknappheit war nichts zu bemerken, als Jacob in die Herberge zurückkam. Weißes und dunkles Brot in großen Laiben lag im Salon auf Holzbrettern. Auch sonst erreichte eine Mischung verschiedener Düfte seine Nase, die ein reichliches Frühstück versprachen. Obwohl es noch vor acht Uhr war, waren bereits alle Herren anwesend. Am Kopfende der Tafel saß Freiherr von Carlowitz, als halte er Hof, und die Aufmerksamkeit der anderen war auf ihn gerichtet.

»Herr Wehrmann gibt uns auch die Ehre. Dann wären wir vollzählig«, sagte der Freiherr.

»Ehrmann. Sein richtiger Name lautet Ehrmann«, flüsterte der Sekretär seinem Herren so laut ins Ohr, dass es jeder hörte.

Jacob fand einen Platz am unteren Ende der Tafel neben

dem Steuerbeamten. Ihm gegenüber saß der Ingenieur für Bergbau. Die Herren tranken Kaffee. Eine Kanne stand zwischen ihnen. Der Freiherr klatschte in die Hände, und das war das Zeichen für zwei Diener, große Platten mit dampfenden Blutwürsten, Eierspeisen, Presskopf und anderen warmen Gerichten hereinzutragen. Vom Brot wurden dicke Scheiben abgeschnitten, und das Schmausen begann. Jacob begnügte sich mit zwei Spiegeleiern und einer Scheibe dunklen Brotes. Er hatte wieder Kamillentee geordert. Eigentlich verspürte er keinen Hunger, aber er aß, weil er befürchtete, eine lange Zeit nichts mehr zu bekommen.

»Versucht die Blutwurst, Herr Ehrmann. Zu Ei und Brot gibt es nichts Besseres«, sprach ihn der Bergbauingenieur an. Weil er den Mund voller besagter Wurst hatte, war er kaum zu verstehen. Er wollte Jacob eine dicke Scheibe auf den Teller legen.

Der winkte ab. »Im Ort gibt es kein Brot, weil alle Mühlen beschädigt und Korn und Mehl unbrauchbar geworden sind. In den Backstuben kann nichts gebacken werden.«

Gerade als Jacob den letzten Satz sagte, verstummten alle Gespräche, und jedermann hörte ihn.

»Was ist das hier?« Der Offizier deutete auf die beiden Laibe auf dem Tisch. »Ich halte das für Brot, und nach einem Mangel sieht das nicht aus.«

»Sie können aus Bäckereien weiter landeinwärts stammen, wo die Mühlen nicht zerstört sind.«

Der Freiherr ergriff das Wort: »Ich habe in der Tat angeordnet, dass für uns an Kosten und Mühen nicht gespart wird. Uns steht eine verantwortungsvolle Arbeit bevor, da soll für unser leibliches Wohl gesorgt sein.«

Jacob konnte ein Schnauben unterdrücken. In erster Linie an sich selbst zu denken, passte zu den vornehmen Herren.

»Ich frage mich nur, woher der Herr Ehrmann sein Wissen bezieht?«, fragte der Offizier weiter.

»Der Herr Ehrmann ist bereits durch den Ort gegangen, als die anderen Herren noch auf ihren Zimmern waren, und hat sich die von der Flut verursachten schweren Schäden angesehen.«

»Das ist löblich«, wandte sich der Freiherr direkt an Jacob. »Ich bevorzuge jedoch den offiziellen Weg und keine Alleingänge der Kommissionsmitglieder, Herr Ehrmann.«

»Ich konnte nicht umhin, die Schäden zu bemerken, als ich mir die Füße vertrat.« Danach sagte Jacob während des Frühstücks nichts mehr, und er schwieg auch während des Rundgangs der Kommission durch Schandau. Das fehlende Brot kam zur Sprache und alles andere, was er zuvor gesehen hatte. Die beiden Ingenieure stritten über die rechten Maßnahmen, die Häuser flutsicherer zu bauen, und waren allgemein der Ansicht, dass viele Schäden, die ihnen gezeigt wurden, gar nicht von der Flut herrührten, sondern vorher da gewesen waren.

Bei einigen mochte das stimmen, aber die meisten Hausväter wirkten ehrlich verzweifelt über den Schaden an ihrem Hab und Gut, und weil sie nicht wussten, woher sie die Mittel zur Beseitigung nehmen sollten. Bauholz sei so gut wie gar nicht zu bekommen, klagten sie, und das wenige sei dreimal so teuer wie vor der Flut.

Von Carlowitz und der Jurist wiesen die Ingenieure in ihre Schranken und hörten den Menschen aufmerksam zu. Der Steuerbeamte machte sich ununterbrochen Notizen.

Es war kein Durchkommen auf der Fahrstraße zwischen Schandau und dem Königstein. Die Flut hatte die Straße überspült und sie mitsamt des Unterbaus weggerissen und dafür angeschwemmte Erde, abgebrochene Äste und entwurzelte

Bäume zurückgelassen. Die beiden Ingenieure kletterten über den aufgerissenen Boden und steckten die Köpfe zusammen. Der Rest der Kommission wartete bei den Kutschen, und Jacob fragte sich, wie die Wagen über die fortgespülte Straße gelangen sollten. Sie war bestimmt auf einer Länge von einer Meile oder mehr unpassierbar.

In seinen Augen wäre es besser gewesen, die Flussufer mit dem Boot zu bereisen, statt sich mit den Kutschen und Pferden zu plagen. Tatsächlich benutzten sie gelegentlich Boote oder ließen sich von Fähren von einem Ufer zum anderen bringen. Trotzdem bestand der Freiherr darauf, die Kutschen mitzuführen. Jacob stand wie üblich ein wenig abseits von den anderen Mitgliedern der Kommission. Die Hände hatte er in den Taschen seines Überwurfs vergraben und beobachtete die Ingenieure. Dem aufgeregten Gefuchtel ihrer Arme nach zu urteilen, waren sie sich nicht einig. Der Bergamtingenieur bückte sich und klaubte eine Handvoll Dreck zusammen, die er dem anderen unter die Nase hielt.

Das entlockte Jacob ein Grinsen.

»Die Hänge«, rief der Mann aufgeregt. »Wir müssen dafür Sorge tragen, dass sie nicht nachrutschen, sonst sind alle Arbeiten an der Straße umsonst.«

»Ich beherrsche mein Handwerk nicht erst seit gestern«, schnappte sein Kollege aus der kurfürstlichen Baukommission. Er wischte die Hand beiseite, und der Dreckbatzen flog im hohen Bogen durch die Luft.

Der Freiherr machte einen Satz zur Seite. Sein Sekretär war nicht schnell genug. Der Klumpen schlug ihm den federgeschmückten Hut vom Kopf. Jacob presste sich die Hand vor den Mund, um ein Lachen zu unterdrücken. Die empörte Miene des unscheinbaren Menschen war zu köstlich. Der hob seinen Hut wieder auf und klopfte ihn aus, ehe er ihn zurück auf seinen Kopf setzte. Er schaute sich um, als könnte es eine Chance geben, dass niemand sein Missgeschick bemerkt hatte. Jacob drehte sich halb weg und hielt weiterhin die Hand vor den Mund.

»Lassen Sie uns teilhaben an Ihrem Gespräch«, verlangte der Freiherr und winkte den Ingenieuren zu.

Die unterbrachen ihren Streit sofort und kamen heran. Sie stellten sich in den Kreis der anderen, schwiegen dann jedoch.

»Welche Art Maßnahmen schlagen Sie für die Straße vor, meine Herren? Wir sind uns sicher einig darüber, dass zwischen Schandau und dem Königstein eine Fahrstraße vonnöten ist und dass deren Wiedererrichtung allerhöchste Priorität hat.«

Der Freiherr schaute nach und nach alle Mitglieder seiner Kommission an, und alle nickten. Jacob auch.

Der Bergamtingenieur fasste sich ein Herz und begann: »Die Fahrstraße muss von Grund auf instand gesetzt werden. Es nützt nichts, den Schlamm wegzuschaufeln und ein wenig Schotter aufzubringen. Jeder starke Regen wird an der Straße fressen, wie ein Hund an seinem Knochen nagt.«

»Das sehe ich auch so«, stimmte der Bauingenieur zu.

Worin bestand dann der Streit der beiden, dass sie sich gegenseitig Dreck unter die Nase halten mussten?, fragte sich Jacob. Genau dies wollte auch Freiherr von Carlowitz wissen.

Nach einem Moment des Schweigens fasste sich der Bauingenieur ein Herz. »Im Umfang der notwendigen Maßnahmen besteht unsere Uneinigkeit. Ich sage nicht, dass es mit ein wenig Schotter getan ist, aber der Herr Kollege aus dem Bergamt will die Maßnahmen auf die umliegenden Hänge und den Uferbereich ausdehnen. Das erscheint mir übertrieben.«

»Es soll einmal ordentlich und nach allen Regeln der Kunst gemacht werden. Nicht nur eine Flut setzt der Straße zu – hier hilft die Wiedererrichtung des Deiches –, sondern auch starke Regenfälle. Dagegen will ich das Ufer und die Hänge befestigen.«

»Starkregen setzen allen Wegen zu«, widersprach der Baubeamte. »Einen ins Rutschen geratenen Hang werden menschliche Kräfte nicht aufhalten. Der Herr Kollege spricht nur so, weil der Bergbau sein Metier ist.«

Insgeheim stimmte Jacob dem zu. Keine menschliche Kraft konnte sich dem Wasser entgegenstellen.

»Dem Wasser entgegenstemmen. Der Herr Kollege beliebt zu scherzen«, ereiferte sich der Bergbaubeamte. »Ich will Maßnahmen ergreifen, damit das Wasser keine verheerenden Schäden anrichtet, sondern geordnet abfließen kann.«

»Das sind unausgegorene Ideen, die uns teuer zu stehen kommen werden.«

Die Herren redeten aufeinander ein, der Freiherr hörte mit gerunzelter Stirn zu. Jacob gab es auf, dem Gespräch zu folgen, zu gewunden schraubten sich die Gedanken empor, zunehmend wurden lateinische Begriffe gebraucht, mit denen er nichts anfangen konnte. Trotzdem heuchelte er Aufmerksamkeit. Er bekam mit, dass sich die Rede den Kosten zuwandte, bei denen über den Daumen gepeilte Summen genannt wurden, die sich für einen einfachen Fischer schwindelerregend anhörten. Obendrein konnte sich Jacob des Gedankens nicht erwehren, dass die Taler besser den von der Flut gebeutelten Menschen zugutekommen sollten, statt sie in eine Straße zu stecken. Die Kommission war ins Leben gerufen worden, um der Not der Leute abzuhelfen.

Es machte ihn wütend, wie damit umgegangen wurde. Was schadete es, wenn das einfache Volk hungerte, solange nur die Herren weißes Brot auf ihren Tellern vorfanden? Sein Platz war nicht hier, er hatte es von Anfang an gewusst. Es wäre das

Beste, dieser Komödie ein Ende zu bereiten. Jacob holte tief Luft und stampfte mit dem Fuß auf.

In diesem Moment mischte sich der Freiherr in den Streit der beiden Baubeamten ein. »Ich denke, die Herren werden hier und heute zu keiner Einigung kommen, deshalb schlage ich vor, beide Vorgehensweisen niederzuschreiben und als Vorschläge einzureichen. Mögen sich weit gelehrtere Herren, als wir es sind, mit einer Lösung herumschlagen. Das wird auch im Sinne von Herrn Ehrmann sein, der schon seit einiger Zeit seine Ungeduld nur schwer verhehlen kann.«

Jacob stand mit offenem Mund da, und alle Blicke wandten sich ihm zu.

»Hier haben wir genug gesehen, meine Herren, wenden wir uns wieder den Menschen und ihren erlittenen Schäden zu.«

Niemand widersprach dem Freiherrn, sondern alle trotteten zu den am Ufer wartenden Booten, die sie weiter elbabwärts bringen sollten. Die Kutschen waren längst verschwunden, sie hatten einen Weg durchs Gebirge gewählt.

KAPITEL XXVII

Das Kleid steht Ihnen. Ich wusste, dass Blau Ihre Farbe ist.«

Luise fühlte eine verräterische Röte in ihr Gesicht schießen. Bereits am Vormittag hatte sie mit Edda Neubers Hilfe das neue Kleid angezogen und sich die Haare hochstecken lassen, ehe sie sich rechtzeitig auf den Weg machte, um pünktlich vor Angelique LaTrebes Haus zu stehen.

»Das Kleid ist eine Augenweide an Ihnen. Niemand wird Sie übersehen können. Die Herren sowieso nicht, weil Sie nie eine hübsche Frau übersehen. Aber was ist das?« Die Französin zupfte an der breiten Spitze, mit der Luise den tiefen Ausschnitt kaschiert hatte.

»Ich musste die Spitze ansetzen, weil der Ausschnitt zu groß geraten war.«

»Der Ausschnitt war genau richtig.« Angelique LaTrebe kniff die Augen zusammen. »Für den ersten Tag mag es gehen. Was nicht geht, ist der Rest.«

So schnell, wie es sich eingestellt hatte, verflüchtigte sich Luises Hochgefühl. »Was?«

»Es muss ›S'il vous plaît?‹ heißen«, berichtigte sie die vornehme Französin. »Ihre Frisur, die Haare stecken durcheinander wie in einem Vogelnest. Und erst die Schuhe, ma chère, wie können Sie zu einem solchen Kleid diese Schuhe tragen?«

Luise sah hinunter auf ihre robusten, braunen Schnürstiefel, mit denen sie so manches Mal Schlamm und Dreck getrotzt hatte. Obwohl sie sie vor dem Besuch mit Wasser gründlich gereinigt und anschließend eingefettet hatte, sah man ihnen die Jahre an. »Ich habe keine anderen. Unter den Röcken sieht man sie kaum.«

»Es geht vor allen Dingen darum, was man nicht sieht, sondern sich vorstellt. Hoch mit Ihnen, damit ich Sie in eine Elfe verwandle.«

Luise wurde die Treppe hoch und in ein von einem breiten Bett beherrschtes Zimmer geführt. Die Schlafstube Frau La-Trebes, mutmaßte sie. Ohne viel Federlesens wurde sie auf einem fellbezogenen Hocker vor einem Frisiertisch platziert.

»Das geht nicht, dass Sie mich in ihre Schlafstube …«

»Das ist nicht mein Schlafzimmer, chère amie. Wo denken Sie hin? Nun halten Sie still.«

Luise konnte im Spiegel beobachten, wie ihre Haare gelöst wurden. Viel zu schnell war von der liebevoll arrangierten Frisur nichts mehr erhalten. Die Französin nahm einen Kamm zur Hand.

»Legen Sie den Kopf nach hinten.«

Luise gehorchte. Der Kamm ziepte, aber sie beschwerte sich nicht.

»Werden Ihre anderen Gäste Sie nicht vermissen?«

»Die erwarte ich erst in zwei Stunden. Den Kopf ruhig halten, Kindchen. Ich habe mir schon gedacht, dass an Ihrem Äußeren etwas zu richten sein wird, und Sie früher herbestellt. Zürnen Sie mir nicht, ich will, dass Sie heute Abend strahlen. Sie müssen das Haar mit Rosenwasser spülen, das verleiht ihm nicht nur Glanz und Geschmeidigkeit, sondern auch einen angenehmen Duft. Den Kopf wieder heben.«

»Ich habe kein Rosenwasser«, sagte Luise und tat wie befohlen.

»Ein dünner Minzaufguss hat die gleiche Wirkung, riecht aber nicht so gut. Für das Gesicht empfehle ich zerdrückte

Erdbeeren. Das klärt den Teint und lässt ihn frisch aussehen.«

Diesmal verzichtete Luisa auf eine Erwiderung. Ihre Erdbeeren wollte sie lieber essen. Sie schaute im Spiegel zu, wie ihr Haar aufgesteckt wurde. Eine breite Strähne fiel ihr wieder in den Nacken, und nach dem Einsatz der Brennschere ringelte sie sich dort in anmutigen Wellen. Ein paar Locken umrahmten ihr Gesicht. Zum Schluss legte ihr die Französin eine Handvoll Haare nach vorn und drehte Luises Kopf so, dass sie neckisch über die Schulter zu schauen schien.

»So habe ich mir das vorgestellt. Wie eine Elfenprinzessin. Die Herren werden nur Augen für Sie haben.« Sie klatschte begeistert in die Hände, wie Luise es schon öfter erlebt hatte.

Die fühlte sich verpflichtet zu sagen: »Ich bin nicht wegen der Herren, sondern wegen der Damen gekommen. Damit ich sie von meiner Stickkunst überzeugen kann.«

»Ah, Stickkunst ... Seien Sie nicht enttäuscht, wenn dies nicht gleich am ersten Abend zur Sprache kommen kann. Den Boden dafür müssen wir beide sorgfältig bereiten.«

»Ich habe eine Probe mitgebracht.« Luise wollte ein mit Schneeflocken besticktes Taschentuch vorzeigen. Keine glich der anderen, und sie hatte viel Mühe darauf verwandt, sie zu entwerfen.

»Lassen Sie das auf jeden Fall stecken, Sie verschrecken nur jemanden mit Ihrer direkten Art. Was machen wir nur mit diesen Schuhen, dass sie nicht den übrigen Eindruck zerstören?« Angelique LaTrebe öffnete eine Tür eines großen Kleiderschrankes und kramte eine Weile darin herum.

Luise faltete das Taschentuch sorgfältig wieder zusammen und steckte es in eine zwischen den Rockfalten versteckte Tasche. Wenn sich die Gelegenheit ergab, war sie fest entschlossen, es hervorzuziehen.

»Ziehen Sie diese an.« Die vornehme Dame hielt ihr ein paar cremefarbene Atlasschühchen entgegen, deren hochgezogene Laschen mit Perlen bestickt und deren Absätze wenigstens drei Fingerbreit hoch waren.

In die schmalen Schuhe konnte Luise ihre Füße nur mühsam zwängen. Ihre Zehen stießen vorne an. Frau LaTrebe wollte davon nichts hören, sondern forderte sie auf, sich hinzustellen. Mit den Absätzen kam Luise sich nicht nur größer vor, sondern sie schwankte auch wie ein Mast im Wind. Am liebsten hätte sie die unbequemen Schuhe wieder ausgezogen, ahnte jedoch, dass das nicht geduldet würde.

»Magnifique sehen Sie aus. À merveille!« Angelique LaTrebe umarmte sie.

Dann wurde es Zeit, hinunterzugehen und die Gäste zu begrüßen. In den zu kleinen Schuhen konnte Luise nur Trippelschritte machen, und auf der Treppe hielt sie sich lieber am Geländer fest.

Als Erster traf Herr von Lobschütz ein und zeigte sich ehrlich erfreut, sie wiederzusehen. Sie war froh über ein bekanntes Gesicht. Als sie sich jedoch von ihm in den Salon geleiten lassen wollte, hielt Angelique LaTrebe sie am Arm zurück. In deren schmaler Hand steckte unerwartet viel Kraft. Die Namen der nächsten Gäste rauschten an ihr vorbei. Ihr fiel nur auf, dass keiner in Begleitung einer Ehefrau kam.

Aus den hinteren Bereichen des Hauses ergossen sich dann jedoch drei junge Damen in Silber, Hellgrün und Rosa gewandet in die Halle. In der im hellgrünen Kleid erkannte Luise zu ihrem Erstaunen ihre frühere Schulfreundin Rosina Weller. Sie rief leise deren Namen.

Rosinas Erstaunen währte nur wenige Wimpernschläge, dann flutete ein strahlendes Lächeln ihr Gesicht, und sie kam heran.

»Ottilia. Du sollst mich Ottilia nennen«, sagte sie. »So heiße ich jetzt.«

»Warum du nicht mehr Rosina heißen willst, werde ich nie verstehen.«

Eine Umarmung der beiden verhinderte Frau LaTrebe, indem sie sagte: »Hinein mit euch dreien, und unterhaltet meine Gäste. Zum Plaudern ist später Zeit.«

Rosina warf ihnen eine Kusshand zu und folgte den beiden anderen Frauen dorthin, wo zuvor die Besucher verschwunden waren. Luise wusste nicht, was sie von der Anwesenheit der Schulfreundin halten sollte. Bei ihrem Treffen vor der Flut hatte sie es so verstanden, dass Rosina eine Wohnung in der Stadt hatte, in der ein freundlicher Herr sie wohnen ließ.

»Die liebsten Gäste kommen immer als Letzte. Mein lieber Herr Baron von Cranmeer.« Angelique LaTrebe hatte die Arme ausgestreckt.

Luises Aufmerksamkeit richtete sich wieder auf die Französin und den Herrn, dem diese Freude galt. Er war groß, schlank und hielt sich sehr gerade. Dazu trug er einen rostroten Rock aus Damast, der dazu über und über mit einem Streublümchenmuster bestickt war. Luises Herz tat einen Satz. Einzig die dunkelgrauen Aufschläge an Kragen, Ärmel und Rocktaschen kamen schmucklos daher. Abgesehen von den goldenen Knöpfen natürlich. Der Herr von Cranmeer ließ sich von der Französin in eine Umarmung ziehen und auf beide Wangen küssen. Luise hatte nur Augen für die Stickereien auf seinem Rock, versuchte unauffällig, deren Qualität zu erspähen. Am liebsten hätte sie mit den Fingerspitzen über die Streublumen gestrichen oder den Herrn gebeten, sich des Rockes zu entledigen und ihn ihr für eine kurze Zeit der Prüfung zu überlassen.

Die Umarmung dauerte nur einen Augenblick, dann befreite sich der Besucher und wandte sich Luise zu.

»Wer ist dieses schöne Kind, ma chère Angelique? Die haben Sie mir bisher vorenthalten.«

Das Markanteste in seinem ebenmäßigen Gesicht war eine Vertiefung im Kinn. Luise hatte dergleichen auf Federzeichnungen von griechischen Statuen gesehen. Da diese als menschliches Idealbild galten, kam Herr von Cranmeer dem gefährlich nahe. Zwar lächelte sein Mund sie an, aber seine Augen blickten einem Raubvogel gleich auf sie. Ein Schauder lief durch ihren Leib. Der Herr bemerkte dies.

»Ist Ihnen kalt, schöne Unbekannte?« An Frau LaTrebe gewandt sagte er: »Sie lassen das arme Ding im Zug stehen. Soll sie sich den Tod holen und die Welt ihres Charmes berauben? So grausam können Sie nicht sein. Verraten Sie mir wenigstens zuvor ihren Namen, damit ich weiß, um wen mein Herz weinen kann.« Luise wollte widersprechen, aber ein geziertes Auflachen der vornehmen Französin schnitt ihr alle Worte ab.

»Wir stehen hier, weil wir auf Sie gewartet haben. Das, mein bester Freund, ist Fräulein Luise Ehrmann. Während der Flut hat ihr jüngerer Bruder mein Leben gerettet, nun habe ich sie unter meinen Schutz genommen.«

»Alle Achtung, der Bruder muss ein wackerer Bursche sein.«

»Das ist er«, gelang es Luise, einzuwerfen.

»Dies, meine liebe Freundin, ist der ehrenwerte Baron Sebastian von Cranmeer, der Gesandte des hessischen Landgrafen in Dresden. Ein gern gesehener Gast in diesem Hause und mein überaus geschätzter Freund.«

»Sehr angenehm.« Luise wollte knicksen, fühlte aber, wie ihre Hand ergriffen wurde.

»Solche Förmlichkeiten sind in diesem Haus nicht nötig.« Der Gesandte zog ihre Hand an seine Lippen. Es war nicht mehr als ein Hauch, mit dem er ihren Handrücken streifte, dabei bedachte er sie wieder mit diesem abschätzenden Blick.

Hinterher hätte Luise sich am liebsten die Hand am Rock abgewischt, aber Frau LaTrebe hakte sich bei ihr unter, mit der anderen Hand ergriff sie den Baron am Arm. So betraten sie den langgestreckten Raum, in dem zuvor die anderen Gäste sowie Rosina mit ihren Begleiterinnen verschwunden waren.

In den vornehmen Häusern schienen die Zusammenkünfte wesentlich zwangloser abzulaufen, als Luise vermutet hatte. Sie hatte Diener in Livree erwartet, die steif hinter jedem Stuhl standen und kunstvoll arrangierte Speisen servierten, von denen die Gäste nur winzige Häppchen aßen, um nicht als unbotmäßige Menschen zu gelten. In Frau LaTrebes Salon war jedoch kein einziger Diener zu sehen. Alle Gäste schienen sich wie zu Hause zu fühlen, so hatte Herr von Lobschütz es sich in einem Sessel bequem gemacht, sogar die Beine übereinandergeschlagen, und las eine Zeitung. Von der schaute er kurz hoch und zwinkerte ihr zu. Kunstvoll arrangierte Speisen gab es auch hier, sie warteten auf einem schmalen Tisch mitten im Raum, dass jedermann sich an ihnen bedienen konnte. Mit den Getränken verhielt es sich ebenso: Die wurden auf einem halbhohen an der Wand stehenden Schrank dargeboten. Luise erkannte Weinflaschen, es schien aber auch vieles andere zu geben.

Den Getränken widmeten die Gäste mehr Aufmerksamkeit als den Speisen, die ersten beiden Flaschen waren bereits geleert. Die junge Frau in Rosa nahm sie im Vorbeigehen an sich und schaffte sie durch eine Tapetentür hinaus. Dafür brachte sie drei neue zurück. Einer der Gäste gesellte sich zu ihr und bot an, sie zu entkorken. Sie ließ den Herrn gewähren und akzeptierte auch ein Glas Wein, dass sie in einem Zug hinunterstürzte. Er tupfte ihr mit dem Zeigefinger einige Tropfen von der Lippe, was sie lachend geschehen ließ. Luise beschlich leiser Zweifel, ob dies für eine junge Frau ein korrektes Betragen war.

Rosina entdeckte sie dicht neben einem Herrn auf einem Sofa sitzend. Beide hielten ein großformatiges Buch im Schoß und hatten die Köpfe darüber gebeugt. Seine Hand lag hinter ihrem Nacken auf der Sofalehne, die Finger spielten mit ihren braunen Locken.

»Unsere Meisterin und der gute Baron. Endlich«, rief jemand und rieb sich die Hände. »Die Karten sind bereit.«

»Sie hat ein neues Küken dabei«, sagte ein anderer Herr.

»Das wird uns nicht vom Kartenspielen abhalten.«

»Unseren Herrn Baron vielleicht.«

»Das könnte sein«, antwortete der Herr von Cranmeer gut gelaunt quer durch den Raum.

Es fanden sich sechs Herren, darunter Herr von Lobschütz, zu einem Kartenspiel zusammen. Frau LaTrebe schien den Vorsitz zu führen, sie gab die Karten aus, und vor ihr lagen bergeweise Gold- und Silbertaler. So viel Geld hatte Luise noch nie im Leben gesehen. Rosina und die anderen jungen Damen standen hinter den Herren und hatten je einem die Hand auf die Schultern gelegt. Luise verrenkte sich den Hals, um dem Geschehen am Kartentisch zu folgen.

»Wollen wir mittun?«, fragte Herr von Cranmeer dicht neben ihrem Ohr. »Es lässt sich auch zu Acht spielen.«

Ihr Vater hatte seine Kinder stets davor gewarnt, die Karten anzufassen. Es war wohl mehr Georg als sie gemeint gewesen, dennoch schüttelte sie den Kopf.

»Vielleicht eine Partie Tric-Trac? Das wird mit weißen und schwarzen Steinen gespielt und ist für Frauen genau das Richtige.«

»Ich weiß nicht, wie das geht«, bekannte Luise.

»Dann wird es Zeit, es zu lernen. Zufällig hält man mich für einen gewieften Tric-Trac-Spieler. Ich gelte in jedem Spiel als jemand, mit dem man rechnen muss.«

Luise ließ sich zu einem Spieltisch führen. Das Spielbrett war direkt als Intarsienarbeit in die Platte eingelegt. Auf dem Tisch standen zwei Kästchen für die weißen und schwarzen Spielsteine, das eine aus Ebenholz, das andere aus Elfenbein. Der Baron schob ihr das schwarze Kästchen hin, nachdem sie Platz genommen hatten.

»Ich soll mit den schwarzen Steinen spielen?«, fragte Luise, um das Schweigen zwischen ihnen nicht zu lang werden zu lassen.

Die Frage führte bei Herrn von Cranmeer zu einem überlegenen Lächeln, und Luise wünschte sich, die Worte zurücknehmen zu können. »Unsere Madame ist immer für Überraschungen gut. In der Ebenholzschatulle bewahrt sie die weißen Steine auf. Le blanc est pour les dames.«

»Wie meinen Sie?«

»Das ist französisch und bedeutet ›Weiß ist für die Damen‹. Sie sprechen kein Französisch?«

»Bisher ergab sich keine Notwendigkeit dazu«, antwortete sie mit so viel Würde, wie sie aufbringen konnte.

»Paris ist überall tonangebend, in der Mode, der Literatur und Philosophie, in der Malerei … Bis auf die Musik, da ist es Italien. Die italienische Oper. Aber in einem Pariser Salon … wer dort reüssiert, ist ein gemachter Mann.«

Weil Luise nicht zugeben mochte, dass sie ihn schon wieder nicht richtig verstanden hatte, öffnete sie das Ebenholzkästchen und nahm einen der runden flachen Steine heraus. Sie rollte ihn zwischen den Fingern. Weitschweifig erklärte ihr der Baron das Ziel – zuerst zwölf Punkte zu erreichen – und die Regeln des Spiels. Er hörte sich gerne reden und schlug am Ende vor, eine Partie zur Übung zu spielen, um zu sehen, wie viel sie verstanden hatte. Die Partie gewann Luise mühelos.

»Anfängerglück. Lassen Sie uns um Geld spielen, das erhöht den Reiz und verhilft mir zu Ehrgeiz.«

»Ich habe kein Geld bei mir. Das tut mir leid, gnädiger Herr von Cranmeer, ich bin vielleicht keine würdige Gegnerin für Sie.«

»Sie sind schon richtig, meine Gute. Ich helfe Ihnen gerne mit ein paar Talern aus.«

Im gleichen Atemzug lag ein kleiner Berg Münzen vor Luise. Sie zählte nicht nach, aber es war auf jeden Fall eine Summe, die sie in ihrem Leben noch nie besessen hatte. Baron von Cranmeer hatte den rechten Arm auf den Tisch gelegt und trommelte mit den Fingern einen trägen Rhythmus auf die Platte.

»Sie sind dran. Weiß hat den Eröffnungszug.«

Luise holte tief Luft. »Darf ich zuvor eine Frage stellen?«

»Nur zu. Aber erst holen Sie uns beiden zwei Gläser Wein. Sonst verdurste ich.«

Sie kehrte mit zwei Gläsern Rheinwein zurück. Seines hatte sie gut gefüllt, ihres sehr viel weniger. Der Herr kommentierte das nur mit einem langen Blick. Er trank einen großen Schluck, sie nippte an ihrem Glas; der Inhalt war anschließend nahezu ausgeglichen.

»Jetzt dürfen Sie mich alles fragen.«

»Darf ich Ihren Ärmel berühren? Die Stickerei auf Ihrem Rock ist sehr fein ausgeführt, und ich …«

Er streckte ihr wortlos den Arm hin, und Luise strich über den feinen Stoff. Die Streublumen waren mit sehr feinen, ebenmäßigen Stichen gestickt, sie hoben sich kaum vom Stoff ab. Sie hätte es ebenso gut ausführen können, dessen war sie sich sicher.

»Ich sticke auch«, erklärte sie dazu. »Wenn ich ehrlich sein soll, wünsche ich mir nichts sehnlicher, als es jeden Tag tun zu dürfen.«

»Sie wollen sticken?« Der Baron hob die Augenbrauen.

»Wer hat die Stickerei auf Ihrem Rock ausgeführt? Ich würde die Frau gerne kennenlernen.«

»Woher soll ich das wissen? Sie stellen Fragen.« Der Baron zog seinen Arm zurück und schaute sie verwundert an.

»Ihr Schneider wird es wissen. Können Sie mir seinen Namen nennen?«

»Gewiss nicht. Ich werde mit keiner Mademoiselle über meinen Schneider sprechen. Wird das bekannt, ich wäre überall unten durch. Das tut man in unseren Kreisen nicht. Sprechen Sie mit der Madame, wenn Sie einen Schneider suchen.«

»Ich möchte sticken«, beharrte Luise.

»Stechen Sie die Nadel durch den Stoff, wenn es Sie so sehr danach verlangt. Behelligen Sie jedoch niemanden damit. So lautet mein Rat an Sie. Wollen wir nun spielen, oder wollen Sie schmollen wie ein halb so altes Gör?«

Bittere Tränen der Enttäuschung brannten in Luises Augen, sie schluckte sie herunter und erklärte sich zum Spiel bereit. Die nächsten vier Partien verlor sie, ohne es groß zu bemerken. Der Münzhaufen auf ihrer Seite schmolz dahin.

»Sie sind nicht richtig bei der Sache«, stellte Sebastian von Cranmeer fest. Seinem Tonfall wohnte etwas Maulendes inne.

Deshalb zwang sich Luise zu einem Lächeln. »Ich bin nicht daran gewöhnt, um Geld zu spielen.«

»Jedermann tut es. Sie gehören doch keiner obskuren streng religiösen Glaubensrichtung an?«

Nun musste Luise lachen. »Tue ich nicht.«

Der Baron schob ihr den Münzhaufen wieder hin und lehnte sich zurück. »Wir fangen noch einmal von vorne an.«

Von den nächsten vier Partien gewann Luise zwei. Sie hatte eigentlich keine Lust mehr, aber von Cranmeer schien nicht genug zu bekommen. Er baute schon wieder die Steine auf. Da jeder zweimal gewonnen und verloren hatte, war die Verteilung des Geldes ausgeglichen. Jeder hatte wieder genauso viele Münzen vor sich liegen wie zu Beginn.

»Eine letzte Partie.« Baron von Cranmeer lächelte und zeigte dabei weiße, sehr gerade Zähne. »Darf ich um Ihren Einsatz bitten, meine Liebe?«

Wie zuvor schob Luise zwei Taler in die Tischmitte. Sie fragte sich, wie weit der Abend fortgeschritten war. Auf dem Kaminsims stand eine Uhr, aber von ihrem Platz aus konnte sie sie nicht erkennen; vor den Fenstern waren die Vorhänge zugezogen und ließen keine Schätzung der Tageszeit zu.

»Immer vorsichtig. Wollen Sie nicht langsam mehr wagen?«, stichelte der Baron.

»Zwei Taler lautet unser Einsatz. So war es abgemacht.«

»Abgemacht und festgelegt. Ich mache dies.« Mit beiden Händen schob von Cranmeer seinen Münzstapel in die Tischmitte. »Halten Sie mit?«

Luise zögerte nur einen Wimpernschlag lang. Ehe sie ihre Münzen in die Mitte schob. »Es ist Ihr Geld, nicht meines.«

»Weiß ist am Zug.«

Sie spielten. Luise setzte ihre Steine schnell und ohne lange über die Züge nachzudenken.

»Geschickt, geschickt«, kommentierte der Baron. Er zupfte sich am Ohrläppchen, während er über seinen nächsten Zug sinnierte.

Es war nicht zu verhehlen, dass die Partie zu Luises Gunsten verlief. Auf dem Brett standen weit mehr weiße als schwarze Steine. Es dauerte noch ungefähr ein Dutzend Züge, dann war das Ende unumkehrbar. Luise gewann. Der Baron wollte ihr den Gewinn mit seinem üblichen spöttischen Lächeln zuschieben.

Luise schüttelte den Kopf. »Das kann ich nicht annehmen. Es ist Ihr Geld.«

»Das Sie ehrlich beim Spiel gewonnen haben. Sie müssen lernen zu gewinnen und zu verlieren. Sonst wird es sehr schwer, im Hause Ihrer Freundin Angelique LaTrebe zu verkehren. Das wollen Sie doch?« Obwohl er lächelte, klang in seiner Stimme etwas Hartes mit. »Das ist wesentlich besser als – sticken.«

»Gnädiger Herr?«

»Sie müssen locker werden, wenn wir gut miteinander auskommen wollen. Lächeln Sie.« Er langte quer über den Tisch und legte drei Finger unter ihr Kinn. »Sticken ist der Traum eines Mädchens, Sie aber sind eine Frau. Sie sind hier …«

Luise zuckte zurück und sprang auf. »Was wollen Sie von mir, gnädiger Herr?«

»Deine Schönheit bewundern. Wie es eine schöne Frau verdient.«

»Nein!«, stieß Luise tonlos hervor. Sie wusste nicht mehr, was sie denken sollte. Diesem Herrn konnte sie nicht länger gegenübersitzen. Sie musste … Musste … Die Brust wurde ihr eng. Luise floh aus dem Salon.

KAPITEL XXVIII

Hier sind Sie also. Was fällt Ihnen ein, unfreundlich zu meinen Gästen zu sein, Mademoiselle Ehrmann?«

Luise, die mit dem Rücken zur Tür an einem Fenster stand und hinausstarrte, drehte sich nicht um. Tränen benetzten ihre Wangen, und bei diesen harten Worten flossen sie umso reichlicher.

»Antworten Sie mir. Ich habe Ihnen ein – nein, zwei Kleider geschenkt, Sie in mein Haus eingeladen, Sie mit einem vornehmen Herren bekannt gemacht, während Ihnen nichts anderes einfällt, als alle immerfort zu düpieren.« Frau LaTrebe stand inzwischen dicht hinter ihr.

Die Bedeutung des letzten Wortes kannte Luise nicht, aber eine Freundlichkeit war es nicht gewesen. Sie fühlte sich an der Schulter gepackt und herumgedreht. Angelique LaTrebes makellose, volle Lippen waren zu einem Strich zusammengepresst.

»Schauen Sie mich gefälligst an, wenn ich mit Ihnen rede.« Die Französin stutzte kurz. »Sehe ich da etwa Tränen? Dafür gibt es wirklich keinen Grund. Ich hätte eher einen als Sie. Wie stehe ich vor Baron von Cranmeer da?«

»Hätten mein Bruder und Herr Meinel Sie nicht aus dem Eis gerettet, stünden Sie vor niemandem mehr da. Wie wäre es damit, dies nicht zu vergessen?« Es reichte Luise. Ihr ganzer Kummer hatte sich in Wut verwandelt. »Dieser ehrenwerte Herr Baron von Cranmeer hatte nichts Besseres zu tun, als sich den ganzen Abend über mich lustig zu machen. Sie hatten mir außerdem versprochen, mich mit einer Dame bekanntzumachen, die mich mit einer Stickerei beauftragen wird.«

»Von einer Dame war nie die Rede gewesen«, schoss die Französin zurück.

»Der Baron wollte mir seinen Schneider nicht nennen.«

»Sie haben ihn nicht danach gefragt?«

»Doch, weil er einen besticken Rock trug.«

»Mon dieu!« Die Französin prustete los. »Bei Ihnen muss man wirklich auf alles gefasst sein. Immer mit der Tür ins Haus, obwohl ich Ihnen gesagt hatte, der Boden müsse behutsam bereitet werden.«

»Ich habe es erst zur Sprache gebracht, nachdem wir den ganzen Abend Tric-Trac gespielt hatten.« Luise rettete sich in diese Notlüge, um nicht noch mehr Zorn auf sich zu ziehen.

»Dann hätten Sie am Ende nicht weglaufen dürfen.«

»Der Baron hat angefangen, komische Sachen zu sagen«, verteidigte sich Luise.

Angelique LaTrebe hob zwei Finger. »Erstens – ein Baron sagt niemals komische Sachen. Zweitens – Sie dürfen niemals vor einem Mann davonlaufen, chère amie. Das bringt die schlechtesten Eigenschaften ihrer Charaktere zum Vorschein.«

»Welche sollen das sein?« Luises Tränen waren getrocknet. Sie spürte einen gewissen Witz, der sich in das Gespräch eingeschlichen hatte. Dem wollte sie sich würdig erweisen.

»Monsieur le Baron von Cranmeer verfügt zum Glück nur über edle Charakterzüge. Er ließ mich wissen, dass Sie ihn im Spiel besiegt hätten, und händigte mir Ihren Gewinn aus.« Ein prall gefüllter Lederbeutel baumelte auf einmal an der Hand der Französin.

Luise wich zurück. »Das kann ich nicht annehmen. Das Geld gehört Herrn von Cranmeer.«

»Sie haben es Ihm im Spiel abgenommen. Kein Mann von Ehre würde es wieder in seine Tasche stecken.«

Keine Frau von Ehre kann es annehmen, wollte Luise antworten, aber sie ahnte, dass für ihr Geschlecht andere Maßstäbe galten und Frauen im Zweifel zurücktreten mussten, damit Männer sich nicht in ihrer Ehre gekränkt fühlten.

»Nehmen Sie und sehen Sie es als Anzahlung. Es sind zweiundzwanzig Taler.«

»Anzahlung wofür?«

Die Französin verdrehte die Augen und seufzte. »Für weitere Spielrunden, angenehme Gespräche, einen Stickauftrag, für Ihre Gesellschaft – was immer Sie wollen. Le Baron hat mir anvertraut, dass er von Ihnen angetan war, und wenn Sie sich erst den letzten Schliff angeeignet haben ...«

Ein kurzes Zögern, dann griff Luise nach der Börse. Die wog schwer in ihrer Hand. Sie war weiterhin der Meinung, das Geld stehe ihr nicht zu, aber da es dem Baron auf keinen Fall zurückgegeben werden konnte, wollte sie es als Anzahlung nehmen.

»Ich werde nach Hause gehen. Es war ein lehrreicher Abend. Dafür danke ich, Madame LaTrebe«

»Sind Sie verrückt? Es ist mitten in der Nacht, Sie können jetzt nicht den weiten Weg nach Loschwitz gehen.«

»Ich kann mir eine Lohnkutsche mieten, schließlich habe ich zweiundzwanzig Taler.« Es tat ihr zwar in der Seele weh, etwas von dem Geld dafür auszugeben, statt es zurückzulegen, aber sie sah ein, dass sie nicht mitten in der Nacht den weiten Weg nach Hause gehen konnte.

»Kein Lohnkutscher, der etwas auf sich hält, wird um diese Zeit ein unbegleitetes Frauenzimmer kutschieren. Es ist weit nach Mitternacht. Sie wären nicht einmal allein, die anderen Mädchen schlafen auch hier.«

Wie sich herausstellte, teilte Luise sich ein Zimmer mit Rosina. Die Schulfreundin betrat den Raum kurz nach ihr. Sie hielt noch ein halbvolles Weinglas in der Hand, und ihre Augen glänzten verdächtig, als hätte sie mehr als genug Wein genossen. Luise hatte gerade die Schuhe abgestreift und rieb sich einen ihrer schmerzenden Füße.

»Wen haben wir denn da? Ich dachte, du hättest dich schon vor Stunden davon gemacht.« Rosina schleuderte die Schuhe fort, die ausgerechnet vor dem schmalen Bett landeten, in dem Luise zu schlafen gedachte.

Sie hob sie auf und stellte sie nebeneinander vor das andere Bett. »Frau LaTrebe hat mir angeboten, die Nacht hier zu verbringen.«

»Unsere gute Seele Angelique. Sie wird dir einen Taler für das Bett und einen zweiten für ein Frühstück berechnen, wenn du eines willst. So macht sie es immer.«

»Wie, immer?«, brachte Luise heraus.

»Aber es ist sauber, warm und das Bettzeug stets gewaschen. Das ist nicht in jeder Unterkunft der Fall. Deshalb ist der Preis in Ordnung.« Rosina trank einen Schluck Wein und stellte das Glas auf einer unlackierten Kommode ab.

Andere Gläser hatten dort bereits Feuchtigkeitsränder hinterlassen. Luise nahm es, und weil sie nicht wusste, wo sie es sonst hinstellen sollte, trank sie den kühlen Wein in kleinen Schlucken aus und wischte die Unterseite an ihrem Bettzeug trocken. Der Wein stieg ihr zu Kopf, und sie musste rülpsen.

»Hoppla«, kommentierte Rosina.

Gleich darauf kicherten sie beide.

»Ich dachte, du hast eine Wohnung in der Stadt?«, fragte Luise, als sie wieder Luft zum Sprechen hatte.

»Die Flut hat das Vermögen meines Gönners fortgespült. Da war es schnell vorbei mit der Wohnung und mit ihm auch.«

»Er ist gestorben?«

»Wo denkst du hin? Er hat mich wissen lassen, dass er nicht länger für mich aufkommen wird. Suche ich mir eben einen neuen. Dieser Abend war schon vielversprechend.«

»Der Herr, mit dem du das Buch angeschaut hast?«

Rosina prustete los. »Der Langweiler doch nicht! Diesmal will ich was richtig Schnittiges. Wie den Herrn Baron. Er hat sich sehr galant um mich bemüht, nachdem du auf einmal verschwunden warst.«

»Warum Herr von Cranmeer?«

»Es war sonst keiner da. Mach dir nichts draus, für dich wird ein anderer kommen. Zuerst einmal brauchst du einen klangvollen Namen.«

»Luise ist doch gut. Ich hatte nie Grund, mit ihm nicht zufrieden zu sein.«

Die jungen Frauen halfen einander aus den Kleidern und schnürten sich gegenseitig die Mieder auf. Gleich darauf standen sie in ihrer Unterwäsche voreinander. Das Zimmer drehte sich um Luise. Den Wein hätte sie definitiv nicht trinken sollen. Sie ließ sich auf das Bett fallen. Tief sank sie in die weiche Decke ein und saß dort wie in einem Nest. Das brachte sie wieder zum Kichern, in das die Freundin einfiel.

Sie lagen schon in ihren Betten und hatten die Kerzen gelöscht, als Rosina wieder anfing: »Du brauchst einen Namen mit Flair, der nach einer exotischen Schönheit klingt. Welcher Mann strebt nach einer Luise Ehrmann? Du brauchst etwas wie Hippolyte.«

»Was soll das sein?«

»Das ist französisch.«

»Es kann sonst was sein, so wird mich niemand nennen.«

»Wie wäre es mit Eugenie? Ist auch französisch.«

»Nein.«

»Oder Letitia? Italienisch.«

»Nein.«

Bevor Rosina einen Namen nach dem anderen aufzählte, sagte sie schnell: »Ich bleibe bei Luise. Der ist gut für eine Stickerin.« Anschließend gähnte sie sie demonstrativ und drehte sich zur Wand.

KAPITEL XXIX

Luise war nicht da, als Georg nach der Verrichtung seines Tagwerks das Haus betrat. Sie kam auch nicht später am Abend, und als es Zeit wurde, zu Bett zu gehen, war sie immer noch nicht da. Sie hatte ihm zwar gesagt, dass sie fortmüsse und es spät werden könne, er hatte jedoch nicht damit gerechnet, dass es sich um die ganze Nacht handelte. Bei Neubers war sie nicht, dort hatte er unter einem Vorwand vorgesprochen. Edda Neuberin hatte dämlich gegrinst, aber es ergab sich keine Gelegenheit, sie eingehend zu befragen.

Für eine junge, unverheiratete Frau gehörte es sich nicht, über Nacht von zu Hause fort zu sein. Das taten nur Weiber mit üblem Leumund. Wäre der Vater da, hätte Luise sich das nie herausgenommen. Aus Georgs anfänglicher Sorge um die Schwester wurde Ärger. Er fürchtete, vom Vater die Schuld für ihr Ausbleiben zu bekommen, weil er als Mann im Hause für alles verantwortlich war.

»Sogar dich hat sie vergessen, Fritz«, sagte er zu dem Frettchen, als er ihm eine Schale verdünnter Milch hinstellte.

Das possierliche Tierchen schaute ihn mit schräg gelegtem Kopf an, als habe es jedes Wort verstanden. Georg musste eingreifen, damit es den Napf nicht umschmiss. Er fütterte Fritz mit den Resten der morgendlichen Hafergrütze und einem Streifen Schweineschwarte. Außerdem versüßte er das Ganze mit mehreren Klecksen Schmalz, die er Fritz von seinem Finger lecken ließ. Luise war ja nicht da, um dagegen zu protestieren.

Für die Nacht schloss er den Schieber und sperrte Fritz im Innengehege ein. Obwohl der kleine Kerl ein dichtes Fell hatte und die nächtlichen Temperaturen längst nicht mehr unter dem Gefrierpunkt lagen, hielt er das Frettchen nachts lieber im Haus. Luise machte es genauso.

Am Morgen war die Schwester noch nicht da, und ihr Bett unberührt. Von der Hafergrütze war nur ein kläglicher Rest übrig, den Georg kalt hinunterschlang. Er wurde nicht annähernd satt davon.

Obwohl sich die Preise für Brot nahezu verdoppelt hatten und selbst dafür manchmal keines zu bekommen war, schnitt Georg sich eine dicke Scheibe herunter. Zu dem Brot aß er eine geräucherte Forelle.

Er hielt noch einen letzten Rest in der Hand, als Luise durch die Hintertür in die Küche kam. Sie standen beide verdattert voreinander. Die Schwester trug ein Kleid, das er noch nie an ihr gesehen hatte. Keine der jungen Frauen in Loschwitz hatte er je so gesehen. Aber es stand ihr ausgesprochen gut.

»Georg«, sagte sie vorsichtig.

»Das war schon immer mein Name«, knurrte er. So leicht wollte er sie nicht davonkommen lassen. »Wäre Vater zu Hause gewesen, hättest du dich nicht getraut, eine ganze Nacht wegzubleiben. Wo warst du?«

»Du erinnerst dich an Rosina Weller? Ich habe sie ein paarmal in Dresden getroffen. Sie wohnt in einer Dachkammer im Haus einer Witwe. Wir haben unsere Freundschaft erneuert.«

»Ich wusste nicht, dass du je mit ihr befreundet warst.« Georg versuchte, sich an Rosina Weller zu erinnern, bekam aber kein Bild vor sein inneres Auge. Er erinnerte sich nicht daran, sie je im Ehrmannschen Hause gesehen zu haben, und hielt mit dieser Meinung auch nicht hinter dem Berg.

»Du warst damals noch ein Junge und mit deinen eigenen Dingen beschäftigt«, fuhr Luise ihn an.

»Du musst selbst wissen, was du tust. Ich kann dich nur warnen, dass ein guter Ruf schnell beschädigt ist. Vater lässt du am besten nichts davon wissen. Von mir will ich nicht sprechen, ich komme zurecht, aber hier ist Fritz, der darauf angewiesen ist, von dir gefüttert zu werden.« Er deutete auf das Frettchen.

Luise bückte sich zu dem Gehege hinunter und streckte einen Finger durch die Stäbe. Sie kraulte Fritz am Kopf. »Du lieber Guter, du. Dich vergesse ich nicht. Das darfst du niemals denken.«

»Das sah mir gestern ganz anders aus.«

»Georg!« Von unten herauf warf sie ihm einen strengen Blick zu. »Es war eine Nacht. Du tust gerade so, als wäre ich sittlich vollkommen verdorben.«

»Weiß ich es?« Georg schaute auf sie hinab wie ein Racheengel.

Das wollte sie sich nicht länger gefallen lassen und richtete sich wieder auf. »Du kennst mich. Ich erfülle meine Pflichten, ohne mich je zu beklagen. Nun ist es einmal vorgekommen, dass du nicht in jeder Stunde des Tages wusstest, wo ich war, und du probst den Weltuntergang. Darf ich dich daran erinnern, wie oft du dich wegschleichst, um deinem Wagenbauer über die Schulter zu spähen? Wie oft ich mir Ausflüchte einfallen lassen musste, um dich vor Vater in Schutz zu nehmen?«

Ihre Anklage brachte Georg dazu, zerknirscht auszusehen. Aber nur einen kurzen Augenblick. »Da kann ich mir wenigstens sicher sein, nicht in schlechte Gesellschaft zu geraten. Du und Rosina Weller!« Er betonte den Namen.

»Es war alles so respektabel, wie ich es gesagt habe.«

»Wie du das Vater erklären willst, ist deine Sache.«

»Du wirst ihm kein Wort verraten?«

»Keines.«

»Ehrenwort?«

»Auf Ehre und Gewissen«, bekräftigte Georg und legte zwei Finger auf sein Herz.

Als sie jünger gewesen waren, hatten sie so einander geschworen, die Geheimnisse des anderen zu wahren. Meist hatte es nicht lange funktioniert, denn der Vater war ein Meister darin, seine Kinder auszuhorchen.

»Soll ich dir ein Frühstück machen?«, bot sie an.

»Ich habe gegessen. Fritz auch.« Georg winkte ihr noch einmal zu, ehe er sich auf dem Absatz umdrehte und das Haus verließ.

Luise sank auf den nächsten Stuhl und stützte den Kopf in die Hände. Alle Kraft hatte sie verlassen. Fritz fiepte leise und rüttelte an den Stäben seines Geheges. Die in ihren Augen lauernden Tränen drängte sie mit Gewalt zurück. Sie konnte sich nicht daran erinnern, dass der Bruder schon einmal so mit ihr gesprochen hatte. Er hatte viel erwachsener gewirkt als seine fünfzehn Jahre. Tief in ihrem Herzen wusste sie, dass es besser war, nicht in einem Haus wie dem Angelique LaTrebes zu verkehren. Nicht für eine Frau ihres Standes. Die Welt der vornehmen Französin übte jedoch ihren Reiz aus. Strahlende Kronleuchter, erlesene Speisen, Menschen in vornehmen Kleidern.

Und erst die Leichtigkeit, mit der sie ihre Gespräche führten, als nähmen sie im Leben nichts ernst. Am Abend zuvor hatte sie sich als Opfer der spitzen Zunge des Barons gefühlt, inzwischen war sie der Meinung, sie hätte nicht derart empfindlich reagieren dürfen. Sie war es einfach nicht gewöhnt, Dinge auf die leichte Schulter zu nehmen.

Fritz quietschte empört, als beschwerte er sich darüber, nicht beachtet zu werden. Luise schaute auf das wild umherspringende Frettchen. Die Holzspäne aus der als Schlafplatz dienenden Kiste waren in der halben Küche verstreut.

»Fritz, Fritz.« Luise seufzte. »Du bist mir ein Geselle. Schau dich um, wie die Küche aussieht.«

Das Frettchen fiepte lauter, und Luise stand auf und nahm ihn aus dem Gehege. Sie ließ ihn über ihre Arme klettern und fuhr mit den Fingern durch sein weiches Fell. Ihre Gedanken wurden sogleich leichter. Von ihrer Schulter kletterte er auf den Tisch, balancierte über eine Stuhllehne und erreichte den Herd und den Spülstein. Darin befand sich gerade kein Wasser. Fritz schubste zuerst einen Löffel vom Rand in das Becken, es folgte ein Stück Seife und zuletzt ließ er sich selbst in die Tiefe gleiten.

Es war nie gut, ihn aus den Augen zu lassen. Luise sprang auf. Im Spülstein schlug das Frettchen eben seine Zähne in die Seife. Schnell griff sie zu und wand sie ihm aus den Pfoten.

»Pfui, du dummer Kerl. Das ist nichts zum Fressen. Du musst nicht alles probieren, dessen du habhaft werden kannst. Wirst du das nie lernen?«

Um Fritz von der Seife zu trennen, musste sie ihn im Nacken packen. In der Seife waren deutlich die Abdrücke seiner Zähne zurückgeblieben. In diesem Moment hörte sie ein Geräusch an der Haustür, als stünde jemand davor. Luise hielt inne, wartete auf ein Klopfen. Es kam nicht. Deshalb ging sie zur Tür, in einer Hand die Seife, in der anderen wand sich Fritz in ihrem Griff.

Auf der Türschwelle lag ein Brief. Ihr Name stand in geschwungenen Buchstaben auf der Vorderseite. Nachdem sie das Schreiben klopfenden Herzens aufgehoben und umgedreht hatte, las sie den Namen Conrad Meinel als Absender. Aber als

Ort war Dresden angegeben, eigentlich hatte sie gedacht, er wohnte in Wehlen bei seiner Mutter. Vielleicht hatte er eine Arbeit in der Residenz angenommen? Das erklärte auch, warum so viel Zeit bis zu seinem ersten Brief verstrichen war.

Luise erbrach das Siegel und faltete den Foliobogen auseinander. Er war eng beschrieben und begann mit ›liebes Fräulein Luise‹. Die Worte zauberten ein Lächeln auf ihr Gesicht, sie vergaß, dass er ihr schon vor einer Woche hatte schreiben wollen, und las begierig seine Worte. Conrad Meinel war ebenfalls in eine Kommission zur Erfassung der Flutschäden berufen worden. In die des Herrn von Hartitzsch, dem die Strecke zwischen Dresden und Meißen unterstand. Sie hätten beide Ufer der Elbe bereist und seien nun in Dresden eingetroffen, um alle Schäden aufzulisten und die Kosten ihrer Beseitigung und Maßnahmen gegen neue Fluten zu beschließen. Er schrieb nichts über die anderen Kommissionen und ob er ihren Vater getroffen hatte. Sie hätte auch gerne etwas vom Vater erfahren. Seit seiner Abreise hatte sie nichts von ihm gehört.

Der nächste Absatz begann damit, dass Conrad Meinel in Dresden über Angelique LaTrebe Dinge gehört habe. Das letzte Wort dieses Satzes hatte ein Tintenfleck zur Hälfte unlesbar gemacht. Dann ging es weiter: Was er in Dresden gehört habe, bestätigte seine schlimmsten Befürchtungen. Die Französin sei keineswegs ein geachtetes Mitglied der Gesellschaft – dies war unterstrichen. Sie bewege sich vielmehr am Rande der Halbwelt und tue allenfalls vornehm. Luise solle sich davor hüten, dem Wort dieser Frau auch nur einen Fingerbreit zu trauen. Sie könne dabei nur untergehen und riskiere obendrein ihren guten Ruf. Er fühle sich verpflichtet, ihr dies zu schreiben, weil sie nach der Freundlichkeit der Dame womöglich einen falschen Eindruck von ihr gewonnen habe. Es sei auf jeden Fall das Beste, jeden Kontakt zu dieser Person – er hatte wirklich dieses Wort geschrieben – zu meiden. Dazu wolle er ihr dringend raten. Sie nehme es ihm hoffentlich nicht übel, aber er habe ihr einiges an Lebenserfahrung voraus und sei obendrein ein Mann. Er schreibe ihr dies auch nur, weil sie der Französin viel Freundlichkeit erwiesen habe und die Gefahr bestehe, sie erliege weiterhin den Verführungskünsten dieser Frau. Mit guten Wünschen und der Hoffnung, sie möge ihm alsbald nach Dresden schreiben, endete der Brief.

Luise ließ das Papier sinken.

»Ich nehme es übel«, murmelte sie halblaut vor sich hin. »Keine vornehme Dame hat mir je so viel Freundlichkeit gezeigt wie Madame LaTrebe. Sie hat mir ein Kleid geschenkt. Es stimmt auch nicht, dass sie nicht vornehm genug wäre. In ihrem Haus verkehren noble Herren, der freundliche Herr von Lobschütz und ein Baron, der Gesandte des hessischen Landgrafen.« Sie wusste nicht genau um dessen Aufgabe, aber es klang pompös. Außerdem hatte sie sich in Rage geredet. »Sie waren immer gegen Frau LaTrebe eingestellt und konnten mir nie einen Grund nennen«, wütete sie weiter. »Es ist nichts als die Fortsetzung Ihrer üblen Rede. Sie war mir gegenüber nie anders als freundlich, und ich weiß nicht, ob Sie auf so vertrautem Fuß mit einem Baron stehen wie Frau LaTrebe.«

Ein Poltern aus der Küche unterbrach Luises Redeschwall. Fritz!

Das Frettchen hatte die Zeit genutzt, eine Kanne auf dem Tisch umzustoßen. Zum Glück war sie heil geblieben. Es hatte seine Zähne erneut in die Seife geschlagen und sie in kleine Stücke zerbissen, einen Eimer mit Wasser umgekippt und den Tiegel heruntergeworfen, der mit den kläglichen Resten von Hafergrütze auf dem Herd gestanden hatte. Über die machte er sich gerade her.

»Fritz, was hast du angerichtet!«, rief Luise aus.

Erst auf den zweiten Blick entdeckte sie, dass das Frettchen auch den Kasten mit den Haferflocken umgekippt hatte. Der Inhalt schwamm zum Teil im Wasser und war sicherlich verdorben. Außerdem stand auch das Gefäß mit den ganzen Haferkörnern nicht mehr an seinem Platz. Luise schwante Schlimmes.

»Du bist unartig!«, schimpfte sie. Ihre Stimme schwankte zwischen Ärger und Verzweiflung. »Komm her, du Schelm.«

Sie wollte nach dem Frettchen greifen, aber Fritz wich ihr aus und rettete sich mit einem Sprung auf das Bord über dem Herd. Dabei warf er einen Topf herunter, der scheppernd auf den Boden knallte. Wasser spritzte hoch. Der Topf rollte noch ein Stück, bis ihn ein Stuhlbein stoppte. Der Krach erschreckte Fritz noch mehr, und er tobte wie ein Blitz in der Küche umher.

»Fritz, guter Fritz!«, lockte Luise. Am liebsten hätte sie ihn am Nackenfell gepackt und geschüttelt. Sie war nicht in der Stimmung für das koboldhafte Verhalten des Frettchens. Mit Macht zwang sie ihre Stimme zu einem ruhigen Tonfall, holte sogar das Schmalz aus der Vorratskammer und hielt ihm einen Klecks auf der Fingerspitze hin. Fritz beachtete sie nicht, sondern flitzte weiterhin durch die Küche, als wäre der Teufel hinter ihm her. Kraftlos sank Luise auf einen Stuhl. Sie stützte den Kopf in die freie Hand. Für diese Spiele hatte sie gerade keinen Sinn. Nicht nach den Vorwürfen ihres Bruders und Conrad Meinels Brief. Ein Schluchzen drängte sie aus ihrer Kehle zurück.

Auf einmal spürte sie seidiges Fell an ihrer Hand, und gleich darauf leckte eine kleine Zunge über ihren Finger. Dann war der Schmalzklecks verschwunden. Sie hob den Kopf und schaute sich vorsichtig um. Fritz leckte sich die Schnauze und betrachtete sie, als wäre alles in bester Ordnung.

»Du Schelm«, sagte sie leise, und diesmal fiel es ihr schon nicht mehr so schwer, ihrer Stimme einen schmeichelnden Klang zu verleihen.

Fritz fiepte und leckte weiter ihren Finger. Er ließ sich vorsichtig über den Kopf streicheln und dann auch auf den Arm nehmen. Luise setzte ihn in sein Außengehege und schloss den Schieber. Anschließend putzte, wischte und räumte sie, bis die Küche wieder blitzblank war.

KAPITEL XXX

In Rathen traf die Kommission auf eine weinende Frau. Vier Kinder, vom Windelbalg bis zum vielleicht Zwölfjährigen, standen mit rotzverschmierten Gesichtern hinter ihr. Der älteste Sohn hielt das Jüngste auf dem Arm. Das nuckelte hingebungsvoll an seinem Daumen. Die weinende Frau erwartete sichtbar das fünfte Kind. Alle trugen einfache, keineswegs neue Kleidung; Lumpen waren es jedoch nicht. Jacob hielt sie für eine rechtschaffene, hart arbeitende Familie, die das Notwendige zum Leben verdiente.

»Was ist mit ihr, gute Frau?«, fragte der Freiherr freundlich und hinderte sie daran, vor ihm zu knicksen.

»Die Flut hat meinen Mann geholt. Den Vater meiner Kinder. Er wollte den Kahn retten und ist dabei ertrunken.«

»Gute Frau, das tut mir leid.« Der Freiherr fuhr sich mit einem Finger unter sein sorgfältig gebundenes Halstuch, als wäre es ihm mit einem Mal zu eng geworden. »Ich dachte, es wäre niemand ertrunken?«, fragte er leise seinen Sekretär.

»So wurde es gesagt.« Der farblose Mensch zuckte mit den Schultern.

»War es ein Fährkahn, den dein Mann retten wollte?«, fragte Jacob die Frau.

Sie nickte.

»Wann ist das passiert?«

»In der Nacht vom 27. auf den 28. Februar. Die Elbe ist immer höher gestiegen, da wollte mein Leopold den Kahn retten, damit der nicht fortgespült wird. Er ist gegangen, und ich habe die Nacht über mit den Kindern im Haus gewartet. Er ist nicht zurückgekommen.« Sie schniefte.

»Was ist dann passiert?«, fragte Jacob. Er konnte es sich denken, aber er wollte, dass die anderen es aus dem Mund der Frau hörten.

»Unser Haus stand im Wasser. Es reichte bis ins Obergeschoss. Ich habe mit den Kindern auf dem Dachboden ausgeharrt. Wir haben die ganze Zeit gebetet und geweint. Das Wasser gurgelte. Es hat sich angehört, als würde das Haus jeden Augenblick fortgespült. Und mein Leopold war nicht da.« Ihre Stimme erstickte unter Tränen.

Der Offizier reichte ihr mit schneidiger Geste ein blütenweißes Taschentuch. Sie nahm es und wusste einen Moment nichts damit anzufangen, wischte sich dann die Tränen aus den Augen. Die Nase zog sie erst hoch und wischte sie danach am Ärmel ab.

»Steht dein Haus noch?«, fragte Jacob weiter.

Wieder nickte sie. »Es ist das dahinten.« Sie deutete auf ein ehemals solides Haus, bei dem die Feuchtigkeit beinahe bis unters Dach gekrochen war. Es würde Wochen dauern, bis die Mauern einigermaßen ausgetrocknet waren. Fenster und Türen mussten erneuert werden, die Dielenböden sicher auch, ebenso die Öfen und das Mobiliar in den unteren Räumen.

»Berichte von deinem Mann«, verlangte der Freiherr. Er hatte aufgehört, an seinem Halstuch zu zupfen.

»Mein Leopold ist nicht zurückgekommen. Wir waren im Haus gefangen, bis das Wasser am vierten Tag zurückgegangen ist, und wir wieder auf die Straße konnten. Meinen Mann habe ich nicht gefunden. Unseren Kahn auch nicht. Andere haben gesehen, wie der Kahn ihn mitgerissen hat. Sie haben ihm eine lange Stange hingehalten und ein Seil. Er hat es nicht greifen können.« Wieder schniefte sie und wischte die Nase am Ärmel ab.

»Schreib das genau auf«, raunte Jacob dem Steuerbeamten zu.

Der hielt zwar eine Feder in der Hand, hatte in den letzten Minuten aber den Worten der Witwe gelauscht. Hastig begann er wieder mit seinen Aufzeichnungen.

»Hast du deinen Mann begraben können?«, wollte der Freiherr jetzt wissen.

»Sie haben seinen zerschmetterten Leib flussabwärts zwischen hier und Wehlen gefunden. Er war auf der anderen Seite ans Ufer gespült worden. Er war überall zerschunden. Ich habe ihn nur an den Haaren und den Resten seiner Kleidung erkannt. Wir haben ihn auf dem Friedhof begraben, das ist keine zwei Wochen her. Der Pfarrer meinte, es sei ein Glück gewesen, dass das Wasser den Friedhof nicht erreicht und die Toten freigespült hat.«

»Das ist gut«, murmelte der Freiherr. »Das mit dem Friedhof und dass du deinen Mann begraben konntest.« Er fuhr mit festerer Stimme fort: »Aus meinen eigenen Mitteln werde ich den Grabstein für deinen Leopold stiften. Das ist das Mindeste, was ich für einen tüchtigen Mann tun kann.«

»Habt Dank, gütiger Herr.« Die Frau wollte die freiherrliche Hand ergreifen und küssen, von Carlowitz zog sie weg. »Das hätte meinen Leopold gefreut.«

»Hat Er das aufgeschrieben?«, fragte der Freiherr den Steuerbeamten. Dieser nickte. Seit Jacob ihn ermahnt hatte, kratzte seine Feder wieder eifrig über das Papier.

Das Kleinkind auf dem Arm des Jungen begann zu greinen und ruderte mit den nackten, dünnen Ärmchen durch die Luft. Der große Bruder wollte es beruhigen und schaukelte es hin und her. Die Mutter strich über den mit einer Wollkappe bedeckten Kopf.

»Was soll nun aus mir und den armen Kindern werden?«, klagte sie. »Im Haus können wir nicht wohnen, vorerst sind wir bei meinem Bruder auf dem Hof untergekommen, aber er hat kaum Platz für seine eigene Familie. Da können wir nicht bleiben. Wir können nirgendwo sonst hin. Und wenn erst das Kleine kommt …« Sie strich über ihren Bauch. »Es wird seinen Vater nie kennenlernen.«

»Wir sind hier, um die Schäden festzustellen. Es soll alles ersetzt werden, was die Flut zerstört hat«, erklärte der Bergbauingenieur.

»Bringt mir das meinen Leopold zurück?« Die Witwe schaute Jacob an. Offensichtlich hatte sie in ihm das Mitglied der Kommission erkannt, das ihrem Stand am nächsten war.

Der Fischer war jedoch zwei Schritte zurückgetreten und hatte ihre Frage nicht einmal gehört. Die Erinnerung an das Verschwinden seiner Barbara suchte ihn heim. Damals hatte es keine Flut gegeben. Es war im Sommer gewesen. Ein Dutzend Tage und mehr hatte er auf ihre Rückkehr gehofft, die Ufer zu beiden Seiten abgesucht. Überall nach seiner Frau gefragt. Niemand hatte sie gesehen oder von ihr gehört. Diese Frau hatte ihren Mann wenigstens begraben können. Er dagegen …

»Du darfst nicht verzagen«, sagte wieder der Bergbauingenieur. »Dein Mann erhält einen schönen Grabstein, und dein Ältester ist groß. Nicht mehr lange, und er kann dir zur Hand gehen.«

»Er ist Zwölf.«

»Nicht mehr lange, sagte ich doch. Verliere nicht das Vertrauen in Gott. Dein Name ist notiert. Du wirst eine Entschädigung durch die kurfürstliche Verwaltung erhalten. Zu gegebener Zeit.«

Die Herberge in Rathen unterschied sich kaum von der in Schandau. Nur dass Jacob eine Kammer für sich hatte und das Zimmer nicht mehr mit dem Sekretär teilen musste. Es war eine winzig kleine Kammer, in der nur das Bett Platz hatte. Das Fenster war nicht größer als seine beiden Hände und bestand aus einer blasigen Scheibe, durch die kaum etwas zu erkennen war. Die Luft war stickig, obwohl es draußen kühl und windig war.

Beim Betreten hatte Jacob augenblicklich das Gefühl, ihm bräche der Schweiß aus. So konnte er unmöglich schlafen. Er war an eine licht- und luftdurchflutete Schlafstube gewöhnt, in der er vom Bett bis zur Tür drei Schritte ging. Jacob riss das Fenster auf und ließ sich auf das Bett darunter sinken.

Die anderen Mitglieder der Kommission saßen nach dem Abendessen zusammen, redeten über Literatur, Musik, Pferde oder die Jagd, über diesen und jenen, der Karriere machte oder ausgebremst wurde. Alles Themen, zu denen er kein Wort zu sagen wusste, weshalb er nach einem brummigen Gruß in seine Kammer hinaufgestiegen war. Es war ein Fehler gewesen, sich auf diese Kommission einzulassen, das stellte er Stunde um Stunde erneut fest. Er hätte sich nicht von seinen Kindern beschwatzen lassen sollen.

Durch das geöffnete Fenster strömte frische Luft herein und streichelte sein Gesicht wie die sanften Hände einer Frau. Seit Langem entbehrte er das. Eigentlich konnte er sich nicht mehr richtig daran erinnern, wie sich Barbaras Hände auf seiner Haut angefühlt hatten. Bevor seine Gedanken vollends schwermütig wurden, hörte er ein Geräusch unter seinem Fenster. Jacob wollte hinausspähen, aber die Öffnung war zu klein, um den Kopf hindurchzustecken. Er sah nur den Pferdestall auf der gegenüberliegenden Hofseite. Was sich direkt unter ihm abspielte, blieb ihm verborgen.

»Die Arbeit geht gut voran, Herr von Carlowitz«, schnarrte die Stimme des Offiziers herauf.

»Darin stimme ich Ihnen zu. Wir werden Dresden morgen, spätestens übermorgen erreichen. Die Hauptarbeit liegt dann vor uns.«

»Vor mir nicht. Ich werde zu meinem Regiment zurückkehren und den Bericht für das Militär im Namen meines Oberst verfassen. Militärische Belange sind zum Glück nicht sehr berührt, obwohl ich mit aller Schärfe darauf dränge, dass der Fahrweg zum Königstein so schnell als möglich instand gesetzt wird. Der militärische Nachschub muss zu jeder Zeit sichergestellt sein.«

Auf seinem Lauschposten kräuselte Jacob die Lippen. Das sah diesem Offizier ähnlich, statt sich um die Leute zu sorgen.

»An dieser Straße hängt mehr, als Sie denken, Herr Leutnant.« Der Freiherr klang, als wollte er zu einer längeren Erklärung ansetzen, ließ es dann aber sein.

»Es kann nicht alles über die Elbe transportiert werden. Das dauert stromaufwärts zu lange. Die Soldaten müssen beweglich sein, wenn ein Feind herankommt.«

Jacob fragte sich, woher ein Feind kommen sollte, wenn alle umliegenden Fürstentümer mit den Folgen der Flut zu kämpfen hatten. Er müsste vom Himmel fallen.

»An einen Feind denke ich weniger. Seit dem Ende des Nordischen Krieges standen keine fremden Truppen mehr auf sächsischem Boden.«

»Das ist nicht so lange her.«

»Es sind mehr als zwei Generationen.«

»Nicht so lange, sagte ich doch.«

Hinter dem geöffneten Fenster musste Jacob schmunzeln.

»Ich beneide Sie nicht um diesen verschrobenen Fischer und frage mich, wer auf die Idee kam, ihn in die Kommission zu berufen.«

»Es war meine Idee.«

Jacob spitzte die Ohren. Nach Lächeln war ihm nicht mehr zumute. Von unten drang Schmauchen und Tabakgeruch herauf, als sich jemand eine Pfeife anzündete.

»Was Sie nicht sagen«, kam es von dem Offizier. »Was soll jemand seines Schlages beitragen können?«

»Er hat vor der Flut in der Amtmannschaft vorgesprochen und auch beim Rat der Stadt Dresden, um vor einer Katastrophe zu warnen. Vor der, die jetzt eingetreten ist. Weiß der Herr im Himmel, wie der Mann darauf gekommen ist.«

»Bei solchem Pack eher der Teufel.« Erneut stieg Tabakgeruch zu Jacobs Kammer, und die Stimme des Offiziers klang, als hätte er eine Pfeife im Mund. »Bisher hat dieser Kerl nichts Nützliches beigetragen. Er ist nur ein Klotz am Bein.«

»Da muss ich Ihnen recht geben. Aber die Menschen entlang des Flusses vertrauen einem wie ihm. In seiner Gegenwart erzählen sie mehr als gewöhnlich.«

»Das soll ausreichen? Er fügt sich schlecht ein. Nicht einmal der Steuerkassierer ist ein derartig grobschlächtiger Kerl, und der ist fürwahr kein gebildeter Mann. Ich muss zum Glück nicht viel mit ihm zu tun haben, aber Sie und die anderen Herrn beneide ich nicht.«

»Manchmal muss unsereins über seinen Schatten springen. Er wird uns hoffentlich noch verraten, woher sein Wissen über den Fluss stammt.«

Darauf kann der Herr Amtmann lange warten, dachte Jacob mit heißen Ohren. Die Brust wurde ihm eng, er bekam kaum Luft, gleichzeitig zog ein Schmerz durch seinen Kiefer. Er zwang sich dazu, langsam ein- und auszuatmen, dazu öffneten und schlossen sich seine Hände. Hier war sein Bleiben nicht länger, wo man so über ihn dachte.

Er kämpfte sich auf die Füße und tastete unter dem Bett

nach seinem Bündel, wuchtete das Gepäckstück herauf. Viel einzupacken hatte er nicht, nur seine Nachtmütze und ein Nachthemd. Jacob stopfte es zu seinen anderen Habseligkeiten und machte sich daran, alles zu verschnüren. Unter dem Fenster war derweil Ruhe eingekehrt. Es zog auch kein Tabakrauch mehr herauf. Jacob schloss die letzte Schnalle und griff nach der Türklinke.

Bevor er sie herunterdrücken konnte, hielt er inne. War sein Fortgang wirklich das, was er sich schuldig war? An die fünfundsiebzig Taler, die er verlor, dachte er nicht, sondern daran, was Georg und Luise denken würden, wenn er auf diese Weise zurückkehrte. Und seine Frau Barbara? Sie hatte seinen Stolz immer bewundert. Wäre sie nicht enttäuscht von ihm, weil er sich so leicht ins Bockshorn jagen ließ? Wäre das nicht, was die anderen von ihm am liebsten hätten? Er sank zurück auf die Matratze, stützte sich mit den Händen am Bettrand ab.

Die Stimme seiner Frau hörte er so deutlich, als säße sie neben ihm. »Jacob«, hätte sie gesagt. »Du bist nicht für dich Mitglied in dieser Kommission geworden und nicht für diese vornehmen Herren. Du bist es für die Menschen unseres Standes, ihnen musst du ein Sprecher und ein Anwalt sein. Wenn die feinen Herren dich nicht leiden können, umso besser, dann verwirren sie wenigstens nicht deine Sinne mit ihrer Freundlichkeit. Unsere Kinder werden stolz auf dich sein wie ich auch.« Sie war eine kluge Frau, seine Barbara. Jacob packte Nachtmütze und Nachthemd wieder aus.

KAPITEL XXXI

Nachdem der Witwer mit den wilden Kindern ihr den Laufpass gegeben hatte, hatte Luise auf Vermittlung der Frau Majorin eine neue Familie in der Webergasse auf der Altstadtseite gefunden, denen sie nun zum zweiten Mal die Wäsche brachte. Beim ersten Mal hatte die Hausfrau, Ehefrau des Direktors der Gemäldesammlung, sich sehr zufrieden gezeigt und ihr ein Trinkgeld in die Hand gedrückt. Dieses Mal fürchtete Luise, wäre sie nicht so zufrieden: Aus einem Laken hatte sie einen Fleck nicht herauswaschen können. Weder mit warmem noch mit kaltem Wasser, nicht mit Seife, nicht mit Soda. Zu allem Überfluss war der Stoff beim Reiben gerissen. Zwar hatte sie den Schaden geflickt und würde dafür nichts berechnen, aber unsichtbar war der unterarmlange Riss im Stoff nicht.

Wenn sie daran dachte, dass sie der Frau Direktorin bald gegenüberstehen würde, breitete sich in ihrem Magen ein flaues Gefühl aus. Gleichzeitig fühlte sie sich beobachtet. Sie drehte sich langsam um und betrachtete die Menschen hinter sich. Ein bekanntes Gesicht entdeckte sie nicht. Auf der Gasse gingen gut und weniger gut gekleidete Menschen ihren Geschäften nach. Ein herrenloser Hund schnüffelte im Rinnstein und jaulte auf, als er von einem halbwüchsigen Jungen einen Tritt erhielt. Ein anderer Bengel stieß den Hund mit einem Stecken in eine neue Richtung.

Luise löste einen Riemen ihres Packens und lockerte den zweiten, als ein größeres Mädchen sich zwischen die Buben stellte. Dem einem entwand sie den Stecken, den anderen schubste sie, dass er sich auf den Hintern setzte. Sie schimpfte laut mit beiden. Luise hatte ihre Last noch nicht wieder zurechtgerückt, da hatte sie erneut ein eigenartiges Gefühl im Nacken. Sie sah sich um. Kurz blieb ihr Blick an einem gut gekleideten Herrn hängen, der sich aber wegdrehte und in der nächsten Gasse verschwand. War es der Baron von Cranmeer gewesen? Wenn er sie so gesehen hatte ... Darauf kam es nicht an, sagte sie sich, da Madame LaTrebe nichts mehr von sich hatte hören lassen.

Entschlossen ging Luise weiter Richtung Wilsdruffer Tor, als sie hinter sich eine zittrige Stimme hörte: »Sie sind gut zu Fuß, junge Mademoiselle. Nun bleiben Sie stehen, damit ein alter Mann einige Worte mit Ihnen wechseln kann.«

Als sie sich diesmal umdrehte, blickte sie in Herrn von Lobschütz' freundliche Miene. Er stützte sich auf einen Stock und versuchte, wieder zu Atem zu kommen.

»Du liebe Güte, gnädiger Herr, ich grüße Sie«, sagte Luise verlegen. »Sie sind völlig außer Atem.«

»Es geht wieder«, schnaufte er. »Ich bin schon eine Weile hinter Ihnen her, weil ich Ihnen einen guten Tag wünschen wollte.«

»Sie waren das? Ich dachte, ich hätte Baron von Cranmeer gesehen.«

»Der ist mir nicht aufgefallen.«

»Warum haben Sie nicht gerufen.«

»Es gehört sich für einen alten Kerl wie mich nicht, einer hübschen Mademoiselle hinterherzurufen. Was soll man von Ihnen denken?«

»Oder von Ihnen?«

»Mein Ruf kann mir egal sein.« Herr von Lobschütz glättete einen fusseligen Bart. »Auf mich achtet niemand mehr.«

Luise hatte ihre Verlegenheit überwunden. »Ich hätte nicht gedacht, von Ihnen angesprochen zu werden, solange ich mich in diesem Aufzug befinde. Ich bin nicht passend gekleidet für ein Plauderstündchen auf der Straße.«

»Darauf kommt es mir nicht an. Erzählen Sie mir, was Sie in diesem großen Paket mit sich herumtragen. Es sieht schwer aus.«

»Wäsche«, entschied Luise sich für die ungeschminkte Wahrheit. »Ich wasche die Wäsche anderer Familien und bringe sie ihnen an zwei Tagen in der Woche zurück. Damit verdiene ich Geld, das in unserer Familienkasse sehr willkommen ist.«

»Löblich. Wirklich löblich. Meine beiden eigenen Bengel haben nie daran gedacht, ihr Scherflein zum Familieneinkommen beizutragen. Das haben sie mir überlassen. Sie sind längst Männer und gehen ihre eigenen Wege.« Für einen Moment überzog ein wehmütiger Ausdruck das Gesicht des alten Herren.

»Sie sind sicher stolz auf Ihre Söhne?«, fragte Luise.

»Der Ältere kümmert sich um das Familiengut, wie es seine Pflicht ist. Er hat eine gute Frau gefunden und mir vier Enkelkinder geschenkt. Der Jüngere ...«, von Lobschütz' Gesichtsausdruck wurde schwärmerisch, »... ist nach Amerika ausgewandert. Dort gibt es Ebenen, so weit das Auge reicht, mit Büffelherden schier ohne Zahl. Büffel sind mächtiger als Kühe, habe ich mir sagen lassen. Er schickte mir ein Fell, das sich hervorragend als Bettvorleger ausnimmt. Wäre ich fünf Jahre jünger, ich hätte ihn begleitet. Mit meinen Gewehren. Seit acht Jahren habe ich den Jungen nicht gesehen. Damals hat er in Hamburg ein Schiff bestiegen. Danach sind zwei Briefe gekommen, und das war es. Bei der Entfernung und dem wilden Amerika kein Wunder«, sprach der Herr weiter.

»Die Briefe sind Ihnen bestimmt kostbar?«

»Unendlich. Der letzte kam vor zwei Jahren und war ungefähr genauso lange unterwegs gewesen. Stellen Sie das Ding ab und gehen Sie mit mir ein paar Schritte in ein Teehaus. Es schadet Ihrem Ruf nicht, mit einem alten Mann wie mir gesehen zu werden.« Von Lobschütz deutete mit seinem Stock auf den Packen, den Luise weiter geschultert hatte.

Sie schüttelte den Kopf. »Ich kann die Wäsche nicht unbeobachtet stehen lassen. Sie gehört mir nicht. Wenn sie jemand wegnimmt, bekomme ich riesigen Ärger.«

»Wer soll schon etwas mit schmutziger Wäsche anfangen können?« Der Herr zuckte mit den Schultern.

Nun konnte Luise nicht mehr an sich halten und prustete hinter der vor den Mund gehaltenen Rechten heraus: »Wenn Sie wüssten! Für die einfachen Menschen ist ein Packen Wäsche ein kleines Vermögen. Ob schmutzig oder gewaschen.«

»Ich kaufe ihnen neue, wenn diese verschwunden ist.« Es klang wie die selbstverständlichste Sache der Welt.

»Das geht nicht.«

»Dann nehmen Sie dieses Ungetüm eben mit, in Gottes Namen. Der Inhaber der Teestube wird es irgendwo verstecken können.«

»Sie müssen das nicht tun.«

»Was denn?«

»Mit mir in eine Teestube gehen. Wir haben uns gerade zweimal bei Madame LaTrebe gesehen, und nichts verpflichtet Sie dazu, sich mit mir abzugeben.«

»Ich will aber. Sie sind so jung und fröhlich.«

Sie waren langsam weitergegangen und standen nun vor der Teestube. Herr von Lobschütz hielt die Tür für sie auf. Wie selbstverständlich wurde dem Wirt befohlen, das Paket Wäsche zu verstauen und immer ein Auge darauf zu haben. Danach fand Luise Zeit, das Innere der Teestube auf sich wirken zu lassen.

Die Decke bestand aus geschnitzten und bemalten Balken. An den Wänden hingen Bilder, die antike Landschaften zeigten, Tische und Stühle waren zierlich und weiß lackiert. Auf jedem Tisch stand ein Leuchter mit fünf Kerzen, was ihr eine ungeheure Verschwendung schien. Alles roch frisch gewienert. Es waren nur zwei Tische besetzt. Einer mit sechs Damen mittleren Alters, die die Köpfe zusammensteckten und tuschelten. Am zweiten Tisch versteckte sich jemand hinter einer Zeitung.

Mit einer Hand an ihrem Ellenbogen lotste Herr von Lobschütz sie zu einem Platz im hinteren Bereich der Teestube. Kaum saßen sie – Luise hatte ihre Röcke noch nicht geordnet –, wurden Teetassen vor sie hingestellt. Eine Etagere mit Gebäckstücken folgte. Den Tee schenkte der Wirt aus einer bauchigen Kanne mit einer langen, schmalen Tülle ein. Er verneigte sich zuvor und danach, ehe er sich rückwärtsgehend zurückzog.

»Dieser Tee stammt auch China, das am anderen Ende der Welt liegt. Richtung Osten«, erklärte von Lobschütz und hob die Tasse an die Lippen. Er nippte schlürfend. »Dort gibt es Zeremonien, um Tee zu servieren und zu trinken. Was der Wirt uns hier vorgeführt hat, ist nicht mehr als eine Verballhornung davon, denke ich. In unserem Genuss soll uns das nicht stören.«

Luise pustete auf das heiße Getränk. Erst ein Räuspern aus der Damengruppe brachte sie auf den Gedanken, dass sich dies in vornehmen Kreisen nicht gehörte. Sie machte es daher ihrem Begleiter nach und nippte einen winzigen Schluck. Ein weicher, blumiger Geschmack breitete sich in ihrem Mund aus. Das war etwas anderes als die Kräuteraufgüsse, die sie zu Hause auf den

Tisch stellte. Herr von Lobschütz brachte sie dazu, von dem Gebäck zu kosten. Es zerschmolz auf der Zunge und bescherte ihr eine derartige Fülle neuer geschmacklicher Erfahrungen, dass sie am Ende nicht einmal sagen konnte, was genau sie gegessen hatte. Nüsse waren drin gewesen. Der Rest … Sie biss kleine Häppchen von dem Gebäck ab und kaute langsam, zwischendurch trank sie einen Schluck Tee. Auf diese Weise verlängerte sie den Genuss. Ihr Begleiter beobachtete sie dabei. Er hatte sich selbst kein Gebäck genommen, aber ihr legte er mit einer silbernen Zange ein zweites Stück auf den Teller.

»Essen Sie, wenn es Ihnen schmeckt. Ich kann mehr bestellen.«

Das Gebäckstück mit einem rot gefärbten Überzug sah verführerisch aus, aber Luise hielt sich zurück. »Es ist bestimmt nicht schicklich, sich an diesen Dingen satt zu essen.«

Herr von Lobschütz beäugte misstrauisch das Gebäck, als wäre das ein neuer Gedanke. »Machen Sie es einfach und achten Sie nicht auf die anderen. Obwohl ich nicht glaube, dass dieses Zeug dazu taugt.«

»Madame LaTrebe hat mir einiges darüber erklärt, wie man sich in vornehmen Kreisen bewegt, um zu gefallen.« Sie senkte den Kopf. »Ich habe es schlecht gemacht.«

»Wie kommen Sie darauf?«

»Sie bittet mich nicht mehr in ihr Haus. Bestimmt hat der gnädige Herr Baron von Cranmeer sich über mich beschwert.«

»Baron von Cranmeer und ich sind keine Freunde, aber so viel schlechtes Benehmen traue ich ihm nicht zu. Mir gefielen Sie an dem Abend außerordentlich. Sprechen Sie einfach bei ihr vor. Am Donnerstag jeder Woche gibt es in ihrem Haus eine freie Soiree, zu der ihr jedermann willkommen ist.«

»Ich kann doch nicht einfach hingehen.«

»Trauen Sie sich etwas.«

Luise war nur halb überzeugt, aber als Erstes traute sie sich, das zweite Stück Gebäck zu essen, und kostete erneut den fremdartigen Geschmack aus.

»Sie können sich auch von mir in die Oper begleiten lassen. Ich habe eine Loge, die ich viel zu selten nutze. Haben Sie schon einmal die Oper besucht?«

»Noch nie«, musste sie zugeben und pickte dabei mit dem Zeigefinger die letzten Krümel vom Teller.

»Dann ist es abgemacht. Ich schicke Ihnen einen Wagen vorbei.«

»Das geht auf keinen Fall.«

Er schob ihr mehrere Geldstücke hin. »Sie mieten sich einen Lohnkutscher.«

Dazu ließ Luise sich überreden.

KAPITEL XXXII

Die Kommission des Freiherrn von Carlowitz kam auch durch Loschwitz. Die Herren informierten sich über die Reihe der zerschmetterten Fischerschuppen, über den Baum, der in das Haus des Fährmannes geschoben worden war. Sie ließen sich die Stelle zeigen, wo die Häuser der Tagarbeiter gestanden hatten. Dort hatten sich die Menschen aus Schwemmholz, Leinwand und Seilen armselige Unterkünfte gebaut, in denen sie wie die Tiere hausten. Sie trugen, was andere ihnen geschenkt hatten. Jacob erkannte ein Kleid seiner Tochter an einem Mädchen. Sie war kleiner und schmaler als Luise, und das Gewand hing wie ein Sack an ihr herunter. Er sah eine Mütze von sich selbst und eine alte Jacke Georgs. Der Steuersekretär schrieb eifrig mit. Sein Vorrat an Papier und Tinte musste unerschöpflich sein.

Als die Kommission sich Gabriel Neubers notdürftig instand gesetzte Hausecke besah und dessen weitschweifige Erklärungen anhörte, fand Jacob Zeit, seine Kinder zu umarmen, Luise über die Wange zu streichen und Georg für die geräucherten Fische zu loben.

»Du hast was bei mir gelernt, Sohn«, sagte er. »Mach weiter so, bis ich in wenigen Tagen wieder da bin.«

»Papa …«

»Auf dich ist Verlass, das wusste ich.« Jacob zwinkerte mit den Augen und rieb darüber, als wäre ihm etwas hineingeraten, dabei wollte er nur nicht zeigen, wie sehr ihn die kurze Begegnung mit seinen Kindern bewegte. Er spürte auch die Blicke der Loschwitzer im Rücken, als er zusammen mit der Kommission das Dorf wieder verließ.

Der Fährmann setzte sie über die Elbe, und auf der anderen Seite musste sie sich dem traurigen Anblick der Pirnaischen Vorstadt stellen. Kein Haus war dort unbeschädigt geblieben, der Böhmische Holzplatz eine Wüstenei, und Jacob zweifelte daran, ob die Karfreitagskollekte genügend Geld einbrächte, um auch nur die Hälfte der Pirnaischen Vorstadt wiederaufzubauen.

»Immer ein Schwarzseher, der Herr Ehrmann. Trauen Sie den Sachsen gar nichts zu?«, wollte der Offizier wissen, der Jacobs zu sich selbst gesagte Worte gehört hatte.

»Ich weiß, dass Sie milde Herzen haben, aber hier braucht es mehr als das.« Nach dieser Rede drehte er sich um, da er keine Lust verspürte, weitere Sätze mit dem Herrn Militär zu wechseln.

Er schlenderte ein paar Schritte beiseite und stieß mit dem Fuß einen Balken an. Der rutschte zur Seite und gab den Blick auf eine Höhlung frei, die zusammenstürzende Wände gebildet hatten. Darin lag etwas.

Jacob erkannte schmutziges Fell wie der Pelzkragen am Mantel einer vornehmen Dame. Er bückte sich, um ihn herauszuziehen. Luise könnte bestimmt etwas damit anfangen. Gerade als er zufassen wollte, bewegte sich das Fell. Eine Schnauze wurde sichtbar, und trübe Augen öffneten sich. Jacob zuckte zurück. Es war der Kopf eines Hundes, erkannte er. Das Tier war abgemagert bis zum Skelett. Dass es nach den vielen Tagen überhaupt noch lebte …

»Hier ist etwas!«, rief Jacob. »Ein Hund, er lebt noch!«

Er war zu schwach zum Knurren, als der Fischer ihn vorne und hinten packte und aus der Höhlung zog.

Der Sekretär des Freiherrn kniete sich neben ihn, die anderen Herren hielten vorsichtigen Abstand. Zum Vorschein kam ein graubrauner Hund mit langen Beinen und einer ebensolchen Rute. Stehen konnte er nicht.

»Ich brauche Wasser«, verlangte Jacob, ohne den Blick von dem Hund zu wenden.

»Ich habe eine Flasche Bier, geht das auch?«, fragte jemand.

»Wasser ist besser.«

Der Steuersekretär reichte ihm eine Flasche, und Jacob schüttete etwas von dem Nass in seine Hand, hielt sie dem Hund vor die Nase. Der war zu schwach, um zu trinken. Mithilfe des Sekretärs öffnete Jacob die Hundeschnauze. Er feuchtete sein Taschentuch an und drückte es über die Hundezunge aus. Tropfen für Tropfen verabreichten sie dem gequälten Tier.

»Ich habe ein Schmalzbrot«, bot der Bergbaubeamte an.

»Wasser ist wichtiger. Das Brot könnte er nicht bei sich behalten.«

»Der stirbt sowieso.« Das kam von dem Offizier.

Jacob hörte auf, dem Hund Wasser auf die Zunge zu träufeln, und beobachtete, ob eine Wirkung zu erkennen war. In sein Verlies musste hin und wieder Feuchtigkeit eingedrungen sein, sonst hätte er nicht so lange überlebt.

»Er kommt mir munterer vor«, sagte der freiherrliche Sekretär. »Sie kriegen ihn wieder hin. Etwas Schmalzbrot würde ihm sicher guttun.«

Gleich darauf hatte der Mann es in der Hand und brach ein Stück davon ab, schob es dem Hund ins Maul, ehe Jacob einschreiten konnte. Kaum hatte der Hund das Brot gefressen, erbrach er es und sackte zusammen. Noch ein letzter Blick traf Jacob, dann brachen seine Augen.

»Er ist tot«, sagte der Fischer tonlos.

»Habe ich doch gesagt, dass der es nicht schafft.«

Nach einer weiteren Nacht in einer Herberge nahe des Großen Gartens erreichte die Kommission anderntags Dresden. Abgeordnete des städtischen Magistrats trafen ein und plusterten sich in ihren dunklen Röcken auf. Sie redeten so geschwollen daher, dass Jacob kein Wort verstand – er hatte sowieso nicht vor, zu einem von ihnen etwas zu sagen. Die meiste Zeit versteckte er sich hinter dem breiten Kreuz des Straßenbaubeamten.

Herr von Carlowitz ließ sich von dem Gerede nicht beeindrucken. Er arbeitete sich in aller Ruhe durch die Schäden auf Dresdens linkselbischer Seite, besichtigte danach die Brücke, die mit Notmaßnahmen gesichert und immer noch für schwere Fuhrwerke gesperrt war. Der Tag verging, Jacob gähnte verstohlen hinter vorgehaltener Hand und beobachtete den Sonnenstand am Himmel. Sobald sie hier fertig waren, wollte er seine fünfundsiebzig Taler einfordern und sich auf den Weg nach Hause machen. Dann hätte er es mehr als lange genug unter diesen Herrschaften ausgehalten. Er sehnte sich nach dem Geruch von Fisch und Elbwasser, sogar Gabriel Neubers Pfeifengestank wollte er ertragen.

Seine Hoffnungen zerstoben in alle Winde, als der Herr Jurist das Wort ergriff, allen für ihre Mühe dankte und dann ausführte, dass die Arbeit noch lange nicht getan sei. Jetzt gelte es, sich mit den anderen Kommissionen ins Benehmen zu setzen und den Bericht an seine Gnaden, Kurfürst Friedrich August III. zu erarbeiten. Das werde einige weitere Tage in Anspruch nehmen. Für ihre Unterbringung sei alles vorbereitet.

Jacob stöhnte. Der Straßenbaubeamte drehte sich zu ihm um. »Nur keine Müdigkeit zeigen, Herr Ehrmann. Die paar Tage werden wir auch hinter uns bringen.«

Statt einer Antwort zog Jacob ein schmuddeliges Taschentuch hervor und schnäuzte sich umständlich.

Es war eine Unterkunft in einer Herberge am Neumarkt

vorbereitet. Diesmal verdiente Jacobs Schlafstube diesen Namen. Sie hatte drei Fenster, das Bett einen Baldachin und blütenweiße Wäsche. Es war noch Platz für einen Schrank, eine Kommode, einen Tisch mit zwei Stühlen und in einer Ecke für einen Ofen. Darin brannte kein Feuer, und Jacob ließ keines anzünden, aber er sah ein Dienstmädchen mit einer Stiege Holz in einem anderen Zimmer verschwinden. Es war fast April, wer benötigte da noch ein Feuer?

Vor dem für sechs Uhr angesetzten Abendessen kamen die Mitglieder der Kommissionen in einem Salon zusammen. Eigentlich hatte Jacob nicht hingehen wollen, aber vielleicht fand er dort etwas zu trinken, er verspürte Durst auf einen Krug Bier. Auf einem halbhohen Schrank standen tatsächlich Getränke, aber kein Bier. Es gab den üblichen Wein und anderes, was Jacob nicht kannte und nicht kosten wollte. Er sah sich nach einem Bediensteten um. Stattdessen erblickte er Conrad Meinel, der eine Hand auf dem Kaminsims abgestützt hatte und sich unterhielt.

»Herr Meinel! Guter Freund.« Seinen Durst hatte Jacob vergessen. Er trat an den Kamin heran und ergriff die Hand des anderen, schüttelte sie kräftig. Über Conrads Gesicht glitt ein Strahlen.

»Herr Ehrmann, Sie sind hier. Mit vielen hätte ich gerechnet, aber nicht mit Ihnen. Gehören Sie auch einer Kommission an? Welcher?«

»Der des Amtmannes Freiherr von Carlowitz. Warum hätten Sie nicht mit mir gerechnet? Weil ich ein einfacher Mann mit dem Verstand eines Fischers bin?« Seine Wiedersehensfreude erhielt einen ersten Dämpfer.

»Nicht doch. Wie kommen Sie darauf? Ich hätte nicht gedacht, dass Ihnen die Arbeit in einer Kommission zusagt.«

Jacob neigte den Kopf und sprach leiser: »Die Kinder haben mich überredet. Ohne sie wäre ich nicht hier.«

»Geht es Ihnen gut?«, fragte Conrad Meinel und sprach auf Jacobs Nicken hin weiter: »Ich habe mir erlaubt, mit Ihrer Tochter einen Briefwechsel zu beginnen. Solange ich in Ihrem Hause weilte, haben wir uns oft und gerne unterhalten. Das wollte ich nicht abreißen lassen. Sie scheint mir eine junge Frau mit vielen klugen Gedanken zu sein, die Freude an einem Briefwechsel empfindet. Zwei Schreiben haben wir bisher gewechselt. Hoffentlich haben Sie nichts dagegen und nehmen mir meine Vermessenheit nicht übel.«

Jacob zögerte mit der Antwort. Nicht weil er etwas gegen einen Briefwechsel zwischen seiner Tochter und Herrn Meinel einzuwenden hatte – er freute sich ja selbst, die Bekanntschaft mit ihm zu erneuern –, sondern weil er nicht sicher war, ob in der komplizierten Redeweise des jungen Herrn nicht Dinge versteckt waren, die er nicht richtig erfasst hatte. »Nun … ja …«, sagte er schließlich.

»Es ist alles ganz schicklich, das versichere ich Ihnen.«

»Ich habe nichts anderes erwartet. Wenn meine Tochter daran Vergnügen findet, bin ich der Letzte, der etwas dagegen hat«, sagte Jacob endlich.

»Wo ist Herr Ehrmann?«, fragte der Amthauptmann von Carlowitz. »Zu diesem Punkt möchte ich seine Meinung hören.« Er schaute sich im Verhandlungszimmer seiner Amtmannschaft um. Dorthin hatte sich die von ihm geleitete Kommission zurückgezogen, um den Bericht vorzubereiten. Die anderen Kommissionen berieten sich an anderen Orten.

Der Raum war rauchgeschwängert, da der Offizier und einige andere Herren an ihren Tabakspfeifen zogen.

»Kann jemand ein Fenster öffnen, dann sehen wir wieder mehr«, verlangte der Freiherr.

Sein Sekretär beeilte sich, diesem Wunsch nachzukommen.

Frische Luft strömte herein. Der Rauch verzog sich langsam, blieb nur in den Ecken hängen. Dafür wurde es merklich kühler. Jacob Ehrmann war noch immer nicht da.

»Weiß jemand etwas über seinen Verbleib?«

»Ich sehe nicht, wie er uns bei diesem Punkt behilflich sein könnte«, sagte der Offizier, als niemand die Frage beantworten wollte.

»Ich bin nicht daran gewöhnt, meine Entscheidungen mit Militärpersonen im Range eines Leutnants zu diskutieren, aber in diesem Fall will ich eine Ausnahme machen. Die Meinung eines Fischers scheint mir von Belang, wenn es um den Hochwasserschutz für die Elbe geht. Nicht viele Personen werden den Fluss besser kennen als die Schiffer und Fischer, die direkt von ihm leben. Hat er sich bei jemandem abgemeldet?«

»Beim Frühstück war er da«, warf der Jurist ein. »Danach habe ich nicht weiter auf ihn geachtet.«

Es stellte sich heraus, dass niemand Jacob Ehrmann nach dem Frühstück gesehen oder mit ihm gesprochen hatte.

»Er sagt kaum je ein Wort, da fällt es nicht auf, wenn er nicht da ist.« Wieder der Jurist.

»Dies ist eine kurfürstliche Kommission.« Von Carlowitz runzelte die Stirn. Ihn echauffierte das Fehlen des Fischers.

»Wahrscheinlich weiß er nicht, wie es in den kurfürstlichen Institutionen zugeht.« Der Offizier musste immer noch einen draufsetzen.

Der Amtmann schlug mit der flachen Hand auf den Tisch. »Genug davon! Wenden wir uns dem nächsten Punkt zu. Dem Straßenbau.«

Der Herr der entsprechenden Baukommission geriet sofort in Fahrt. Unterdessen schloss der Offizier das Fenster wieder.

Bei seiner Rückkehr in die Herberge richtete der Wirt Jacob aus, er werde dringend in der Amtmannschaft erwartet.

Jacob drehte sich wieder um und verließ die Herberge. Nachdem er den ganzen Tag unterwegs gewesen war, hatte er sich auf einige ruhige Minuten in seinem Zimmer gefreut.

In der Amtmannschaft fand er die anderen Mitglieder seiner Kommission in einem verräucherten Zimmer um einen Tisch sitzend vor. Alle Fenster waren geschlossen, und die Luft machte den Eindruck, als könnte man ein Messer hineinstoßen. Er ließ die Tür offen und wollte sich unauffällig auf den letzten freien Platz am Tisch setzen.

Er hatte noch nicht einen Schritt in den Raum hineingetan, als sich ihm alle Gesichter zuwandten.

»Herr Ehrmann, Sie geben uns die Ehre.« Die Stimme des Offiziers dröhnte durch den Raum. Er entließ Pfeifenrauch aus Mund und Nase und grinste dabei.

Der Freiherr schob seine Perücke nach hinten und schaute ihn aus rotgeränderten Augen an. Er war schon immer blass gewesen, aber nun hatte er beinahe die grün-gräuliche Farbe der verräucherten Luft angenommen. Was auch kein Wunder war, wenn er den ganzen Tag mit den anderen Herren und mit Reden in diesem Raum zugebracht hatte.

»Herr Ehrmann, ich muss sehr bitten. Wo kommen Sie jetzt her?«, fragte er streng.

»Jetzt gerade komme ich von draußen. Soll ich nicht besser ein Fenster öffnen?« Jacob wartete eine Antwort nicht ab, sondern schritt zur Tat.

»Nein!«, kam es auch mehreren Kehlen im Chor.

Jacob zuckte mit den Schultern und tat so, als schließe er das Fenster wieder. In Wirklichkeit ließ er es einen Spalt offen.

KAPITEL XXXIII

Die Lohnkutsche wartete am vereinbarten Treffpunkt außerhalb von Loschwitz und hinter einer Hecke verborgen. Es war Luise wichtig, dass niemand bemerkte, wie sie sie bestieg. Der Kutscher hatte gerade einmal den Tritt heruntergeklappt, ihr in das Gefährt zu helfen, hielt er nicht für nötig. Stattdessen drängte er sie, sich zu beeilen, weil es über die vereinbarte Zeit hinaus war.

Dessen war sich Luise bewusst, aber sie hatte sich schwergetan, die Verabredung einzuhalten. Was sich im Teehaus so leicht angehört hatte, stellte sie vor etliche Herausforderungen. Sie musste das von Angelique geschickte hellblaue Kleid anziehen und benötigte dazu wieder Edda Neubers Hilfe. Im Anschluss daran kam es zwischen den beiden Mädchen beinahe zum Streit, weil Luise sich von der Jüngeren nicht die Frisur richten lassen wollte. Zu gut hatte sie noch die Kritik der vornehmen Französin im Ohr. Diesmal hatte sie sich für eine einfache Hochsteckfrisur entschieden, die sie allein zuwege brachte. Es hatte sie einige Mühe gekostet, die Wogen zu glätten und Eddas gute Laune wiederherzustellen. Dann war Fritz verschwunden. Er war weder im Außen- noch im Innengehege, und auch sonst entdeckte sie ihn nirgends. Georg wusste nichts und verwahrte sich gegen die Unterstellung, das Gehege offen gelassen zu haben. Dass sie mitten am Tag ein vornehmes Kleid trug, kam bei diesem Streit nicht zur Sprache, aber sie durfte nicht darauf hoffen, dass es dem Bruder nicht aufgefallen war.

Es war keine Zeit mehr, nach Fritz zu suchen. Luise ergriff

ihren Beutel, in dem sie ein paar Groschen, Taschentücher, ein kleines Tuch mit Stickmustern und einen Kamm mit sich führte. Der Beutel bestand aus dunkelblauem, nicht allzu verschossenem Samt, den sie selbst mit einem griechisch anmutenden Muster bestickt hatte. Er kam ihr schwer vor, aber in der Eile machte sie sich keine Gedanken deswegen. Sie zog das Band zu, mit dem er geschlossen wurde, und hastete aus dem Haus.

In der Kutsche sank sie in die Polster zurück und beobachtete durch das Fenster, wie der Kutscher wendete. Vor den Wagen waren zwei Pferde gespannt, und es war nicht leicht, auf dem zur Verfügung stehenden engen Platz zu wenden. Mehrmals ruckte es vor und zurück, die Räder rutschten über den Boden, und dann war es geschafft. Im flotten Trab fuhren sie gen Dresden. Luise, die noch nicht oft in einem Wagen gefahren war, genoss es, die vorbeifliegende Landschaft zu betrachten. So schnell hatte sie sich der Stadt noch nie genähert.

Eine Hand lag auf dem Samtbeutel, den sie neben sich auf dem Sitz platziert hatte. Es kam ihr so vor, als regte sich darin etwas. Das konnte nicht sein! In ihrer Aufregung bildete sie sich das nur ein.

Die Fahrt ging durch die Radeberger Vorstadt, und vor dem Stadttor musste der Kutscher die Pferde zum Schritt parieren. Wieder glaubte sie, in dem Beutel eine Bewegung zu spüren. Sie öffnete ihn. Sofort kam eine rosa Nase mit einem schwarzen Fleck zum Vorschein. Ein schlanker Kopf, ein ebensolcher Körper und ein buschiger Schwanz folgten. Fritz schnupperte in die Luft und fuhr sich dann mit einer Vorderpfote über das Gesicht, was immer aussah, als riebe er sich Schlaf aus den Augen.

Luise hatte sich von ihrem ersten Schreck erholt. »Fritz, wie kommst du in meinen Beutel?«

Das Frettchen antwortete nicht, sondern machte sich daran, seine Umgebung zu erkunden. Bevor er am Vorhang eines der Kutschfenster hochklettern konnte, pflückte Luise ihn dort weg. Mit beiden Händen hielt sie ihn sich vor das Gesicht und schaute ihn an.

»Du bist ein lästiger Kobold, der nichts als Ärger macht«, sagte sie mit gespielter Strenge.

Fritz' Anwesenheit bescherte ihr in der Tat ein Problem. Die Zeit war ohnehin knapp, und wenn sie das Frettchen jetzt zurückbrachte … Wenn der Lohnkutscher sich überreden ließe, wieder umzukehren. Sie zweifelte daran. Genauso unmöglich wäre es, Fritz mitzunehmen. Sie schüttelte den kleinen Kerl sanft und dachte einen Augenblick darüber nach, ihn in der Obhut des Kutschers zu lassen und ihn nach der Oper wieder abzuholen. Diese Idee verwarf sie gleich wieder, der Mann war bestimmt nicht bereit, über Stunden hinweg ein lebhaftes Tierchen zu betreuen.

Sie hatte sich auf die Oper gefreut, schließlich war es ihr erster Besuch in einem Musiktheater. Nun würde es nicht dazu kommen.

»Du bist daran schuld«, sagte sie zu Fritz.

Das Frettchen schaute sie aus schwarzen Augen treuherzig an und ruderte dazu mit den Vorderbeinen in der Luft. »Du kommst zurück in den Beutel und bleibst da, bis wir wieder zu Hause sind. Keine Widerrede. Das hast du dir selbst zuzuschreiben.«

Obwohl Fritz sich heftig wehrte, änderte es nichts daran, dass er im Beutel landete. Luise zog die Schnur zu und verknotete sie sorgfältig. Die Kutsche hatte inzwischen Alt-Dresden erreicht und hielt vor dem Zwinger an. Herr von Lobschütz erwartete sie. Eigenhändig öffnete er ihr den Schlag, klappte den Tritt herunter und bot ihr einen Arm.

»Ich bin glücklich, dass Sie meiner Einladung gefolgt sind, Mademoiselle Ehrmann. Bis die Oper beginnt haben wir noch etwas Zeit. Lassen Sie uns einen Spaziergang durch den Zwinger machen.«

»Das geht nicht, Herr von Lobschütz. Es tut mir wirklich leid ...«

»Es ist völlig ungefährlich, mit mir gesehen zu werden. Tun Sie mir den Gefallen, ich möchte noch einmal beneidet werden, weil sich eine junge, hübsche Dame in meiner Gesellschaft befindet. Die ersten Herren schauen schon zu uns her.« Er legte Luises Hand auf seinen Arm und strebte mit ihr dem Zwinger entgegen. Ihr blieb nichts anderes übrig, als sich seinem Schritt anzupassen. Der Beutel mit Fritz hing schwer an ihrem anderen Arm. Obwohl es recht windig war und bedrohlich aussehende Wolken über den Himmel wanderten, spazierten etliche vornehme Herrschaften durch den Zwinger. Einige Herren waren sogar zu Pferd. Junge Damen trippelten unter der Aufsicht ihrer Mütter, Ehepaare ergötzten sich an der frischen Luft, und Herren waren zu zweit oder in kleinen Gruppen unterwegs. Wann immer Bekannte einander trafen, blieben sie kurz stehen und plauderten.

Unter anderen Umständen hätte Luise es sehr genossen, obwohl sie wusste, dass sie niemals dazugehören würde.

»Ich hätte nie gedacht, hier so viele Paare zu sehen«, sagte sie.

»Paare?«

»Ehepaare.«

Herr von Lobschütz schaute sich um. »Also ich sehe kein einziges Ehepaar. Außer – na ja, die beiden dahinten, die waren schon immer seltsam. Das Ehepaar Nehmitz sieht man nur zusammen.« Er deutete auf einen hochgewachsenen Mann, an dessen Seite eine deutliche kleinere Frau mit schwarzem Haar ging.

Sie wirkte auf Luise fremd und exotisch. Aber selbst auf die Entfernung hin war zu sehen, wie zärtlich der Mann um seine Frau besorgt war. Er passte seine Schritte den ihren an und bedeckte ihre Hand auf seinem Arm mit seiner. Beim Sprechen neigte er den Kopf in ihre Richtung.

Als sie vor der Oper inmitten anderer vornehmer Herrschaften warteten, wurde Luise bewusst, was sie zu tun im Begriff war. Sie sagte leise zu Herrn von Lobschütz: »Es geht nicht. Ich kann nicht mitkommen.«

»Was reden Sie da?« Ihr Begleiter sprach nicht ganz so leise.

»Es tut mir leid. Mit Ihnen hat es nichts zu tun, das müssen Sie mir glauben.«

»Nicht blauäugig durchs Leben zu gehen, mag gut und schön sein, aber Sie machen sich zu viele Gedanken.«

»Sie verstehen nicht«, flüsterte Luise.

»Erhellen Sie mein Gemüt.«

Die Herrschaften vor ihnen traten durch die Tür. Ein Hausdiener verneigte sich und verwies sie an einen Pagen, damit der das Paar zu seinen Plätzen geleitete. Luise beobachtete, dass unauffällig eine Münze in die Hand des Hausdieners wanderte. Auf einmal spürte sie eine kräftige Hand in ihrem Rücken und wurde vorwärts geschoben. Ehe sie sich versah, stand sie im Foyer des Opernhauses, ein lächelnder Hermann Carl von Lobschütz an ihrer Seite. Der lehnte die Begleitung eines Pagen ab und strebte seiner Loge entgegen, ließ Luise keine Zeit für Einwände.

Ihr Weg führte sie über enge Treppen und schmale Gänge, die von Kerzen in Wandhaltern nur spärlich erleuchtet wurden. Er warnte sie vor Staub auf dem Boden. Luise hatte ihre Röcke gerafft und damit alle Hände voll zu tun, außerdem wog der Samtbeutel in ihrer Hand schwer. Sie kam nicht dazu, weitere Einwände geltend zu machen. Zumal sie in den Gängen nicht allein waren: Diener mit Erfrischungen und Knabbereien eilten an ihnen vorbei, andere Besucher überholten sie oder kamen ihnen entgegen.

Die Tür zur Loge öffnete sich für Luise in eine neue Welt. Die Schäbigkeit der Gänge wurde abgelöst durch dunkelroten Samt, mit dem die Stühle in der Loge bezogen waren. Die Wände bedeckten eine silbrig glänzende Seidenbespannung mit breiten Blockstreifen. Das Silber wiederholte sich in der Brüstung. Vorne standen zwei Stühle und an einer Seite ein rundes Tischchen, auf dem ein Tablett mit Erfrischungen und Häppchen wartete. Im hinteren Bereich der Loge standen weitere sechs Stühle unter Stoff verhüllt.

»Ich wette, sie haben nicht einmal den Staub abgeklopft. Passen Sie auf, was Sie anfassen, Mademoiselle Ehrmann.«

»Sie benutzen Ihre Loge nicht oft?« Die Worte waren heraus, ehe Luise darüber nachgedacht hatte.

»So gefallen Sie mir schon besser.« Er wies ihr den einen der beiden Plätze zu und nahm den anderen ein.

Die Loge lag höher, als Luise es sich vorgestellt hatte, und sie spähte neugierig ins Parkett hinunter. Es fühlte sich zusehends mit Besuchern. Mehr Männer als Frauen nahmen dort Platz. Herr von Lobschütz erklärte ihr, dass es Ladengehilfen oder Kanzleischreiber mit ihren Frauen wären oder auch junge vornehme Herren, die zum Schauen in die Oper gekommen waren.

»Was schauen sie?«, fragte Luise und beugte sich vor, um besser sehen zu können. Fritz hatte sie für den Moment vergessen, zu sehr nahmen diese neuen Eindrücke sie gefangen.

Die Vorhänge vor der Bühne waren aus dem gleichen roten Samt wie die Sitzpolster. Überall gleißte es in Silber, Gold sei für die kurfürstliche Loge reserviert, erklärte Herr von Lobschütz dazu.

»Sie haben mir noch nicht gesagt, was die jungen Herrn schauen. Es ist alles sehr aufregend für mich, aber bei Ihnen klang es nicht so, als seien die Herren alle zum ersten Mal in der Oper.«

Herr von Lobschütz räusperte sich, und im Schein der Kerzen war nicht genau zu erkennen, ob er rot wurde. »Davon hätte ich Ihnen nichts erzählen dürfen, es ist mir herausgerutscht.«

Sie glaubte zu verstehen. »Die Herren halten nach jungen Damen Ausschau. Sie müssen nicht denken, dass ich gar nichts weiß.«

Das Einsetzen der Musik unterband jedes weitere Gespräch. Die war anders als alles, was Luise bisher gehört hatte. Sie besaß nicht das Getragene der Orgelmusik in der Kirche und auch nicht das Übermütige, das sie von dörflichen Hochzeiten kannte. Die Musik klang voll und satt, und wenn sie ehrlich war, auch ein wenig schrill. Natürlich behielt sie das für sich. Im Parkett schien sich kaum jemand um den Beginn der Oper zu kümmern. Die Leute kamen und gingen wie zuvor und unterhielten sich über die Köpfe anderer hinweg. Von den anderen Logen waren viele nicht besetzt, die wenigen Besucher schienen sich auch nicht sehr für die Musik zu interessieren. Jedenfalls entdeckte Luise nur wenige Personen, die konzentriert lauschten. Sie entschied, ein Opernbesuch schien mehr den gesellschaftlichen Konventionen denn der Liebe zur Musik zu dienen.

»Ich hätte ein Programmheft kaufen sollen«, sagte Herr von Lobschütz. »Jetzt weiß ich nicht einmal, welche Oper gegeben wird.«

»›Artaserse‹ von Johann Adolph Hasse, in der Bearbeitung des Komponisten aus dem Jahr 1740. Habe ich auf einem Plakat gelesen.«

»Nie zuvor davon gehört.«

Luise sah ihre Meinung über einen Opernbesuch bestätigt, fragte sich jedoch, warum Herr von Lobschütz sich eine Loge hielt, obwohl er sich wenig um Konventionen scherte und augenscheinlich kein Musikfreund war.

»Habe die Loge nur in Gedenken an meine Frau behalten«, beantwortete er ihre unausgesprochene Frage. »Sie fand Gefallen daran, ging zum Schluss mehrmals die Woche hin, bis die Krankheit …«

Eine Bewegung an ihrer Seite lenkte Luise ab. Ihr Samtbeutel lag auf dem Boden, und etwas arbeitete sich daraus hervor. Gerade, als sie zugreifen wollte, hatte sich das Frettchen vollständig befreit und huschte in den hinteren dunklen Bereich der Loge.

»Oh nein! Fritz!«

Herr von Lobschütz merkte auf und wollte wissen, ob ihr Bruder überraschend gekommen sei.

»Nein. Fritz ist mein Frettchen.«

»Sie haben ein Frettchen? Jagt Ihr Bruder damit? Oder Ihr Vater? Warum bringen Sie es mit in die Oper?«

»Das habe ich nicht. Es hat sich …« Luise berichtete die Zusammenhänge, während sie zwischen den abgedeckten Stühlen nach Fritz Ausschau hielt.

»Im Beutel versteckt, und Sie wollten nicht zu spät kommen. Das nenne ich einmal einen Spaß.« Herr von Lobschütz war ebenfalls aufgestanden und wollte helfen, Fritz einzufangen.

Der wendige Kerl schlüpfte Luise zwischen den Fingern hindurch und kletterte auf die Brüstung. Ihre Fingerspitzen berührten nur noch die äußersten Enden seiner Schwanzhaare. Auf der Brüstung hielt Fritz einen Augenblick inne, und es sah aus, als interessiere er sich für das Geschehen auf der Bühne. Der Vorhang hatte sich gehoben, in der Mitte stand eine stattliche Dame, rang die Hände wie in höchster Not und sang dazu mit schriller Stimme Unverständliches. Luise griff nach dem Frettchen, und erneut wich Fritz aus, kletterte am Vorhang nach unten. Schnell verschwand er aus ihrer Reichweite.

Die beiden Logen unter ihrer waren unbesetzt, und Luise beobachtete, wie Fritz unbehelligt den Zuschauerraum erreichte. Sie konnte sich die Schrecken vorstellen, die er in der fremden Umgebung durchleben musste, und in den Ärger über ihn mischte sich Sorge. Er verschwand zwischen den Sitzreihen.

»Ich sehe ihn nicht mehr.«

Beide standen sie vorne, hielten die Brüstung umklammert und spähten nach dem Frettchen. Auf der Bühne hatte sich zu der Dame ein Herr gesellt, und beide schmetterten ein Duett. Sie klangen, als seien sie wütend aufeinander.

»Da vorne sehe ich ihn.« Herr von Lobschütz zeigte auf eine Stelle nahe der Bühne.

Das konnte nicht sein, Fritz war doch eben noch hinter der letzten Reihe gewesen. Aber dort vorne wuselte etwas kleines Weißes den Vorhang empor. Gleich darauf betrat Fritz die Bühne. Luise schlug sich die Hände vor das Gesicht. Der Sänger entdeckte das Frettchen und kam aus dem Takt. Dadurch wurden der Dirigent und verschiedene Musiker aufmerksam, ebenso wie die Sängerin.

»Der kleine Kerl erobert die Bühne. Schauen Sie nur.« Herr von Lobschütz klang, als sei alles ein riesiger Spaß.

Die Sängerin kreischte, und Luise spähte durch die Finger. Gerade noch rechtzeitig, um zu sehen, wie Fritz unter den Röcken der Frau verschwand. Wieder kreischte sie und begann hektisch herumzuspringen. Es sah aus wie ein wilder Tanz. Im Orchester hatten die meisten Musiker aufgehört, zu spielen. Auch das Publikum hatte bemerkt, dass etwas im Gange war.

Fritz flitzte auf der Bühne hin und her.

»Wir müssen ihn holen«, sagte Luise. Inzwischen sorgte sie sich nur noch um ihren vierbeinigen Freund.

»Das müssen wir wohl«, japste Herr von Lobschütz. »Obwohl ich sagen muss, dass mir die Oper lange nicht mehr so gut gefallen hat wie heute.«

Sie hasteten durch die schwach erleuchteten Gänge zurück ins Foyer und suchten sich von da aus einen Weg hinter die Bühne. Jeden, der sich ihnen in den Weg stellen wollte, stocherte Herr von Lobschütz mit seinem Stock beiseite. Endlich standen sie in den Kulissen und hatten freien Blick auf die Bühne. Von Fritz war nichts zu sehen. Die Sängerin hatte sich auf einen Schemel geflüchtet und sah wütend drein, während der Dirigent mit dem Taktstock auf sein Pult klopfte, um Ordnung in das Orchester zu bringen. Bislang vergebens. Allein der Sänger schien ihm Folge leisten zu wollen und stellte sich in Positur. Aus dem Publikum ertönten Lacher, anfeuernde Rufe und Pfiffe.

Von der gegenüberliegenden Seite rannte Fritz heran. Gerade als Luise Hoffnung schöpfte, er hätte sie entdeckt und käme zu ihr, bog er in den hinteren Bereich der Bühne ab.

»Nimm doch jemand diese Ratte fort!« Die Stimme der Sängerin gellte Luise in den Ohren.

»Das ist ein Frettchen. Sehen Sie das denn nicht, Verehrteste?« Herr von Lobschütz war zwar nicht zu sehen, aber deutlich zu hören.

Der Dirigent schlug die Hände über dem Kopf zusammen. Dabei verlor er seinen Taktstock.

Fritz wollte Zuflucht auf einem künstlichen Baum suchen und an dessen Stamm hochklettern. Leider war der Baum nur ein fragiles Gebilde aus Latten und Papier. Mit Getöse kippte er um.

»Oh, Fritz. Herr Jesus, hilf«, stöhnte Luise.

Ein schmächtiger Junge hechtete auf die Bühne und warf sich auf das Frettchen. Er landete im ohnehin zerstörten Baum. Fritz entkam.

»Locken Sie ihn«, riet von Lobschütz leise.

»Wie?«

»Mit Innereien. Oder einem Fischkopf.«

»Woher soll ich das nehmen?«

»So etwas wird es doch in dieser Oper geben ...« Entschlossen wandte sich von Lobschütz an einen Bühnenarbeiter.

Die Herren im Parkett machten sich inzwischen einen Spaß daraus, den Jungen, der sich wieder aufgerappelt hatte, dorthin zu dirigieren, wo Fritz vermeintlich hingesprungen war. Der Dirigent kroch unter dem Pult herum und suchte seinen Taktstock, die Sängerin harrte weiter auf dem Schemel aus. Der Sänger hatte die Bühne verlassen.

Luise fragte sich, wie sie Fritz je einfangen sollte. Der Arme musste vor Angst halb verrückt sein. Ein Bühnenarbeiter brachte auf einem Teller etwas, das wie die Leber eines kleinen Tieres aussah. Eines Huhns oder Kaninchens. Er hielt den Teller Herrn von Lobschütz hin, aber der zeigte auf Luise. Ein anderer Arbeiter schleppte ein Gewirr von Seilen herbei.

»Locken Sie ihn an«, sagte von Lobschütz. Die Seile entfalteten sich in seinen Händen zu einem Netz.

»Ich kann da nicht rausgehen«, flüsterte Luise.

»Sie werden müssen.«

Sie erhielt einen sanften Schubs. Durch das Publikum ging ein Raunen. Luise ergab sich in ihr Schicksal, war aber entschlossen, den Leuten nichts anderes als ihr Hinterteil zuzukehren. Der Junge wurde von Herrn von Lobschütz energisch in die Kulissen geschickt. Er befahl den Arbeitern auch, den Vorhang zu schließen. Was diese eilig taten. Darauf hätte jemand eher kommen können, dachte Luise.

Die Geräusche des Publikums waren nur noch gedämpft zu hören. Auch das Lamento der Sängerin verstummte. Luise kniete sich hin und hielt Ausschau nach Fritz. Sie meinte einen buschigen Schwanz hinter einem künstlichen Brunnen zu erspähen.

»Fritz, schau mal hier«, lockte sie leise und hielt den Teller in seine Richtung.

Sie zupfte das Fleisch auseinander und warf ein Stück neben den Brunnen. Es dauerte eine Weile, aber dann wagte sich das Frettchen hervor und schnappte nach dem Futter. Das nächste Fleischbröckchen warf sie weniger weit. Fritz überlegte auch nicht mehr so lange, ehe er es sich holte.

»Sehr gut«, raunte Herr von Lobschütz neben ihr. »Locken Sie ihn ganz heraus.«

Fritz schien hungrig zu sein und verschwand nach dem dritten Fleischbrocken gar nicht mehr in seinem Versteck, sondern schaute Luise herausfordernd an. Die tat ihm den Gefallen und warf erneut ein Stück der Innereien in seine Richtung. Das Netz segelte durch die Luft, gerade als Fritz das Fleisch aufnahm. Er sah die Gefahr kommen, war aber nicht schnell genug. Die engen Maschen legten sich über ihn. Fritz knurrte und fiepte in einem. Luise sorgte sich um sein Gemüt und war gleichzeitig froh, dass es vorbei war.

»Das wäre geschafft«, sagte auch Herr von Lobschütz sehr zufrieden.

Dies war jedoch nur die halbe Wahrheit. Bei dem anschließenden Gespräch mit dem Intendanten der Oper wollte Luise vor Scham im Boden versinken. Fritz hatte das Band des Samtbeutels durchgebissen und sich so befreit. Erklärungen wollte der Intendant keine hören. Er plusterte die Backen auf und wurde rot im Gesicht. Hermann Carl von Lobschütz ließ sich nicht abhalten. Er kicherte beim Reden. Mit großartiger Geste sagte er den Ersatz allen Schadens zu. Zum Abschied klopfte er dem Intendanten jovial auf die Schulter.

Fritz trug ein Geschirr um Brust und Vorderbeine, dass Herr von Lobschütz aus einem Stück Seil geknüpft hatte. Das freie Ende hielt Luise in der Hand. Sie trug ihn unter den anderen Arm geklemmt. Er erweckte nicht den Eindruck, von seinem Abenteuer einen Schaden zurückbehalten zu haben, jedenfalls hatte er in aller Seelenruhe auch die restliche Leber vertilgt.

»Das ist völlig unmöglich, dass Sie den Schaden bezahlen. Ich werde Ihnen das Geld ersetzen, so wie es mir möglich ist«, sagte Luise, sobald sie das Opernhaus verlassen hatten. Im Geiste rechnete sie aus, wie das zu bewerkstelligen wäre und ob es helfen konnte, mit dem Baron von Cranmeer noch einmal Tric-Trac zu spielen?

»Das wiederum ist völlig unmöglich. Ich werde nicht so tief sinken und von einer jungen Frau Geld annehmen. In der Oper hatte ich lange nicht mehr so viel Spaß. Das müssen wir unbedingt wiederholen.«

»Noch einmal bringe ich Fritz nicht mit.«

»Das hatte ich befürchtet. Sie sollten ihn immer an einer Leine führen. In kürzester Zeit wäre das in Dresden *bon ton*.«

Luise fragte sich, ob das etwas war, was sie erreichen wollte. »Mir wäre am liebsten, niemand erführe davon.«

»Nachdem die Oper voll besetzt war? Wenigstens das Parkett. Sie werden in aller Munde sein.«

»Hoffentlich hört Madame LaTrebe …«

»Sie weiß immer, was in der Stadt geschieht, und wird es großartig finden, dass eines ihrer Mädchen … also eine der jungen Damen unter ihrem Schutz von sich reden macht.«

KAPITEL XXXIV

Georg zuckte zusammen, als der Vater auf einmal in der Tür stand. Schuldbewusst nahm er die Füße vom Stuhl und wischte die Dreckkrumen fort, die seine Schuhe dort hinterlassen hatten.

»Ich habe … Papa, ich habe gar nicht gewusst, dass sie heute kommen.«

»Muss ich mich schriftlich anmelden, wenn ich mein eigenes Haus betreten will? So weit ist es gekommen.« Jacob zog die Kappe vom Kopf und warf sie auf den Küchentisch. Das Haar darunter schien grauer geworden zu sein. Georg wurde zum ersten Mal bewusst, dass sein Vater kein junger Mann mehr war.

Er beeilte sich, einen Becher zu holen und ihm Milch einzuschenken. Jacob stürzte den Inhalt in einem Zug herunter.

»Ist Ihre Arbeit in der Kommission beendet?«, fragte der Sohn.

»Wo denkst du hin? Die feinen Herren reden und reden, streiten über jedes Wort, als würden sie dafür bezahlt. Wenn das so weitergeht, ist der verdammte Bericht Pfingsten noch nicht fertig. Wo ist Luise?«

»Ich weiß nicht.«

»Wieso weißt du nicht, wo deine Schwester ist?«

»Sie war nicht da, als ich nach Hause kam.«

»Fischst du wieder? Mit wem?«

»Ja, Herr Papa …« Georg brach ab. Er war seit Tagen nicht auf dem Fluss gewesen, hatte nur die von Gabriel Neuber gebrachten Fische geräuchert und seinen Anteil daran verkauft. Die übrige Zeit hatte er in Leopolds' Wagenbauerwerkstatt verbracht. »Wir haben kaum noch Räuchermehl«, sagte er ausweichend. »Der neue Ofen verbraucht mehr.«

Sein Vater hatte ihm zwar gezeigt, wie das Räuchern vonstattenging, aber die spezielle Zusammenstellung des Ehrmannschen Räuchermehls hatte er bis jetzt für sich behalten.

»Soll ich raten, dass du nicht einmal auf dem Fluss warst?«

»Das stimmt nicht. Ich habe die Reusen kontrolliert und geleert.« Das hatte er tatsächlich getan, aber weder eine Angel noch ein Netz ausgeworfen. Also nichts, was sein Vater als Fischen ansah.

»Soll ich wieder raten, dass du dich bei diesem Wagenbauer rumgetrieben hast, statt deine Arbeit zu tun und auf deine Schwester achtzugeben?«

»Luise ist sieben Jahre älter als ich, sie wird es gerade wollen, dass ich den Herrn im Haus spiele.«

»Ich habe wirklich gedacht, euch könnte man ein paar Tage allein lassen.«

»Wir sind wunderbar zurechtgekommen, und es geschieht nicht gerade selten, dass Luise nach Dresden geht.«

»Du sprichst von der Wäsche? Es hat sich nicht so angehört, als wäre sie deshalb nicht zu Hause.«

»Ich weiß sonst nichts, warum sie für einen halben Tag weggehen sollte.« Georg verschränkte die Arme vor der Brust und war fest entschlossen, nichts weiter zu sagen. Luise sollte ihre Angelegenheiten selbst ausfechten.

In unbehaglichem Schweigen warteten beide, bis Luise durch die Vordertür ins Haus kam. Sie hielt Fritz im Arm und trug ein Kleid … Georg kannte sich mit der weiblichen Garderobe nicht aus, aber in so etwas hatte er sie noch nie gesehen.

Sie sah aus wie eine Dame. Beim Anblick des Vaters hielt sie in der Bewegung inne und öffnete den Mund. Fritz entkam von ihrem Arm auf den Boden, aber eine Leine schränkte seine Freiheit ein.

»Papa, Sie sind zu Hause? Ist Ihre Arbeit in der Kommission beendet?«

»Keineswegs. Wie ich sehe, bin ich gerade zur rechten Zeit gekommen.«

»Wie meinen Sie das?«

»Wo warst du, ohne deinem Bruder zu sagen, wo du hingehst? Wegen der Wäsche warst du offensichtlich nicht in Dresden.« Jacob Ehrmann betrachtete das blaue Kleid.

Luise leckte sich über die Lippen. »Das stimmt, in Dresden war ich nicht. Dort gehe ich tagsüber hin, nicht in den Abendstunden.« Sie sprach schneller als gewöhnlich und höher. Daran erkannte Georg ihre Aufregung.

»Ich warte auf deine Erklärung.«

»Es war seinetwegen.« Sie zog kurz an der Leine. Fritz begann, sich im Kreis zu drehen, um sich von dem störenden Anhängsel zu befreien. »Er war verschwunden, und ich habe ihn gesucht.«

»In dem Kleid?« Die Worte rutschen Georg heraus.

»Das frage ich mich auch. Woher hast du dieses Gewand? Das gehört sich nicht für unseren Stand.«

Luise schaute an sich herunter. »Das Kleid? Die Majorin hat es mir gegeben. Es war für ihre Tochter bestimmt, der hat es nicht gefallen.«

»Einfach so? Sie hätte dieses Kleid verkaufen können.«

»Sie wollte mir danken, weil ich seit Jahren ihre Wäsche mache.«

Der Vater schüttelte den Kopf. Georg glaubte, dass seine Schwester Lügen erzählte. Aber diesmal gelang es ihm, ruhig zu bleiben. Der Vater hieb mit der flachen Hand auf den Tisch.

»Genug geredet! Luise, du musst auf deinen Ruf achten. In einem derartigen Gewand wirst du dich in Loschwitz nicht mehr sehen lassen. Aus dem Haus gehst du nur noch, wenn es unbedingt notwendig ist. Nicht wegen dem da.« Jacob trat nach dem Frettchen.

Fritz sprang zur Seite und fiepte empört.

Luise hatte dem Vater wortlos die beiden sauberen Hemden gegeben, deretwegen er gekommen war. Er hatte ihr dafür zwei angeschmutzte dagelassen. Kaum hatte er das Haus wieder verlassen, kehrte sie auch Georg den Rücken.

»Ich wollte das nicht sagen, Luise. Es tut mir leid«, rief der ihr hinterher. »Schwester? Du musst selbst zugeben, dass dieses Kleid kaum geeignet ist, um ein Frettchen zu suchen.«

Sie drehte sich kurz um. »Fritz war verschwunden, das wusstest du. Ich habe ihn gefunden. Also was willst du?« Eine Antwort wartete sie nicht ab, sondern ging die Treppe hinauf in ihre Schlafkammer.

Dafür war sie gut: für andere die Wäsche zu machen und im Haus den Dreck wegzuputzen. Aber wenn sie einmal etwas Schönes haben wollte …? Ihre Gefühle drohten sie zu übermannen. Sie krallte die Hände in ihren Rock, bis sie die Falten bemerkte und hastig losließ. Es war ein viel zu feines Kleid für den Alltag, und Luise begann, sich umzukleiden. Ihre Gedanken dabei waren düster.

Georg war fein raus. Seit der Vater vor über einer Woche aufgebrochen war, hatte er die Zeit hemmungslos genutzt, sich bei seinem Wagenbauer herumzutreiben. Alle Freiheiten hatte sie dem Bruder gelassen, klaglos seine Aufgaben übernommen, damit er ihr bei der erstbesten Gelegenheit in den Rücken fiel.

Damit wäre jetzt Schluss. Kaum hatte sie einmal etwas Schönes, vermutete jeder das Schlimmste von ihr, als hätte sie sich selbst vergessen, um ein schönes Kleid zu erhalten. Es war typisch für ihren Vater, immer nur vom Schlimmsten auszugehen. Weil er sich keine Freude gönnte, durften andere auch keine haben. Das war einfach ungerecht.

Luise schnaufte und fällte eine Entscheidung. Herr von Lobschütz hatte ihr schließlich dazu geraten, wäre der Vater erst wieder zu Hause, ließe es sich kaum noch verwirklichen.

KAPITEL XXXV

Das Herz klopfte ihr bis zum Hals, aber Luise lehnte sich entspannt zurück. Sie beobachtete jede Bewegung Herrn von Cranmeers, der in einem Sessel seitlich von ihr lümmelte und sie den Abend über nicht mehr beachtet hatte, als dass er sie in dieses sehr kleine Zimmer einlud, ihm Gesellschaft zu leisten. Alles hatte Luise erwartet, aber nicht, dass er eine Zeitung hervorholen und mit Lesen beginnen würde. Sie wünschte, sie hätte sich etwas zu sticken mitgebracht. So blieb ihr nichts anderes zu tun, als die Stirn des Barons zu betrachten. Vor sein rechtes Auge hielt er sich ein Lorgnon, was Lid und Augapfel dahinter grotesk vergrößert aussehen ließ.

Endlich faltete der Baron die Zeitung zusammen. »Sie haben sich doch nicht etwa gelangweilt, schönes Kind?«

»Gar nicht. Obwohl ich zugeben will, etwas anderes erwartet zu haben.«

»Was denn?«

»Das weiß ich nicht. Sie mit einer Zeitung beschäftigt zu sehen, jedenfalls nicht.«

»Weil Sie es für unhöflich halten oder weil Sie mir nicht zutrauen, mich für das in der Zeitung Geschriebene zu interessieren?«

Luise spürte, dass sie geprüft wurde, aber nun hatte sie sich auf dieses dünne Eis begeben und musste selbst wieder herunterfinden. Das gehörte zu dem Mut, den sie zusammengenommen hatte und der sie wieder an die Tür Angelique LaTrebes hatte pochen lassen. »Ich halte Sie nicht für jemanden, der an seiner Umwelt nicht interessiert ist.«

»Ich nehme das als ein Kompliment. In der Zeitung steht nichts Weltbewegendes. Diese Kommissionen des Kurfürsten zur Erfassung der Flutschäden tagen immer noch in Dresden.«

Er konnte nicht wissen, dass Luise von diesen Kommissionen so gar nichts hören wollte. Sie nickte und murmelte etwas, von dem sie selbst nicht wusste, was es sein sollte. Der Baron faltete die Zeitung zusammen und ließ sie neben seinem Sessel fallen. Er beugte sich vor, nahm Luises Rechte zwischen seine Hände. Im ersten Moment wollte sie zurückzucken, und es kostete sie Überwindung, es nicht zu tun. Das lag nicht nur daran, dass ein fremder Mann noch nie ihre Hand gehalten hatte, sondern auch, weil die Hände des Barons schweißfeucht waren und sich unangenehm anfühlten.

»Ich will ehrlich zu Ihnen sein: In den vergangenen Tagen habe ich hin und wieder an Sie gedacht, Mademoiselle Ehrmann.«

»Weil Sie Tric-Trac mit mir spielen wollen?«

»Sie haben etwas Freches an sich, das gefällt mir bei einer Frau. Besser, als wenn sie unterwürfig ist. Wenn Sie Tric-Trac spielen möchten, bin ich dazu bereit. Wir können aber auch …« Er verließ seinen Sessel und nahm neben Luise auf dem Sofa Platz.

Sie entzog ihm ihre Hand und rückte von ihm ab, schaute dabei krampfhaft auf ihre im Schoß verschränkten Finger.

»Wir lassen es langsam angehen. Ich will Sie nicht verschrecken. Madame LaTrebe hat mir zu verstehen gegeben, dass Sie etwas Besonderes sind, aber Sie werden mir … wenn wir uns erst besser kennengelernt haben.«

»Wobei wollen Sie mich nicht verschrecken? Und was werden wir?« Luise war verwirrt.

»Was LaTrebes Mädchen eben so tun mit den Herren.«

»Ich bin keines ihrer Mädchen. Ich bin ihrer Einladung gefolgt, weil ich …« Vom Sticken wollte Luise nichts sagen, sie ahnte, dass sie den Baron damit nicht beeindrucken würde.

»Was immer Sie sind. Ich genieße Ihre Gesellschaft.« Der Baron lachte auf. »Obwohl ich etwas enttäuscht bin.«

Luise wartete darauf, dass er weitersprach. Sie fragte sich nicht besonders interessiert, was nun gleich kommen würde.

»Dass Sie mit jemandem wie Hermann Carl von Lobschütz in die Oper gegangen sind. Es wäre mir eine Ehre gewesen, Sie hinzuführen.«

»Er hat mich eingeladen. Sie bisher nicht. Und es war ihm eine große Freude.«

»Natürlich. Ich gräme mich unendlich, dass ich den Auftritt Ihres Frettchens verpasst habe. Wer hätte gedacht, dass sich ein solches Tierchen in Ihrer Obhut befindet. Es muss köstlich gewesen sein.«

»Nun …«

»Verzeihen Sie. Sicherlich war es für Sie nicht spaßig, weil Sie sich Sorgen um Ihr Haustier gemacht haben?«

»Das habe ich. Sein kleines Herz muss wie ein Schmiedehammer geschlagen haben. So viele fremde Menschen, und diesen Gesang ist er nicht gewöhnt.«

»Sie müssen mir eines versprechen.« Der Baron neigte sich zu ihr und sagte dicht neben ihrem Ohr: »Begleiten Sie mich zu einem Spaziergang in den Großem Garten. Das Frettchen muss unbedingt dabei sein. Ich möchte mit der Frau gesehen werden, die in Dresden in aller Munde ist.«

»Das bin ich nicht.«

»Sie sind es. Ich schicke Ihnen ein Geschirr für das Frettchen, und Sie führen ihn an einer Leine spazieren wie einen kleinen Hund. In kürzester Zeit wird jede vornehme Dame in Dresden ebenfalls ein Frettchen an einer Leine ausführen.«

»Sie klingen wie Herr von Lobschütz.«

»Das hätte ich nicht gedacht, dass ich mit dem alten Knaben mehr gemein habe als gelegentliche Kartenabende bei Madame LaTrebe.«

»Fritz geht nicht gerne an der Leine.«

»So heißt der Gute also. Er wird sich daran gewöhnen müssen. Versprechen Sie es mir, und dann spiele ich sofort mit Ihnen Tric-Trac.«

Als Antwort lachte Luise. Sie empfing daraufhin einen Handkuss.

»Wir warten auf einen Tag mit schönem Wetter und nicht zu viel Wind.«

Der Tric-Trac-Tisch stand im selben langgestreckten Raum wie letztes Mal. Wieder spielte Luise mit den weißen Steinen. Den Einsatz verdoppelte Baron von Cranmeer auf vier Taler. Nachdem sie die ersten beiden Partien verloren hatte, spielte sie konzentrierter und hatte eine Glückssträhne. Sie gewann fünf Partien nacheinander und strich zwanzig Taler ein. Diesmal war Luise nicht mehr der Meinung, das Geld stehe ihr nicht zu.

KAPITEL XXXVI

Jacob wunderte sich, wie die vornehmen Herren den ganzen Tag auf weichen Stühlen sitzen und reden konnten. Noch mehr wunderte ihn, dass Conrad Meinel dabei mithielt. Ihm taten nach kurzer Zeit der Hintern und der Rücken weh, weshalb er über jede Pause froh war. Conrad Meinel bekam dagegen nicht genug, sogar außerhalb der Sitzungen debattierte er mit den gelehrten Herren über die richtigen Maßnahmen.

Am dritten Tag reichte es Jacob, und statt weiterhin sein Kreuz zu malträtieren, stand er auf dem Neumarkt und beobachtete zwei Frauen, die gemeinsam das Maternihospital verließen. Eine kleidete die Tracht der frommen Schwestern, die andere ein schmuckloses grau-braunes Kleid. Sie unterhielten sich und trugen schwer an ihren Körben. Jacob überlegte noch, ob er hingehen und ihnen Hilfe anbieten sollte, als sie sich auf Höhe der Frauenkirche trennten. Er folgte der einfach gekleideten Frau, die mit gleichmäßigen Schritten den Bereich der inneren Stadt verließ. Ihr Ziel schien in der Friedrichstadt zu liegen. Jacob hätte längst wieder im Amthaus sein müssen, dennoch folgte er der Frau, als hielte sie ihn an einer unsichtbaren Leine.

Ihr Korb musste wirklich schwer sein. Sie hatte ihn bereits mehrmals von einer Hand in die andere gewechselt. Ihre Schritte setzte sie nicht mehr mühelos. Jacob schloss zu ihr auf.

»Gute Frau, darf ich Ihnen den Korb abnehmen? Er scheint mir schwer zu sein. Lassen Sie ihn mich für Sie tragen.«

Sie drehte sich zu ihm um. Und es war – Barbara. Zweifel waren nicht möglich. Nicht bei diesen Augen, die sie ihrer Tochter vererbt hatte. Nicht bei dieser um ein Weniges in den Himmel ragenden Nase, die sie Luise nicht vererbt hatte. Obwohl sich Falten in Mund- und Augenwinkeln eingegraben hatten und zwei besonders tiefe vom Mund zum Kinn führten.

»Barbara.« Er spürte, wie sein Herz aus dem Takt geriet und in seiner Brust einen wilden Tanz aufführte. Seine Kehle war auf einmal trocken, und nur mühsam brachte er die nächsten Worte heraus. »Lass mich deinen Korb tragen. Ich sehe doch, dass er zu schwer für dich ist.«

Sie trat zwei Schritte zurück, als müsste sie sich vor ihm in Sicherheit bringen. »Jacob, was soll das?«

»Ich biete dir meine Hilfe an.«

»Du bist mir gefolgt.«

»Ja – nein.« Jacob war verwirrt, wie es ihm sonst nur ergangen war, als er seine neugeborenen Kinder das erste Mal im Arm gehalten und auf diese Wunder Gottes hinabgeblickt hatte. »Lass mich dir helfen, ich bin dein Ehemann.«

Mit einem Schritt überwand er die Distanz zwischen ihnen, wollte nach dem Henkel des Korbes greifen. Sie zog ihn weg, umklammerte den Griff mit beiden Händen.

»Das ist für die kranke Frau einer armen Familie. Ich habe keine Zeit.«

»Dann komme ich mit.« Jacob zog am Korb. Er hätte ihn beinahe fallen gelassen, als dessen ganzes Gewicht auf einmal an seinem Arm hing. Das Ding war wirklich schwer.

»Das geht nicht.« Barbara klang müde. Er erinnerte sich, dass sie so geklungen und ausgesehen hatte, wenn Luise als Mädchen nicht hatte einschlafen wollen oder wenn Georgs Weinen in seinen ersten Monaten sie die ganze Nacht wach gehalten hatte.

Am liebsten hätte Jacob sie an seine Brust gezogen, das ging natürlich nicht, solange sie mitten in der Friedrichstadt standen. Er ahnte zudem, dass er es behutsam angehen müsste. Für sie – und für sich. »Ich will nicht mit reinkommen, wenn du dein frommes Werk an der Kranken verrichtest. Aber du bist meine Frau, die ich gerade wiedergefunden habe. Nach fünfzehn Jahren.«

»Frag nichts«, unterbrach sie ihn, bevor er weitersprechen konnte.

Barbara ging weiter, und er lief mit dem Korb in der Hand neben ihr her. Der verrückte Tanz seines Herzens war einem tiefen Glück gewichen, weil er neben seiner Frau ging. Er hatte Schwierigkeiten, seine Schritte ihren kürzeren anzupassen.

»Ich bin nicht mehr deine Frau.«

»Was willst du sonst sein?«

»Du musst mich für tot gehalten haben.«

»Ich habe vor den Behörden nichts dergleichen erklärt und auch den Kindern gegenüber nie so gesprochen. Du bist meine Frau und wirst es immer bleiben.« Bis dass der Tod uns scheidet – die Worte konnte er gerade noch verschlucken. Sie wären unpassend gewesen, auch wenn er es mit aller Inbrunst bei der Hochzeit versprochen hatte und davon nie abgerückt war.

»Hier ist es.« Barbara war vor einem Haus stehen geblieben, bei dem die Feuchtigkeit in den Wänden bis in den ersten Stock gezogen war. Das Haus hatte zwei Stockwerke und ein weiteres halbes im Dachgeschoss.

Die anderen Häuser in der Straße sahen gleich aus. Sie mussten einst schön gewesen sein für Familien kleiner Gehilfen, Tagarbeiter und Häusler. Eine lange Zeit ohne Reparaturen hatten sie in einen verwahrlosten Zustand sinken lassen.

»In diesem Haus wohnen fünf Familien, insgesamt mehr als dreißig Personen«, sprach Barbara wieder. »Jede in zwei kleinen Kammern. Es gibt nur eine Küche, die sich alle teilen müssen, und nur zwei Stuben mit Öfen. Trotzdem bezahlen die Menschen fast die Hälfte ihres Einkommens als Miete.«

Jacob schwieg.

»Findest du das gerecht?«

»Das habe ich nicht gesagt. Ich weiß, dass es viele gibt, denen es schlechter geht als den Fischern in Loschwitz. Wie alle anderen Orte an der Elbe haben auch wir unter der Eisflut gelitten. Alle unsere Fischerschuppen sind zerstört. Die Häusler haben kein Dach mehr über dem Kopf. Die Felder der Bauern stehen unter Wasser, es kann nichts gesät werden. Korn und Mehl in den Mühlen sind verdorben. Die Flut hat das Elend der armen Leute vergrößert. Deswegen hat der Kurfürst Kommissionen eingesetzt, um die von der Flut verursachten Schäden aufzunehmen und das Leid zu lindern. Niemand soll im Stich gelassen werden.« Jacob brach ab. Hatte er gerade eben zum ersten Mal die Arbeit der Kommission verteidigt?

»Die Menschen werden uns immer brauchen.«

»Ich achte die Arbeit der frommen Schwestern des Maternihospitals.«

»Ich bin nur eine Helferin.« Barbara schloss die Tür auf und betrat das Haus.

Jacob folgte ihr in einen düsteren Flur, in dem es nach feuchter Erde, zu vielen Menschen auf zu wenig Raum und nach etlichem anderem roch, das zu benennen er nicht in der Lage war. Er wollte nicht, dass seine Familie an solche Orte ging, nur besaß er wohl nicht das Recht, Barbara Derartiges zu sagen. Sie ging die Treppe in den ersten Stock hinauf, und er postierte sich im Flur, behielt die vordere und die hintere Tür im Auge. Die Rechte legte er auf die Tasche, in der er die Börse mit seiner mageren Barschaft verwahrte. Im Haus herrschte ein Kommen und Gehen kleiner Kinder in schäbigen Kitteln. Sie alle waren blass, mit roten Augen und triefenden Nasen, die meisten von ihnen ohne Schuhe. Es war ein Gewimmel, dass Jacob sich fragte, ob die Kinder selbst wussten, zu welcher Familie sie gehörten. Er sah nur welche, die höchstens fünf Jahre alt waren, alle älteren gingen wohl einer Beschäftigung nach, die sicher nicht aus dem Besuch einer Schule bestand und auch nicht immer mit der geltenden Ordnung im Einklang stand.

Es dauerte für Jacobs Gefühl eine Ewigkeit, bis Barbara wieder im Flur erschien, obwohl bestimmt nicht mehr als eine halbe Stunde vergangen war. Vor dem Haus atmete er auf.

»Lass uns zurückgehen, Barbara«, sagte er und berührte seine Frau leicht am Oberarm.

Gleich darauf erhielt er einen Schlag mit dem Ellenbogen, der erst sein Schlüsselbein und dann sein Kinn traf. Barbara schaute ihn nicht an, sondern ging weiter, als wäre nichts geschehen. »Mein Zuhause ist das Maternihospital.«

»Du bist keine der frommen Schwestern. Du trägst nicht ihre Tracht.« Er rieb sich das Kinn und entschied, den Schlag mit keinem Wort zu erwähnen.

»Die frommen Schwestern haben mir ein Heim gegeben, wo ich zur Ruhe kommen konnte. Beides habe ich damals gebraucht.«

Jacob ging wieder neben ihr. »Die Tür des Ehrmannschen Hauses stand dir immer offen.«

»Jacob!«

»Ich will es nur verstehen. Warum geht eine Frau von einem auf den anderen Tag fort, lässt ihren Ehemann und zwei kleine

Kinder zurück? Fünfzehn Jahre hört die Familie nichts von ihr, wenn ich dich nicht zufällig getroffen hätte … Es wären weitere fünfzehn Jahre vergangen. Du hast dich noch nicht einmal nach Georg und Luise erkundigt.«

»Ich kann nicht, Jacob. Das musst du verstehen. Meine ganze Welt geriet ins Wanken, als ich dich während der Flut sah.« Sie hielt sich beim Sprechen eine Hand vor den Mund und war kaum zu verstehen. »Die Kinder sind erwachsen und brauchen keine Mutter mehr. Du hast dich bestimmt gut um sie gekümmert und eine Frau ins Haus geholt, die sie erzieht.«

»Ich habe sie alleine großgezogen. Luise führt den Haushalt. Georg kommt in sein zweites Lehrjahr zum Fischer.«

Sie hatten wieder die innere Altstadt erreicht.

»Hast du Verpflichtungen im Maternihospital, die dich daran hindern, nach Hause zu kommen?«, fragte Jacob.

»Nur die Pflichten des Herrn. Die frommen Schwestern haben mir nichts als Güte bewiesen. Es geht einfach nicht, Jacob. Ich bin nicht bereit und habe dich schon viel zu lange von deinen Geschäften in Dresden abgehalten.«

Er zuckte mit den Schultern. »Die können warten.«

»Der Fisch muss immer frisch sein, das waren deine Worte, wenn die Geschäfte mal wieder nicht warten konnten.«

»Ich räuchere die meisten Fische. Ehrmanns Räucherfisch ist weithin bekannt.«

»Das bringt dir sicher einen guten Verdienst?«

»Es kann immer besser sein. Trotzdem habe ich im letzten Jahr vor Weihnachten eine Spende an das Maternihospital gerichtet.« In Gedanken tat Jacob für die Lüge Abbitte und versprach, sie wahr werden zu lassen, so wie er wieder zu Hause wäre. Er hoffte, Barbara auf diese Weise gnädig zu stimmen, und tatsächlich machte ihre abweisende Miene einer freundlicheren Platz. Er berichtete von seiner Arbeit in der Kommission, stellte sie als verantwortungsvoll dar und schilderte die Eigenheiten der anderen Kommissionsmitglieder. Früher hätten sie gemeinsam darüber gelacht. Diesmal wirkte Barbara ernst.

Vor einer Seitentür des Maternihospitals blieben sie stehen. Barbara streckte ihm die Hand zum Abschied hin.

»Mit welchen Worten willst du mich fortschicken?«

»Dass wir beide Zeit brauchen, uns neu kennenzulernen, und wir Rücksicht auf die Gefühle der Kinder nehmen müssen.«

KAPITEL XXXVII

Als Conrad Meinel das Haus betrat, in dem er seine Krankheit auskuriert und die Flut erlebt hatte, fühlte er sich, als würde er nach Hause kommen. Jacob Ehrmann schien sich über seinen Besuch zu freuen, er schlug ihm auf die Schulter und begrüßte ihn wie einen lang vermissten Freund. Luise hatte Kaffee gekocht und einen Kuchen mit Rosinen gebacken, aber bevor sie sich daran labten, wollte der Fischer mit ihm einen Gang durch Loschwitz unternehmen. Conrad fügte sich.

Die Elbe floss wieder ruhig und träge in ihrem Bett. Der Fährmann legte gerade an. Neben einigen Passagieren beförderte er in seinem Kahn auch zwei Schweine und den Bauern, dem sie gehörten. Die Tiere grunzten und quiekten im Bug und drehten sich ein ums andere Mal um sich selbst, obwohl der Bauer mit einem Stab versuchte, sie ruhig zu halten. Die anderen Passagiere hatten sich im Heck zusammengedrängt.

Kräftige Stockhiebe auf die Hinterteile der Schweine brachten diese dazu, über die Bordwand an Land zu springen. Dort wurden sie von einem jungen Herrn in Empfang genommen, der ein Sohn des Bauern war. Conrad erkannte eine Familienähnlichkeit. Der Sohn bekam jedoch nur ein Schwein am Ringelschwanz zu fassen, das andere flitzte ihm quiekend davon. Der Bauer fluchte, die Passagiere im Heck lachten. Im Nu begann eine Jagd durch Loschwitz nach dem Schwein, an dem sich mehr und mehr Buben beteiligten.

Natürlich hatte Jacob ihn nicht mit ins Dorf genommen, um ihm das zu zeigen. Der Fischer sprach über die schlimmen Folgen der Flut für den Ort. Am Ufer demonstrierte er mit ausholenden Armbewegungen, wie der Deich erneuert werden und wo er verlaufen musste.

»Der Deich wird erneuert werden. Das hat der Bericht der kurfürstlichen Kommission festgestellt. Überall entlang der Elbe wird der Deich höher errichtet werden, als er zuvor war. Das ist eine der Maßnahmen des Flutschutzes«, sagte Conrad.

Der Bericht war inzwischen fertiggestellt und übergeben worden. Die Summe, die für die Beseitigung aller Flutschäden im Kurfürstentum Sachsen nötig wäre, belief sich auf beinahe sechshunderttausend Taler. Der Betrag hatte auch Conrad ein Schwindelgefühl durch den Leib gejagt. Aus seinem privaten Vermögen stellte der Kurfürst mehr als hundertachtzigtausend Taler zur Verfügung; die Karfreitagskollekte hatte den schönen Betrag von etwas mehr als vierzigtausend Talern erbracht. Andere Spenden hatten sechsundvierzigtausend Taler eingebracht; die Finanzkasse steuerte einen Zuschuss von sechsunddreißigtausend Talern bei. Alles zusammengerechnet ergab gerade einmal die Hälfte der Summe, die benötigt wurde. Woher das restliche Geld kommen sollte …? In dem Bericht der Kommission war es offengeblieben.

Jacob Ehrmann schien das nicht zu wissen, wahrscheinlich hatte er den Bericht nicht gelesen, obwohl der für alle zur Einsicht im Amthaus gelegen hatte. Es würde wohl wieder so ausgehen, dass die, die es am nötigsten hätten, mit ihren Schäden allein gelassen wurden. In dem Bericht stand nämlich auch, dass Straßen und Brücken sowie die Deiche bevorzugt instand gesetzt werden sollten. Allein die Sicherung der Augustusbrücke in Dresden schlug mit über sechstausend Talern zu Buche. Die Sanierung würde ein Vielfaches verschlingen. Conrad hütete sich aber, Jacob Ehrmann diese Zusammenhänge zu erklären.

Für ihn selbst hatte sich eine Tätigkeit in Dresden ergeben. Bevor die neuen Deiche errichtet werden konnten, mussten sie eingemessen werden. Eine Aufgabe für einen Geographen, die man ihm angeboten hatte. Er würde bald nach Dresden ziehen. Eine Wohnung war bereits gefunden. Jacob Ehrmann hatte inzwischen die Deiche abgehakt, die Straßen übersprungen und ließ sich über die verschlammten Äcker der Bauern aus, die auch über zwei Monate nach der Flut immer noch nicht für die Aufnahme der Saat bereit waren.

»Die Ernte können wir in diesem Jahr vergessen. Die Bauern befürchten eine Hungersnot«, sagte der Fischer.

»Sehen Sie das nicht zu schwarz, Herr Ehrmann?«, warf Conrad ein. »Es sind nur die Felder an den Flussufern verschlammt und zerstört. Die meisten Ackerflächen im Kurfürstentum sind unbeschädigt und längst eingesät. Eine Hungersnot sehe ich nicht herankommen. Es wird aber einige Anstrengungen einer gerechten Verteilung bedürfen. Lassen Sie uns zurückgehen, darüber werden sich klügere Köpfe Gedanken machen müssen.«

Zum Glück ließ Jacob sich überzeugen. Er labte seinen Gast mit Kaffee und Rosinenkuchen, und danach entschuldigte sich Conrad, er wolle einige Worte mit Luise wechseln.

Er fand sie in der Küche. Sie trocknete Geschirr ab. Das Frettchen turnte auf ihren Schultern herum. Schnell schloss Conrad die Tür.

Luise lächelte ihn an. »Das ist nicht nötig. Fritz hat jetzt ein Geschirr. Er läuft mir nicht mehr weg. Seit er hier ist, brauche ich mir um Mäuse keine Gedanken mehr zu machen. Fritz ist besser als jede Katze, fängt auch Spinnen und anderes Ungeziefer weg.« Sie pflückte ihn von ihrer Schulter und setzte ihn auf den Küchentisch.

Nur einen Moment verharrte das Frettchen still, dann reckte es schnuppernd seine Nase hierhin und dorthin, ehe es sich daran machte, das bereits abgetrocknete Geschirr zu untersuchen. Die Teller klirrten, von den Löffeln schubste er einen über die Kante. Conrad hob diesen auf, während Luise nach der kurzen Leine griff, die an Fritz' Geschirr befestigt war.

»Benehmen kann man ihm nicht beibringen. Ich habe alles versucht.« An Fritz gewandt sagte sie: »Du kommst in dein Gehege. Da kannst du alles umräumen, so oft du willst.«

Sobald Fritz in seinem Reich saß, bat Conrad Luise, Platz zu nehmen, weil er etwas mit ihr besprechen wolle. Sie griff nach dem Löffel und drehte ihn in den Fingern.

Conrad fühlte sich seltsam befangen. »Fräulein Luise, Sie denken vielleicht, ich bin gekommen, um Ihren Vater zu besuchen und mit ihm über Flutschutz zu fachsimpeln.« Er räusperte sich. »Das stimmt nur zu einem Teil, mindestens ebenso sehr wollte ich Sie wiedersehen.«

Seine wirre Rede zauberte ein Lächeln auf ihr Gesicht. Sie setzte sich auf den Stuhl, auf den er deutete.

»Sie haben mich gesehen.«

»Ich will auch mit Ihnen sprechen. Weil ich Ihnen mein Wort gegeben habe. Deshalb bin ich gekommen.«

»Sie haben jemanden gefunden, dem meine Stickereien gefallen? Der einen Auftrag für mich hat?« Die Frage kam ohne jedes Zögern.

»Hier und da habe ich ein Wort fallen gelassen. Eines davon ist auf fruchtbaren Boden geraten.« Er zog einen gefalteten Zettel aus seinem Ärmelaufschlag und schob ihn ihr zu. »Senden Sie dort eine Probe Ihrer Arbeiten hin, und man wird wohlwollend über einen Auftrag nachdenken. Das ist alles, was ich erreichen konnte. Den Rest schaffen Sie ohne mich.«

»Herr Meinel. Oh, Herr Meinel, es gibt keine Worte, die

ausdrücken, wie froh und dankbar ich bin. Dass Sie diese Mühe für eine einfache Frau wie mich auf sich genommen haben …«

»Sie sind vieles, aber bestimmt keine einfache Frau. Sie haben ein Herz für alles, und wenn es ein heimatloses Frettchen ist. Ich habe bei Ihnen eine solche Tiefe der Gedanken gefunden wie bei kaum jemandem zuvor. Oft habe ich in den vergangenen Tagen und Wochen an Sie gedacht, Ihre Briefe wieder und wieder hervorgezogen und darin gelesen.«

»Das habe ich auch gemacht. Mit Ihren Briefen, meine ich. Sie haben mir Trost und Vertrauen geschenkt.«

»Luise – ich darf Sie so nennen? So habe ich noch zu keiner Frau gesprochen, aber ich bin zu dem Schluss gekommen, dass mein Leben mit Ihnen gemeinsam … Also das, ich meine … Also … Ich wünsche mir Vertrauen und Freude zwischen uns.«

Luise saß auf ihrem Stuhl und hörte seinem Gestammel zu. Den Blick hielt sie gesenkt, er konnte nicht in ihrer Miene lesen. Conrad hatte dieses Gespräch in Gedanken geübt. Da war es ihm einfach erschienen. Ein Satz hatte den anderen ergeben, und am Ende hielt er stets ihre Hand.

»Wir müssen uns besser kennenlernen«, sagte sie auf einmal. »Dann wird alles leichter.«

»Sie haben recht.« Nun griff er ihre Hand, und sie ließ es geschehen. Warm lag sie zwischen seinen Fingern. »Meine Hoffnung ist, dass Sie an mir ebenso viel Gefallen finden wie ich an Ihnen. Bis dahin werde ich zufrieden sein, wenn Sie Ihre Gedanken mit mir teilen.«

»Aber ich finde Gefallen an Ihnen. Ich weiß nur nicht …«

»Geben Sie mir keine Antwort auf eine Frage, die ich gar nicht gestellt habe. Wir wollen alles lassen, wie es ist. Nur dass ich Sie Luise nennen möchte und Sie Conrad zu mir sagen.«

»Das wird ungewohnt sein, aber ich versuche es.« Sie schenkte ihm ein kurzes Lächeln.

Er erinnerte sich daran, dass er ihr einen Großteil seiner Pläne gar nicht erzählt hatte, und holte es schleunigst nach, ihr von seiner neuen Aufgabe in Dresden zu berichten.

»Sie werden reisen müssen, wenn die neuen Deiche entlang der Elbe in Ihrer Verantwortung liegen, Conrad.«

»Nicht allein in meiner Verantwortung. Viele andere werden daran beteiligt sein.«

»Sie werden dennoch viel reisen müssen.«

»Gelegentlich werde ich ein paar Tage abwesend sein, hat man mir zu verstehen gegeben.«

»Möchten Sie meinem Vater davon berichten? Er wird sich mit Ihnen freuen.«

»Dies soll vorerst zwischen uns bleiben, Luise. Ihr werter Papa soll erst davon erfahren, wenn die Zeit gekommen ist. Es wird alles schicklich sein.«

»Und Ihre Frau Mama?«

»Mit ihr halte ich es genauso.« Die ganze Zeit hatte ihre Hand in seiner gelegen. Nun zog er sie an seine Lippen, berührte sie zart, ehe er sie blitzschnell umdrehte und die Innenseite küsste.

Nachdem Conrad gegangen war, räumte Luise die Küche auf, sperrte Fritz in sein Außengehege und suchte danach ihre Schlafkammer auf. Die Tür verriegelte sie hinter sich. Sie musste mit ihren Gedanken allein sein.

In einer Schublade ihrer Kommode bewahrte sie ihre Sticktücher auf. Die holte sie hervor und breitete sie auf dem Bett aus. Viele Blumenmuster, hier und da ein Insekt und Buchstaben. Der Beginn des 23. Psalms, ein Kreuz, ein Alpha und ein Omega. Vieles eignete sich nur für ein Altartuch. Sie legte es weg, davon hatte Conrad nicht gesprochen. Schade, dass sie das Taschentuch nicht mehr hatte. Dieses Muster war sehr zart gewesen, es hätte sich gut als Probe geeignet, aber sie hatte es ja Angelique LaTrebe geschenkt.

Luise entschied sich für zwei andere Proben ihrer Arbeit, ein Tuch mit einem Blumenmuster und einigen Buchstaben; das zweite war eigentlich kein Mustertuch, sondern es handelte sich um ihre guten Strümpfe, die sie sonntags in der Kirche trug. Sie waren aus einem dünnen Garn gestrickt und mit einem noch dünneren Faden mit einem Rautenmuster bestickt. Die Probestücke legte sie zur Seite, die anderen wieder in die Schublade zurück.

Conrad hatte mehr getan, als ihr eine Möglichkeit zu verschaffen, als Stickerin zu arbeiten. War sie nun mit ihm verlobt? Die letzte Frage hatte er nicht gestellt, aber er hatte es in seinem Gestammel ganz sicher vorgehabt. Schließlich hatte er davon geredet, so ein Gespräch nur einmal im Leben führen zu wollen und von einer gemeinsamen Zukunft.

An dieser Stelle seiner Rede hätte sie am liebsten »Ja, ja!«, gerufen, aber er hatte sie nicht gelassen. Ein warmes Gefühl hatte ihren Leib durchrieselt, und beim Gedanken daran kitzelte es sie wieder. Conrad war zweifellos ein Mann, mit dem eine Frau gut durchs Leben gehen konnte. Mit dem *sie* gut durchs Leben gehen konnte. Die Erinnerung an seinen Kuss auf ihre Handinnenfläche zauberte ein Lächeln auf ihr Gesicht und ein Kribbeln in ihrem Leib.

KAPITEL XXXVIII

Tag um Tag verging, ohne dass Luise eine Antwort aus Dresden erhielt. Das Paket mit ihren Mustertüchern hatte sie am Tag nach Conrads Besuch abgegeben. Bis zur Gattin des Amtmanns von Hartitzsch war sie allerdings nicht vorgedrungen. Ein Diener hatte sie an der Tür abgefertigt und sich einzig die Zusage entlocken lassen, man werde sich melden.

Eine Woche müsste sie sich wohl gedulden, dachte Luise auf dem Rückweg. Sie empfing in dieser Zeit einen Brief von Conrad, der damit beschäftigt war, seine Übersiedlung nach Dresden vorzubereiten. Er schrieb ihr von der Wohnung mit zwei heizbaren Stuben und zwei Kammern, die er im Haus einer Arztwitwe beziehen würde und die für ihn alleine viel zu groß sei. Luise antwortete an die Adresse dieser neuen Wohnung.

Die Wartezeit war längst vergangen, und noch immer war keine Antwort zu ihren Mustertüchern eingetroffen. Nach zwölf Tagen fragte sie sich, ob sie noch einmal hingehen und eine weitere Probe ihrer Arbeit abgeben sollte. Falls die Frau des Amtmanns sich nicht entscheiden konnte.

Am dreizehnten Tag wurde ein Paket im Fischerhaus abgegeben, das genauso aussah wie das, welches Luise zu Frau von Hartitzsch getragen hatte. Es stand sogar die Adresse in Dresden drauf – allerdings durchgestrichen. Daneben standen ihr Name und ihre Anschrift.

Sie packte das Mustertuch und ihre feinen Strümpfe aus. Auf einem der Strümpfe prangte ein Schmutzfleck an der Ferse. Es sah aus, als hätte sie jemand anprobiert, wäre damit in etwas hineingetreten und schickte sie ihr so wieder zurück. Ein unverschämtes Benehmen, fand Luise. Den Arbeitsproben lag eine einseitig beschriebene Karte bei.

Beim Lesen stieg ihr die Röte ins Gesicht. Ohne freundliche Anrede kam die Schreiberin der wenigen Zeilen gleich zur Sache: Sie sende die Stoffproben zurück, weil sie dafür keine Verwendung habe. Warum die Absenderin der Meinung sei, sie wolle einen Auftrag für eine Stickerei erteilen, sei völlig schleierhaft. Die Schreiberin dieser Zeilen wolle keineswegs weiter belästigt werden.

Abwechselnd wurde Luise heiß und kalt. Das klang, als müsse sie froh sein, dass ihr die Arbeitsproben überhaupt zurückgeschickt worden waren. Dabei hatte Conrad gesagt, man warte dort auf eine Nachricht von ihr. Sie verstand die Welt nicht mehr. Bis ihr auf einmal die Zusammenhänge klar wurden: Der Mann, den sie als ihren Verlobten betrachtete, hatte sie angeschwindelt. Um sie für sich zu gewinnen. Offenbar hatte er ihr seine Bemühungen arg geschönt dargestellt, während er in Wirklichkeit … Wahrscheinlich hatte er kein Wort über ihre Stickkunst gesagt und gehofft, die Sache würde im Sande verlaufen.

Sie rief sich noch einmal das Gespräch mit Conrad ins Gedächtnis, und sie hörte ihn deutlich sagen, er habe etwas für sie arrangiert. Es war nicht um vage Hoffnungen gegangen. Wut stieg in ihr auf, und sie fühlte sich betrogen. Das sollte es unter Verlobten nicht geben.

Luise war stets für ein offenes Wort, Ärger in sich hineinzufressen, war ihre Sache nicht, deshalb griff sie zu Papier und Feder, tauchte Letztere ins Tintenfass und schrieb sich alles von der Seele. Auf den zusammengefalteten Bogen kam außen Conrads neue Adresse in Dresden. Den Brief brachte sie sogleich auf den Weg.

Ihre Enttäuschung schmälerte das nur teilweise, denn es änderte nichts daran, dass sich niemand für ihre Stickerei interessierte. Eine Einladung Baron von Cranmeers zu dem versprochenen Picknick im Großen Garten kam ihr gerade recht. Sie sagte unverzüglich zu und lenkte sich mit der Kleiderfrage ab.

In dem blauen Kleid – so schön es war – konnte sie sich ihm nicht zum dritten Mal präsentieren. Sie betrachtete das dunkelrote, das Angelique LaTrebe ihr nach der Flut überlassen hatte. Die Farbe stand ihr nicht so gut, aber mit ein wenig Spitze und einer hellen Borte mochte es gehen. Die Borte hatte sie bei ihrem letzten Gang nach Dresden von dem Geld erworben, das sie dem Baron im Spiel abgewonnen hatte. Nach dem Gespräch mit Conrad hatte sie vorgehabt, sich ihm darin zu zeigen. Nun bekam eben der Baron zu sehen, wofür sein Geld ausgegeben wurde.

»Ich werde nach Dresden gehen. Die Kommissionsarbeit ruft mich noch einmal dorthin.« Jacob Ehrmann sagte dies mit einem Lächeln in der Stimme und im Gesicht, das Luise aufhorchen ließ.

An Georgs Miene erkannte sie, dass ihm das ebenso seltsam vorkam wie ihr.

»Wir fahren nicht zum Fischen raus?«, fragte er.

»Du schaffst es auch ohne mich. Oder nimm dir einen der Neuberschen Bengel mit. Es wird Zeit, dass sie lernen, was richtiges Fischen bedeutet.«

»Papa, ich bin im zweiten Lehrjahr.«

»Trotzdem halten wir kein Netz in einen Teich, in dem es von Fischen wimmelt. Das ist kein Geschick, da etwas zu fangen. Zeige ihnen, wie es richtig geht. Ich mache mich auf den Weg. Es kann sein, dass ich erst morgen zurückkomme.« Jacob knuffte Georg gegen die Schulter und küsste Luise zum Abschied auf die Wange. Das hatte er seit Jahren nicht getan. Eigentlich nicht mehr, seit sie konfirmiert war.

»Was ist in Papa gefahren?«, sprach Georg ihre Gedanken aus, kaum dass sie beide allein vor der morgendlichen Hafergrütze saßen. »So vergnügt habe ich ihn sich noch nie in die Arbeit der Kommission stürzen sehen.«

»Sie wird ihm gutgetan haben, auch wenn er es selbst nicht wahrhaben will. Oder sie haben ihm einen schönen Verdienst für diesen Tag zugesagt«, vermutete Luise.

»Verdienst hin oder her, das hat ihn in der Vergangenheit nie so vergnügt werden lassen.«

»Was immer es ist, ich werde auch nach Dresden gehen und Fritz mitnehmen. Du musst am Abend alleine zurechtkommen.«

»Wenn alle ihre eigenen Wege gehen«, begehrte der Bruder auf.

»Georg! Vater wird es merken, wenn keine Fische im Ofen sind. Das ist deine Verantwortung.«

»Während du tust, was du willst. Du kannst mir jedenfalls nicht erzählen, dass dein Weg nach Dresden etwas mit der Wäsche zu tun hat.«

Barbara wartete an der Pforte des Maternihospitals auf ihn. Eine der frommen Frauen war bei ihr. Jacob erkannte in ihr dieselbe, mit der sie beim letzten Mal zum Krankenbesuch aufgebrochen war. Er fühlte Enttäuschung, hatte er doch gehofft, mit seiner Frau allein sprechen zu können. Sie trug wieder dasselbe schmucklose Kleid wie damals, aber ihre Wangen überzog ein sanftes Rot, und sie erschien ihm schöner denn je.

Die fromme Frau stellte sich selbst als Schwester Wilhelmia vor, seit vielen Jahren Agathes – Barbara hatte diesen Namen zu Ehren der heiligen Agathe angenommen – Freundin und Mentorin.

»Für mich wird meine Frau immer Barbara bleiben. Das ist ihr Name«, erklärte Jacob stur.

»Das verstehe ich.« Die Stimme Schwester Wilhelmias klang sanft, aber Jacob hörte die Härte darin. Die Frau würde nicht zögern, sich schützend vor Barbara zu stellen.

»Ich dagegen verstehe nicht, warum sie vor fünfzehn Jahren ihre Familie verlassen hat, dass wir alle denken mussten, sie weilt nicht mehr unter den Lebenden. Um das zu erfahren bin ich gekommen, und weil ich inzwischen verstanden habe, dass wir nicht dort weitermachen können, wo wir vor fünfzehn Jahren unterbrochen wurden.« Lange nächtliche Diskussionen mit seinem besseren Ich hatten Jacob zu dieser Einsicht gebracht. Wenn er Barbara zurückhaben wollte, durfte er sie nicht verschrecken.

»Agathe und ich sind übereingekommen, dass Sie ein Recht auf die Wahrheit haben. Auf die schonungslose Wahrheit.« Schwester Wilhelmia nickte seiner Frau aufmunternd zu. »Sie müssen versprechen, die Worte Ihrer Frau ruhig anzuhören, nicht aufzufahren und ihr keine Vorwürfe zu machen.«

»Ich verspreche es«, antwortete Jacob sofort, dachte aber bei sich, dass es diese fromme Schwester nichts angehe, wie er mit seiner Frau redete.

»Sprich ganz ohne Furcht«, sagte sie an Barbara gewandt. »Unser Herr kennt dich und weiß, dass du keine Schuld auf dich geladen hast.«

Sie saßen inzwischen auf harten Stühlen um einen Tisch in einem Hinterzimmer zur Pforte, und Schwester Wilhelmia hatte aus einer Karaffe kalten Minztee ausgeschenkt. Barbara leckte sich über die Lippen und wirkte so angespannt, dass es

Jacob schwerfiel, sie nicht an sich zu ziehen oder wenigstens tröstend über ihren Arm zu streichen.

»Ich habe Schuld auf mich geladen«, begann sie mit leiser Stimme. »Ich habe meine kleinen Kinder verlassen und meinen Ehemann, weil ich keinen anderen Weg wusste.«

* * *

Die Nacht war mondlos und sternenklar. Jacob schlief bereits seit Stunden. Luise lag in dicke Decken warm eingepackt in der Kammer, in der nach dem Willen meines Mannes beide Kinder schlafen sollten. Georg hatte dort noch nicht eine Nacht verbracht.

Mit Georg auf dem Arm war ich stundenlang in der Küche hin- und hergegangen. Der Herd war erloschen, und in der Küche wurde es immer kälter. Ich müsste am Morgen das Feuer wieder in Gang bringen, und Jacob würde unwirsch werden, wenn er seine Grütze nicht rechtzeitig bekam. Aber wie sollte ich das alles tun mit einem Säugling auf dem Arm, den ich nicht einen Augenblick weglegen konnte, und nach einer schlaflosen Nacht? Daran dachte ich, während ich das weinende Kind wiegte. Mein Herz blieb kalt. Georgs Gesichtchen war rot vom vielen Weinen. Die guten Ratschläge der Nachbarinnen – der Grund für sein ständiges Weinen sei ein früher Zahn, und ich solle sanft sein Zahnfleisch reiben, es seien Blähungen im Bauch, und ich solle diesen reiben, er werde nicht satt von meiner Milch, und ich solle ihm mit Wasser verdünnte Kuhmilch geben – hatten sich allesamt als nutzlos erwiesen. Die verdünnte Kuhmilch hatte zu Durchfall und noch mehr Weinen geführt. Ein Zahn bei einem zwei Monate alten Kind war natürlich barer Unsinn. Ich wusste mir keinen Rat und wollte einfach nur, dass er still war. Ich sehnte den Moment herbei, in dem ihn die Erschöpfung übermannen und er einschlafen würde.

Kalt schaute ich auf das zerknautschte Gesicht meines Sohnes hinunter und fragte mich, ob ich wirklich dieses Wesen geboren hatte. Vielleicht war er gleich nach der Geburt vertauscht worden, nichts als ein Wechselbalg, während mein eigener schöner Sohn sich im Feenreich nach seiner Mama sehnte? Immer wenn ich versuchte, mit Jacob schamhaft über meine Ängste zu sprechen, lachte er mich aus und tat sie als Aberglaube ab. Jeder könne an den Augen des Kindes erkennen, dass Georg sein Sohn sei. Diese Ähnlichkeit zwischen Vater und Sohn hatte ich bisher nicht feststellen können.

Wurde Georgs Weinen leiser? Ich unterbrach meine trüben Gedanken und schaute auf den Jungen hinunter. Sein rotzverschmiertes Gesicht wirkte erschöpft, und er wurde tatsächlich leiser. Ich atmete auf, und obwohl mir längst die Arme weh taten, wiegte ich ihn weiter. Wenn er in die Ruhe fand, durfte nichts ihn stören. Endlich schlossen sich seine Augen, und er schmatzte ein paarmal, ehe er in den Schlaf fiel.

Völlig geräuschlos trug ich ihn in die Schlafkammer der Kinder und legte ihn in die Wiege, in der schon Luise, ihr Vater und seine Geschwister sowie dessen Vater und dessen Geschwister als kleine Kinder gelegen hatten. Ich deckte Georg zu und schaute nach seiner Schwester. Unter ihrer Decke ahnte ich sie mehr, als dass ich sie wirklich sah. Sie schlief friedlich.

Die Tür der Kammer hatte ich noch nicht hinter mir geschlossen, da hörte ich aus der Wiege ein erstes Glucksen. Nicht das eines friedlichen Kindes, sondern ein empörtes. Aus dem Glucksen wurde einen Greinen – leise noch. Es war nicht das erste Mal, dass Georgs Geschrei erneut begann, kaum dass ich ihn in die Wiege gelegt hatte. Er würde Luise aufwecken und Jacob, wenn ich nicht wieder mit ihm in die Küche hinunterging.

Ich schloss die Tür. Das Greinen war kaum noch zu hören. Ich ging an meiner und Jacob Schlafstube vorbei und die Treppe hi-

nunter. Unten griff ich ein Dreieckstuch aus Wolle vom Haken und schlang es mir um die Schultern. Das Haus verließ ich durch die Hintertür.

Um diese Zeit mitten in der Nacht und im März war in Loschwitz niemand auf den Straßen. Die Fischer würden erst in ein oder zwei Stunden aufbrechen. Meine Füße fanden den Weg zur Uferstraße, und dann ging ich Richtung Pillnitz. Es war wunderbar still um mich. Die Geräusche kleiner nächtlicher Tiere verstummten, wenn ich mich näherte. Nur die Elbe murmelte ihr freundliches Lied.

»Komm, komm«, lockte sie mich.

Einmal fand ich mich am Fluss stehend wieder und erschrak, als eine kalte Welle über meine Füße spülte. Ich ging auf die Straße zurück, setzte meinen Weg fort. Mein Kopf war leer von allen Gedanken. Ich kam mir fremd vor, dass es gar nicht mehr ich war, die dort ging. Irgendwann umspülte das Wasser erneut meine Füße. Diesmal zuckte ich nicht zurück, begrüßte die Kälte. Meine Röcke wurden schwer vom Wasser, zogen mich weiter hinaus. Ihrem Drang zu folgen, erschien mir einfacher, als auf die Straße zurückzukehren. Bald reichte mir das Wasser bis zur Mitte der Oberschenkel, dann bis zur Taille. Es gurgelte und gluckerte. Noch ein, zwei Schritte, dann würde ich mich fallen lassen. Die Strömung nahm mich in ihre Arme.

* * *

Barbara brach ab mit ihrem Bericht. Die Schultern hoben und senkten sich, während sie heftig atmete. Schwester Wilhelmia streichelte über ihren Handrücken.

Das sollte ich tun, begehrte Jacob innerlich auf. Mit einem Zipfel seines Taschentuchs wischte er sich über die Augen. Er wusste nun, was geschehen war, aber das Motiv blieb ihm verborgen. Er war sich nicht sicher, ob er es je verstehen würde. Georg hatte als kleines Kind viel geweint – er selbst hatte ihn manche Nacht gehört –, aber das war nichts, weswegen man ihn nicht lieb haben konnte. Es war das Los einer Mutter, das weinende Kind zu trösten. Ob Tag oder Nacht, was machte das für einen Unterschied?

Er riss sich zusammen. Es war nicht die Zeit für kritische Fragen, solange Schwester Wilhelmia wie ein Racheengel neben seiner Frau thronte. Sie schwiegen alle drei. Die Becher mit dem Minztee standen unberührt zwischen ihnen.

»Die Kinder sind erwachsen«, begann Jacob vorsichtig. »Luise schon lange, und auch Georg ist fast ein Mann. Hast du in all der Zeit nie wissen wollen, wie es ihnen geht? Hast du nie daran gedacht, dass sie ihre Mutter vermissen?«

Schwester Wilhelmia hob eine Hand, um weitere Fragen zu unterbinden.

Barbara wandte ihm ihr blasses Gesicht zu. »Zunächst habe ich nichts gedacht. Ich war nicht ich selbst, sondern habe wie eine Einsiedlerin in einer dunklen Höhle gehockt. Gegessen, wenn mir jemand etwas hingestellt hat, geschlafen, wenn mir jemand eine Decke gegeben hat.«

Sie musste damals aus der märzkalten Elbe gerettet worden sein, sonst könnte sie nicht vor ihm sitzen und mit ihm sprechen, aber Jacob wollte wissen, wer sie aus dem Wasser gezogen und warum dieser Mensch sie nicht nach Hause zu ihrer Familie gebracht hatte, aber die fromme Schwester war der Meinung, für einen Tag hätte Barbara genug altes Leid wieder aufgewühlt. Sie bestand darauf, dass Jacob gehen müsse.

»Nur eines noch«, sagte er schnell. Er beachtete die fromme Frau nicht, sondern sprach nur zu Barbara: »Was soll ich den Kindern über ihre Mutter sagen? Sie haben ein Recht, zu erfahren, dass du lebst. Sie werden dich sehen wollen und Fragen haben. Vielleicht mehr als ich.«

»Ich weiß nicht, Jacob.« Barbara war kaum zu verstehen. »Ich kann jetzt nicht. Nicht die Kinder …«

»Warum müssen Sie Ihre Frau derart quälen?«, fuhr Schwester Wilhelmia dazwischen. »Für heute ist es genug. Wir lassen Sie wissen, wenn Agathe das nächste Mal für Ihren Besuch bereit ist.«

Sie erhob sich. Jacob ebenfalls, und dann fand er sich schneller vor der Tür wieder, als ihm lieb war, und hörte, wie der Riegel vorgelegt wurde.

KAPITEL XXXIX

In seiner neuen Wohnung in Dresden erwarteten Conrad ein wuchtiger Schrankkoffer und mehrere kleine Behältnisse mit seiner Habe. Das war alles mit einem Frachtkahn von Wehlen hergeschafft worden. Er hätte nie gedacht, dass er so viele Dinge sein Eigen nannte. Das meiste davon waren Bücher und wissenschaftliche Traktate. Auf einer schmalen Konsole neben der Eingangstür lagen einige Briefe. Zuoberst einer von Luise. Darunter ein zweiter.

Er las zuerst den, der ihm älteren Datums zu sein schien und in dem er erfuhr, wie Fritz mit einer dicken Ratte gekämpft und sie schließlich besiegt hatte. Luise schilderte alles in lebendigen Farben, dass er das Frettchen regelrecht vor sich sah. Sie schloss mit lieben Worten und der Hoffnung auf ein baldiges Wiedersehen. Der zweite Brief war in einem anderen Tonfall verfasst. Beim Lesen runzelte Conrad die Stirn. Was war schiefgegangen mit seinem Arrangement, ihr mit ihrer Stickkunst zu helfen? Trotzdem hätte sie nicht derart die Contenance verlieren sollen, schließlich hatte er es gut gemeint und durfte von ihr erwarten, dass sie das anerkannte. Eine derartige Missstimmung gefiel ihm nicht. Er hatte den Brief noch nicht zu Ende gelesen, als …

»Herr Meinel! Herr Meinel!«, tönte es durch den Hausflur. Die Stimme seiner Vermieterin war kräftig und nicht zu überhören. Er ging nachsehen, was sie von ihm wollte.

Seine Vermieterin, Frau Laemmelin, war klein und früher sicher einmal eine schlanke Schönheit gewesen. Die Jahre hatten ihr nicht gutgetan: Ihr Gesicht war voller Runzeln, die Haut am Hals schlaff, der Rest dagegen üppig.

»Ich habe gar nicht bemerkt, wie Sie gekommen sind, Herr Meinel«, begann sie kurzatmig. »Aber dann hörte ich Sie herumgehen. Es wurde etwas für Sie abgegeben.«

»Was?«

»Ich habe nicht nachgeschaut. Was denken Sie von mir?«

»Nur das Beste, Frau Laemmelin. Wo haben Sie es denn?«

»Unten bei mir.«

Conrad hoffte, dass es keine zu schwere Kiste war, obwohl er nichts mehr erwartete. Allenfalls könnte seine Mutter ihm aus Wehlen etwas nachgesandt haben. Hintereinander gingen sie die Treppe hinunter zu ihrer Wohnung. Vor der Tür blieb er stehen und wartete, dass sie ihm erklärte, was sie für ihn hatte. Aber sie bat ihn herein. Frau Laemmelin war ähnlich eingerichtet wie seine Mutter in Wehlen. Der Eingangsbereich war sogar im gleichen Fliedergrau gestrichen.

»Kommen Sie nur. Kann ich Ihnen etwas anbieten? Einen Likör? Oder etwas Stärkeres? Es müsste noch Brandy meines seligen Gatten da sein.«

Soweit Conrad wusste, war der Gatte vor acht Jahren verschieden. Auf den Brandy verzichtete er und akzeptierte einen Likör. Eigentlich wollte er nichts trinken, aber die Laemmelin ein zweites Mal vor den Kopf zu stoßen, wollte er noch weniger. Er hatte sich vorgenommen, gut mit seiner Vermieterin auszukommen. Der Holunderlikör, den sie ihm servierte, schmeckte nicht einmal schlecht. Nach dem ersten schenkte sie flugs ein zweites Glas ein.

»Was ist bei Ihnen für mich abgegeben worden?«, fragte Conrad, nachdem er auch dieses geleert hatte.

»Das hat Zeit. Warum müssen es die jungen Leute immer eilig haben?«

»In meiner Wohnung stehen viele Kisten und Schachteln und warten darauf, von mir ausgepackt zu werden.«

»Die haben auch Zeit.« Die Laemmelin schenke zum dritten Mal ein. »Viel wichtiger ist, ein wenig Ruhe zu finden und sich mit den Nachbarn bekanntzumachen.«

Insbesondere Letzterem konnte er nicht widersprechen und akzeptierte ein weiteres Glas. Irgendwann zwischen dem vierten und achten verlor Conrad den Überblick, und dann war es nicht mehr nötig, mitzuzählen. Die Laemmelin erklärte ihm alles, von dem sie der Meinung war, er als Dresdener Neubürger müsse es unbedingt wissen. Das reichte von neuestem Hofklatsch über die Stationen der verschiedenen Fracht- und Lohnkutscher, den Tagen der Wochenmärkte bis hin zu den verschiedenen Literatur- und Musikzirkeln, die in bürgerlichen Häusern abgehalten wurden, und wie er dort Zutritt erlangen konnte. Nichts davon interessierte Conrad, und sollte er je Bedarf an einem musikalischen Salon haben, konnte er selbst herausfinden, wie er Zutritt erlangte, aber in seinem Kopf summte und brummte ein Bienenschwarm und hinderte ihn am Aufstehen.

Die Laemmelin verstummte erst, als die Likörkaraffe geleert war. Schwankend erhob er sich, verabschiedete sich mit so viel Schwung, wie er noch aufbringen konnte, und stolperte die Treppe hoch in seine eigene Wohnung. Im letzten Moment drückte Frau Laemmelin ihm einen Brief in die Hand, der für ihn abgegeben worden sei.

Er stammte von seinem neuen Vorgesetzten, der ihn bat, sein neues Amt bereits in der nächsten Woche anzutreten und nicht erst wie geplant in der Woche darauf. Darauf gab es nur eine Antwort, zu deren schriftlicher Abfassung Conrad sich an diesem Tag nicht mehr in der Lage fühlte. Er warf den Brief zu den anderen.

Dadurch geriet der ganze Stapel ins Wanken. Alle Schreiben rutschten zu Boden. Stöhnend bückte er sich und sammelte sie ein. Eines war hinter die Kommode gerutscht und blieb dort.

Er wachte am nächsten Morgen mit brummendem Schädel und steifem Nacken auf dem Sofa in seiner neuen Stube auf. Den pelzigen Geschmack im Mund vertrieb er mit einem Glas Wasser. Es schmeckte schal, befeuchtete aber seine Zunge. Er spritzte sich auch etwas ins Gesicht, was ihn wacher werden ließ. Im Morgenmantel, in bequemen Pantoffeln und ohne Halstuch machte er sich über seine Korrespondenz her.

Zunächst schrieb er seinem Vorgesetzten, dass er natürlich am Montag um sieben Uhr früh sein neues Amt antreten könne. Damit blieben ihm mit dem Wochenende vier Tage, um sich wohnlich einzurichten und seinen Alltag zu organisieren. Er glaubte, sich zu erinnern, dass die Laemmelin ihm angeboten hatte, die Mahlzeiten bei ihr einzunehmen. Nach den Erfahrungen des Vortags wollte er darauf verzichten. Zudem hatte er gehofft, in der nächsten Woche Luise in Dresden zu begrüßen und ihr vielleicht sogar seine neue Bleibe zu zeigen. Wenn er arbeiten musste, wurde daraus nichts. Genau das schrieb er ihr, bedauerte es sehr, hoffte jedoch weiterhin, sie bald zu sehen. Er versicherte in einem dritten Brief seiner Mutter, gut angekommen zu sein, schrieb seinem Lehrer und väterlichen Freund in Freiberg und zwei weiteren Freunden aus Studientagen.

Danach lag kein unbeantwortetes Schreiben mehr vor ihm, aber er hatte das Gefühl, etwas übersehen zu haben. Er blätterte erneut alle Briefe durch, fand nichts, aber das Gefühl blieb. Zuletzt schob Conrad es auf den Likör des Vortags und seine noch nicht wieder ganz klaren Sinne.

KAPITEL XL

Ich gehe nach Dresden und werde erst morgen oder in ein paar Tagen zurückkommen«, sagte Luise zu ihrem Vater.

Jacob wollte sich gerade seine Kappe auf die grauen Haare setzen. Georg war bereits vorausgegangen, um den Kahn für den täglichen Fischfang vorzubereiten. Die Hand mit der Kappe ließ er wieder sinken.

»Das erlaube ich nicht. Du bist eine anständige junge Frau und schläfst zu Hause, wie es sich gehört.«

»Ich habe in Dresden die Familie Hedatsch kennengelernt. Der Mann ist ein ehrbarer Schmiedegeselle, und die Mutter wäscht mit ihren Töchtern auch Wäsche für vornehme Haushalte. Sie haben mir angeboten, mich mit ihnen zusammenzutun. Ich kann meine Wäsche bei ihnen machen und bei den Mädchen in der Kammer schlafen. So muss ich nicht immer von Loschwitz nach Dresden gehen und spare viel Zeit.«

»Ich will diese Leute kennenlernen, bevor ich ihnen meine Tochter anvertraue.«

»Lieber Papa, Sie kennen mich, ich begebe mich nicht in die Hände von Schurken und Halsabschneidern. Die Hedatschs sind einfache, gute Leute wie wir auch.«

Jacob wollte etwas sagen, aber Luise kann ihm zuvor: »Habe ich Sie jemals enttäuscht? Ich kann sogar Fritz mitbringen, dann muss sich hier niemand um ihn kümmern.«

»Geh in Gottes Namen, Mädchen. Du hast schon immer deinen eigenen Kopf gehabt. Wenn du in Dresden Herrn Meinel sehen willst, habe ich nichts dagegen.«

»Danke, Papa!« Sie wollte ihrem Vater um den Hals fallen, wie es sich für Töchter gehörte, aber Jacob hatte die Hand schon an der Türklinke. Er nickte ihr noch einmal zu, ehe er davonstapfte.

Luise spülte sich den Mund mit Wasser aus, um den schlechten Geschmack daraus zu vertreiben. Ihrem Vater hatte sie nicht ein wahres Wort gesagt. Nie zuvor hatte sie ihn angelogen – von den Flunkereien eines Kindes, wenn sie nicht hatte sagen wollen, wo sie sich das gute Kleid zerrissen hatte, einmal abgesehen. Sie kannte in Dresden keine Familie Hedatsch. Eines hatte sie in den letzten Tagen jedoch begriffen: Wenn sie sich nicht selbst um sich und ihr Fortkommen sorgte, tat es auch niemand anderes.

Von Conrad hatte sie einen Brief empfangen, von dem sie zuerst nicht glauben konnte, dass er ihr dies wirklich geschrieben hatte. Mit keinem Wort war er auf die missglückte Vermittlung eines Auftrags als Stickerin eingegangen. Als hätte es das nicht gegeben, berichtete er in einem fröhlichen Tonfall von seinem zukünftigen Leben in Dresden, schilderte seine Vermieterin in lebhaften Farben als eine Frau, mit der Luise sich bestimmt verstehen würde, da sie beide über den gleichen praktischen Sinn verfügten, und er hoffte, dass sie sich bald sehen könnten. Sie solle nicht zögern, bei ihm vorzusprechen, wenn sie mit der Wäsche sowieso in Dresden sei. Den Segen ihres Vaters hätten sie. Er schloss mit lieben Worten, die ihr nichts als ein empörtes Schnauben entlockten. Ganz augenscheinlich interessierte es ihn keinen Deut, ob sie eine Stickerin wurde. Ihr Vater hatte ihn in dieser Meinung sicherlich bestärkt, er hatte ihren Traum nie ernst genommen.

Nun, Luise war es ernst damit, und sie wollte sich von keinem Mann behandeln lassen wie ein törichtes Kind. Als Verlobte Conrad Meinels betrachtete sie sich nicht mehr. Sie sah auch keinen Sinn darin, weiterhin auf dessen Meinung Rücksicht zu nehmen.

Nach Dresden trug sie deshalb kein Paket Wäsche, sondern ihre beiden guten Kleider und ein Paar Schuhe aus feinem braunem Leder, das sie sich gekauft hatte, sowie ein paar helle Handschuhe aus Ziegenleder, die sie ebenfalls erstanden hatte. Es fühlte sich an wie ein Abschied für immer, als sie die Haustür sorgfältig abschloss. Fritz steckte in dem Ledergeschirr, das Herman Carl von Lobschütz ihr geschickt hatte. Sie besaß sogar ein zweites vom Baron von Cranmeer, aber das bestand aus türkis eingefärbtem Leder und war mit Emailleknöpfen besetzt und für den Alltag wenig tauglich.

In der Radeberger Vorstadt bestieg sie eine Lohnkutsche und ließ sich zum Haus Angelique LaTrebes bringen.

Die vornehme Französin saß im Morgenrock beim Frühstück, als Luise eintraf.

»Nun, ma chère, Sie sehen aus, als wollten Sie bei mir einziehen«, wurde sie begrüßt, als sie verlegen in der Tür stand.

In der Gesellschaft Angeliques befand sich Herr von Lobschütz. Die Gabel, die er eben zum Mund führen wollte, schwebte auf halbem Wege in der Luft, aber dann fing er sich und begrüßte Luise wie eine lange nicht gesehene Freundin. Seit dem Opernbesuch hatten sie sich tatsächlich nicht mehr gesehen. Er erinnerte sie auch sogleich daran, dass er ihr noch eine Einladung in die Oper ohne das Frettchen schulde. Aber vielleicht wolle sie sich zu ihnen setzen und das restliche Frühstück genießen.

Luise, die an diesem Morgen noch nichts gegessen hatte, lehnte ab. Sie war zu gehemmt, um in Gesellschaft Angeliques und Herrn von Lobschütz etwas zu sich zu nehmen.

»Dann überlasse ich Sie Ihren Geschäften mit Madame LaTrebe. Sie hat mir sowieso erklärt, morgens außer einer Tasse Schokolade nie etwas zu sich zu nehmen.« Ein Zwinkern begleitete diese Worte, und Luise verstand, dass die Französin offenbar einiges mehr zum Frühstück verspeist hatte.

»Sie kennen das Arrangement, zu dem meine Mädchen im Haus übernachten.« Das war mehr eine Feststellung als eine Frage, nachdem sie mit Madame LaTrebe den Salon verlassen hatte.

Luise nickte.

»Das Frettchen muss in eine leere Kammer, und Sie müssen sich selbst darum kümmern.«

»Das ist kein Problem. Fritz frisst alles, was in der Küche übrig bleibt. Er kann Ratten und Mäuse fangen oder vertilgt, was anderswo in die Falle geht. Sogar Fliegen verschmäht er nicht.«

»Nicht nur niedlich, sondern auch nützlich. In der Stadt haben Sie Aufsehen mit ihm erregt. Die Signora wurde bereits mit einem Frettchen gesehen.«

Inzwischen wusste Luise, dass mit der Signora die Sängerin Sabina Alessio gemeint war, die als eine extravagante Person galt. Sie war sich allerdings nicht sicher, ob sie das als Kompliment nehmen sollte. Die Signora war nicht die Sängerin gewesen, die bei ihrem Opernbesuch ungeplant auf einen Schemel steigen musste.

»Ich teile gerne wieder mein Zimmer mit Ottilia«, sagte sie.

»Die war in den letzten Wochen nicht müßig und wohnt nicht mehr hier. Ihr Gönner hat für sie eine Wohnung in der Albertstadt gemietet.«

»Können Sie mir die Adresse geben?« Weil Angelique LaTrebe zweifelnd dreinschaute, fügte Luise hinzu: »Sie hat gesagt, ich könne jederzeit zu ihr kommen, schließlich stammen wir aus demselben Dorf und müssen zusammenhalten.«

»Wenn sie das gesagt hat. Es ist im Obergraben. Sie können von Ottilia einiges lernen. Die hätte keine Einladung zum Frühstück abgelehnt und es riskiert, einen freundlichen Herrn vor den Kopf zu stoßen.«

»Es war Ihr Frühstück. Die Einladung hätten Sie aussprechen müssen«, verteidigte sich Luise.

Angelique LaTrebe lachte auf. »Nicht ich habe Herrn von Lobschütz eingeladen, sondern er mich. Einmal in der Woche ist das eine liebgewordene Gewohnheit.«

Luise verstand nicht, wie jemand in seinem eigenen Haus zum Frühstück eingeladen werden konnte, war jedoch auch der Meinung, vieles im Leben der Angelique LaTrebe nicht zu verstehen. Deshalb schwieg sie und bezog wieder das Zimmer, das sie von ihrem ersten Besuch kannte. Diesmal hatte sie es für sich allein.

Die vornehme Französin schickte sie zudem auf einen Basar für gebrauchte Kleider und schärfte ihr ein, nicht ohne wenigstens zwei neue Gewänder zurückzukommen. Eines, das sie am Abend tragen könne, und ein weiteres für eine Soiree oder ein Picknick am Nachmittag. Sie müsse sich selbst behelfen, solange sich kein Gönner für sie verantwortlich fühle. Längst hatte Luise begriffen, dass bei Angelique LaTrebes Mädchen Stickkunst nicht gefragt war, es kam einzig und allein darauf an, einem Mann zu gefallen. Da sie sich gerade von ihrer Familie und Conrad Meinel verraten und verlassen fühlte, sah sie keine andere Lösung, als diesen Weg zu gehen. Die Herren, die bei Madame LaTrebe verkehrten, waren durch die Bank vornehmer als alle, die sonst für sie infrage kamen.

Sie suchte also den Kleiderbasar auf und fand bald ein perlmuttfarbenes mit Zartrosa abgesetztes Kleid, das ihr passte, als wäre es für sie genäht. Die Verkäuferin schien eine ältliche Zofe zu sein, die die abgelegten Kleider ihrer Herrin verkaufte. Allerdings forderte sie einen hohen Preis und wollte nicht mit sich handeln lassen. Luise winkte ab und ging weiter.

Anderswo erstand sie für den gleichen Preis zwei Kleider, von denen sich eines für den Abend und das andere für den Nachmittag eignete. Mit Spitze und Borte verfeinert konnten beide sogar am Abend getragen werden.

Kurz vor dem Ende des Basars kehrte sie zu der Zofe zurück. Das perlmuttfarbene Kleid war noch da. Luise nannte den Preis, den sie schon einmal geboten hatte.

Die Verkäuferin schüttelte spontan den Kopf, ehe sie sagte: »Nehmen Sie es mit, in Gottes Namen, und tragen Sie es auf den Vergnügungen, die Ihrereins besucht. Glauben Sie nicht, ich wüsste nicht, was Sie für eine sind.«

»Wenn ich eine Predigt hören will, gehe ich sonntags in die Kirche und nicht auf einen Basar für gebrauchte Kleider. Das Kleid gefällt mir beim zweiten Hinsehen gar nicht mehr so gut.« Luise machte Anstalten, sich zu verabschieden.

»Nehmen Sie es schon. Es wird Ihnen stehen, ich habe ein Auge für so etwas«, sagte die Zofe schnell. Sie ließ vom Preis sogar zwei Taler nach, wollte das Kleid auf keinen Fall wieder mitnehmen.

Bepackt wie zu ihren Zeiten als Wäscherin verließ Luise den Basar. Madame LaTrebe zeigte sich zufrieden mit der Ausbeute. Sie riet, dass perlmuttfarbene Kleid für eine besondere Gelegenheit aufzuheben und vorerst die anderen beiden zu tragen.

KAPITEL XLI

Die Gelegenheit ergab sich schneller als gedacht, denn kaum hatte der Baron von Cranmeer Luise in einem ihrer neuen Kleider gesehen, wich er ihr auf dem nächsten Kartenabend bei Madame LaTrebe nicht mehr von der Seite. Er berührte sie am Ellenbogen oder legte ihr eine Hand auf den Rücken, was ihr zu viel Nähe war. Aber um das Interesse eines Mannes wie des Barons wach zu halten, musste sie ihm wohl gewisse Vertraulichkeiten erlauben. Er lud sie mit Fritz zu einem öffentlichen Ball im Zwinger ein.

Den Tag des Balls verbrachte Luise unter Anleitung Madame LaTrebes damit, sich für denselben herzurichten. Sie hatte noch nie einen ganzen Tag damit zugebracht, sich zu pflegen. Zu Beginn fragte sie sich, ob das nötig sei. Die Zeit verging schneller als gedacht, und als Luise sich vor einem Spiegel drehte, erkannte sie sich nicht wieder. Ihre Augen glänzten wegen der Aufregung und der schwarzen Umrandung, die Angelique mit Khôl aufgetragen hatte. Die Lippen schimmerten feucht unter einer fetthaltigen rosa Paste, und das Kleid verlieh ihr eine Eleganz, die sie an sich nicht kannte. Es ließ sie wirken wie eine Frau von Welt. Alles Mädchenhafte war verschwunden.

Ausnahmsweise benahm sich Fritz manierlich in seinem neuen emaillebesetzten Geschirr, und Baron von Cranmeer perlte ein Kompliment nach dem anderen über die Lippen, als er sie abholte. In der Kutsche zwängte er sich neben sie, statt auf der gegenüberliegenden Sitzbank Platz zu nehmen. Es wurde eng, und er legte einen Arm um ihre Schultern. Luise nahm davon kaum Notiz, zu groß war die Vorfreude auf ihren ersten Ball.

Bevor sie die Kutsche verließen, reichte der Baron ihr eine schwarze, mit Federn und Schmucksteinen besetzte Maske und einen kurzen weißen Umhang mit Kapuze. Für sich hatte er eine weiße Maske und einen schwarzen Umhang.

»Wofür brauchen wir das?«, erkundigte sich Luise.

»Wir werden maskiert auf den Ball gehen.«

»Es ist doch nicht die Zeit des Karnevals.«

»Trotzdem werden wir maskiert auf den Ball gehen.«

»Weil Sie sich meiner schämen?«

»Weil es Personen meines Standes bei öffentlichen Bällen nun einmal so halten«, berichtigte er und band ihr die Maske um. Dabei versäumte er es nicht, einen zarten Kuss auf ihren Nacken zu drücken.

»Braucht Fritz auch eine Maske?« Luise dachte daran, wie das Frettchen aussehen würde mit Federn und Glitzer im Gesicht.

»Eine Maske nicht, aber das hier.« Der Baron brachte eine bestickte kleine Schabracke zum Vorschein, die auf Fritz' Rücken geschnallt wurde. Das Muster entsprach dem seines Rockes, die Farbe auch, und der Anblick verursachte Luise einen Stich, denn sie hätte diejenige sein wollen, die die Stickereien ausführte.

Fritz wand sich wie eine Schlange und versuchte, seine Zähne in die Hand des Barons zu schlagen, um sich von dem ungewohnten Kleidungsstück zu befreien. Das trug ihm einen Nasenstüber ein. Luise musste mithelfen, damit ihm die Schabracke umgeschnallt werden konnte. So ausstaffiert spazierten sie in den festlich erleuchteten Zwinger.

An gitterförmig aufgespannten Schnüren hingen verschiedenfarbige Lampions, die im Zusammenspiel mit der Abenddämmerung alles in ein geheimnisvolles Licht tauchten. Ein Orchester spielte auf, aber im allgemeinen Stimmengewirr ging die Musik beinahe unter. Das hinderte junge Burschen nicht daran, mit ihren Mädchen über eine Tanzfläche zu wirbeln. Es schien ihnen mehr auf gewagte Sprünge denn auf harmonische Bewegungen anzukommen. Niemand der Tänzer war maskiert, aber Luise erblickte etliche Herren mit ihren Damen, die ihre Gesichter verbargen und Umhänge der gleichen Machart trugen wie sie und der Baron. Sie wäre gern stehen geblieben, um alles zu bestaunen, aber von Cranmeer zog sie mit sich hinein ins Gewühl. Er drückte ihr einen Becher Weißwein in die Hand, der zu warm war und den Luise nicht wollte. Sie hatte genug zu tun, Fritz im Arm zu halten und von Cranmeer nicht zu verlieren, als dass sie noch etwas mit einem vollen Becher Wein anfangen konnte. Nach wenigen Schlucken schüttete sie den Inhalt unauffällig weg und ließ den Becher auf einem Mauervorsprung stehen. Das sonst so neugierige Frettchen schien sich unter den vielen Menschen nicht wohlzufühlen, es lag ungewohnt ruhig in Luises Armbeuge.

Der Baron hatte seinen Wein ebenfalls ausgetrunken und schaute Luise an. »Wollen Sie einen Tanz mit mir wagen, oder sollen wir uns auf die Galerie zurückziehen?«

»Die Galerie«, entschied Luise ohne Zögern.

Die Fenster auf der Innenseite der Galerie waren geöffnet. Vor jedem stand ein kleiner Tisch mit zwei Stühlen, und sie waren durch Paravents voneinander abgeteilt. Zu einer dieser Nischen führte der Baron sie. Er rückte den Stuhl für sie zurecht. Allein war man in diesen Nischen nicht, sie waren nach hinten offen, und dort flanierten ständig Paare vorbei.

»Ich habe mir gedacht, dass es Ihnen hier oben besser gefällt als im Gedränge des Hofes und diesen Tisch für uns reserviert.« Der Baron rückte seinen Stuhl dicht neben Luises.

Aus einer Schale auf dem Tisch nahm er eine Erdbeere und hielt sie ihr hin. Als sie danach greifen wollte, zog er die Hand weg. Die Frucht erhielt sie erst, als sie sie mit den Lippen aus seinen Fingern pflückte. Bei einer besonders großen Erdbeere nahm er eine Hälfte zwischen die Lippen und hieß Luise, die andere abzubeißen. Ihre Nasen berührten sich, und es war ihr unangenehm, sein Gesicht so dicht vor ihrem zu spüren. Fritz, der an einem Tischbein angebunden war und sich mit seiner Schabracke beschäftigte, bot ihr keinen Anlass, sich dem Baron zu entziehen.

Luise schluckte ihren Teil der Erdbeere beinahe unzerkaut hinunter und wollte danach aus der Nähe ihres Begleiters entweichen, als er ihr Gesicht sanft mit beiden Händen umfasste. Aber sie spürte, dass der Druck seiner schlanken Finger unvermittelt zunehmen würde, wenn sie sich seinem Willen widersetzte. Also hielt sie still.

»Luise, schönes Kind«, säuselte er. »Wir haben einige Gelegenheit gehabt, uns kennenzulernen, und es wird Zeit, die nächste Stufe unserer Freundschaft einzuleiten.«

Er küsste sie auf den Mund. Mit geschlossenen Augen und fest aufeinandergepressten Lippen ließ Luise es geschehen. Der Kuss endete bald, und sie öffnete die Augen, blickte auf die gerunzelte Stirn des Barons.

»Es ist gut und schön, die Zurückhaltende zu spielen, und es gefällt mir, eine schöne Frau zu erobern, aber irgendwann muss es damit gut sein. Ich weiß nicht, was unsere Freundin dir über deine Rolle erzählt hat, aber eine Frau, deren Leben ich finanzieren soll, muss mir Entgegenkommen zeigen.«

»Monsieur, Sie können nicht erwarten, dass ich Sie in der Öffentlichkeit küsse. Das sollte der Zweisamkeit vorbehalten sein«, brachte Luise bestürzt hervor. Eigentlich wollte sie ihn gar nicht küssen.

»Ich erwarte genau das von Angeliques Mädchen. Für die Zweisamkeit schweben mir andere Dinge vor.«

»Jeder kann uns sehen.«

»Na und? Dafür sind wir maskiert und alle anderen auch. Niemand muss seine Freunde erkennen. So machen es alle, die sich mit einer Frau vergnügen wollen.« Der Baron zuckte mit den Schultern. Er ließ endlich Luises Gesicht los, aber nur, um sie in seine Arme zu ziehen. Unwillkürlich machte sie sich steif. Wenn sie seine Gunst behalten wollte, sollte sie ihm entgegenkommen, aber sie konnte nicht anders. Flüchtig streifte sie der Gedanke, ob der Baron verheiratet war und was seine Frau dazu sagen würde. Aber sie war viel zu sehr mit anderen Dingen beschäftigt, um diesen Gedanken festzuhalten.

»Trotzdem«, sagte sie lahm und wusste selbst nicht, was genau sie meinte.

»Genau deshalb.« Ungeniert zerteilte er mit der Rechten ihren kurzen Umhang und zeichnete mit den Fingern den Ausschnitt ihres Kleides nach. Er schob sie unter den Stoffrand.

»Ich wette, dass dies jungfräuliche Haut ist. Dass dich noch nie ein Mann auf diese Weise berührt hat.« Seine Hand schob sich tiefer in ihren Ausschnitt, berührte fast die Warze ihrer linken Brust.

»Reichen fürs Erste einhundert Taler?«, flüsterte er ihr ins Ohr. »Ein bescheidenes Ding wie du sollte sich damit ausstatten können. Wenn du ganz die Meine geworden bist, bekommst du Schmuck, und ich miete eine Wohnung, in der ich dich besuchen komme. Wann immer es meine Verpflichtungen erlauben.«

Die Starre fiel von Luise ab. Sie stemmte die Hände gegen

seine Schultern und drückte ihn von sich weg. Sie blickte in sein lachendes Gesicht, das ihr wie die Fratze des Teufels erschien.

»Nun komm, schönes Kind. Wir waren uns doch einig, dass die Zeit des Zierens an diesem Abend zu Ende geht.«

»Nein!«

Der Baron gab nichts auf Ihren Wunsch und griff wieder nach ihr. Er war stärker als sie, und wenn sie nicht von ihm fortkam, war sie verloren. Luise wusste sich nicht anders zu helfen: Ihre Rechte klatschte auf seine Wange. Die Maske verrutschte.

Er prallte zurück und war dann bemüht, sein Gesicht wieder zu verbergen. Diesen kurzen Moment nutzte Luise aus, um unter dem Tisch nach Fritz zu greifen. Sie machte sich nicht die Mühe, die Leine zu lösen, sondern hakte sie einfach auf. Fritz hatte sich von der Schabracke befreit und sie in zwei Teile zerrissen. Die blieben unter dem Tisch liegen.

Rücksichtslos schob sie sich durch die Menschen auf der Galerie. Im Hof war das Gedränge noch größer geworden, und Luise kam kaum voran. Sie warf immer wieder einen Blick über die Schulter zurück, entdeckte den Baron jedoch nicht. Das beruhigte sie, aber als unbegleitete Frau musste sie erdulden, dass so manche Hand über ihren Rücken strich.

Endlich stand sie draußen und atmete auf. Fritz leckte über ihre Hand, als spürte er ihren Kummer und wollte sie trösten. Sie drückte seinen warmen, kleinen Körper an ihr Gesicht. Ihre Tränen blieben in seinem Fell zurück.

Mit dem Frettchen im Arm machte sich Luise zu Fuß auf den langen Rückweg zurück zu Angelique LaTrebe. In der Kutsche war ihr der Weg kurz vorgekommen, zu Fuß und in Schuhen, die nicht für eine Wanderung gemacht waren, wollte er kein Ende nehmen.

»Was hast du dir dabei gedacht?« Die schrille Stimme Angelique LaTrebes riss Luise aus dem Schlaf. Die Französin stand vor ihrem Bett, bis sich ihre Augen an die Helligkeit gewöhnt hatten.

»Madame?« Luise rieb sich den Schlaf aus den Augenwinkeln und unterdrückte ein Gähnen. Ihr Blick fiel auf den kurzen weißen Umhang und eine schwarze Maske, die beide auf dem Boden lagen. Das perlmuttfarbene Kleid war achtlos über einen Stuhl geworfen. »Wie spät ist es?«

»Mittag. Es ist aus mit ›Madame‹. Steh auf und pack deine Sachen. In einer Stunde hast du mein Haus verlassen.« Das schöne Gesicht der Französin war vor Wut verzerrt.

»Warum?«

»Baron von Cranmeer hat mir einen Morgenbesuch abgestattet. Du kannst dir sicher denken, was er mir berichtet hat. Wie konntest du? Ich hatte alle Mühe, ihn zu beruhigen.«

Luise verstand nichts mehr. Der Baron hatte sich schlecht gegen *sie* benommen. Das wäre eher ein Grund, ihn des Hauses zu verweisen. Mit so viel Würde, wie sie im Bett sitzend aufbringen konnte, sagte sie das der Hausherrin.

»Du törichtes Ding hast wirklich gar nichts verstanden. Da gebe ich mir alle Mühe, dich vor seine Augen zu bringen. Dich, einen Niemand. Aus reiner Menschenfreundlichkeit habe ich mich deiner angenommen. Dich Freundin genannt, dir ein Kleid – ach was, zwei Kleider – geschenkt, und du dankst es mir, indem du meine Kunden verprellst.«

»Wieso ist der Baron Ihr Kunde?«, wollte Luise wissen. Sie hatte inzwischen das Bett verlassen und trug wieder das Kleid, in dem sie vor einigen Tagen gekommen war. Nur ihre derben Stiefel fehlten noch.

»Weil er mein Kunde ist. Du hast immer noch nicht begriffen, was ich und meine Mädchen tun?«

»Sie führen einen Salon.«

»Einfältiges Schaf. Es geht darum, die Mädchen mit einem reichen Gönner zusammenzubringen. Gegen ihre Liebesdienste bringt er sie in einer Wohnung unter, schenkt ihnen Schmuck, Kleider und andere schöne Dinge, setzt ihr eine Pension aus. Von allem bekomme ich meinen Anteil.«

Das war ungefähr, was der Baron ihr gesagt hatte. Aber es aus Angelique LaTrebes Mund zu hören, machte es schlimmer. Luise breitete die Kleider aus, die sie mitgebracht hatte, und auch die auf dem Basar erstandenen, um sie zusammenzulegen. Bei dem perlmuttfarbenen zögerte sie – am liebsten hätte sie es verbrannt, aber sie erinnerte sich an eine Lektion der Französin, nie etwas zu vergeuden.

KAPITEL XLII

»Du! Ausgerechnet du kommst hierher.«

»Du sagtest, ich könnte zu dir kommen, wenn ich Hilfe brauche.« Luise schluckte. Sie hatte sich einen freundlicheren Empfang vorgestellt. Mit ihrem Kleiderbündel und Fritz war sie zu der Adresse gegangen, die ihr als Ottilias genannt worden war.

Die Freundin war auch zu Hause gewesen und hatte ihr die Tür in einem nachlässig gebundenen Morgenmantel geöffnet. Darunter trug sie nur ein dünnes Nachthemd, das von ihren Körperformen mehr enthüllte als verbarg. Das erste freundliche Lächeln war nach einem Wimpernschlag verschwunden und hatte einer abweisenden Miene Platz gemacht.

»Das war, bevor … bevor du dich derartig schäbig benommen hast.« Ottilia machte keine Anstalten, sie hereinzubitten.

Schließlich ließ Luise es zu, dass Fritz von ihrem Arm kletterte und in der Wohnung verschwand.

»Nimm das Tier weg. Nimm es fort!«, schrie Ottilia. »Es macht alles schmutzig und wird sein Geschäft auf dem Teppich verrichten … und … und … und …« Sie sah aus, als würde sie sich am liebsten auf einem Stuhl in Sicherheit bringen. Aber sie gab die Tür frei.

Luise konnte nicht anders und musste lachen. »Niemand, der dich sieht, würde denken, dass du einst regelmäßig ein Hühnergehege sauber machen musstest.«

»Ich habe etwas aus mir gemacht und wühle nicht mehr im Dreck.« Ottilia setzte eine hoheitliche Miene auf. »Der Fischgestank klebt an dir.«

»Dann halte dein Wort und hilf mir. Ich weiß nicht, wo ich hingehen soll. Zurück nach Loschwitz kann ich nicht und will ich nicht. Ich habe sonst niemanden.«

»Du hast Nerven, dich mit diesem Vieh in meine Wohnung zu schleichen, um dich hier einzunisten. Ausgerechnet du ...«

»Du hast eine eigene Wohnung, und sie scheint mir geräumig. Fritz wird dich nicht stören, du wirst ihn nicht einmal bemerken.« Luise ergriff ihren vierbeinigen Freund, der auf die Sofalehne geklettert war, und sich von dort aus in eine Gardine aus zartem Organza krallen wollte.

»Ich nenne das keine geräumige Wohnung, aber sie erfüllt ihren Zweck. Mehr sei nicht drin, wurde mir unmissverständlich zu verstehen gegeben. An mein Versprechen fühle ich mich nicht mehr gebunden, seit du dich als eine solche Schlange erwiesen hast.«

Luise fragte sich, was sie ihr getan hatte, um diese Ablehnung zu verdienen. Die Sache mit dem Namen vielleicht, weil sie es nicht ernst genommen hatte, dass Rosina nur noch Ottilia genannt werden wollte.

»Du hast Baron von Cranmeer schöne Augen gemacht, obwohl er mein Gönner hätte werden sollen. Wegen dir sitze ich in dieser Wohnung, die sich nicht einmal über eine ganze Etage erstreckt, statt dass ich eine wahre Zimmerflucht mein Eigen nenne, wie der Baron sie mir gemietet hätte. Wir waren uns so gut wie einig, aber dann setzt du dich vor seine Nase, und er hat für keine andere mehr einen Blick übrig.«

Mit einem Mal verstand Luise die Zusammenhänge. »Der Baron ist nicht mein Gönner«, sprudelte es aus ihr heraus. »Ich will ihn nicht einmal mehr wiedersehen. Sein Charakter ist ... Nun, er entspricht nicht dem, was von einem vornehmen Herrn zu erwarten wäre.«

»Sein Charakter ist mir egal. Er ist stinkreich, äußerst freigebig und sieht obendrein gut aus. Ich wäre eine gemachte Frau gewesen, hätte er sich eine Zeit lang mit mir gezeigt.«

»Du kannst ihn haben. Ich will das alles nicht.«

Ein Augenblick schwiegen beide Frauen, ehe Ottilia weiter schimpfte. »Ich bin gegenwärtig nicht frei, deshalb wird er mich nicht wollen. Das ist ein Codex unter Männern, die sich Mätressen halten: Sie nehmen sich die Frauen nicht gegenseitig weg.«

»Das wusste ich nicht. Aber Mätressen? Haben nicht nur die Fürsten welche?«

»Mätressen, Kurtisanen, Konkubinen. Nenne es, wie du willst, das ist jedenfalls, was Madames Mädchen sind, was sie früher selbst war. Das ist ein viel besseres Leben, als die Ehefrau eines Tagarbeiters zu sein oder die eines Fischers. Das wäre mein Leben in Loschwitz gewesen.«

Weil es genau dem entsprach, was Luises eigene Zukunft wäre, schwieg diese. Ohnehin sprach Ottilia nach einer kurzen Pause weiter: »Statt des Barons muss ich mich mit einem Rittergutsbesitzer aus Wiednitz zufrieden geben. Kein Mensch hat jemals davon gehört. Der Mann hat keinen besonderen Ehrgeiz, bei Hofe voranzukommen oder etwas für mich zu tun.«

»Ich dachte, er hat diese Wohnung für dich gemietet«, platzte Luise heraus.

»Das ist selbstverständlich, wenn er meine Gunst genießen will, aber er hat keine einflussreichen Freunde, besucht keine angesagten Salons. Ich bin die einzige Extravaganz, die er sich leistet. Was soll daraus werden? Leider konnte ich auf die Schnelle nur ihn als Gönner finden, nachdem sich meine schönen Pläne mit dem Baron zerschlagen hatten. Du verstehst, dass ich nicht gut auf dich zu sprechen bin?« Hatte Ottilia bisher in einem normalen Tonfall gesprochen, gewann ihre

Stimme an Schärfe: »Außerdem erwarte ich meinen Gönner. Auch deshalb kannst du nicht bleiben. Er kann jeden Augenblick kommen, du musst sofort verschwinden.«

Sie drängte Luise aus der Stube und zur Wohnungstür, schubste sie in den Flur und beförderte das Kleiderbündel mit dem Fuß hinterher. Mutlos stand Luise vor der geschlossenen Tür und starrte sie einen Augenblick an. Zweimal an einem Tag abgewiesen zu werden, war hart. Sie begriff, dass es keine Freundschaft gab auf dem Weg, auf den Angelique LaTrebe sie geführt hatte.

Nach Loschwitz konnte Luise auf keinen Fall. Sollte ihr Vater je erfahren, was sie getan hatte, würde er sie davonjagen. Diese Schande wollte sie sich und ihm ersparen. Sie befühlte die Börse in ihrer Tasche – viel wog sie nicht. Ohne zu zählen wusste Luise genau, dass sie acht Taler und sechzehn Groschen enthielt. Sie könnte wieder Wäsche waschen, ihre Kunden hatte sie noch, aber das löste nicht das Problem Ihrer Unterkunft.

Entschlossen klemmte Luise sich Fritz unter den Arm, nahm ihr Bündel wieder auf und machte sich auf den Weg.

»Herr von Lobschütz ist nicht da. Sie müssen ein anderes Mal wiederkommen, Fräulein ...«

»Auch von Lobschütz. Er ist mein Onkel. Er erwartet mich.« Luise musste ihren ganzen Witz zusammennehmen, um vor dem Besitzer des vornehmen Hauses, in dem Hermann Carl von Lobschütz wohnte, nicht in Tränen auszubrechen.

»Davon weiß ich nichts, aber er ist nicht da.«

»Das kann nicht sein. Papa, Onkel Hermanns jüngerer Bruder, hat ihm geschrieben, dass ich auf ein paar Tage nach Dresden komme, um mir eine neue Garderobe anpassen zu lassen. Vielleicht ist der Brief verloren gegangen, oder Onkel Hermann hat die Daten verwechselt? Das passiert ihm schon mal. Was immer es ist, hier bin ich nun.«

»Ihr Herr Papa wird Sie doch nicht so auf die Reise geschickt haben?« Ein langer Blick aus trägen Augen traf Luise.

»Natürlich nicht. Ich hatte eine respektable Dame zu meiner Begleitung dabei. Wir dachten zumindest, sie wäre respektabel. Kaum waren wir in Dresden angekommen, ging sie ihrer Wege und ließ mich allein zurück. Für die Reise hat Papa auf einem einfachen Kleid bestanden, und nach allem muss ich ihm recht geben. Durch den Schmutz auf den Straßen hätte ich mich nicht in einem meiner besseren Kleider hierher durchfragen mögen.« Luise biss sich auf die Lippen. Sie fand allmählich Gefallen an ihrer Geschichte, aber übertreiben wollte sie es auch nicht.

»Das klingt anrührend, aber Herr von Lobschütz ist trotzdem nicht da.«

»Soll ich auf der Schwelle ausharren? Lassen Sie mich wenigstens in die Wohnung, damit ich dort auf meinen Onkel warten kann.«

»Das darf ich nicht.«

»Er wird es Ihnen nicht danken, wenn Sie mich im Hausflur hocken lassen. Und auch keiner ihrer anderen Mieter. Das ist doch ein respektables Haus?«

Der Mensch kratzte sich am Kopf und verschob dabei seine gepuderte Perücke. Sein nichtssagendes Äußeres erhielt einen Zug ins Lächerliche. »Die Reputation meines Hauses ist erstklassig.«

»Wie Ihre bestimmt auch. Sie werden nicht wollen, dass sich herumspricht, Sie hätten eine Dame auf der Türschwelle warten lassen?«

»Sie werden nicht …?«

»Solche Dinge kommen immer raus.«

Wieder kratzte sich der Mann am Kopf. Die Perücke

rutschte in ihre richtige Lage zurück, was Luise schade fand. »Vermutlich haben Sie recht. Was soll es, Sie scheinen mir eine wohlerzogene junge Dame zu sein.«

Er holte ein gewaltiges Schlüsselbund aus seiner Wohnung und ging vor ihr die Treppe hinauf in den ersten Stock.

Kaum war Luise allein in der Wohnung, lehnte sie sich an die Wand. Sie schwankte zwischen einem Lachanfall und Erschöpfung. Dass sie sich eine derartige Geschichte ausdenken konnte, hätte sie von sich nicht geglaubt. Mit ersten vorsichtigen Schritten erkundete sie die Wohnung. Die verfügte über die Zimmerflucht, von der Ottilia träumte, war geschmackvoll mit dunklen, schweren Möbeln eingerichtet, ohne düster zu wirken. Durch die bodentiefen Fenster fiel genügend Licht. An den Wänden hingen viele Bilder mit Jagdszenen und Pferdemotiven. Von seiner Leidenschaft für das eine sowie andere hatte er ihr ja berichtet. Über einer Sessellehne lag eine Zeitung, als wollte der Besitzer jeden Augenblick zurückkommen, um weiter darin zu lesen. Luise schaute auf das Datum – die Zeitung war fünf Tage alt.

Nichts in der Wohnung deutete darauf hin, dass hier eine Frau gelebt hatte. Das erleichterte sie einerseits, bedrückte sie aber auch. Herr von Lobschütz war so ein freundlicher Herr und hatte eine Gefährtin verdient, auf der anderen Seite kam sie so niemandem in die Quere.

Die Küche wurde beherrscht von einem großen Tisch in der Mitte, im Herd brannte kein Feuer, die Asche war ausgefegt. Er schien länger nicht benutzt worden zu sein.

Luise befreite Fritz aus dem Kleiderbündel, in dem er sich mustergültig ruhig verhalten hatte. Er trug wieder das einfache Geschirr, und sie band ihn an einem Tischbein fest. Von der Küche führte eine Tür auf die Hintertreppe. Sie war abgeschlossen, aber nach einigem Suchen fand sie den Schlüssel in der Speisekammer an einem Haken hängend. Verdient hatte die ihren Namen nicht, jedenfalls wenn es nach der Anzahl der darin gelagerten Speisen ging. Sie fand nahezu nichts. Einen Kasten mit Mehl, ein paar Knoblauchknollen, eine harte Wurst, mit der man eher jemanden erschlagen, als sie essen konnte. Besser sah es bei den Getränken aus: Etliche Weinflaschen lagerten in einem eigens für sie gezimmerten Regal. Das Wasserfass neben dem Spülstein war dagegen leer. Das alles festigte ihre Überzeugung, dass Herr von Lobschütz sich Essen bringen ließ oder auswärts speiste. Sie richtete sich in der Stube ein und stöberte durch die Zeitung.

Das Schlagwerk der nahegelegenen Sophienkirche zeigte die verrinnenden Viertelstunden an. Nach der ersten Stunde konnte Luise die Zeitung auswendig. Nach der zweiten hatte sie alle im Raum hängenden Bilder ausgiebig betrachtet, sowie die über dem Kamin prangenden Jagdgewehre und eine zierliche Uhr auf dem Sims, die nur als Schmuck diente, denn sie zeigte unentwegt zehn Minuten vor zwölf Uhr an. Um sechs Uhr läutete die Sophienkirche das Ende des Tagwerks ein, und Luise verspürte Hunger – hatte sie doch kein Frühstück zu sich genommen. Sie verbot sich jeden Gedanken an Essen. Fritz war nicht mehr so friedlich wie Stunden zuvor, knurrte und regte sich über die Leine auf, die seinen Erkundungsdrang hemmte.

An der harten Wurst biss Luise sich die Zähne aus, Fritz dagegen mundete sie. Sie ging über die Hintertreppe aus dem Haus, erstand bei einem Bäcker ein halbes Pfund Brot, beim Milchhändler daneben kaufte sie einen Krug Milch, eine Tasse voll Sauerrahm und einen faustgroßen Käse. Vom Brunnen holte sie zwei Eimer Wasser und erlaubte es sich danach, ihren Hunger zu stillen. Brot und Käse hatten ihr selten so gut geschmeckt wie an diesem Tag. Die Milch trank sie in langen Zügen, und den Sauerrahm schleckte sie vom Finger. Fritz bekam seinen Anteil ab.

Neun schwere Schläge ertönten von der Kirche her, und Luise musste sich mit dem Gedanken vertraut machen, dass Herr von Lobschütz an diesem Abend nicht mehr kommen würde. Seine Nichte würde sich ein Quartier richten und vielleicht den Kopf über ihren pflichtvergessenen Onkel schütteln. Etwas anderes blieb Luise auch nicht übrig. Fritz richtete sie in der Küche ein Lager aus alten Leinentüchern her, die sie in einer Kammer gefunden hatte, für sich bezog sie ein Bett in einem bescheidenen Raum, der wohl für zwei Dienstmädchen gedacht war.

KAPITEL XLIII

Jacob wartete nur zwei Tage, ehe er sich wieder auf den Weg nach Dresden machte. Die Sehnsucht nach Barbara beherrschte ihn, als er an die Pforte des Maternihospitals klopfte. Diesmal schenkte sie ihm zur Begrüßung ein zaghaftes Lächeln. Sie war ohne Schwester Wilhelmia gekommen. Jacob nahm das als ein gutes Zeichen und zog sie in eine kurze Umarmung.

»Du musst mir nichts erzählen, wenn du nicht möchtest«, begann er. »Wir können einfach im Hof nebeneinander auf einer Bank sitzen, wie wir es früher getan haben. Unsere Bank hinter dem Haus gibt es noch. Sie hat die Jahre überdauert und auch die letzte Flut überstanden. Gesessen habe ich darauf nicht mehr. Nur die Kinder.«

»Du willst eine Bank im geschäftigen Hof des Maternihospitals mit unserem Platz vergleichen?«

»Du hast es also nicht vergessen?«

»Ich habe nichts vergessen.«

»Aber ich war dir wohl kein guter Ehemann?« Jacob hielt die Luft an.

»Du warst mir genau der Ehemann, den ich erwartet habe: brummig und im Herzen ein liebenswerter Mensch. Es lag nicht an etwas, das du gemacht oder versäumt hast, sondern einzig und allein an meiner Seele, das habe ich im Laufe der Jahre gelernt. Von den frommen Schwestern weiß ich, dass es Frauen gibt, die nach einer Geburt melancholisch werden und mit ihrem Leben nicht mehr zurechtkommen. Ich erzähle dir, was war, das wird mir helfen und dir auch. Aber nicht auf einer Bank im Hof, sondern in meiner Kammer.«

Die war ein schmuckloser Raum, der von einem Kruzifix beherrscht wurde. Es gab keine andere Sitzgelegenheit als nebeneinander auf dem Bett.

* * *

Als ich mich unter Wasser sinken ließ, fühlte ich mich in den ersten Augenblicken willkommen. Ich spürte die Kälte nicht. Dann wurde die Luft knapp, ich schluckte Wasser. Meine Kleidung wurde schwer und zog mich nach unten, während alles in mir nach oben strebte und nach Luft schrie. Ich schluckte mehr Wasser. Mir schwanden die Sinne, als Letztes merkte ich, wie jemand mein Schultertuch packte.

Meine nächste Erinnerung war ein Druck auf meiner Brust, und dann hustete ich das Wasser wieder aus, das ich zuvor geschluckt hatte. Im Mondlicht schwebte das Gesicht eines fremden Mannes über mir. Wasser tropfte aus seinen Haaren. Mir war entsetzlich kalt.

»Du lebst, Gott sei Dank«, sagte der Mann zu mir. »Du musst aus diesen nassen Kleidern heraus. Wenn wir dich nicht wieder warm bekommen, war alles umsonst.«

Dass er selbst nicht weniger nass war, schien ihn nicht zu stören. Ich wollte etwas antworten, aber alle Buchstaben und Silben hatten meine Lippen verlassen. Es ging nicht, und so blieb es für eine lange Zeit. Mein Retter hielt sich nicht damit auf, mir ein Wort zu entlocken, und trug mich in das Lager seiner Sippe. Sie gehörten zum fahrenden Volk, zogen umher, um die Menschen mit Musik und Kunststücken zu unterhalten.

Sie stellten mir keine Fragen. Die Frauen nahmen sich meiner an, gaben mir trockene Sachen und wärmten mich. Ich erfuhr, dass mein Retter Godefroy hieß und ein Sohn des Sippenältesten war. Ich erfuhr auch, dass sie glaubten, stumme Menschen seien von Gott gesandt, um eine besondere Aufgabe auf Erden zu erfüllen. Deshalb kam es für sie nicht infrage, mich zurückzulassen.

Von Dorf zu Dorf, von Stadt zu Stadt zogen sie und ich mit ihnen. Sie riefen mich Simone, sprachen es aber Französisch aus – Simon. Sie waren nicht reich und teilten mit mir, ohne etwas dafür zu verlangen. Dafür danke ich ihnen noch heute. Ich lebte nicht, ich existierte. Irgendwann fing ich an, mich nützlich zu machen, wollte für ihre Güte etwas zurückgeben. Ich nahm mich der Wäsche an, half beim Kochen, sammelte Feuerholz und ging bei den Aufführungen mit dem Topf herum, in den die Leute das Geld warfen.

Früher hätte ich es betteln genannt, aber ihrer Art zu leben wohnte Stolz inne. Sie übten hart und viel für ihre akrobatischen Kunststücke.

Godefroy spielte die Flöte, die Trommel, ritt ein Pferd im Stehen oder im Handstand oder alles zusammen. Bei den Aufführungen lachte er und führte das große Wort, für mich spielte er zarte Melodien. Er versuchte auch, mir das Flötenspiel beizubringen, aber meine Finger waren zu steif und mein Gehör für die Melodien zu schlecht.

Seine Mutter hieß Amita, die Frau des Sippenführers Theophil. Sie lehrte mich die Bedeutung des Tarots, was mir im Gegensatz zum Flötenspiel leichtfiel. Am Ende meines zweiten Sommers bei ihnen saß ich in einem Zelt und legte den Leuten die Karten. Was ich ihnen zu sagen hatte, schrieb ich mit Kohlestiften auf Zettel. Ich wurde Simone, die stumme Wahrsagerin.

Endlich war ich keine Last mehr für die Leute, sondern trug zu ihrem Unterhalt bei. Mein Inneres dagegen war weiterhin grau und leer. An vielen Tagen wäre ich froh gewesen, wäre niemand in mein Zelt gekommen. Leider geschah das fast nie. Der Zwiespalt zwischen meinem Wunsch, zum Leben dieser Menschen beizutragen, und meiner inneren Leere zerriss mich. Wohin die Sippe unterwegs war, kümmerte mich nicht, Hauptsache, ich entfernte mich weiter und weiter von Loschwitz und meiner Schuld. Ob ich je wieder ein Wort herausbringen würde, wusste ich in dieser Zeit nicht.

Die Winter verbrachte die Sippe südlich der Alpen, da verstand ich kein Wort mehr von dem, was die Leute redeten. Was Simone, die stumme Wahrsagerin, auf ihre Zettel schrieb, übersetzte eine schwarzhaarige Schönheit für die Leute. Eine jüngere Schwester Godefroys.

Die Jahre vergingen, und ich lernte es wieder zu schätzen, wenn Vögel sangen, die Pferde mich mit einem Wiehern begrüßten, die Hunde sich an meine Beine drückten und von mir gestreichelt werden wollten. Kurzum, die Leere in meinem Inneren füllte sich.

Wir waren wieder einmal südlich der Alpen. Im Winter konnten auch dort feuchte und kalte Winde wehen. Deshalb hatten wir uns in Schals und Decken gehüllt. Amita kam zu mir und setzte sich neben mich. Ich rührte in einem Kessel eine Hafergrütze, wie ich es oft in meinem Leben getan hatte.

»Ich muss etwas mit dir besprechen«, begann sie. »Wenn du mir nicht antwortest, kannst du mir wenigstens zuhören.« Zwischen ihren vielen Schichten Kleidung zog sie die Tarotkarten hervor und ließ sie durch die Finger gleiten. Sie war darin wesentlich geschickter als ich.

»Godefroy ist ein guter Junge. Er wird eines Tages nach Theophil die Sippe anführen. Es kann nicht anders sein, nachdem sie unseren ältesten Sohn im Badischen aufgeknüpft haben. Du warst damals nicht bei uns, und wir reden nicht darüber. Als Sippenführer braucht Godefroy eine Frau.«

Ich ahnte, was kommen würde, und wappnete mich dagegen.

»Ich weiß, dass er ein Auge auf dich geworfen hat. Er hat dich aus dem Wasser gerettet, das schafft eine besondere Bindung zwischen euch. Hat er mit dir gesprochen?«

Ich schüttelte den Kopf. »Nein«, krächzte ich, die Stimme rau wie Streusand.

Amita fielen die Karten aus der Hand. »Du kannst sprechen?«

»Nein … ja …«, flüsterte ich, die Stimme immer noch rau. Ich räusperte mich. »Amita, bitte … ich weiß nicht.« Meine Stimme gewann langsam ihren gewohnten Klang zurück.

»Hast du es die ganze Zeit gekonnt und uns was vorgespielt?«

»Bestimmt nicht. Ich konnte nichts sagen, sondern war in einem Raum ohne Türen und Fenster. Dass es wieder … Ich bin selbst ganz erstaunt.« Mit jedem Satz fiel es mir leichter.

Amita sammelte ihre Karten ein, dann schaute sie mir forschend ins Gesicht. Mir fiel es nicht leicht, diesem Blick standzuhalten. Er erreichte den Grund meiner Seele.

»Ich glaube dir«, sagte sie endlich. »Trotzdem geht es nicht mit dir und Godefroy. Er braucht eine Frau von uns, die unter Fahrenden geboren und aufgewachsen ist. Verstehst du das?«

»Total. Ich habe ihn nie ermutigt. Das werde ich auch nie tun. Ich bin deinem Sohn dankbar. Inzwischen, zunächst war ich es nicht. Ich würde mein Leben für ihn geben. Aber niemals kann das zwischen uns sein, was Mann und Frau ausmacht.«

»Willst du es mir erzählen?«

Niemand aus der Sippe war je in mich gedrungen, warum ich damals ins Wasser gegangen war, und als ich jetzt den Kopf schüttelte, fragte Amita nicht weiter nach.

»Dann bin ich beruhigt. Theophil wird mit unserem Sohn sprechen, und wir werden ihm eine passende Frau suchen.«

»Soll ich den Leuten die Zukunft mit Worten deuten, weil ich nicht mehr die stumme Kartenlegerin bin?«

Schräg von unten herauf schaute mich Amita an. »Wir sagen es niemandem, und du bist weiter die stumme Kartenlegerin. Die Leute kommen gerade deshalb zu dir. Das verschafft uns einen Vorteil gegenüber den anderen Fahrenden.«

»Ich soll mit niemandem sprechen außer mit dir?«, fragte ich bestürzt. Wo ich meine Sprache gerade wiedergefunden hatte, erschien mir das ein großes Opfer.

»Ich sprach von unserer Sippe.«

Die umfasste an die dreißig Leute, die auf sechs Wagen verteilt unter Theophils Führung über Land zogen. Amita schien meine Verwirrung zu bemerken, denn sie sprach weiter: »Was bei uns unter uns bleiben soll, bleibt es auch. Wir sind wie eine Person. Du kannst mit uns sprechen, aber nicht mit Fremden.«

Ich blieb noch länger als ein Jahr bei den Fahrenden, obgleich ich wusste, dass meine Tage gezählt waren. In dieser Zeit erlebte ich mit, dass Godefroy ein wunderschönes blondes Mädchen aus einer anderen Sippe heiratete. Am Tag ihrer Hochzeit lachte sie viel, Godefroy sah die meiste Zeit ernst drein. Seine Braut war fast noch ein Kind, und sie erinnerte mich an mein eigenes Mädchen, das ungefähr in ihrem Alter sein musste.

In dieser Zeit sprach ich wenig und nie mit Menschen außerhalb der Sippe. Für alle anderen war ich weiterhin die stumme Kartenlegerin.

Die Fahrenden kamen wieder nach Kursachsen. Vielleicht waren sie schon vorher dort gewesen, aber ich hatte nie nach den Namen der Orte gefragt, an denen wir gerade waren. Diesmal war es Freiberg. Ich hatte viel nachgedacht über die Kinder, die ich zurückgelassen hatte, und den Mann. Ob er wieder geheiratet hatte und seine neue Frau den Kleinen eine gute Stiefmutter war? Wie viele Kinder dazugekommen waren? Ich wurde wieder schweigsam, weil mir Gedanken im Kopf herumgingen, die ich mit niemandem teilen konnte.

In Freiberg blieben wir ein Dutzend Tage, lagerten auf einem Platz außerhalb der Stadt. Meist hielt ich mich etwas entfernt von den anderen, blieb des Abends für mich allein in der Dunkelheit. Es war am letzten Abend, als Godefroy zu mir kam. Seit seiner Heirat hatte er nicht mehr meine Nähe gesucht. Deshalb war mir gleich klar, dass etwas geschehen sein musste. Eine Weile saßen wir schweigend nebeneinander, dann legte er einen Beutel in meinen Schoß. Der war nicht groß, aber einigermaßen schwer.

»Was ist das?«, fragte ich leise.

»Dein Anteil.«

»Mein Anteil woran?«

»An den Einnahmen. Als stumme Kartenlegerin hast du uns viele Münzen eingebracht. Der größte Teil kommt in die Gemeinschaftskasse, die Theophil verwaltet. Aber jede Familie hält auch ihren eigenen Anteil.«

»Das wusste ich nicht.«

»Deswegen habe ich das Geld für dich aufgehoben.«

»Warum gibst du es mir gerade jetzt?«

»Du schaust in die Ferne, in deinen Augen liegt etwas. Sehnsucht? Wir sind wieder in der Nähe, wo ich dich damals gefunden habe. Du hast hier ein Zuhause?«

»Nicht so nah, wie du vielleicht denkst.«

»Trotzdem wirst du hierbleiben. Ich wünsche dir alles Gute.« Godefroy stand auf und ließ mich allein in der Dunkelheit zurück.

Am nächsten Morgen brachen die Fahrenden auf, und ich blieb in Freiberg. Der Geldbeutel enthielt nicht nur Pfennige, wie ich zunächst gedacht hatte. Es waren auch Groschen und Kreuzer, Taler, Gulden und Florentiner dabei. Münzen von überall, wo die Sippe Station gemacht hatte.

* * *

Barbara hörte auf zu erzählen und lehnte ihren Kopf an Jacobs Schulter. Er legte so vorsichtig einen Arm um sie, als wäre sie ein kostbares Fluidum, das bei der geringsten Luftbewegung zerstob. Sie schmiegte sich an seine Seite.

»Dann bist du von Freiberg nach Dresden gekommen?«

»Nicht sofort. Aber … ich kann nicht mehr erzählen.«

»Ich werde dich nicht drängen«, antwortete Jacob. »Wirst du uns in Loschwitz besuchen?«

»Bald. In ein paar Tagen. Dann erzähle ich dir auch den Rest. Du musst jetzt gehen.«

Da sie beide allein waren, wagte Jacob einen Kuss auf ihre Stirn.

KAPITEL XLIV

Luise erwachte von ungewohnten Geräuschen und Stimmen aus dem Hof. Zwei Frauen keiften einander an, weil die eine absichtlich den Wassereimer der anderen umgestoßen haben sollte. Sie hielt sich die Ohren zu, das dämpfte die schrillen Stimmen, sperrte sie aber nicht aus. Sie machte sich bewusst, in wessen Wohnung sie sich befand, und sprang aus dem Bett.

Fritz war allein in einer fremden Küche. Und was sollte werden, wenn Herr von Lobschütz zurückgekommen war, während sie in seinem Dienstbotenzimmer schlummerte? Auf nackten Füßen tappte sie zur Tür und lauschte. In der Wohnung war alles ruhig. Das blieb es auch, als sie sich vorsichtig der Küche näherte. Die Tür, hinter der sie Herrn von Lobschütz' Schlafzimmer ausgemacht hatte, stand den gleichen Spaltbreit offen wie tags zuvor. Der Herr war in der Nacht nicht gekommen, schloss Luise daraus. In der Küche war Fritz putzmunter und gar nicht einverstanden damit, für eine so lange Zeit an ein Tischbein gebunden zu sein. Seine Leine bestand aber aus einer dünnen Kette, die er nicht durchbeißen konnte. Sie goss Milch in eine Schale und verdünnte sie mit Wasser. Dann band sie Fritz los und ließ ihn trinken. Sie hielt ihn dabei fest, damit er keinen Unfug anstellte. Die restliche Milch trank sie selbst, aß die letzten Stücke Brot und den Käse. Fritz fütterte sie noch mit kleinen Stücken der harten Wurst.

Die benutzten Messer und Schalen säuberte Luise peinlich

genau. Sie fegte jeden Krümel zusammen. Die Wohnung war sauber, nirgendwo fand sie Staub, alles stand an seinem Platz. Sie fand keinen Korb mit Schmutzwäsche und keinen mit Flickwäsche, und natürlich kam es nicht infrage, bei der Kleidung des Herrn von Lobschütz zu stöbern, ob ein Knopf anzunähen war oder eine abgerissene Spitze. Das kam ihr zu intim vor.

Sie hätte sticken können. Zum ersten Mal in ihrem Leben hätte sie sich Stunde um Stunde ihrer Kunst hingeben können. Ohne ihre Garne, Nadeln, Stoffproben und Muster hatte sie ihr Elternhaus nicht verlassen, aber als sie es versuchte, kamen die Gedanken an ihre Lage hoch und lähmten sie. Sie räumte die Sachen weg und schaute zum Fenster hinaus auf die Straße. War das das Leben der vornehmen Töchter und Frauen? Wussten sie nach dem Frühstück kaum, wie sie den Rest des Tages rumbringen sollten? Beschäftigten sie sich nur mit Gesang und Zeichnen oder Klavierspiel? Außerdem hatten sie Freundinnen, mit denen sie sich die Zeit vertreiben konnten. Und sie mussten sich keine Sorgen machen, weil sie in eine fremde Wohnung eingedrungen waren.

Luise trat vom Fenster zurück. Sie trug das einfachste ihrer Kleider. Entschlossen legte sie sich ein Tuch um, nahm Fritz und verließ die Wohnung durch die Hintertür.

Das Gekreische auf dem Hof war längst verstummt. Außer einer Frau, die ein Huhn rupfte, war niemand zu sehen. An der Brücke arbeiteten mehrere Trupps von Handwerkern, um die Schäden der Flut zu beseitigen. Zwei Männer hielten einen Plan zwischen sich und hatten die Köpfe darüber gebeugt. Sie stand zu weit weg, um sie zu erkennen, aber in Luise keimte der Gedanke auf, einer könnte Conrad Meinel sein. Ihm wollte sie auf keinen Fall begegnen, und sie zog sich aus der Nähe des Flusses zurück. Hinter der Hofkirche entdeckte sie Ottilia. An ihrer Seite ging ein Herr, der ihr im Alter deutlich voraus war. Der Rock umspannte seinen dicklichen Leib, unten schauten zwei dünne Beine heraus. Das war also der Gönner, der ihre Wohnung gemietet hatte und alles bezahlte. Sie hing jedenfalls an seinem Arm, und selbst auf die Entfernung hin erkannte Luise, dass sie immerzu gurrte und kicherte. Sie kamen genau auf sie zu, aber Ottilia gab nicht zu erkennen, dass sie sie entdeckt hatte. Also hielt Luise es ebenso. Dafür musterte sie der Mann mit einem langen Blick, der zuletzt an Fritz hängen blieb.

»Ist das die Dame mit dem Frettchen, von der in den Salons der Halbwelt die Rede ist?«, fragte er, ohne die Stimme zu senken.

»Wenn du es sagst.« Ottilia kicherte.

Sie gingen vorbei, und Luise beneidete die Freundin nicht um ihren Gönner. Auf dem Markt vor dem Rathaus gab sie einige Groschen für eine Tonflasche mit kühler Milch, Brot und Käse aus. An den Fleischbänken machte Fritz sich beliebt, da die Metzger und ihre Gesellen ihr Vergnügen daran fanden, ihn mit Fleischabfällen zu füttern, bis er satt war. Sie gaben Luise auch ein paar in eine alte Zeitung eingewickelte Stücke mit. Zurück in der Wohnung des Herrn von Lobschütz wusste sie sich keinen anderen Rat, als sie in einem Eimer mit kaltem Wasser zu lagern und zu hoffen, sie würden nicht anfangen zu riechen. Fritz hatte diesmal nichts dagegen, am Küchentisch angebunden zu werden, sondern rollte sich satt und zufrieden ein.

Unter der Tür hatte die Ehefrau des Vermieters ein Briefchen durchgeschoben. Gemeinsam mit ihrer ältesten Tochter erdreistete sie sich, das vornehme Fräulein – so drückte sie sich tatsächlich aus – zu einer musikalischen Soiree einzuladen. Da Herr von Lobschütz auf sich warten lasse, wolle sie es mit ihrer

Tochter nicht länger hinnehmen, dass eine vornehme Dame ohne angemessene Zerstreuung in einer fremden Wohnung logiere.

Luise wollte am liebsten absagen, aber die unbekümmerte Nichte Hermann Carl von Lobschütz' hätte sich wohl über die Einladung gefreut. Sie zog das dunkelgrüne Kleid an, dass Angelique LaTrebe ihr gegeben hatte und in dem sie sich in der Öffentlichkeit noch nicht gezeigt hatte. Die Haare frisierte sie sich ein wenig nachlässig, wie sie es sich bei einer unbekümmerten jungen Dame vorstellte.

Pünktlich und mit klopfendem Herzen fand sich Luise in der Wohnung des Vermieters ein. Fritz hatte die Familie bisher nicht zu Gesicht bekommen, und sie hatte ihn auch nicht mitgebracht. Die Tochter war ein paar Jahre jünger als sie und ein ernstes, freundliches Mädchen, die Mutter eine richtige Matrone. Sie machten sich miteinander bekannt, schimpften ein wenig auf den pflichtvergessenen Herrn von Lobschütz und nahmen einen Tee zusammen. Mutter und Tochter sahen in Luise nichts anderes als die Nichte ihres vornehmen Mieters.

Die musikalische Soiree fand im Haus eines Kaufmannes in der Südvorstadt statt. Aus dieser Schicht stammten ihre Begleiterinnen und alle anderen Gäste. Niemand erwähnte die Namen Angelique LaTrebe oder Baron von Cranmeer. Luise blieb trotzdem wachsam und musste sich mehrfach klarmachen, dass sie gemeint war, wenn das gnädige Fräulein von Lobschütz angesprochen wurde. Wahrscheinlich war sie einem Stickauftrag nie näher gekommen als unter diesen Kaufmannsgattinnen, aber natürlich hatte sie ihre Mustertücher nicht dabei und hätte sie als adlige Nichte auch nicht vorzeigen können. Es kam Luise vor wie eine bittere Ironie des Schicksals.

Die musikalische Darbietung bestand darin, dass die Kinder der Gastgeberin Spinett und Flöte spielten und ein glockenstimmiger Knabe dazu sang. Die Kinder waren herausgeputzt wie Puppen und mit großem Ernst bei der Sache. Ihr Vortrag kam Luise gekonnt, aber seelenlos vor, und beinahe bedauerte sie es, Fritz nicht mitgebracht zu haben, damit er Schwung in den Auftritt brachte. Am Ende applaudierte sie höflich und war froh, als sie sich mit ihren Begleiterinnen verabschieden konnte.

Die Wohnung fand sie vor, wie sie sie verlassen hatte, aber sie war um eine Erfahrung reicher. War es wirklich so einfach, sich einen Stand anzumaßen, den sie nicht innehatte?

KAPITEL XLV

Das Haus war aufgeräumt und blitzblank geputzt. Jacob hatte die halbe Nacht mit dieser ungewohnten Tätigkeit verbracht. Die andere Hälfte hatte er wach gelegen. Am liebsten wäre er Barbara bis zum Maternihospital entgegengegangen oder wenigstens bis zur Radeberger Vorstadt, aber sie hatte ihn wissen lassen, sie wolle den Weg allein bewältigen. Jetzt saß er in seiner Sonntagskleidung in der guten Stube, obwohl erst Donnerstag war. Alle Augenblicke sprang er auf, um aus dem Fenster zu schauen. Georg hatte er erlaubt, den Tag beim Wagenbauer zu verbringen. Und Luise …?

Endlich pochte es zart an die Tür. Jacob sprang hin. Die Worte, die er sich für Barbaras Begrüßung zurechtgelegt hatte, waren alle weg, als sie vor ihm stand. Stumm machte er ihr den Weg frei. Ebenso stumm ging Barbara an ihm vorbei und betrat den Hausflur. Mit vorsichtigen Schritten tastete sie sich in das Haus, das einst ihr Heim gewesen war.

»Schau dich ruhig überall um«, sagte Jacob rau.

Sie warf einen Blick in die Stube. »Es sieht noch so aus, wie ich es in Erinnerung habe. Hat das Haus bei der Flut etwas abbekommen?«

»Zum Glück nicht viel. Wasser und Eis haben den Zaun weggerissen und den Vorgarten verwüstet. Der Vorbau an der Tür hat dran glauben müssen, aber das Haus blieb unversehrt. Vielen anderen in Ufernähe ist es schlechter ergangen. Und alle Fischerschuppen wurden zerstört. Den Kahn und die Netze haben die Kinder zum Glück in Sicherheit gebracht.«

»Und du? Was hast du in Sicherheit gebracht? Außer den Insassen des Maternihospitals.«

Jacob wand sich mit der Antwort. Erst auf Nachfrage Barbaras hin berichtete er, dass er einige Tage im Dresdner Amthaus hatte einsitzen müssen, wie es dazu gekommen war und dass genau in dieser Zeit das Eis der Elbe aufgebrochen war.

»Du warst immer aufbrausend. Das hat sich also nicht geändert«, stellte Barbara fest. Sie lächelte dabei. »Wo sind die Kinder eigentlich?«

»Georg ist bei einem Wagenbauer.«

»Was macht er da? Ich dachte, er ist dein Lehrling?«

»Das ist er auch. Aber seit er elf oder zwölf ist, liegt er mir in den Ohren, Wagenbauer lernen zu wollen. Er hat auch einen Meister gefunden, der ihn nehmen würde. Oft genug entwischt er dorthin, obwohl ich ihm etwas anderes befohlen habe.«

»Warum lässt du ihn nicht Wagenbauer lernen? Das ist doch ein respektables Handwerk.«

»Wir Ehrmanns sind Fischer. Das ist seit Generationen so, und das muss auch Georg begreifen«, schnappte Jacob. »Mich hat keiner gefragt. Mein Vater hat mir ein Netz in die Hand gedrückt, da habe ich ihm noch nicht bis zur Brust gereicht.«

»Hat es dir gefallen?«

»Als ob es im Leben danach geht. Ehrmanns geräucherte Fische sind weithin berühmt. Ich schicke sie bis nach Leipzig. Soll das alles umsonst gewesen sein, weil der eigensinnige Herr Sohn in einer dreckigen Werkstatt herumkriechen will? Er wird dort Geselle bleiben, während er hier eine Fischerei erbt.«

»Ich habe gelernt, dass sich der feste Wille eines Menschen nicht ignorieren lässt. Er wird sich Bahn brechen, und je höher die Widerstände sind, desto heftiger wird die Reaktion sein und desto heftiger werden die Verstimmungen ausfallen. Darin manifestiert sich Gottes Plan für diesen Menschen und dem müssen wir uns beugen.«

Ignorieren, manifestieren, Reaktion – das waren Worte, die er früher nicht von seiner Barbara gekannt hatte, deren Bedeutung Jacob auch nicht völlig klar war. Sie hatte sich in mehr als einer Hinsicht verändert.

»Und wo ist Luise?«, fragte sie, als er nichts weiter sagte.

»In Dresden – irgendwo.«

»Wo denn?«

»Ich weiß es nicht! Dieses Mädchen macht neuerdings, was es will, und hört auf nichts mehr. Dabei ist sie so gut wie verlobt mit einem feinen Mann. Eine bessere Partie kann sie sich nicht wünschen.«

»Du weißt nicht, wo unsere unverheiratete Tochter sich aufhält? Jacob, das kann doch gar nicht sein.«

»Sie hat mir frech ins Gesicht gelogen, das unverschämte Ding. In den letzten Wochen ist sie immer eigensinniger geworden. Ich sage dir, wenn diese Verbindung nicht zustande kommt, habe ich keine Tochter mehr.« Jacob hatte es nicht viel Mühe gekostet, herauszufinden, dass es in Dresden keinen Schmiedegesellen Hedatsch mit seiner Familie gab.

»Jacob!«, rief Barbara aus. »Wie kannst du so etwas denken? Kein Kind hat es verdient, verstoßen zu werden.«

»Wenn es Schande über die Familie bringt …«

»Auch dann nicht. Wir haben sie in diese Welt gesetzt, und wir müssen ihnen helfen, einen Platz darin zu finden. Die Jahre haben dich nicht milder werden lassen, obwohl ich es gehofft hatte. Gerade wir beide sollten wissen, wie es ist, alleine in der Welt zu stehen und es deshalb anderen auf keinen Fall antun wollen.« Barbara seufzte. »Ich erzähle dir noch den Rest meiner Geschichte, und vielleicht verstehst du dann, warum ich keinen

Fuß mehr in dieses Haus setzen werde, wenn du Luise nicht wieder aufnimmst und Georg nicht seinen Weg gehen lässt.«

Auf einmal hatten sich die Rollen umgekehrt: Barbara zeigte Stärke, während Jacob kläglich nickte.

* * *

In Freiberg fand ich zuerst Unterkunft und Arbeit in einer Herberge. Ich musste putzen, waschen, in der Küche helfen. Von früh bis spät, meine einzige freie Zeit hatte ich sonntags für den Kirchgang. Danach hieß es wieder »Frau hier, Frau da«. Es schien allen recht zu sein, dass ich kaum sprach. So kamen von mir keine Widerworte.

Von der vielen Arbeit wurden meine Hände rot und rissig, die Arme taten mir weh, das Kreuz sowieso. Mein Lohn bestand aus so gut wie nichts. Ich solle froh sein, dass sie mich aufgenommen hätten und mir Kost und Logis böten, hieß es. Selbstredend war beides schmal. Mein Bett bestand aus einem Hängeboden in der Küche, den ich herunterließ, wenn spätabends der letzte Handschlag getan war, und wieder hochzog, wenn vor Sonnenaufgang mein Tagwerk begann. Zu essen gab es, was in der Gaststube nicht verzehrt wurde, und das war wenig genug. Da die Wirtin selbst kochte, war es auch nicht leicht, etwas abzuzweigen. Sie und der Wirt ließen es sich in ihrem privaten Esszimmer gut gehen.

Von dem Beutel mit den Münzen wussten die beiden nichts. Sie wären imstande gewesen und hätten ihn mir weggenommen. Das Geld hatte ich in einer Hofecke unter einem Stein vergraben. Manchmal schlich ich mich des Nachts hin, um nachzuschauen, ob es noch da war. Dieses Geld war eine Beruhigung für mich, während ich gleichzeitig spürte, wie mein Inneres wieder dunkler wurde. Ich fühlte nur noch etwas, wenn ich gekniffen oder geschlagen wurde, und dann begrüßte ich den Schmerz.

Eines Morgens, nachdem ich ungefähr ein halbes Jahr in Stellung war, war die andere Magd Pauline verschwunden. Sie war eine Hübsche und hatte in der Gaststube bedient. Ich musste nun nicht nur putzen, waschen und beim Kochen helfen, sondern auch ihre Arbeit übernehmen. Ich rannte den ganzen Tag hin und her und war nie schnell genug. Ein paar Tage nur, dann würde ein neues Mädchen kommen, dachte ich. Die Wirtsleute mussten doch sehen, dass ich die viele Arbeit unmöglich allein schaffen konnte. Ich fand kaum noch Zeit zum Schlafen oder Essen.

Es vergingen ein Dutzend Tage, und kein neues Mädchen war gekommen. Völlig entkräftet sackte ich in der Küche zusammen, derweil die Wirtsleute in ihrem Speisezimmer nebenan tafelten.

»… so ein junges Ding kommt mir nicht mehr ins Haus«, hörte ich es durch die dünne Wand. Unverkennbar die hohe Stimme der Wirtin. Ich hatte keine Kraft zum Aufstehen, also legte ich mein Ohr an den Putz. Seine Antwort verstand ich trotzdem nicht.

»… diesem jungen Ding wieder nachsteigst. Glaubst du, ich habe keine Augen im Kopf? Du hast sie mit Blicken ausgezogen. Dass es einer der Stallknechte gewesen sein soll, der ihr einen Braten in die Röhre geschoben hat – nie und nimmer. Du warst es. Die Frau reicht, und obendrein sparen wir den Lohn für ein zweites Mädchen.«

Zwei Dinge hatte ich verstanden: Pauline war nicht davongelaufen, sondern die Wirtin hatte sie fortgejagt, weil sie schwanger geworden war; ich würde auf unabsehbare Zeit für Pauline mitarbeiten müssen. Mein Kopf sackte auf die Knie. Dem weiteren Gespräch im Speisezimmer schenkte ich keine Beachtung mehr. Erst als dort klappernd Teller zusammengeschoben wurden, raffte ich mich auf. Fände die Wirtin mich müßig in der Küche vor, könnte ich mich auf Schläge gefasst machen.

Deshalb stand ich am Spülstein, als die Wirtin den Kopf in die Küche steckte. »Du kannst im Speisezimmer abdecken«, ließ sie mich wissen.

Was hätte es ihr ausgemacht, die Teller und Schüsseln selbst zusammenzustellen und mir zu bringen?

Abends schaute ich nach meinem Geld. Es lag in seinem Versteck. Eine Woche später war es auch noch da, doch in der Woche danach ertastete ich es nicht mehr. Panisch wühlte ich in dem Loch herum, kratzte Erde weg, aber der Beutel blieb verschwunden. Jemand musste mich beobachtet haben. Nur die Wirtsleute kamen dafür infrage. Die Knechte schliefen alle über dem Stall, und der lag zur anderen Seite. Darauf hatte ich geachtet. Von einer Wäschekammer aus hätte man mich sehen können. In einer Herberge gab es praktisch keinen Ort, wo man unbeobachtet war.

Ich schalt mich leichtsinnig, weil ich mir kein Versteck außerhalb gesucht hatte. Statt mich zu ducken und wieder einmal alles zu ertragen, entdeckte ich eine kämpferische Seite in mir, die ich vorher nicht gekannt hatte. Ich nahm es hin, meine Arbeit nachlässig zu erledigen und dafür bestraft zu werden, gleichzeitig begann ich, im Haus herumzustöbern und meinen Beutel zu suchen. Gleich am ersten Tag fand ich einen Gulden, der mich in meinem Vorhaben bestärkte. Die Gäste der Herberge bezahlten in der Regel mit Talern und nicht mit ausländischen Münzen.

Meinen leeren Geldbeutel fand ich ein paar Tage später in dem Raum, den die Wirtsleute großspurig als Bibliothek bezeichneten, obwohl es dort nur eine Bibel gab. Obendrein benutzen sie ihn so gut wie nie. Der Beutel steckte im Kamin und war angesengt. Ich erinnerte mich an einen Streit einige Tage zuvor, als die Wirtin sich darüber erbost hatte, dass er in der Bibliothek ein Feuer angezündet hätte, was Verschwendung guten Holzes sei. Er hatte also mein Geld genommen.

Da ich die Gäste bediente, geschah es, dass sie ihre Zeche bei mir zahlten. Wenn sie betrunken genug waren, gab ich falsch heraus und strich die Differenz ein. Ansonsten zweigte ich hier und da kleinere Beträge ab und schnüffelte weiterhin im Haus herum, auf der Suche nach Geld. Ich war fest entschlossen, mir meines bis zum letzten Pfennig und Kreuzer zurückzuholen. Dieser Gedanke half mir, die Zeit zu überstehen.

Der geile Bock von Wirt hatte meine Ersparnisse sicherlich genommen und zu den Huren getragen, da keine junge Magd mehr im Haus war, an der er sich vergreifen konnte. Ich konnte nur kleine Beträge abzweigen, deshalb dauerte es über ein Jahr, bis ich die Summe zusammenhatte. Der Wirtin fiel in dieser Zeit mehrmals auf, dass Geld fehlte, aber die einfältige Magd, die sich immer duckte, verdächtigte sie nicht.

Sowie ich mein Geld zusammen hatte, stahl ich mich davon. Von der Wäscheleine nahm ich mir ein Kleid und Wäsche mit. Das stand mir zu, denn zu meinem Lohn gehörte einmal im Jahr ein Kleid. Schuhe nahm ich mir auch, denn in den Holzpantinen, die ich gewöhnlich trug, wollte ich nicht länger herumlaufen.

Die kämpferische Seite in mir hatte beschlossen, zurück nach Loschwitz zu gehen, um zu sehen, was von meiner Familie übrig war. In Dresden verließ mich der Mut. Ich konnte mir nicht vorstellen, dass ich meinem Ehemann willkommen sein könnte. Wahrscheinlich hielten mich alle für tot und begraben. Das sollte ich auch besser bleiben, statt Scherereien zu machen. Was sollten die Kinder mit einer Mutter anfangen, die sie nicht kannten? Der Ehemann mit einer Frau, die ihm weggelaufen war?

Eine Frau allein in der Stadt ist schutzlos. Mir wurde Gewalt angetan, ich wurde ausgeraubt und halbtot in der Gasse liegen gelassen. Hätte mich Schwester Wilhelmia nicht gefunden, es wäre mein Ende gewesen. So kam ich ins Maternihospital.

* * *

»Verstehst du nun, warum du Luise nicht aufgeben darfst?«, fragte Barbara. »Wir brauchen hin und wieder jemanden, der uns die Hand reicht.«

»Sie hätte es nicht so weit kommen lassen dürfen. Sie hat es hier gut gehabt.«

Georg fand seinen Vater im Sonntagsanzug mit einer fremden Frau in der guten Stube, als er mit Wagenschmiere an Hemd und Weste nach Hause kam.

Hatte der Vater sich entschieden, eine neue Ehefrau ins Haus zu holen? Er wünschte dieser armen Person im Stillen viel Glück. Die Frau wurde ihm dann aber als seine Mutter vorgestellt, und das verschlug Georg die Sprache. Sie blickte ihn forschend und ängstlich zugleich an.

»Ich brauche keine neue Mutter«, stellte Georg fest, nachdem er die Worte wiedergefunden hatte.

»Das ist keine neue Mutter, sondern deine Mutter. Meine Ehefrau, die ich wunderbarerweise wiedergefunden habe«, erklärte Jacob und schaute die Frau dabei so strahlend an, dass er gar nicht wiederzuerkennen war.

»Georg, ich weiß, dass das nicht leicht für dich zu verstehen ist«, sagte sie, und ihre Stimme klang, als spräche sie zu einem Kind. »Ich bin deine Mutter, aber es gab vielerlei Umstände, weswegen ich nicht bei dir sein konnte, als du aufgewachsen bist.«

Georg brachte das auf. »Ich brauche keine Mutter«, wiederholte er stur. »Mein Leben lang sind wir ohne zurechtgekommen. Jetzt brauchen wir niemanden mehr. Luise führt unseren Haushalt wunderbar. Oder haben Sie ein Versäumnis entdeckt?«

»Luise ist nicht da, und du wirst deiner Mutter Respekt erweisen«, knurrte Jacob.

»Lass ihn.« Sie legte dem Vater eine Hand auf den Arm, und er verstummte. Dann wandte sie sich an ihn: »Du erinnerst dich nicht an mich, weil du noch kein Jahr alt warst, als ich fortging. Deshalb fällt es dir schwer, deine Mutter in mir zu sehen. Aber ich bin nicht gekommen, um dir zu sagen, was du zu tun hast, und ganz sicher nicht, um Versäumnisse zu entdecken. Ich werde auch nicht bleiben, um den Haushalt deiner Schwester zu übernehmen, meine Wohnung ist im Maternihospital. Dein Vater und ich sind übereingekommen, dass das noch eine Weile so bleiben wird. Ich werde zu Besuch kommen, um euch zu sehen, und freue mich, wenn ihr mich in Dresden besucht.«

»Sind Sie eine der frommen Frauen des Hospitals?«, fragte Georg.

Sie trug nicht deren Tracht, die er kannte. Aber das wäre eine Hoffnung, denn die Frauen lebten unverheiratet im Hospital. Ihm war es egal, ob sie sofort einzog oder es noch einen Monat dauerte, sie wäre auf jeden Fall viel zu schnell da, um ihre Nase in seine Angelegenheiten zu stecken. Luise hatte alles richtig gemacht: zu gehen, bevor diese Fremde sich einnistete.

»Das bin ich nicht. Sie haben mich aufgenommen und waren für mich da, als ich mich allein auf der Welt fühlte, und ihre Güte vergelte ich Ihnen, indem ich als Helferin im Hospital arbeite.«

Vielleicht kam ihre salbungsvolle Stimme daher?

»Waren Sie krank?«

»Die Welt um mich herum war dunkel. Ich habe nur grau und schwarz gesehen. Die frommen Frauen haben es eine Melancholie genannt.«

»Das ist eine Krankheit der vornehmen Leute«, platzte Georg heraus.

»Du sollst nicht frech werden«, mischte sich Jacob ein.

»Sie kann jeden befallen«, sagte die Frau, die seine Mutter sein sollte. »Gewöhnlich haben nur die vornehmen Leute Zeit, sie auch so zu benennen. Wir einfachen Menschen haben zu viel Arbeit, um die Melancholie zu bemerken. Erst wenn sie ganz schlimm wird und es nicht mehr anders geht, beugen wir uns ihr.«

»Bei Ihnen war die Melancholie ganz schlimm?« Georg kostete das Wort auf der Zunge aus. Es fühlte sich fremd an, und wie es einem Menschen erging, in dessen Innerem alles dunkel war, konnte er sich auch nicht vorstellen.

Sie nickte. »Wirklich schlimm. Ich konnte kein Leben als Mutter und Ehefrau eines Fischers führen.«

»Hätten Sie uns nicht wenigstens Bescheid geben können, dass wir nicht die ganzen Jahre denken mussten, Sie wären tot?«

Die Frau sagte nichts dazu, aber Jacob: »Ich habe zu euch nie gesprochen, als wäre eure Mutter tot, oder bei den Behörden deswegen etwas veranlasst.«

»Was Luise gedacht hat, weiß ich nicht, aber ich habe meine Mutter für tot gehalten.« Georg sprach lauter als gewöhnlich.

»Du bist ein frecher Bengel.«

»Weil ich mir Gedanken mache, bin ich ...«

»Jacob, lass ihn. Es ist richtig, dass er nicht alle Dinge hinnimmt. Dann wäre er wie das Vieh im Stall.« Die Frau kam zu ihm und legte ihm die Hände auf die Schultern. »Ich bin deine Mutter, und du bist mein Sohn. Für mich ist es auch ungewohnt, einen so großen Jungen zu haben. Du warst noch ganz klein, als mich die Melancholie in ihre Klauen nahm. Ich erwarte nicht, dass du dich in meine Arme wirfst. Über Offenheit und Respekt freue ich mich. Alles andere lassen wir auf uns zukommen. Wollen wir es so halten?«

»Ja, von mir aus«, murmelte Georg. Er war nach wie vor überzeugt, besser ohne Mutter auszukommen als mit dieser Frau.

»Deine Schwester wird das auch so sehen, wenn sie wieder nach Hause kommt.«

Er verabschiedete sich und polterte die Treppe nach oben in Luises Kammer. Seit sie nicht mehr da war, schlief er dort. Das war das einzig Gute an ihrem Fehlen – einen Raum für sich zu haben.

Er lag auf dem Bett und hatte die Hände hinter dem Kopf verschränkt, lauschte auf alles, was von unten heraufdrang. Das war so gut wie nichts, bis er die Haustür ins Schloss fallen hörte. Er spähte durch das Dachfenster nach draußen und sah seinen Vater mit der Frau – der Mutter – davongehen.

KAPITEL XLVI

Nach der zweiten Nacht in der fremden Wohnung hörte Luise am hohen Vormittag einen Schlüssel im Türschloss. Das Herz schlug ihr bis zum Hals, und sie war mit sich selbst uneins, ob sie sich gleich zu erkennen geben oder warten sollte, bis sie entdeckt wurde. Eins schien ihr so unangenehm wie das andere. Schließlich entschied sie sich für das Erstere und stellte sich in die Tür der Stube. Die Wohnungstür war noch nicht ganz geöffnet, da begann sie zu sprechen: »Herr von Lobschütz, ich muss mich entschul ...«

»Fräulein Ehrmann?« Der freundliche alte Herr schaute sie entgeistert an.

In seiner Begleitung befand sich ein junger Mann, der sie neugierig musterte. Er war schlank und ungefähr in Luises Alter. Ihr Herz machte bei seinem Anblick einen Satz. Er wirkte nicht nur vornehm und sah fröhlich aus, sondern hatte etwas ... Der Standesunterschied wurde ihr bewusst. Ihre Gefühle verknäulten sich.

»Opa, ich wusste gar nicht, dass Sie ... Ich muss schon sagen.« Der junge Mann lachte und entblößte weiße Zähne.

»Nicht, was du denkst.«

»... digen«, brachte Luise das Wort zu Ende. »Sie waren immer freundlich zu mir, und ich habe mir keinen anderen Rat gewusst. Ihr Hauswirt hat mich eingelassen, weil ich ihm erzählte ...«

»Das möchte ich gerne wissen, was Sie ihm erzählt haben. Dafür müssen wir nicht im Flur herumstehen, gehen wir in den Salon.« Herr von Lobschütz wies in das Zimmer, in dem Luise viele Stunden verbracht hatte. »Ich freue mich über Ihren Besuch. Wirklich. Hoffentlich ist der liebe Fritz auch mit von der Partie?«

»Er ist in der Küche.«

»Was macht er da?«

»Ich habe ihn am Tischbein angebunden. Da richtet er keinen Schaden an.«

»Holen Sie ihn her. Schnell.«

Sie leistete dieser Aufforderung Folge und kehrte mit dem Frettchen auf dem Arm in den Salon zurück. Herr von Lobschütz nahm ihn und hielt ihn dem jungen Mann hin.

»Darf ich dir Fritz vorstellen? Das ungewöhnliche Haustier einer ungewöhnlichen jungen Dame.«

»Das Frettchen, das mit in der Oper war?« Seine braunen Augen blitzten.

»Genau dieses.«

Luise erfuhr, dass der junge Mann Benedict von Lobschütz war, Student der Rechte in Leipzig, augenblicklich von der Universität relegiert. Luise erfuhr außerdem, dass dies den Ausschluss vom universitären Lehrbetrieb wegen sittlicher Verfehlungen bedeutete.

»Was haben Sie gemacht?«, erkundigte sie sich. Er wirkte wie jemand, dem man nichts nachtragen konnte.

Der Herr Student bekam rote Ohren vor Verlegenheit, und das ließ ihn jünger und anziehender wirken.

»Nun sag schon«, forderte der alte Herr von Lobschütz. »Ich würde auch gerne erfahren, weswegen ich nach Leipzig kommen und dich retten musste.«

»Sie hätten sich nicht persönlich herbemühen müssen. Es hätte ausgereicht, mir etwas Geld zu schicken. Um das ich auch nur gebeten hatte.«

»Ich weiß gerne, wofür du außer der Reihe über vierhundert Taler benötigst. Für deine Kleidung kann diese große Summe nicht gewesen sein. Die befindet sich in keinem beneidenswerten Zustand.« Herr von Lobschütz musterte den Rock seines Enkels, der an den Ärmeln bereits fadenscheinig wurde.

»Als Studenten sind wir gehalten, uns einfach und zurückhaltend zu kleiden«, antwortete Benedict sofort.

»Gute Qualität schließt das aber nicht aus, oder?«

»In Leipzig ist alles teuer. Ich muss auch Geld für Bücher, Papier und Tinte ausgeben. Ein wichtiges Werk war gar nicht mehr zu bekommen. Das musste ich wie vor der Erfindung des Buchdrucks abschreiben lassen und den Kopisten bezahlen.«

»Du hättest es selbst abschreiben sollen, um gleich etwas zu lernen.«

»Sie kennen meine Handschrift. Ich könnte nichts davon jemals wieder lesen.«

»Du warst schon immer ein arger Schmierfink. Die Frage des Fräuleins hast du bisher nicht beantwortet. Schlawiner.« Herr von Lobschütz drohte seinem Enkel mit dem Zeigefinger.

Der seufzte und atmete tief ein. »Also gut, ich habe eine Wette verloren. Das allein ist schlimm genug, weil der Dekan es nicht mag, wenn die Zöglinge der Universität sich auf so etwas einlassen. Die Statuten verbieten es, und dieser Dekan nimmt sie besonders ernst.« Er verstummte wieder und schaute vorsichtig zu Luise.

Deren Vater hatte Wetten immer verteufelt, und soweit sie wusste, war er nie eine eingegangen. Für die vornehmen Herren mochten andere Gesetze gelten, und die Herren Studenten schlugen in ihrem jugendlichen Leichtsinn schon einmal über die Stränge. Das wusste selbst sie.

»Das erklärt nicht, warum du über vierhundert Taler benötigt hast.«

»Ich konnte meine Wettschulden nicht bezahlen. Es war eine todsichere Sache, ich hätte gar nicht verlieren können, wenn die anderen nicht geschummelt hätten.«

»Worauf hast du gewettet? Hahnenkämpfe?«

»I wo! Es ging darum, dass niemand schneller als ich über den Großen Angersdorfer Teich rudern kann. Ich war zuvor immer der Schnellste. Immer. Dann schleppten sie auf einmal diesen muskelbepackten Protz an. Der hatte Oberarme wie andere Beine.« Benedicts Empörung ließ ihn noch anziehender wirken. »Kraft allein ist aber beim Rudern nicht alles. Seine Technik war miserabel. Ich hätte ihn geschlagen, wenn mir nicht ein Ruder gebrochen wäre. Sie haben es angesägt oder Löcher reingebohrt, davon bin ich überzeugt. Beweisen kann ich es nicht, das Ruder ist ja weg.« Er bewegte die Hände, als hielte er unsichtbare Ruder.

Luise dachte, dass Großvater und Enkel einander sehr ähnlich waren. Liebenswert.

»Das war eine dumme Wette. Ich hoffe, beim nächsten Mal stellst du dich klüger an«, antwortete Herr von Lobschütz.

»Das Böckestürzen habe ich mit Leichtigkeit gewonnen. Über fünfhundert habe ich geschafft und damit dreißig Taler erzielt. Nur hinterher war mir so schlecht, dass ich das Essen von Tagen ausgekotzt habe.« Benedict erinnerte sich an Luises Anwesenheit. »Oh, Entschuldigung, Fräulein. Vor einer Dame hätte ich das nicht sagen sollen.« Er verneigte sich. »Ich gehe lieber und richte mich im Jugendzimmer ein. Mein Bruder und ich haben dort geschlafen, wenn wir als Kinder den Opa und die Oma in Dresden besucht haben.«

Sie wusste, welches Zimmer er meinte. Sie hatte es auf ihrem Rundgang durch die Wohnung gesehen. Kaum war er fort, traf sie ein freundlicher, aber auch forschender Blick.

»Nun zu Ihnen, Fräulein Ehrmann.«

»Es tut mir leid. Nicht einen Augenblick kam mir in den Sinn, Sie könnten von Dresden abwesend sein. Ich hätte mich nicht mit einer erfundenen Geschichte in Ihre Wohnung einschleichen sollen. Nur wusste ich mir keinen anderen Rat und gab Sie deshalb als meinen Onkel aus. Dabei ging ich davon aus, allenfalls ein paar Stunden warten zu müssen.«

»Eine gute Geschichte. Ich hätte nichts gegen eine Nichte wie Sie. Leider habe ich keinerlei Geschwister und bin niemandes Onkel. Hoffentlich haben Sie sich einigermaßen einrichten können, obwohl die Speisekammer leer war, fürchte ich.«

»Bis auf eine harte Wurst, die Fritz mundete. Ich hatte etwas Geld bei mir und habe mich mit Brot und Käse gut verpflegt. Der Schlüssel für den Dienstboteneingang war nicht schwer zu finden.«

»In meinem Schreibsekretär liegen mehrere Rollen mit Talern und bestimmt auch Kleingeld. Sie hätten sich bedienen können.«

»Ich habe Ihre Sachen nicht angerührt.«

»Es hätte mich nicht gestört. Trotzdem müssen wir überlegen, was wir mit Ihnen manchen. Sie können unmöglich hierbleiben. Nicht mit mir und meinem Enkel in einer Wohnung. Mit mir altem Herrn mag es angehen, aber nicht mit einem jungen Mann im Haus. Er wird einige Wochen mein Gast sein müssen, fürchte ich. Bis das Trimester zu Ende geht und das nächste beginnt. Nach Hause kann ich den Armen nicht schicken. Sein Vater lässt bei solchen Dingen Strenge walten, als ob er nicht auch einmal jung war.« Herr von Lobschütz dachte mit gerunzelter Stirn nach und ging auf und ab. Dabei entwischte Fritz von seinem Arm, wo er ihn die ganze Zeit gehalten und gestreichelt hatte.

Luise schnappte sich die Leine und hinderte das Frettchen daran, unter dem Sofa zu verschwinden.

»Fritz kann hierbleiben. Schadet seinem Ruf nicht.« Die Miene des alten Herren hellte sich auf. »Ich weiß, was zu tun ist. Sie kommen bei meiner Zugehfrau unter. Die gute Frau Wagner ist eine tüchtige Person mit dem Herz auf dem rechten Fleck und wird nichts dagegen haben, Sie aufzunehmen. Bis wir überlegt haben, ob Sie nicht doch wieder nach Hause gehen können. Die Welt der Madame Angelique ist nichts für Sie, das habe ich mir gleich gedacht.«

»Ich habe meinen Vater angelogen, ich kann nicht mehr nach Hause zurück. Nie mehr. Er wird mir nicht verzeihen.«

»So schlimm wird es nicht sein. Haben wir nicht alle unseren Eltern gegenüber einige Dinge beschönigt? Obwohl meine Mutter immer sehr scharfsinnig war. Vor ihr konnte ich nichts verbergen.«

Herr von Lobschütz sagte dies mit einem so treuherzigen Gesichtsausdruck, dass Luise ihm am liebsten beruhigend über den Arm gestrichen hätte. Bei ihr sah die Sache leider anders aus. Ihr Vater neigte nicht dazu, Fehler zu verzeihen. Dann war da noch Conrad Meinel. Von seiner zukünftigen Frau erwartete er einen einwandfreien Leumund, daran hatte er keinen Zweifel gelassen. Während der beiden Tage, die Luise in der Lobschützschen Wohnung gewartet hatte, hatte sie ihm einen Brief geschrieben. Es gehörte sich wohl, sich wenigstens zu verabschieden.

Die Zugehfrau war nicht erbaut, lehnte es aber auch nicht ab, einen Hausgast zu beherbergen. Sie quartierte zwei ihrer Kinder um und räumte auf diese Weise eine Kammer für Luise frei. Sie war eine resolute Frau und viel jünger als Hermann Carl von Lobschütz, dennoch sprang sie mit ihm um, als wäre es umgekehrt. Er ließ es sich gutmütig gefallen und drückte ihr einige Münzen in die Hand.

Fritz blieb bei Herrn von Lobschütz, der versprach, gut auf ihn Acht zu geben. Die Kammer, die Luise zugeteilt worden war, war nur halb so groß wie ihre zu Hause. Es standen zwei Betten darin, in dem einen schlief sie, auf dem anderen breitete sie ihre Kleider aus. Der Anblick des perlmuttfarbigen Gewandes ließ sie kurz träumen, wie Benedict von Lobschütz sie darin bewunderte, ihr Komplimente machte und ihre Hand nahm, um sie zum Tanz zu führen. Das waren vollkommen verrückte Gedanken. Nie wieder hätte sie eine Gelegenheit, es zu tragen, sie verkaufte es am besten.

Die Wagnerin kam, um sich das Kleid anzusehen. Sie befühlte den Stoff.

»Eine schöne Garderobe hast du, Mädchen. Hätte ich deine Statur, würde ich dir das Teil glatt abnehmen. Obwohl ich nicht weiß, wozu ich es je anziehen sollte. Eine Frau sollte einmal in ihrem Leben ein schönes Kleid besitzen.«

»Das finde ich auch«, antwortete Luise leise.

»Du hast gleich mehrere. Ich will gar nicht genau wissen, was dir widerfahren ist. Wenn der gute Herr von Lobschütz seine Hand über dich hält, wirst du es wert sein. Gib das Kleid her, meine Älteste wird es für dich verkaufen.«

Das Kleid brachte weniger als die Hälfte dessen ein, was Luise dafür bezahlt hatte. Davon überließ sie dem Mädchen einen Taler. Die Zeit der vornehmen Gewänder war vorbei, ihre Träume als Stickerin konnte sie auch begraben. Sie würde in Stellung gehen müssen. In der Einsamkeit ihrer Kammer kamen Luise die Tränen.

KAPITEL XLVII

Luises letzter Brief hatte ihn verstört. Nicht nur, weil er so gar nicht als Antwort zu den Schreiben passte, die er ihr gesandt hatte, sondern auch weil er klang, als wollte sie sich endgültig von ihm verabschieden. Als wäre zwischen ihnen etwas vorgefallen, von dem er keine Ahnung hatte. Conrad war sich keiner Schuld bewusst, die einen endgültigen Abschied rechtfertigte. Er wollte der Sache auf den Grund gehen und machte sich am Sonntag nach dem Kirchgang auf dem Weg nach Loschwitz.

Das Wetter war schön, und er schritt kräftig aus. Im Dorf Wachwitz war in einem der Weinberge eine Garküche eingerichtet. Conrad genehmigte sich eine Pastete mit Pilzen und Hammelfleisch, dazu trank er ein Bier. Das Fett der Pastete lief ihm über das Kinn und die Finger. Er musste sein Taschentuch opfern, damit es nicht auf sein Halstuch tropfte. Mit verschmierter Kleidung wollte er Luise nicht gegenübertreten.

Die Wunden, die die Eisflut den Wachwitzer Weinbergen geschlagen hatte, waren noch deutlich zu sehen. Die Mauer, die früher den Weinberg von der Straße getrennt hatte, war durch einen Lattenzaun ersetzt worden. Die unteren Weinstöcke einer jeden Reihe hatte die Flut herausgerissen oder umgeknickt. Einige hatten zaghaft neu ausgetrieben, es klafften aber auch große Lücken. Die Deiche befanden sich noch in dem schlechten Zustand, in dem die Flut sie zurückgelassen hatte.

Seine Aufgabe im neu gebildeten Deichbauamt hatte zunächst einmal in der Ordnung aller gemeldeten Schäden bestanden. Nun war er mit mehreren Gehilfen in der Planung der Vermessung auf seinem Abschnitt zwischen Schandau und Dresden, rechtselbisch beschäftigt. Bis tatsächlich ein erster Spatenstich erfolgte, würde noch eine geraume Zeit vergehen. Conrad wusste, dass er zu ungeduldig war. Er wollte sich davon die Freude auf ein Wiedersehen mit Luise nicht verderben lassen und benutzte ein letztes Mal sein Taschentuch, ehe er sich wieder auf den Weg machte.

Die Tür des Ehrmannschen Hauses wurde ihm von Georg geöffnet. Der Junge sah erst erfreut, gleich darauf betreten aus. »Sie wollen bestimmt zu meinem Vater.«

»Eigentlich möchte ich ein paar Worte mit Ihrer Schwester wechseln. Und natürlich Ihren Vater begrüßen.«

»Luise …« Die Miene des Jungen wurde noch verkniffener. »Sie sollten mit meinem Vater sprechen. Er ist hinter dem Haus im Garten.«

Conrad ließ sich von Georg zur Hintertür hinaus und in den Garten führen. Bei einem schnellen Blick zu Fritz' Außengehege bemerkte er, dass das Frettchen nicht da war. Vom Räucherofen stieg eine Rauchfahne in den blauen Nachmittagshimmel. Jacob Ehrmann war nicht dort beschäftigt, sondern richtete sich aus einem Gemüsebeet auf. Sein Arbeitskittel und seine Hände waren dreckverschmiert. In der einen hielt er eine Distel, die er offensichtlich aus dem Beet gegraben hatte. Bei Conrads Anblick ließ er sie fallen.

Den Fischer im Gemüsebeet anzutreffen, wunderte Conrad ebenso sehr wie Georgs seltsame Begrüßung. Seines Wissens war der Garten Luises Refugium.

»Herr Meinel ist zu Besuch gekommen«, sagte Georg noch und war dann von seiner Seite verschwunden.

»Lieber Freund!« Jacob wischte sich die Hände am Kittel ab, wodurch sie kaum sauberer wurden. »Wir haben nicht mit

Ihrem Besuch gerechnet. Oder haben Sie ihn angekündigt und ich habe mich vertan?«

»Diese Sorge müssen Sie sich nicht machen. Es war ein ganz spontaner Entschluss meinerseits, zu Ihnen herauszukommen. Ich möchte gerne mit Luise sprechen und mich auch nach Ihrem Befinden erkundigen.«

»Mein Befinden? Eh – nun ...« Jacob wischte sich immer noch die Hände ab. »Das ist gut. Wie soll es anders sein?«

»Und Luise? Ist sie im Haus?«

»Ich fürchte, Sie werden mit Luise heute nicht sprechen können.«

Überrascht fehlten Conrad für einen Augenblick die Worte. Bisher war Luise an einem Sonntag immer für ihn zu sprechen gewesen. »Befindet sie sich nicht wohl? Dann verlangt es mich umso mehr, sie zu sehen, sie aufzumuntern und meiner Anteilnahme zu versichern.«

»Das geht nicht.«

»Sie ist doch nicht etwa bettlägerig?«

»Bettlägerig bestimmt nicht. Luise hat eine kräftige Gesundheit und wird nicht leicht krank. Darüber müssen Sie sich keine Sorgen machen.«

»Wo ist sie dann?« Conrad wurde ungeduldig. Das alles hörte sich nach Ausflüchten an, die er von einem Mann wie Jacob Ehrmann nicht erwartet hätte.

»Sie ist – ist nicht da.«

»Kann ich hier auf sie warten?«

»Das – das wird nichts nützen.« Jacob wand sich schlimmer als einer der Fische, die er fing.

Conrad wurde nun wirklich ungehalten. »Wenn Sie mir nicht sagen wollen oder können, wo Luise ist, gehe ich wieder. Sie wissen ja, wo Sie mich finden, und Luise kann mir schreiben, um sich zu erklären.«

Er lupfte zum Abschied seinen Hut und ging ums Haus herum zur Straße zurück.

Sein Rückweg nach Dresden gestaltete sich weniger angenehm als der Hinweg. Zum einen, weil ihm die Sonne in die Augen schien und nicht einmal seine Hutkrempe dagegen half; zum anderen fühlte er sich von Luise verschaukelt. Er fragte sich, was geschehen war, das er nicht wissen durfte, und warum sie sich nicht eine vernünftige Ausrede hatten einfallen lassen. Es wäre ein Leichtes gewesen, etwas von einer kranken Verwandten zu erzählen, zu der Luise auf einige Tage gefahren wäre. Und dass sie sich bei ihm melden würde.

Das würde sie vielleicht nicht, und vielleicht war sie nicht nur für ein paar Tage fort. Conrad spürte, wie er mit jedem Schritt, den er sich von Loschwitz entfernte, ein Stück Vertrauen in seine Verlobte verlor. Seine Beinahe-Verlobte. Noch Mitte der Woche war er überzeugt gewesen, Luise im Laufe eines Jahres zu der Seinen zu machen.

Er hatte die Augustusbrücke bereits überquert und war nur noch einige Straßen von seiner Wohnung entfernt, als er die vertraute Gestalt erblickte.

Luise!

Und sie war nicht allein. Conrad zog sich instinktiv den Hut tiefer ins Gesicht. Unter der Krempe hervor beobachtete er sie und ihre beiden Begleiter. Dem jüngeren hatte sie die Hand auf den Unterarm gelegt und lachte über etwas, das der sagte. Auf ihrer anderen Seite stolzierte ein älterer Herr wie ein Gockel daher. Er trug mehrere Ringe, eine Berlocke und eine Uhrkette. Die Knöpfe an Rock und Weste glänzten golden, ebenso der Knauf seines Spazierstocks.

Für Conrad gab es keinen Zweifel, was er da vor sich hatte: Luise in Begleitung eines alternden Lebemannes und seines jungen Beaus. Nun wunderte ihn das seltsame Verhalten Jacob Ehrmanns nicht mehr, und ihm wurde der Inhalt ihres letzten Briefes klar. Dass sie diesen Weg einschlug, hätte er nie von ihr gedacht. Es musste dem unheilvollen Einfluss einer Frau wie Angelique LaTrebe zuzuschreiben sein. Sie hatte ja auf seine Warnungen nicht hören wollen. Dass er sich so in ihr getäuscht hatte … Conrad schwoll die Brust vor Ärger, und als der alte Lebemann nur zwei Schritte entfernt vorbeiging, hätte er ihn am liebsten an seinem dürren Hals gepackt und fest zugedrückt. Stattdessen wandte er sich ab und gab vor, an seiner Manschette etwas richten zu müssen.

Die drei gingen vorbei, und Conrad folgte ihnen mit einigem Abstand. Er achtete darauf, dass sie ihn nicht entdeckten.

Die kleine Gruppe bog in die Straße ein, in der Conrad wohnte, ging sogar an dem Haus vorbei. Es waren nur wenige Leute draußen, und Conrad ließ sich weiter zurückfallen. Als sie um die Ecke bogen, beschleunigte er seine Schritte. Dieses Hinterherschleichen behagte ihm nicht. Er war ein Mann der aufrechten Tat und verabscheute Heimlichkeiten.

Conrad kam gerade rechtzeitig, um zu sehen, wie der Beau mit Luise in einem Hinterhof verschwand. Der alte Lebemann blieb auf der Straße stehen. Es dauerte nicht lange, bis der Beau zurückkam. Beide gingen zusammen weg. Conrad verrenkte den Hals, um einen besseren Blick auf das Haus zu erhaschen, in dem Luise verschwunden war. Es unterschied sich in nichts von den anderen in der Straße. Farbloser Putz, zwei Stockwerke, ein Durchgang in den Hof dahinter. Der war jetzt mit einem Tor verschlossen. Conrad vermochte nicht zu entscheiden, ob Luise die Vordertür oder den Durchgang zum Hof benutzt hatte.

Es konnte ihm egal sein. Abrupt drehte er sich um und kehrte in seine Wohnung zurück. Er musste auf seinen Leumund achten, das wusste Luise doch. Ihr Vater ebenso.

Seine Finger zitterten, als er den Schlüssel ins Schloss steckte, und er brauchte zwei Versuche. In seiner Wohnung riss er sich den Hut vom Kopf und schleuderte ihn in eine Ecke, ehe er sich an seinen Schreibtisch setzte. Er legte einen Bogen Papier vor sich und schraubte das Tintenglas auf. Eine gespitzte Feder lag bereit. Diesen Brief hatte er an Jacob Ehrmann zu richten. Die Wut, derartig hintergangen worden zu sein, ließen die Worte nur so aufs Papier fließen: er müsse jede Verbindung mit Fräulein Luise Ehrmann auflösen. Ihr Lebenswandel mache dies nötig. Die Familie wisse, warum er so handeln müsse.

Nachdem er den Brief geschrieben hatte, fühlte Conrad sich ausgelaugt wie nach einem vierzehnstündigen Arbeitstag. Im Geiste hörte er seine Mutter sagen, dass er damit hätte rechnen müssen, wenn er sich unter seinem Stand umschaute.

KAPITEL XLVIII

Im Haushalt der Wagnerin machte Luise sich nützlich, so gut sie es vermochte. Deshalb verließ sie frühmorgens mit einem Korb über dem Arm das Haus. Ihr war bewusst, dass Conrad Meinel ganz in der Nähe wohnte, und weil sie ihm auf keinen Fall begegnen wollte, ging sie einen Umweg auf den Altmarkt. Im Korb lag eine lange Liste mit Dingen, die die Wagnerin für den eigenen und den Lobschützschen Haushalt benötigte. Das reichte von Bürsten und Zahnpulver, einer Perücke für den jungen Herrn, die sie beim Perückenmacher abzuholen hatte, bis hin zu Dickmilch und sauer eingelegten Fischen. Ihre Gedanken kreisten immer wieder um Benedict von Lobschütz, und immer wieder sagte ihre Vernunft, wie unmöglich es sei, weil er weit über ihr stand. Er war nichts als freundlich zu ihr, weil das seiner Art entsprach. Trotzdem konnte sie ihn nicht aus ihrem Herzen verbannen und war auch erstaunt über ihre Gefühle, weil sie so etwas nie für möglich gehalten hätte.

An dem Marktstand, wo Luise ein Dutzend sauer eingelegte Rotaugen erstand, wurde auch Ehrmanns geräucherter Fisch angeboten. Es versetzte ihr einen Stich, Dinge zu sehen, auf die ihr Vater und Georg Mühe verwandt hatten. Was mochten die beiden denken, wohin es sie verschlagen hatte? Ihre Lüge mit der Wäscherin in Dresden war bestimmt längst durchschaut. Sie ließ sich die Fische einpacken und hastete weiter zum nächsten Stand.

Eine Kutsche mit verhängten Fenstern hielt neben ihr. Der Wagenschlag wurde geöffnet, und ein Mann beugte sich heraus.

»Mademoiselle, wenn ich bitten darf.«

Luise kannte die Stimme nicht. Sie wollte instinktiv zurückweichen, aber da wurde sie am Arm gepackt und nach vorn gerissen.

»Leisten Sie keinen Widerstand. Das hat sowieso keinen Zweck.«

Sie wurde um den Leib gefasst und in die Kutsche gehoben, der Schlag geschlossen. Sofort zogen die Pferde an. Das Ganze hatte nicht einmal eine Minute gedauert. Sogar den Korb hielt sie noch in der Hand. Der Kerl, der sie gepackt hatte, besaß Hände von der Größe von Schaufeln. Das war das einzige Merkmal, das Luise an ihm wahrnahm, denn sein Gesicht hielt er unter einer schwarzen Kapuze verborgen, in die zwei Löcher für die Augen und ein drittes für den Mund geschnitten waren. Er sah aus wie ein Henker.

In einer Ecke der Kutsche lümmelte eine weitere Person. Eine weiße mit Strass und Flitter besetzte Maske bedeckte deren halbes Gesicht. Mund- und Kinnpartie waren frei geblieben. Als weitere Verkleidung trug die Person einen kurzen schwarzen Umhang. Dieser Farbzusammenstellung hätte es nicht bedurft, damit Luise erkannte, um wen es sich handelte.

»Baron von Cranmeer«, stieß sie hervor.

Der Scherge des hessischen Gesandten wollte ihr eine seiner Schaufelhände über den Mund legen, aber auf einen Wink des Barons hin ließ er sie wieder sinken.

»Die Mademoiselle wird bestimmt nicht so unhöflich sein und schreien«, sagte der Baron.

»Was wollen Sie von mir?«, fuhr Luise ihn an.

»Können Sie sich das nicht denken?«

»Ohrfeigen Sie mich. Meinetwegen auf dem Marktplatz. Danach haben wir einander nichts mehr vorzuwerfen, und jeder kann seiner Wege gehen.«

»So einfach ist es leider nicht.« Die Lippen des Barons kräuseln sich zu einem Lächeln.

Da er weiter nichts sagte, herrschte Stille in der Kutsche. Luise saß dem Baron gegenüber, hielt den Korb auf dem Schoß. Neben ihr beanspruchte der Scherge seinen Platz. Er hielt die Beine gespreizt, dass sein Oberschenkel gegen ihren drückte. Sie wusste, dass das seine Macht über sie demonstrieren sollte, aber trotzdem ärgerte es sie. Angst verspürte sie eigentlich nicht, aber sie sorgte sich, was die Wagnerin denken mochte, wenn sie nicht rechtzeitig mit den Einkäufen zurückkam.

»Wohin bringen Sie mich?«, fragte sie, bevor die Stille in der Kutsche drückend wurde.

»Wohin es mir beliebt.« Der Baron lächelte auf eine Art, die ihr eine Gänsehaut über die Arme jagte. Dann zog er die Nase kraus. »Was stinkt hier eigentlich? Das ist kaum auszuhalten.«

»In meinem Korb sind ein Dutzend sauer eingelegte Rotaugen«, informierte Luise ihn. Die nach ihrem Dafürhalten weniger stanken als der Charakter des Barons.

»Oh, bei allen verfluchten Heiligen. Diese Biester müssen verschwinden. Anton, sind wir noch in der Stadt?« Er wartete die Antwort nicht ab, sondern lupfte selbst den Vorhang einen Spaltbreit und blinzelte hinaus.

Luise mühte sich, um ebenfalls etwas zu erkennen, sah aber nicht mehr als ein Stück Grün, ehe von Cranmeer den Vorhang wieder fallen ließ.

»Weit genug weg. Raus mit diesem Korb, mein Freund.«

Anton griff danach. »Halten Sie die Dame, gnädiger Herr.«

»Als Dame würde ich sie nicht bezeichnen, aber ja, ich halte sie.« Er griff nach Luise und presste sie in ihrem Sitz, zwang ihren Kopf schmerzhaft herum, bis ihre Nase gegen das Sitzpolster stieß.

Als die Kutschentür kurz geöffnet wurde, spürte sie einen Luftzug. Ein Lichtfinger stahl sich in das Innere. Sie hörte den Korb auf dem Boden klatschen, dann wurde die Tür geschlossen und es herrschte wieder die vorherige Dämmerung in der Kutsche. Sie wurde losgelassen, rieb sich die Nase und die Stelle am Hals, wo die Hand des Barons gelegen hatte.

»Sie werden damit nicht durchkommen, Herr Baron. Man wird mich vermissen. Wahrscheinlich schon in diesem Augenblick.«

»Wer soll die Tochter eines Fischers vermissen? Deine Familie? Ich gehe jede Wette ein, dass sie nicht einmal wissen, wo du dich in den letzten Tagen aufgehalten hast.«

Ein Schauder durchfuhr ihren Leib, als der Baron ihre Lage so treffend beschrieb.

»Ich sehe, ich liege richtig«, triumphierte er. »Setzt du deine Hoffnung auf die Familie, bei der du untergekrochen bist? Ehrlich gesagt, es hat mir etwas Mühe bereitet, dich aufzustöbern. Bis mir der Zufall zu Hilfe kam und Anton dich auf dem Markt entdeckte. Das war vor zwei Tagen. Danach war alles ein Kinderspiel. Dir zu folgen, alles vorzubereiten. Wer einmal auf den Markt geht, würde es auch ein zweites Mal tun. Ich lag richtig mit meiner Vermutung.«

»Sie werden damit trotzdem nicht durchkommen«, wiederholte Luise und dachte gleichzeitig darüber nach, ob er ihr mit seiner langen Rede unabsichtlich etwas verraten hatte. Sie kam nicht drauf, aber zumindest schien er ihre Verbindung zu Herrn von Lobschütz nicht entdeckt zu haben.

»Vor den Behörden muss ich mich nicht in Acht nehmen, Mädchen. Das hast du doch gemeint? Du vergisst dabei, dass ich der Gesandte des hessischen Landgrafen bin. Für mich gilt die diplomatische Immunität. Ich unterliege nicht der kurfürstlich sächsischen Rechtsprechung, sondern der hessischen.«

»Die erlaubt die Entführung junger Frauen?«

Der Baron lachte. »Ich sehe, du hast etwas gelernt und bist nicht mehr das schüchterne Schaf wie bei unserer ersten Begegnung. Du wolltest damals sticken, ich erinnere mich. Ist daraus was geworden?« Er lehnte sich zurück und verschränkte die Arme vor der Brust.

Luise würdigte ihn keiner Antwort.

»Also nichts. Das wundert mich weiter nicht. Du hättest mein Angebot annehmen sollen und uns das hier ersparen können.«

Es klang, als wäre die Entführung ihre Schuld. Zumindest ging es in erster Linie darum, dass der Baron sie sich gefügig machen wollte. Hatte er genug von ihr, konnte er sie kaum wieder laufen lassen. Das bereitete Luise die größten Sorgen.

KAPITEL IL

»Waren nicht saure Rotaugen versprochen? Ich sehe nichts als Grütze«, moserte zahnlos der alte Vater der Wagnerin, als sie den Topf mit dem Abendessen auf den Tisch stellte.

Ihre Sorge galt weniger den fehlenden Fischen als dem Zahnpulver des alten Herren von Lobschütz und einer Perücke für den jungen Herrn, die hätte abgeholt werden sollen. Beides stand auf Luises Liste, und die Wagnerin hielt sie nicht für eine Person, die einfach verschwand und unerledigte Pflichten zurückließ.

»Iss, was auf dem Tisch steht, oder lass es sein«, beschied sie ihrem Vater barsch.

Der zog den Kopf ein. »Da hat man die Kinder auf die Welt gebracht, war in schlechten und in guten Zeiten für sie da und erntet nichts als Undank.«

»Ich wüsste nicht, dass du mich auf die Welt gebracht hast. Das war doch wohl die Mutter.« Sie klatschte Grütze in eine Schale und stellte die dem Vater hin.

»Du verstehst mich schon.«

»Ich verstehe, dass ich Herrn von Lobschütz und seinen Enkel auf die Besorgungen nicht warten lassen darf. Ich muss selbst gehen und sehen, was ich retten kann. Du wirst ohne mich essen müssen.«

Zahnpulver und andere Kleinigkeiten zu besorgen, war kein Problem, aber der Perückenmacher hatte bereits geschlossen, als die Wagnerin vor dessen Tür stand. Sie kam deshalb ohne die Perücke in die Lobschützsche Wohnung. Der junge Herr Benedict war barhäuptig, ließ dunkelbraune Locken sehen und trug einen mit Jagdszenen bestickten Morgenmantel seines Großvaters. Das Teil war mehr als vierzig Jahre alt, fadenscheinig und vollkommen aus der Mode, aber immer, wenn die Wagnerin es beseitigen wollte, stieß sie auf heftigen Widerstand.

Unter vielen Entschuldigungen für die Verspätung und weil sie seine Perücke nicht hatte herbeischaffen können, berichtete sie, dass Luise am Morgen zum Markt gegangen und bisher nicht wieder zurückgekehrt sei.

»Das ist doch Stunden her«, ereiferte sich der junge Herr Benedict. Er fuhr sich durch die braunen Locken.

»Ich weiß nicht, was sie aufgehalten hat.«

»Es kann nichts Gutes gewesen sein. Können wir nichts tun?«

»Ich weiß nicht, was.« Die Wagnerin zuckte mit den Schultern.

In diesem Moment kam Hermann Carl von Lobschütz zurück. Er stützte sich schwer auf seinen Stock und rieb sich das Kreuz, strahlte aber über das ganze Gesicht. »Das habe ich gebraucht. Du hättest mitkommen sollen, Benedict. Bist dir doch sonst für keine körperliche Ertüchtigung zu schade. Ich fühle mich fast wieder jung. Was ein ordentlicher Galopp durch den Großen Garten bewirken kann.«

»Sie sehen aus, als könnten Sie kaum gehen.«

»Das hat nichts zu sagen. Ich habe einige prächtige Fasane und Schwäne gesichtet. Schade, dass ich kein Gewehr hatte.«

»Großpapa, Sie können nicht dem kurfürstlichen Geflügel im Großen Garten zu Leibe rücken.«

»Es gibt zu viel davon. Was macht sie hier? Es ist weit über ihre Zeit.« Herr von Lobschütz deutete auf die Wagnerin.

Durcheinanderredend berichteten sie und Benedict über Luises Verschwinden. Der alte Herr wurde ernst.

»Ich hatte mich auf einen Abend am heimischen Kamin gefreut in bequemen Pantoffeln und …« Ein strenger Blick traf den Morgenrock, den Benedict trug. »Daraus wird nichts. Muss mich umziehen und noch einmal fortgehen.«

»Wohin, Großpapa? Ich komme mit Ihnen.«

»Das geht nicht, Junge. Du wartest mit der Wagnerin, falls Luise zurückkommt.«

KAPITEL L

Für Luises Gefühl dauerte die Kutschfahrt stundenlang. Sie hätte nicht sagen können, ob man sie schnurstracks von Dresden fortbrachte oder im Kreis herumfuhr. Es war jedenfalls noch hell, als die Kutsche anhielt und sie das Gefährt verlassen durfte. Blinzelnd schaute sie sich um.

Die Kutsche stand neben einem Haus. Selten hatte sie ein derart imposantes Gebäude aus der Nähe gesehen. Es verfügte über drei Stockwerke und mindestens ein weiteres im Dach. Sie konnte nicht alles erkennen, aber es gab wenigstens einen Seitenflügel. Das Haus stand einsam am Waldrand, und sie erblickte keinen anderen Weg als den, den sie gekommen waren. Sie beeilte sich, so viele Eindrücke wie möglich aufzunehmen.

Anton, immer noch unter seiner Henkersmaske, zog einen großen Schlüssel aus der Tasche und ging zu einer Seitentür. Baron von Cranmeer schob Luise hinterher.

Vor der Tür blieb sie stehen. »Wo sind wir?«

»In Sicherheit.«

»Ist es nicht an der Zeit, die Maske abzunehmen, Herr Baron? Sie verbirgt Ihre Person nicht länger.«

»Wie du befiehlst, schönes Kind.« Er riss sich die Maske vom Gesicht und schleuderte sie zur Seite. »Nach dir.«

In seinen Augen lauerte ein gefährliches Glitzern, das Luise eine Gänsehaut verursachte. Zum ersten Mal seit ihrer Entführung verspürte sie Angst. Ihre Zuversicht, an die Ehre des Barons appellieren zu können, schwand. Sie betrat den engen

Flur, der hinter der Tür auf sie wartete. Ungefähr in der Mitte führte eine Treppe nach oben. Dort stand Anton mit einer Laterne in der Hand. In kleinen Bächen rann der Schweiß unter seiner Kapuze hervor und versickerte im Kragen. Luise wollte an ihm vorbei die Treppe hinaufgehen.

Antons Arm mit der Laterne schnellte vor und versperrte ihr den Weg. Das schwankende Licht warf gespenstische Schatten an die Wände. Mit der anderen Hand öffnete er eine Tür. Dahinter führte eine Treppe nach unten. Ein dumpfer, erdiger Geruch kroch herauf.

Luise zuckte zurück. »Nein! Da gehe ich nicht hinunter.«

»Es ist nicht halb so schlimm, wie es scheint. Tatsächlich habe ich es gemütlich für dich herrichten lassen«, sagte der Baron hinter ihr.

»Nein. Das können Sie nicht verlangen.«

»Ich kann alles verlangen, was ich will. Ein besseres Zimmer musst du dir verdienen.«

»Was muss ich dafür tun?« Luises Stimme zitterte.

»Du wirst mir zu Willen sein.« Mit einem harten Griff umfasste er ihr Kinn und küsste sie auf den Mund. »Zeit und Ort bestimme ich.« Von Cranmeer drehte sich weg.

»Zier dich nicht, Mädchen«, kam Antons Stimme dumpf unter der Kapuze hervor.

Größere Angst jagte Luise ein, was der Baron nicht gesagt hatte: dass er Mittel und Wege kannte, um sie in den Keller zu bringen. Ihre Beine fühlten sich an wie Grütze, und sie musste sich an der Wand abstützen, als sie die Stufen hinunterging. Der Putz bröckelte unter ihren Fingern.

Die Treppe schien kein Ende nehmen zu wollen, aber auf halber Höhe gab es eine Tür. In den Raum dahinter brachte Anton sie. Er ließ ihr die Laterne da, und dann hörte sie, wie von außen zwei Riegel vorgelegt wurden. Sie sank auf das Bett und barg das Gesicht in den Händen. Sie hatte das Gefühl, keine Luft mehr zu bekommen. Erst nach geraumer Zeit atmete sie wieder normal und war bereit, sich in ihrem Verlies umzusehen.

Sie saß auf einem Bett mit Matratze, Decken und Kissen. An der gegenüberliegenden Wand standen zwei Stühle und ein Tisch, darauf die Laterne. Auf einem Wandbord über dem Tisch lagen Kerzen, sicherlich mehr als ein Dutzend. Im Dunkeln würde sie nicht sitzen müssen. Unwillkürlich atmete Luise auf. Sorgen machten ihr die beiden Stühle. Der Baron hatte doch nicht etwa vor, sie in diesem Raum zu besuchen? Das wollte sie sich nicht vorstellen.

Den gleichen Luftzug, der ihr auf der Treppe entgegen geweht war, verspürte sie auch hier. Bei genauerem Hinsehen entdeckte sie Spalten zwischen den Bodendielen. Luise kratzte von der Wand ein Bröckchen Putz ab und warf es durch eine der breiteren Ritzen. Gleich darauf hörte sie es auf dem Boden auftreffen. Sie tat das Gleiche an anderer Stelle, diesmal fiel der Putz ins Wasser. Die Ursache für den feucht-kalten Zug war gefunden. Nur nützte es nichts, denn sie besaß nichts, um die Ritzen zu verstopfen. Sie setzte sich mit angezogenen Beinen aufs Bett und hüllte sich in ihre Kleidung. Das einzig Lebendige im Raum schien das Licht zu sein. Geschützt vor dem Zug brannte die Flamme in der Laterne. Luise ersetzte die Kerze, als sie heruntergebrannt war.

Später kam Anton und brachte ihr heiße Suppe, einen kleinen Laib Brot, einen Krug und einen Becher. Er trug wieder die Henkersmaske.

»Ich möchte Moos haben. Viel Moos«, sagte Luise, bevor er ging.

Sein Kopf ruckte herum. Einen Moment blickte sie in kalte Augen und war sich nicht sicher, ob nicht der Baron unter der

Kapuze und in der Kleidung des Dieners steckte. Wortlos verschwand der Mann. Luise aß die Suppe und das Brot, trank von dem mit Wasser verdünnten Apfelmost. Mit dem Löffelstiel ritzte Sie eine Kerbe in die Wand. So wollte sie es für jede Mahlzeit halten, die ihr gebracht wurde. Ging sie von zwei am Tag aus, erhielt sie auf diese Weise den Überblick, wie viele Tage sie eingesperrt war. Nicht, dass ihr das etwas nützte, aber der Gedanke, gar keine Kontrolle über die verstrichene Zeit zu haben, verursachte ihr Unbehagen. Das leere Geschirr wurde nach einiger Zeit wieder abgeholt und ihr ein Sack Moos vor die Füße geworfen.

In der Ecke, wo das Wasser war, begann sie das Moos zwischen die Bodendielen zu stopfen. Der Sack wurde leer, bevor sie viel geschafft hatte.

KAPITEL LI

Sein Enkel stand hinter der Tür und wippte von einem Bein aufs andere, als Hermann Carl von Lobschütz seine Wohnung betrat.

»Haben Sie etwas herausgefunden, Großpapa? Wer ist der Schuft, der Fräulein Luise das angetan hat?«

»Darf ich Hut und Mantel ablegen? Um ein Glas Wein bitten und die Schuhe von den Füßen streifen?«

Benedict wartete nicht ab, bis der Kammerdiener heran war, um diese Aufgaben zu verrichten. Er half seinem Großvater gleich selbst, Hut und Mantel abzulegen, und schob ihm die Pantoffeln hin.

»Nun berichten Sie bitte«, wiederholte er, als Hermann Carl von Lobschütz mit einem Glas Rotwein aus Venetien im Salon stand. »Haben Sie etwas erfahren? Wo waren Sie?«

»Im Etablissement der Madame Angelique LaTrebe.«

»Eine Französin? Was für eine Art Haus führt sie?«

»Sie ist so wenig französisch wie wir beide, allerdings der Meinung, dass ein französischer Name in ihrer Profession mehr hermacht.«

»Also führt sie einen Salon, der nur von Herren aufgesucht wird, und die Damen zu deren Unterhaltung sind immer schon da«, stellte Benedict nüchtern fest.

»Darüber sollte ein Jungspund wie du nichts wissen«, grollte der alte Herr von Lobschütz.

»Ich habe kein Interesse am Besuch solcher Häuser, auch wenn ich darüber Bescheid weiß. Beruhigt Sie das und wollen

Sie mir nun endlich sagen, was das Ganze mit Fräulein Luise zu tun hat?«

Der Ältere seufzte über den Eifer seines Enkels und trank erst einmal einen Schluck Wein. »Ich wollte im Haushalt dieser Französin ein paar Worte mit einem bestimmten Herren wechseln. Leider traf ich ihn nicht an. Das macht ihn verdächtiger, als wenn er anwesend gewesen wäre.«

Sein Enkel sah enttäuscht drein.

»Dafür kam mir auf dem Rückweg eine Idee, und dabei kommst du ins Spiel.«

»Endlich.«

»Du wirst für mich herausfinden, welche Häuser der hessische Landgraf und sein hiesiger Gesandter in Sachsen besitzen.«

»Der hessische Landgraf hat das Fräulein Luise entführt?«

»Ich habe dich für klüger gehalten.«

»Ich finde das mit den Häusern heraus. Machen Sie sich keine Sorge, Großpapa. Zu dumm, dass es zu spät ist, jetzt noch etwas zu erreichen. Alle Amtsstuben sind bereits geschlossen, und Post geht auch keine mehr ab.«

»Morgen reicht völlig.«

* * *

»Das Mädel verdirbt alles. Ich habe es gesagt.« Jacob schmiss den Brief, den er gerade gelesen hatte, auf den Tisch. »Mit Conrad Meinel hätte sie einen guten Mann haben können. Den besten. Nun hat sie es geschafft, dass er nichts mehr mit ihr zu tun haben will. Die soll mir nicht mehr unter die Augen kommen.«

Barbara Ehrmann kam inzwischen an wenigstens zwei bis drei Nachmittagen in der Woche nach Loschwitz und hatte sich nahezu mit dem Gedanken ausgesöhnt, wieder zu ihrer Familie zurückzukehren. Sie sah ja, wie sehr Jacob sie brauchte, um von dem eingeschlagenen Pfad der Bitternis wieder fortzukommen. In Dresden hatte sie sich nach Luise umgehört, aber bisher keine Spur ihrer Tochter entdecken können. Sie nahm den Brief, glättete das zerknitterte Papier und begann zu lesen.

Das Schreiben stammte von einem gewissen Conrad Meinel, der berichtete, wie er Luise in Begleitung zweier Lebemänner und in einem recht freizügigen Gewand in der Stadt gesehen hatte. Unter diesen Umständen komme für ihn eine Verbindung mit der Familie Ehrmann nicht mehr infrage. Seine neue Stellung verbiete es, und er müsse penibel auf seinen Leumund achten.

»Was ist das für ein Mann?«, fragte Barbara scharf, nachdem sie zu Ende gelesen hatte.

»Ein sehr ehrenwerter Herr. Studiert und gelehrt.«

»Warum schreibt er so was? Wie kann er so missgünstig von unserer Tochter …?« Barbara brach ab. »Wenn er so ehrenwert ist, sollte er nicht wissen, was ein Lebemann ist,« schob sie noch hinterher.

»Es kommt nicht auf ihn an. Unsere Tochter ist diejenige, die Schande über uns bringt. Sie wird dieses Haus nicht mehr betreten, und ich werde sie nicht länger mein Kind nennen. Das ist mein letztes Wort!« Jacob verschränkte die Arme vor der Brust.

»Großer Quatsch ist das!«, fuhr Barbara ihn an. »Wenn er sie in Dresden gesehen hat, werden wir gleich morgen zu ihm gehen und mit ihm reden. Dann weiß er vielleicht, wo sie sich aufhält.«

»Auf keinen Fall.«

»Du wirst mich begleiten.« Barbara schaute ihren Mann an

und hielt seinem Blick stand. Diese innere Stärke hatte sie bei den frommen Frauen des Maternihospitals in sich gefunden.

Jacob senkte den Blick als Erster. Sie brachte nicht nur Conrad Meinels Adresse aus ihm heraus, sondern auch das Amt, für das er arbeitete und wo dieses in Dresden zu finden war.

Sie sorgte dafür, dass sie und Jacob am nächsten Morgen zu sehr früher Stunde in Dresden vor dem Haus in der Frohngasse standen, in dem Conrad Meinel wohnte. Die Sonne stand noch keine Handbreit über dem Horizont, und die Stadt war in frühmorgendlichen Dunst gehüllt. Die Kirchtürme begannen eben mit dem Läuten um sieben Uhr morgens.

»Was wollen wir nun hier?«, fragte Jacob dagegen an.

»Wir warten.«

»Worauf?«

»Dass dieser Mann aus dem Haus kommt, um zu seiner Arbeit zu gehen. Dann fragen wir ihn, wo er Luise gesehen hat und was er über ihren Aufenthalt in Dresden weiß.« Barbara baute sich vor ihrem Mann auf, und obwohl sie ihm nur bis zum Kinn reichte, zog er den Kopf ein.

»Wir können nicht vor dem Haus herumlungern.«

»Dies ist eine öffentliche Straße, auf der sich jedermann aufhalten darf.« Barbara stellte sich so hin, dass sie den Hauseingang im Blick hatte.

Sie mussten einige Zeit warten, bis ein junger Herr das Haus verließ. Eine Ledermappe klemmte unter seinem Arm. Barbara hätte ohne Jacobs Nicken gewusst, dass dieser Mann Conrad Meinel war. Sie trat auf ihn zu.

»Verzeihung, Herr Meinel, dass ich Sie einfach anspreche, aber besondere Umstände erfordern besondere Maßnahmen.« Sie hielt kurz inne und deutete auf Jacob. »Sie kennen meinen Mann. Und meine Tochter Luise.«

Der junge Geograph sah verwirrt aus. Sein Blick huschte zwischen ihr und Jacob hin und her. »Ich dachte … Ich wusste nicht … Herr Ehrmann hat von seiner Frau … Und Sie waren nie da. Entschuldigen Sie, dass ich das nicht verstehe.«

»Das ist eine längere Geschichte, die wir kaum selbst verstehen. Darum geht es aber nicht. Wir sind wegen unserer Tochter gekommen und weil Sie einen Brief an meinen Mann geschrieben haben.«

»Der Brief«, Conrad stöhnte. »Frau Ehrmann, ich wusste mir keinen anderen Weg. Ich ahne, wie schmerzlich es für Eltern sein muss. Mich schmerzt es auch. Ich habe Luise gegenüber immer deutlich gemacht, wie wichtig mir Respekt und ein guter Leumund sind. Verstehen Sie, was ich gedacht habe, als ich sie …? Ich bin nach Loschwitz gegangen, um sie zu besuchen. Sie war nicht da, und dann sehe ich sie auf einmal … Ich muss gehen. Zu meiner Arbeit darf ich nicht zu spät kommen.«

Er wollte sich abwenden, aber Barbara trat ihm in den Weg. »Ich halte Sie nicht lange auf, Herr Meinel. Wo haben Sie Luise gesehen? Zeigen Sie es uns. Wir suchen sie seit Tagen. Wissen Sie, wohin sie gegangen ist?« Sie ärgerte sich, dass ihr Tränen in die Augen stiegen und ihre Worte verschleierten.

»Wieso ist Luise verschwunden?«

»Sie hat das Haus verlassen, und seitdem haben wir nichts mehr von ihr gehört. Das ist ungefähr ein Dutzend Tage her.« Zum ersten Mal ergriff Jacob das Wort. »Wenn Sie den Pfad der Tugend verlassen hat …«

»Jacob!«

»Ich weiß, wohin sie gegangen ist. Es ist nicht weit von hier. Ich zeige es Ihnen. Viel Zeit habe ich aber nicht.«

Conrad Meinel ging mit langen Schritten voran. Eine Querstraße weiter blieb er vor einem Durchgang zu einem Hof stehen. Er wies mit der Hand hinein. »Ich sah Luise hier reingehen. Einer der Herren hat sie ins Haus begleitet, der andere auf der Straße gewartet. Der eine kam recht schnell zurück, ohne Ihre Tochter. Die beiden sind danach fortgegangen.«

Barbara spähte in den Hof. Drei Eingänge. Es konnte nicht mehr lange dauern, bis sie ihre Tochter in die Arme schloss. Ihre kleine Luise. Sie musste sich daran erinnern, dass Luise nicht mehr sechs Jahre alt und kein Kind mehr war. Sie würde gleich einer jungen Frau gegenüberstehen.

»Auch wenn wir keine gemeinsame Zukunft haben, wünsche ich Ihrer Tochter nichts Böses. Finden Sie sie und führen Sie sie zurück auf den rechten Weg.« Conrad ergriff ihre Hand und zog sie kurz an seine Lippen. »Meine Verehrung, Frau Ehrmann.« An Jacob gewandt sagte er: »Alles Gute für Sie, lieber Freund. Lassen Sie mich wissen, wie es ausgegangen ist. Jetzt muss ich wirklich gehen. Meine Pflichten …«

Die Männer schüttelten sich die Hände, dann eilte Conrad davon.

»Du kannst mit mir kommen oder es bleiben lassen«, sagte Barbara zu ihrem Mann. Eine Antwort wartete sie nicht ab, sondern betrat den Hof. Nach wenigen Schritten hörte sie, wie Jacob ihr folgte. Er mochte brummig und hart wirken, sie wusste aber, dass er Luise in seinem Herzen niemals verstoßen würde. Es war ihm nur nicht gegeben, dies auch zu zeigen.

Hinter der ersten Tür traf Barbara auf eine Amme, die ihr mit einem Säugling auf dem Arm öffnete. In der Wohnung krähten weitere Kinder. Die Frau trug ein schlampiges Kleid, dessen Ausschnitt nur locker gerafft war, damit sie ihn jederzeit aufschnüren und den Kindern die Brust geben konnte. Aus der Wohnung drang eine Wolke an Gestank, dass Barbara sich am liebsten die Nase zugehalten hätte. Deswegen war sie froh, dass die Amme Luise nicht kannte. Sie hätte ihre Tochter nicht gerne in diesem Haushalt gesehen.

An der nächsten Tür spähte ein alter Mann durch einen Spalt. Als sie Luises Namen erwähnte, nickte er und brabbelte etwas, das sie nicht verstand. Trotzdem wäre sie ihm am liebsten um den Hals gefallen. Sie stellte einen Fuß in den Türspalt, denn der Alte machte Anstalten, die Tür wieder zu schließen.

»Dann holen Sie das Mädchen. Ich bin ihre Mutter!«

Jetzt schüttelte er den Kopf. »Sie ist weggegangen und nicht zurückgekommen. Meine Tochter ist in Sorge.« Der Alte hatte keinen Zahn mehr im Mund und war deshalb kaum zu verstehen. Barbara musste genau hinhören.

»Dann lassen Sie mich mit Ihrer Tochter sprechen.«

»Ist zu Herrn von Lobschütz gegangen. Er hat das Mädchen zu uns gebracht. Meine Tochter arbeitet für den Herrn.«

»Wo wohnt dieser Mensch?«

Er nannte eine Adresse in der Nähe der Kreuzkirche. Wo die vornehmen Herrschaften wohnten. Gefolgt von Jacob machte Barbara sich wieder auf den Weg.

KAPITEL LII

Bei der nächsten Mahlzeit, die ihr gebracht wurde, verlangte Luise erneut Moos. Viel Moos. Es gab dieselbe Suppe wie beim ersten Mal – jetzt war sie verkocht –, dazu wieder Brot und Käse und als Getränk Apfelmost. Luise verzehrte alles und stellte das Tablett neben die Tür. Sie setzte sich auf das Bett und zog die Füße unter ihre Röcke. Auf diese Weise war sie dem Zug aus den Bodenritzen am wenigsten ausgesetzt.

Sie sollte sich einen Fluchtplan überlegen, statt ihren Kerker wohnlicher zu gestalten. Nur fiel ihr nichts anderes ein, als an Anton vorbeizulaufen, wenn er ihr eine Mahlzeit brachte. Sie wäre niemals schnell genug die Treppe hinauf und aus dem Haus, bevor er sie eingeholt hätte. Dann war da auch noch der Baron. An körperlicher Kraft und Schnelligkeit konnte sie es mit den Männern nicht aufnehmen. Mit mehr Mut und Witz könnte sie vielleicht Anton umstimmen. Ihn so lange bequatschen, bis er nicht mehr wusste, wo oben und unten war, und dann würde er sie freilassen. Sie vielleicht zurück nach Dresden bringen?

Mitten in diese Gedanken hinein wurde die Tür geöffnet. Zunächst wurde ein Sack Moos mit dem Fuß hereingeschoben. Dann folgte der Baron. An seiner Identität bestand kein Zweifel. Zwar verbarg er sein Gesicht hinter der weißen, flitterbesetzten Maske, aber er trug den Rock mit den feinen Stickereien, in dem sie ihn zum ersten Mal gesehen hatte. Sie blieb auf dem Bett sitzen und schaute ihn unverwandt an.

»Ich frage mich, was du mit dem Moos willst?«, begann er.

»Du hast es geschafft, mich zu überraschen. Hättest du um Stoff und Garn gebeten, aber das …?« Er versetzte dem Sack noch einen Tritt.

»Ich brauche noch mehr davon.«

»In der Etage über dir sind die Matratzen bequemer.«

Luise entschlüpfte ein Lächeln. »Ich brauche nur mehr Moos.«

»Du wirst darauf verzichten müssen. Was glaubst du, wie mühsam es ist, einen Sack voll zu sammeln?«

»Ich glaube«, betonte Luise, »dass nicht Sie das Moos gesammelt haben.«

»Es bleibt trotzdem mühsam.«

»Wo ist eigentlich Anton?«

»Ich habe ihn mit einem Auftrag weggeschickt.« Der Baron kam näher. »Wir sind beide alleine. Niemand wird dich hören, wenn du schreist.«

»Ich werde nicht schreien. Anton ist Ihr Geschöpf, er wird mir keine Hilfe sein. Also spielt es keine Rolle, ob er da ist oder nicht. Was haben Sie für mich geplant?«

Der Baron zog sich die Maske vom Kopf und warf sie in eine Ecke. »Ein Versteckspiel wird zwischen uns nicht nötig sein. Ich entdecke neue Seiten an dir. Eigentlich hatte ich gedacht, ein schreiendes und zitterndes Bündel vorzufinden. Stattdessen sehe ich eine Frau …?«

»Was gefällt Ihnen besser?«

»Ich weiß es nicht. Das ist eine ehrliche Antwort. Ein schreiendes und zitterndes Bündel hat auch etwas für sich.«

Luise glaubte dem Baron nicht viel, aber dies schon. Für einen Augenblick hatte von Cranmeer die Maske fallen gelassen und ihr seine charmante und liebenswerte Seite gezeigt. Einen Wimpernschlag später ließ er sie wieder seine übliche hochmütige und verschlossene Miene sehen.

Schade, dachte Luise. Der ehrliche Baron hätte es ihr leichter gemacht, den nächsten Schritt auf dem Weg zu gehen, den sie eingeschlagen hatte. »Was haben Sie mit mir vor, nachdem Sie Ihren Willen erreicht haben?«

»Deine Stimme hat einen so kühlen Klang.«

»Das beantwortet meine Frage nicht.«

»Hartnäckiges Mädchen.«

»Sie werden mich kaum gehen lassen können, als wäre nichts geschehen. Selbst wenn ich verspreche, niemals ein Wort über die Tage in ihrer Gewalt zu verlieren, können Sie mir nicht trauen.«

»Was schließt du daraus?«

»Dass Sie mich nicht am Leben lassen.«

Der Baron warf die Hände in die Luft. »Nun reicht es mir aber. Du verstehst es wirklich, einem alle Freude zu nehmen.« Er wandte sich um und verließ den Raum. Die Tür schmetterte er hinter sich zu.

Luise strich sich mit den Händen über das Gesicht. Auf ihrer Stirn hatte sich ein feiner Schweißfilm gebildet. Ungerührt über ihr baldiges Ende zu sprechen, hatte mehr Kraft gefordert, als sie besaß.

Unberührt lag der Sack mit dem Moos dort, wohin von Cranmeers Fuß ihn befördert hatte, als die Tür erneut geöffnet wurde. Der Baron erschien. Er trug keine Perücke, und sein braunes Haar stand wirr vom Kopf ab.

»Hoch mit dir!«, kommandierte er. Seine Worte begleitete er mit einer Handbewegung.

Umständlich kletterte Luise vom Bett. Mit einer Hand hielt sie sich am Pfosten fest. Sie fühlte sich wie eine Angeklagte vor Gericht, die wusste, dass es für ihre Taten nur ein Urteil gab.

»Hoch mit dir«, wiederholte der Baron. »Jetzt sei nicht sturer als ein Esel.«

Er packte ihre Linke und zerrte sie hinter sich her durch den Raum in den Kellergang hinaus. Er hastete mit ihr die Treppe nach oben. Auf den Stufen hatte Luise alle Mühe, nicht zu stolpern. Sie musste sich mehrmals an der Wand abstützen. Als sie oben stand, keuchte sie schlimmer als ein Fährmann nach einer stürmischen Elbüberquerung. Der Baron kannte keine Gnade. Diesmal schubste er sie voran in einen Raum, der ihrem Kerker glich, nur dass er viel heller und freundlicher war. Es gab zwei Fenster, vor denen Zweige im Sonnenlicht wogten. Den Boden bedeckte ein Teppich – abgenutzt zwar, aber es strömte keine Zugluft durch Ritzen. Tisch und Stühle standen einladend unter einem Fenster. In einer Ecke wartete ein Ofen darauf, an kühlen Tagen Wärme zu spenden. Bilder hingen an den Wänden, und neben dem Bett stand sogar ein zierlicher Damenschreibtisch. Luise starrte dieses Möbelstück an, als käme es aus einer anderen Welt.

»Zieh das an.« Der Baron lenkte ihre Aufmerksamkeit auf das Bett.

Dort lag ein rehbraunes Kleid mit heller Spitze an Ärmeln und Ausschnitt. Luise schüttelte den Kopf.

»Gefällt dir die Farbe nicht? Sie ist vielleicht nicht die kleidsamste für dich, aber auf die Schnelle war kein anderes Gewand zu bekommen. Also stell dich nicht an.«

Erneut schüttelte Luise den Kopf. »Immer wenn mir in letzter Zeit ein Kleid geschenkt wurde, ging es nicht gut für mich aus.«

Von Cranmeer verdrehte die Augen. »Gütiger Herr Jesus erkläre mir, welcher Teufel die Weiber reitet.«

»Sie sollten nicht unseren Herrn Jesus und den Fürst der Hölle in einem Atemzug nennen«, erwiderte Luise streng.

»Ich habe ein Abendessen vorbereiten lassen, das ich mit dir einnehmen möchte. Nichts Großartiges, aber du findest ein Haar in der Suppe.«

»Bisher war nicht von einem Abendessen die Rede gewesen. Nur von einem Kleid.«

»Ich möchte beim Essen nicht einer Frau gegenübersitzen, die nach Hering stinkt und seit Tagen denselben Fetzen auf dem Leib trägt.«

Dem konnte Luise nicht widersprechen. Die Hilfe von Cranmeers beim Ankleiden lehnte sie allerdings ab. Er warf ihr einen amüsierten Blick zu, verließ aber den Raum und legte von außen einen Riegel vor.

Als Erstes lief Luise zu einem der beiden Fenster und öffnete es. Es ging mühelos, und bis zum Boden davor war es nicht weit. Ihren Freiheitsdrang bremsten jedoch fest im Mauerwerk verankerte Gitterstäbe. Aus diesem Raum konnte sie ebenso wenig entkommen wie aus dem Keller.

Luise seufzte, ehe sie ihr altes Kleid abstreifte. Bevor sie die bereitgelegten Sachen anzog, wusch sie sich. Neben der Waschschüssel lag auch ein Stück Seife, von dem sie ausgiebig Gebrauch machte. Es tat gut, sich wieder sauber zu fühlen und in frisch riechende Wäsche zu schlüpfen. Die Sachen waren ihr etwas zu groß, aber wunderbar weich. Für das rehbraune Kleid galt das Gleiche. Der Stoff warf Falten unter der Schnürung vorne auf ihrem Leib. Es kostete sie einige Mühe, den überflüssigen Stoff zu den Seiten wegzuschieben.

Auf ihr Klopfen hin öffnete der Baron die Tür so schnell, als habe er davor gewartet.

»Annehmbar«, sagte er nach einem kritischen Blick und ergriff ihre Hand.

Sie ließ sich ins Speisezimmer führen. Das war genauso groß wie ihr Gemach, und vor den beiden Fenstern gab es die gleichen Gitterstäbe. Wenigstens verriegelte der Baron die Tür nicht hinter ihnen. Der Tisch war für zwei gedeckt. Weil sie sich selbst bedienen mussten – wie von Cranmeer erläuterte –, standen alle Speisen bereits dort, teilweise auf erhöhten Platten, unter denen flache Öllämpchen brannten, um sie warm zu halten. Luise kam die Mahlzeit reichhaltig vor, aber von den Gesellschaften bei Angelique wusste sie, dass die Auswahl bestenfalls durchschnittlich zu nennen war.

Sie setzte sich auf den Stuhl, den der Baron ihr wies, ließ sich Rheinwein in ein Glas und Zitronenwasser in ein anderes einschenken. Sie akzeptierte, was er ihr auf den Teller legte. Es schmeckte alles köstlich, und einen guten Teil zu ihrem Wohlbefinden trug auch die freundliche Umgebung bei sowie der Baron, der seinen beträchtlichen Charme aufbot. Wären nicht die Gitterstäbe vor den Fenstern, sie wäre bezaubert gewesen.

Sie hatte es übernommen, die Getränke einzuschenken, und sorgte dafür, dass von Cranmeers Glas nie leer war. Sie befeuchtete mit ihrem Wein nur die Lippen und hatte dennoch das Gefühl, das Getränk zeige Wirkung. Der Baron hatte mehrere Gläser intus, aber anzumerken war ihm nichts. Sie hatte bereits geahnt, dass er ein starker Trinker war. Der Wein in der Karaffe ging zur Neige, und sie fühlte sich zunehmend verzweifelt.

Sie waren inzwischen bei Früchten und Puddings angelangt, als Luise die Frage stellte, die ihr den ganzen Abend im Kopf herumgeisterte: »Sagen Sie mir ehrlich, Monsieur le Baron, warum haben Sie mich zum Abendessen heraufgebracht? Sie können nicht ernsthaft glauben, dass ich Ihren Ambitionen nachgebe, sobald mein Magen gefüllt ist?«

»Sie wären überrascht, was ein gefüllter Magen alles bewirken kann. Betrachten Sie es als vertrauensbildende Maßnahme«, erwiderte er glattzüngig.

Vielleicht klang er ein bisschen verwaschen, und das gab Luise Hoffnung. Sie lächelte geheimnisvoll – wie sie hoffte – und griff nach einer weiteren Weintraube. In ihrem Leben hatte sie bisher nicht oft die Gelegenheit gehabt, diese exotischen Früchte zu naschen, und hier lag eine ganze Traube in der Obstschale. Sie zerteilte die Frucht mit einem Obstmesser und pickte die Kerne heraus, ehe sie sich eine Hälfte in den Mund schob.

»Mein Vorgehen war grob, selbst gegenüber einem von Angeliques Mädchen, das gebe ich zu. Obwohl du nicht einmal richtig eines ihrer Dinger bist.«

»Ihr Verhalten wäre also gegenüber den anderen in Ordnung gewesen?«

»Es wäre nicht nötig geworden. Sie hätten sich mir alle freiwillig an den Hals geworfen. Schließlich bin ich der dickste Fisch in Madames Salon.«

»Das muss ein schönes Gefühl sein«, sinnierte Luise und schenkte den letzten Wein aus der Karaffe in sein Glas. »Wäre es nicht angezeigt, das Mahl mit etwas Stärkerem zu beschließen? Wie es allgemein üblich ist? Ich möchte nicht, dass Sie etwas vermissen, Monsieur le Baron. Oder soll ich uns mit einer zweiten Karaffe versorgen?«

»Ich amüsiere mich bereits den ganzen Abend über deinen Versuch, mich betrunken zu machen.« Er lachte auf. »Ich müsste mit dem Kopf auf dem Tisch liegen, damit du an mir vorbeikommst. Dazu braucht es weit mehr als eine Karaffe Wein. Die wird es allerdings nicht geben.«

Luise verzichtete darauf, abzustreiten, was er so offensichtlich erkannt hatte. Lieber widmete sie sich den restlichen Weintrauben. Er zerteilte eine Birne in schmale Schnitze, die er sich nacheinander in den Mund schob.

Die Kerzen brannten herunter, vor den Fenstern hatte sich längst die Dunkelheit herabgesenkt. Es gab keine Uhr im Raum, aber Luise vermutete, dass es auf Mitternacht zuging.

»Bringen Sie mich für die Nacht wieder in meinen Kerker hinunter?«

»Du hast mir einen vergnüglichen Abend verschafft, deshalb will ich es verantworten, dich die Nacht in der Stube nebenan verbringen zu lassen. Oder bestehst du auf dem Keller?«

Jetzt hatte er sie doch dazu gebracht, bitten zu müssen. Zurück in der Stube bemerkte Luise, dass jemand da gewesen sein musste. Ein Fenster war geöffnet, und die Vorhänge bauschten sich im Nachtwind. Sie hatte es also nicht nur mit dem Baron und Anton, sondern mit einer weiteren Person zu tun. Irgendjemand musste das Essen zubereitet haben. Ärgerlich war auch, dass von Cranmeer sie so leicht durchschaute, sie aus ihm aber nichts herausbekommen hatte.

KAPITEL LIII

»Der Baron ist wie vom Erdboden verschluckt. Und für meine alten Nerven ist das alles andere als gut.« Hermann Carl von Lobschütz schnaufte. Von seinen Erkundigungen in Dresden hatte er die aktuelle Zeitung mitgebracht, mit der er sich nun Luft zufächelte. »Der Baron ist seit Tagen weder in Madame LaTrebes Salon aufgetaucht, noch wurde er anderweitig in der Stadt gesehen.«

Benedict, der an einem Schreibsekretär saß, drehte sich um. »Mir scheint eher, in Ihnen ist das Jagdfieber erwacht, und Sie können es nicht erwarten, mit der Flinte in der Hand loszustürmen.«

»Wenn es endlich so weit wäre. Diese Schätzchen tun noch ihren Dienst.« Hermann Carl deutete auf die über dem Kamin hängenden Gewehre.

»Es gibt Waffen, die moderner sind.«

»Damit habe ich in meiner Jugend manch kapitales Wild erlegt.«

»Warum suchen wir nicht das Haus des Barons auf? Dort wird sich am ehesten in Erfahrung bringen lassen, wann er zurückerwartet wird. Und wohin er angeblich gereist ist.«

»Das habe ich längst gemacht, du Naseweis. Angeblich hat der hessische Landgraf ihn nach Darmstadt gerufen. Rückkehr ungewiss. Das hat dieser gerissene Kerl geschickt eingefädelt«

»Es ist nicht weiter schwer, eine Reise von ungewisser Dauer vorzuschieben. Ich war in der Zwischenzeit auch nicht müßig.«

»Hast du etwas herausgefunden?«

Benedict nahm einen Foliobogen vom Sekretär. Mehr als zwei Drittel des Blattes waren mit einer Art Aufzählung beschrieben.

Von Lobschütz machte große Augen. »Du willst aber nicht behaupten, dass dies alles Häuser sind, die von Cranmeer oder dem Landgrafen gehören?«

»Zunächst einmal haben wir das Haus in Dresden, das die hessische Gesandtschaft beherbergt und in dem von Cranmeer für gewöhnlich wohnt. Wir sind uns einig, dass er Fräulein Ehrmann dort nicht versteckt hält?«

»Ich war dort und er nicht.«

Benedict strich den ersten Punkt seiner Aufzählung durch. »Weiter hat er seine Hand auf einer Wohnung liegen. Wahrscheinlich bringt er dort seine Damen unter. Das passt wohl zu seinem Plan mit Fräulein Luise, aber ich denke, auch dieses Gelass können wir streichen.«

»Warum?«

»Die Wohnung liegt auf der Neustädter Seite, mitten in der belebten Antonstadt. Mir erscheint es riskant, ein Entführungsopfer in einer derart quirligen Gegend unterzubringen. Viel zu viele Augen könnten etwas sehen, das Fräulein allzu leicht einen Hilferuf aussenden.« Benedict strich auch diese Adresse von seiner Liste.

»Was ist mit den anderen?«

»Ein Jagdhaus gehört dem hessischen Landgrafen.«

»Worauf warten wir?«

»Das Jagdhaus liegt in Schkeuditz bei Leipzig.«

»Verflucht weit weg. Ist das eine Juristenart, die Dinge derart umständlich anzugehen?«

Der Herr Student strich zunächst die dritte Adresse durch. »Das alles habe ich nur der Vollständigkeit halber ausgeführt, weil ich denke, eine gewisse Methodik wird uns bei der Eingrenzung des Aufenthaltsortes helfen. Im Studium lernen wir dergleichen nicht, Großpapa.«

»Mach weiter.«

»Die anderen Adressen ... Ich habe mich in den Kreisen umgehört, in denen der Baron verkehrt. Sie verstehen schon: Wer sind seine Freunde oder Spießgesellen? Ihre Wohnungen in der Stadt kommen aus den gleichen Gründen wie die des Barons nicht infrage. Nicht wenige haben aber Land- oder Jagdhäuser. Manche weit weg, andere weniger weit weg. Die Adressen habe ich aufgeschrieben. Soweit ich sie herausfinden konnte.«

»Was nützt eine unvollständige Liste?«

»Es war Ihre Idee mit den Häusern, auf die von Cranmeer Zugriff haben könnte.« Benedict klang verschnupft.

»Mach weiter, Junge.«

»Wir sollten alle die wegstreichen, die weiter als zwei oder drei Stunden von Dresden entfernt liegen. Er wird das Fräulein nicht so weit fortgebracht haben.«

»Das kommt auf die Pferde an.«

»Durchschnittliche Pferde.« Benedict strich weitere Adressen. »Er hat das Fräulein vermutlich vormittags in seine Gewalt gebracht. Um gleich Ihrem nächsten Einwand zu begegnen, gebe ich zu bedenken, dass er zuvor alles vorbereiten musste.«

»Ein Punkt für dich«, stimmte der alte Herr von Lobschütz zu. »Wie viele Adressen sind übrig geblieben?«

»Ein gutes halbes Dutzend.«

Hermann Carl sackte im Sessel zusammen. Die Zeitung fiel zu Boden. Das bedeutet wenigstens sechs Tage, die sie benötigen würden, um all diese Verstecke auszuspähen. Tage, die Luise Ehrmann den Launen dieses Schurken ausgeliefert wäre. Sie hatte sich in seinen Schutz begeben, und er hatte ihr diesen Bärendienst erwiesen. Er hätte sie nach Hause schicken, sie notfalls selbst hinbringen sollen. Nun musste er alles daran setzen, sie zu befreien.

»Ich habe außerdem noch was entdeckt. Es ist dem Zufall geschuldet«, begann Benedict.

Es wurde an die Wohnungstür gepocht, eigentlich klang es, als hämmerte jemand mit der Faust dagegen. Schlurfende Schritte im Gang, und die Tür wurde geöffnet. Gleich darauf streckte Hermann Carls Diener den Kopf in den Salon hinein.

»Verzeihung die Herren. Draußen wartet ein Ehepaar Ehrmann. Sie wünschen den gnädigen Herrn zu sprechen. Angeblich sei es dringend. Sie sehen aus wie gemeine Leute, und ich kann sie loswerden, wenn der gnädige Herr es wünschen.«

»Sie sollen hereinkommen«, sagten beide Herren von Lobschütz wie aus einem Munde.

Die Frau stürmte als Erste herein, versprühte Sorge und Empörung gleichermaßen. Der Ehemann folgte zögerlicher, blieb mit der Kappe in der Hand nahe der Tür stehen. Luise hatte nur von einem Vater, nie von einer Mutter gesprochen. Es wurde immer rätselhafter, und Hermann Carl von Lobschütz hatte das deutliche Gefühl, allmählich zu alt für dieses Abenteuer zu werden.

Die Frau baute sich vor ihm auf. »Geben Sie meine Tochter heraus! Was fällt Ihnen ein, unschuldige junge Damen …? Weil wir nicht von Stand sind, müssen Sie nicht glauben, sich uns gegenüber alles erlauben zu können. Viele Jahre habe ich im Maternihospital gelebt und kenne mich aus.«

Das Maternihospital mochte die Erklärung sein, warum Luise nur von einem Vater gesprochen hatte. Jetzt war aber nicht die Zeit, diesen Dingen auf den Grund zu gehen.

»Ihre Tochter ist nicht hier. Ich wünschte, sie wäre es. Liebend gern ließe ich sie mit Ihnen gehen.«

»Das soll ich glauben?«

Die Frau war wirklich aufgebracht. Ihm fehlten die Worte, dafür mischte sich Benedict mit kalter Stimme ein: »Ihnen scheint nicht klar zu sein, wen Sie vor sich haben. Mein Großvater ist einer der … Nie in seinem Leben hat er etwas Unrechtes getan. Ihre Tochter ist nicht hier. Sie können gerne durch die ganze Wohnung gehen und sich überzeugen. Wir versuchen selbst, sie zu finden.«

»Barbara«, mahnte der Vater von der Tür her. »Lass gut sein.«

»Ich gehe nicht fort, bevor ich nicht alle Zusammenhänge verstanden habe.«

»Sehr schön«, sagte Benedict und legte in der schnörkellosen Sprache der Juristen dar, was sie wussten.

Das Ehepaar Ehrmann hörte wortlos zu. Bestürzung machte sich auf ihren Gesichtern breit.

»Ich habe eine Liste mit Häusern zusammengestellt, wo Ihre Tochter möglicherweise festgehalten wird. Vieles haben wir bereits ausgeschieden. Etwa ein halbes Dutzend Häuser sind nach reiflicher Überlegung übrig geblieben.«

»Ich weiß wirklich nicht, was das Mädchen auf diesem Weg getrieben hat. Ich habe es ihr gegenüber nie an etwas fehlen lassen«, jammerte Jacob Ehrmann.

»Das tut jetzt nichts zur Sache«, mahnte seine Frau und sagte dann an Benedict gewandt: »Zeigen Sie mir die Liste.«

Benedict überließ ihr das Papier. »Es gibt außerdem einen gewissen Anton mit dem Gesicht eines Halsabschneiders, den ich mit dem Baron gesehen habe, wie sie die Wohnung auf der anderen Elbseite verlassen haben. Sie wirken sehr vertraut miteinander. Ich fand heraus, dass seine Familie …«

Erneut streckte der Diener den Kopf zur Tür herein und kündigte einen Herrn Meinel an, der gekommen sei, um den gnädigen Herrn zu sprechen. Es gehe um Fräulein Ehrmann.

»Luises Verlobter«, rief Jacob aus.

»Er soll hereinkommen«, entschied Hermann Carl von Lobschütz.

Der blasse junge Mann, der gleich darauf den Salon betrat, trug eine Ledermappe unter dem Arm, die ihm das Aussehen eines Lehrers, Hilfsgeistlichen oder Kantors verlieh. Hermann Carl befiel ein Ärger über diesen Menschen, der sich als Luises Verlobter ausgab und nicht besser für sie sorgte. Er begrüßte den Neuankömmling äußerst knapp. In der Miene seines Enkels machte er ähnliche Gefühle aus. Luises Vater sah erleichtert aus, und die Mutter konnte er nicht einschätzen.

»Ich habe im Amt darum gebeten, früher gehen zu dürfen. Die Sorge um Luise hat mich den Tag über nicht losgelassen«, sagte der Mann leise zu Jacob Ehrmann. »Es war nicht richtig, Sie am Morgen derart kurz abzufertigen. Dafür entschuldige ich mich.«

»Schon vergessen, Herr Meinel.«

»Ich habe nicht gewusst, dass es sich bei Luises Begleiter um Herrn von Lobschütz und seinen Enkel handelte. Erst die Wagnerin hat mich aufgeklärt. Die Herren sind natürlich über jeden Verdacht erhaben. Ich kann nicht sagen, wie leid mir das alles tut.« Meinel verbarg das Gesicht in den Händen. Seine Mappe hatte er dafür zwischen die Knie geklemmt.

»Trübsal blasen bringt uns nicht weiter. Vielleicht kann mein Enkel endlich erzählen, wozu er schon zweimal angesetzt hat.«

Benedict schaffte es diesmal ohne Unterbrechung, alles zu sagen.

»Wir suchen sie dort«, entschied Barbara Ehrmann sofort. »Und wenn ich zu Fuß hingehen muss.«

»Das wird nicht nötig werden, gute Frau«, sagte Hermann Carl von Lobschütz.

KAPITEL LIV

Der Baron hatte sie nicht wieder in den Keller zurückgebracht, sich ihr aber auch nicht erneut genährt. Anton mit der Henkerskapuze brachte ihr am Morgen die nächste Mahlzeit und ließ keine Reaktion erkennen, als sie ihn um Stickgarn und Stoff oder wenigstens um etwas zu nähen bat.

Sie erhielt nichts davon, als hätte sie die ihr zustehenden Wünsche mit den beiden Moossäcken aufgebraucht. Die einsamen Stunden des Wartens wurden ihr lang. Sie hatte keine andere Beschäftigung, als aus dem Fenster zu schauen mit dem immer gleichen Blick auf eine Linde und eine Ulme, deren immer gleiche Zweige im Wind wogten, und sich zu grämen, weil sie Benedict von Lobschütz nicht wiedersehen würde. Ihre Augen schwammen in Tränen, die sie nur mühsam zurückhielt, aber sie wollte weder Anton noch dem Baron mit verheultem Gesicht gegenübertreten.

Luise öffnete ein Fenster, und sofort kam ein struppiger, brauner Hund angerannt. Ein riesenhaftes Vieh, das an der Hauswand hochsprang und heiser bellte. Sein Kopf erreichte mühelos den Fenstersims, und seine Absichten waren gewiss nicht freundlicher Natur. Erschrocken zog sie die Hand zurück. Der Hund verharrte unter dem Fenster und schaute misstrauisch zu ihr hoch.

»Wer bist du denn?«, versuchte sie es mit Freundlichkeit.

Sie hatte noch nicht zu Ende gesprochen, da setzte das Bellen wieder ein. Es endete erst, als sie den Fensterflügel schloss. Durch die Scheibe spähte sie nach draußen und sah den Strubbel unter dem Fenster lauern. Kaum öffnete sie es wieder, sprang er hoch und bellte. Er wurde dieses Spiels deutlich weniger schnell müde als sie.

Das Hundevieh brachte ihr Gemüt durcheinander. Die Hoffnung, die sie nach dem zivilisierten Verhalten des Barons genährt hatte, zerstob. Sie müsste für eine Flucht nicht nur von Cranmeer und Anton überlisten, sondern auch ein Hundemonster.

Luise saß am Damensekretär und spielte mit der abgenutzten Schreibfeder herum, die sie darin gefunden hatte. Es gab auch ein Gefäß mit eingetrockneter Tinte. Papier fehlte, damit sie niemandem eine Nachricht zukommen lassen konnte.

In Gedanken formulierte sie Briefe an Benedict, seinen freundlichen Großvater, an ihren Vater und Georg, die sie um Verzeihung für ihre Dummheit bat, schließlich auch an Conrad Meinel, um alle Misstöne zwischen ihnen aus der Welt zu schaffen, und zuletzt sogar an Ottilia, damit sie den wahren Charakter des Barons erkannte. Nachdem sie alle Schreiben im Geiste abgeschickt hatte, verfiel sie in stumpfsinniges Brüten.

Der Hund vor dem Fenster machte ihr ihre ausweglose Lage besonders deutlich. Sie durfte nicht darauf hoffen, vermisst zu werden. Ihr Vater hatte sich von ihr losgesagt. Georg hatte sein eigenes Leben und würde seine Schwester über kurz oder lang vergessen. Es gab auch keinen Grund, dass Herr von Lobschütz und sein freundlicher Enkel sich um sie sorgten, nachdem sie sich ihnen aufgedrängt hatte. Am besten brachte sie es schnell hinter sich und gab sich dem Baron hin, auch wenn sie bei dem Gedanken daran schauderte.

Luise sprang auf und stellte sich an die Tür. Sie hämmerte mit der Faust gegen das Holz. Die Schläge dröhnten durch das Haus, ihre Hand schmerzte.

»Anton!«, schrie sie. »Lass mich raus. Komm her.«

Sie hielt erschöpft inne, als sich auf der anderen Seite nichts tat. Es konnte doch nicht sein, dass niemand da war und sie gehört hatte. Luise rieb sich die schmerzende Hand. Dabei presste sie ein Ohr an das Holz und lauschte. Vor der Tür war absolut nichts zu hören. Es schien so, als wäre sie alleine in dem großen Haus.

Zu dem Gefühl einer Enge in der Brust gesellte sich Angst. Wenn man sie hier vergessen hatte? Wenn niemand mehr nach ihr sah, damit sie elendig verhungerte und verdurstete? Sie hielt den Baron einer solchen Tat für fähig. Er hatte ihr mehrmals bewiesen, dass er Gefühle wie Güte und Barmherzigkeit nicht kannte. Sie hämmerte erneut mit beiden Fäusten gegen die Tür, schrie abwechselnd nach dem Baron und Anton. Tränen liefen ihr über das Gesicht, sie zog die Nase hoch und merkte es nicht einmal. Sie kümmerte sich auch nicht um die Schmerzen in ihren Händen, obwohl sie längst das Gefühl hatte, die Haut müsste aufgeplatzt sein.

Über all dem Schreien und Toben bemerkte sie nicht, wie der Schlüssel im Schloss gedreht wurde. Auf einmal wurde die Tür aufgerissen, und sie stand Anton unter der Henkerskapuze gegenüber. Ihre zum Schlag erhobenen Fäuste fing er mühelos ab.

»Was soll dieses Theater?«, brummte er. »Hör auf zu schreien. Du bekommst dein Essen, wenn es Zeit ist, aber nicht früher.«

Vor Erleichterung, einen Menschen zu sehen, sank Luise an seine Brust. Er wich zurück und schob sie gleichzeitig von sich. Sie stolperte einen Schritt nach hinten.

»Sperr mich nicht wieder ein. Bitte«, wimmerte sie. »Lass mich hier nicht alleine. Ich kann es nicht mehr aushalten.«

»Ich kann dein Geschrei auch nicht aushalten.«

»Bitte. Bitte, Herr Anton. Sagen Sie dem gnädigen Herrn Baron, dass ich alles mache, was er verlangt, wenn ich nur nicht weiter hier eingesperrt werde.«

Sie klammerte sich an seine Hände. Von den Schlägen war die Haut an ihrer Handkante aufgeplatzt. Blut lief heraus.

»Der Baron ist nicht hier«, rutschte es Anton heraus.

»Wann kommt er wieder? Du musst es wissen! Bitte, bitte.«

»Ich weiß nichts. Jetzt lass mich in Ruhe.«

Er versetzte ihr einen Stoß, der sie in das Zimmer zurücktaumeln ließ. Sie verlor das Gleichgewicht und stürzte zu Boden. Da hatte Anton die Tür schon geschlossen. Luise ließ ihren Tränen freien Lauf. Die blutigen Hände wischte sie an ihrem Unterrock ab.

KAPITEL LV

In einem mit vier Plätzen ausgestatteten Landauer wurde es eng, wenn fünf Personen und ein Frettchen mitfahren wollten. Fritz reckte neugierig den Kopf in alle Richtungen und störte sich an der Enge nicht.

»Wozu müssen wir dieses Tier mitnehmen?«, mokierte sich Conrad Meinel.

Hermann Carl von Lobschütz war nicht davon abzubringen, und sein Enkel unterstützte ihn tatkräftig. Benedict war es auch, der kurzerhand den Kutscher vom Bock verjagte und sich selbst hinaufschwang. Im flotten Trab verließen sie die Stadt, durchquerten die Südvorstadt. Sowie sie die letzten Häuser passiert hatten, knallte Benedict mit der Peitsche und trieb die beiden Füchse zum Galopp. Die Tiere aus guter Zucht griffen wacker aus. Das Ehepaar Ehrmann klammerte sich stumm an die Sitze.

»Bei dieser wilden Fahrt werden wir umschmeißen. Da, eine scharfe Kurve! Vorsicht!« Conrad Meinel hielt seinen Hut fest.

Die Ledermappe hatte er zum Glück nicht mitgenommen. Hermann Carl von Lobschütz kam immer mehr zu der Meinung, dass der Bruch dieser Verlobung für Luise ein Glück war. So viel Pedanterie hätte sie auf Dauer unglücklich gemacht.

»Mein Enkel fährt auch vierspännig«, informierte er den Kleinbürger.

Auf dem Bock drehte sich Benedict halb um. »Sechsspännig, wenn es recht ist, lieber Großpapa. Ich würde es auch mit acht versuchen, aber niemand wollte mit mir wetten, dass ich mit ihnen eine perfekte Acht auf einer Länge von dreißig Ruten schaffe.«

»Das ist mein Enkel.«

»Schauen Sie nach vorn!«, rief Conrad Meinel.

Gerade noch rechtzeitig leistete Benedict dieser Aufforderung Folge. Er nahm die nächste Kurve in rasanter Fahrt, parierte die Pferde danach zum Trab durch. Sie durchquerten mehrere Dörfer, bogen ab, und immer schien Benedict den Weg zu kennen. Hermann Carl von Lobschütz hatte die Adresse auch gelesen, hätte aber nicht gewusst, welche Route dorthin führte. An seinem Enkel entdeckte er Züge, die ihn auf den Jungen stolz sein ließen.

Benedict lenkte die Füchse vom Weg auf eine Wiese und ließ sie anhalten. »Jetzt ist es noch ungefähr eine Meile bis zum Haus. Wir sollten nicht weiterfahren, sondern auf die Dämmerung warten und zu Fuß gehen.«

»Gibt es kein Gasthaus in der Nähe, wo wir warten können?« Das kam natürlich von Conrad Meinel.

»Wer braucht ein Gasthaus, wenn es gilt, eine junge Frau aus den Klauen eines Schurken zu retten?«

»Ich denke an Frau Ehrmann.«

»Die keine besondere Rücksichtnahme braucht«, keifte Barbara dazwischen. »Wir dürfen keine Aufmerksamkeit erregen.«

»Ganz meine Meinung«, stimmte Benedict zu. »Einen Landauer mit fünf Personen unterschiedlichen Standes merken sich die Leute. Auf dem Land machen Nachrichten schneller die Runde als überall sonst.«

Die Füchse hatten die Mäuler im Gras versenkt, und die Passagiere vertraten sich auf der Wiese die Füße. Barbara

Ehrmann hatte zum Glück daran gedacht, einen Proviantkorb und einen zweiten mit Getränken im Kutschkasten verstauen zu lassen, weswegen sie sich die Zeit mit Essen und Trinken vertreiben konnten. Zu dieser Jahreszeit dauerte es lange, ehe sich die Sonne dem Horizont zuneigte, aber endlich meinte Benedict, die Zeit des Aufbruchs sei nicht mehr fern.

»Ich werde gehen, denn ich weiß, wo das Haus ist«, bestimmte der junge Mann.

»Ich bin die Mutter und komme mit.« Barbara stellte sich an seine Seite.

»Und ich der Vater.« Jacob kam heran.

»Es ist meine Verantwortung, deswegen komme ich mit.« Hermann Carl schwenkte seinen Gehstock.

»Ich komme ebenfalls mit«, erklärte Conrad Meinel als Letzter.

Zweifelnd betrachtete Benedict die Gruppe, die sich um ihn versammelt hatte. »Wenn wir alle gehen, ist das genauso auffällig, als hätten wir in einem Gasthaus Quartier bezogen. Am besten mache ich mich allein auf den Weg.«

»Dann nimm wenigstens Fritz mit.« Hermann Carl hielt ihm das Frettchen entgegen.

»Wozu soll das Tier nutzen?« Conrad Meinel schüttelte den Kopf.

»Es kann einen Hund ablenken. Oder Fräulein Luise anzeigen, dass Rettung naht.«

Fritz zappelte mit dem Hinterteil. Er quiekte empört und schlug seine Zähne in den Handschuh des alten Herrn von Lobschütz. Der bestand zum Glück aus festem Leder.

Endlich nahm Benedict das Frettchen an sich.

»Ich bleibe auf keinen Fall hier«, verkündete Barbara Ehrmann.

Ihr stählerner Wille setzte sich durch. Gemeinsam mit Benedict und Fritz brach sie auf.

Ein Pfad führte in den Wald. Er wäre breit genug gewesen für einen Wagen. Benedict schritt wacker aus, Barbara folgte ihm und beklagte sich nicht über das Tempo. Als er der Meinung war, es könne nicht mehr weit sein, verließ er den Weg und suchte Deckung unter den Bäumen. Die Fahrstrecke behielt er dabei im Blick, was in der zunehmenden Dunkelheit schwierig wurde. Die Meile hatten sie schätzungsweise längst hinter sich gebracht, aber vom Haus war nichts zu sehen.

»Können wir nicht auf den Weg zurückkehren?«, fragte Barbara hinter ihm leise. »Sonst verlieren wir uns noch inmitten all dieser Bäume. Es ist inzwischen so dunkel, dass uns keiner mehr kommen sehen kann.«

Benedict musste ihr Recht geben. Sie gingen noch einige Zeit weiter, bis unvermittelt das Haus als schwarzes Ungetüm vor ihnen auftauchte. Es bestand aus zwei Stockwerken, schien quadratisch zu sein und war größer, als Benedict es sich vorgestellt hatte. Kein Licht verriet die Anwesenheit eines Menschen. Soweit er erkennen konnte, war der kleine Garten um das Haus seit längerer Zeit nicht gepflegt worden. Ein Gartentor war nicht vorhanden, und Farne und Moos hatten den Platz um das Haus herum erobert.

Die Fahrstraße führte in einen dahinterliegenden Hof. Wenn es dort jemals einen Stall und eine Scheune gestanden hatten, ragten sie nur noch als Stümpfe wie Zähne im Mund eines Greises in die Luft. Eine Kutsche und Pferde gab es hier jedenfalls nicht.

»Sie kann nicht hier sein«, wisperte Barbara, die offensichtlich die gleichen Gedanken hatte.

»Sie kann im Haus eingesperrt und für die Nacht allein gelassen worden sein«, gab Benedict genauso leise zurück.

»Wer macht so was?«

»Gewissenlose Schurken.«

Benedict ging zur Hintertür und probierte die Klinke. Abgeschlossen. Er tastete herum, und das Schloss kam ihm stark und gut geölt vor. Fritz befreite sich aus seinem Griff und landete weich auf seinen Pfoten. Bevor er in die Freiheit entkam, trat Benedict auf die Leine seines Geschirrs.

»Schön hiergeblieben, kleiner Freund. Deine Aufgabe ist es, Luise zu suchen, nicht dich in der Nacht zu vergnügen«, schimpfte er leise.

Dann ließ er alle Vorsicht fahren und rüttelte an der Tür. Das Geräusch hallte weithin durch die Nacht, und der Wald hielt den Atem an. Befände sich jemand im Haus, wäre er jetzt sicher aufgewacht.

»Hier ist niemand«, sagte Benedict und gab sich keine Mühe mehr, leise zu sprechen. »Ich kann die Tür trotzdem aufbrechen, zwei oder drei Tritte sollten genügen, und wir schauen uns drinnen um.«

»Wozu soll das gut sein?«

»Wir könnten etwas entdecken.«

»Mir sieht es so aus, als wäre längere Zeit niemand hier gewesen. Deutlich länger, als meine Tochter verschwunden ist. Welche Hinweise sollten wir drinnen finden, gnädiger Herr?«

»Lassen Sie dieses ›gnädiger Herr‹ weg, sonst komme ich mir so alt vor wie mein Großvater«, schimpfte er und versetzte der Tür einen Tritt. Er hatte so sehr gehofft, auf der richtigen Spur zu sein, und brauchte ein Ventil für seine Enttäuschung. Dem ersten Tritt folgte ein zweiter.

An der Tür brach unten eine Latte ab.

Barbara berührte ihn am Ellenbogen. »Lassen Sie das. Das Haus kann nichts dafür. Wir arbeiten den Rest Ihrer Liste ab oder verständigen die Behörden.«

»Die werden nichts tun. Baron von Cranmeer ist der Gesandte des hessischen Landgrafen. Sie werden nicht einmal bei ihm vorstellig werden, weil er nicht der kursächsischen Rechtsprechung unterliegt.«

»Dann wenden wir uns an den Landgrafen. Aber erst gehen wir zurück.«

KAPITEL LVI

Anton wollte nicht sagen, ob der Zottelhund einen Namen hatte. Weil das Tier aber weiterhin unter ihrem Fenster lauerte, beschloss Luise, ihn Bruno zu nennen. Das zweisilbige Wort ließ sich angemessen wütend hervorstoßen und passte daher zu dessen Bellen. Luise versuchte zunächst, ihn mit freundlichen Worten für sich zu gewinnen. Aber was bei Fritz geklappt hatte, versagte bei Bruno. Er konnte oder wollte sich nicht an sie gewöhnen.

Erst als sie begann, ihm kleine Brocken Fleisch durch die Gitterstäbe zuzuwerfen, wurde es besser. Sie fischte das Fleisch aus ihren Suppen und fand es gut investiert. Bruno sprang nicht länger wütend am Fenster hoch, sondern weil er auf einen schmackhaften Happen hoffte. Gelegentlich wedelte er sogar mit dem Schwanz. Fletschte er jetzt die Zähne, sah er dabei gutmütig aus, als wäre es eine Pflichtübung. Da Luise aber auch seine andere Seite kannte, wagte sie es nicht, ihn zu streicheln. Dann war er so plötzlich verschwunden, wie er aufgetaucht war.

Die Tür zu Luises Verlies wurde zu einer ungewohnten Zeit geöffnet, und statt Anton unter der Henkersmaske trat Baron von Cranmeer in Jagdkleidung in ihr Gelass. Ein Riss im Ärmel seiner Jacke und dunkle Flecken auf seinen ledernen Reithosen ließen vermuten, dass er tatsächlich auf der Jagd gewesen war. Außerdem entströmte ihm ein Blutgeruch, der Luise den Schwindel in den Leib trieb. Sie hätte sich am liebsten ein Taschentuch vor Mund und Nase gehalten.

»Komm mit«, verlangte von Cranmeer.

»Wohin?«

»Du bist nicht in der Position, mir Forderungen zu stellen.«

Eigentlich müsste es Fragen heißen, dachte Luise, folgte dem Baron aber wortlos aus dem Zimmer und aus dem Haus. Sie wollte es im ersten Moment nicht glauben, als sie wirklich unter freiem Himmel stand und etwas anderes sah als die beiden Bäume vor ihren Fenstern.

»Denk nicht einmal daran«, knurrte von Cranmeer.

»Das tue ich nicht. Wo ist Bruno?«

»Wer soll das sein?«

Diese Worte wurden mit so viel Misstrauen hervorgestoßen, dass Luise sich mit der Erklärung beeilte.

»Der Köter interessiert mich nicht. Anton wird schon wissen, wie er dich zu bewachen hat.«

Sie verließen den Hof hinter dem Haus durch ein rückwärtiges Tor. Es war abgeschlossen, und von Cranmeer zog dafür einen großen rostigen Schlüssel aus der Rocktasche. Er grinste Luise an, was dieser einen weiteren Schauder durch den Leib jagte.

»Waren Sie auf der Jagd?«, fragte sie, nur, um etwas zu sagen.

»Du bist scharfsinnig wie immer. Es gibt nichts, was das Blut eines Mannes mehr in Wallung bringt als der Schrei eines wilden Tieres, wenn es von einer Kugel getroffen wird. Außer dem Schrei einer schönen Frau natürlich.«

Luise wurde es bei diesen Worten flau im Magen. Vor ihnen tauchte ein runder Pavillon auf einem kleinen Hügel auf. Baron von Cranmeer schubste sie hinein. An der Wand befand sich umlaufend eine breite Sitzbank mit Polstern und Kissen. Mehr Einrichtung gab es nicht.

»Nein, lassen Sie mich.« Luise stemmte einen Fuß gegen die

unterste Treppenstufe. Mit den Händen stieß sie sich an einer Säule ab.

»Himmel und Hölle, du verfluchte Fischhändlerin, kannst du nicht einmal deinen Mund halten und tun, was ich dir sage!«

Er packte sie mit beiden Händen. Gegen seine Kraft kam Luise nicht an, sie wurde in den Pavillon hineingeschoben und auf die Bank gedrückt. Gleich darauf war von Cranmeer über ihr.

»Der Schrei eines waidwunden Tieres und der Widerstand einer schönen Frau«, hauchte er in ihr Ohr.

Der Blutgestank, der von ihm ausging, war derart überwältigend, dass Luise übel wurde. Ihr Magen revoltierte, und saure Galle stieg ihr in den Mund. Sie musste würgen und schluckte den Mageninhalt wieder runter. Der Baron schien nichts bemerkt zu haben. Er hatte das Gesicht gegen ihren Hals gewühlt und stieß tierische Laute aus. Die Jagd schien wirklich etwas mit ihm gemacht zu haben.

Luise gelang es nicht, sich unter ihm herauszuwinden.

Dieser Blutgeruch!

»Lassen Sie mich! Bitte! Ich kann nicht …« Sie hämmerte mit den Fäusten auf den Baron ein, traf dessen Oberarme und Schultern.

Ihn kümmerte das nicht, es schien seine Wildheit noch anzustacheln. Er ließ sie gerade lange genug los, um mit beiden Händen in ihr Dekolleté zu fassen. Das Geräusch des reißenden Stoffes gellte in Luises Ohren.

»Kleine Wildkatze«, keuchte er dabei. »Ich mag es, wenn eine Frau ihre Krallen zeigt. Der Sieg über sie ist dann umso schöner.«

»Nein! Bitte! Ich muss … Lassen Sie mich …« Weiter kam sie nicht. Erneut musste Luise würgen, und sie überkam Panik. Sie schlug immer verzweifelter auf dem Baron ein.

Dann konnte sie es nicht länger zurückhalten, sie musste sich übergeben.

Luise würgte und würgte. Es spritzte von Cranmeer auf den Leib, tropfte von seinem Arm und rann auf dem Boden. Er war zurückgesprungen und beobachtete sie, als wäre sie ein widerwärtiges Insekt.

»Teufel auch, du schreckst wirklich vor gar nichts zurück.« Er wischte sich mit einem Taschentuch über Rock und Hose.

Luise hatte ihres gezückt, nachdem alles heraus war. Sie betupfte sich Mund und Nase.

Im Pavillon hing jetzt nicht nur der Blutgeruch aus der Kleidung des Barons, sondern auch der nach ihrem Erbrochenen. Die Übelkeit hielt Luise weiterhin fest im Griff.

»Es tut mir leid. Das müssen Sie mir glauben«, keuchte sie.

»Eine derart durchtriebene Mistgöre ist mir noch nie untergekommen. Kotzt mir vor die Füße.«

»Das wollte ich nicht. Wirklich! Monsieur le Baron.« Luise hielt inne. Sein Gesicht war zu einer Fratze verzogen, und in seinen Augen glitzerte blanker Hass.

»Du verstehst es wirklich, einem Mann die Lust zu nehmen. Glaubst du, jemand will dich vögeln, wenn du nach Kotze stinkst!« Es war keine Frage, sondern eine Feststellung. »Ich jedenfalls nicht!«

Seine Faust schoss vor und traf sie am Kinn, rutschte nach oben gegen ihre Nase. Blut schoss daraus hervor. Aus ihrer Lippe ebenfalls. Luise fühlte sich, als wäre eine Sprengladung in ihrem Kopf explodiert. Sie rutschte zu Boden und wimmerte. Er riss sie wieder hoch, bis ihr Gesicht dicht vor seinem war. Luise schlenkerte mit Armen und Beinen, als wäre sie eine willenlose Puppe.

»Machen Sie mit mir, was Sie wollen, nur …«

»Nur?«

»Schnell und schmerzlos.«

Er lachte dröhnend auf. Das war genauso schlimm wie die kalte Wut, die er zuvor gezeigt hatte.

»Du willst mir also erlauben, meinen Fuß in deinen Nacken zu stellen, wenn ich es zu deinen Bedingungen tue? Wann wirst du endlich aufhören, Forderungen zu stellen?«

Nie, lag Luise auf der Zunge, aber sie schwieg.

»Du wärst nicht die erste Frau, die ich unter meinen Willen zwinge. Zu meinen Bedingungen!«, fügte der Baron drohend hinzu.

Er schubste sie zurück in Richtung des Hauses. Dabei hielt sie sorgfältig das zerrissene Kleid vor der Brust zusammen. Im Haus war sie fest davon überzeugt, wieder in den Keller hinunterzumüssen. Zu ihrem Erstaunen brachte er sie in ihr früheres Zimmer.

»Säubere dich. Du wirst alles erhalten, auch ein neues Kleid.«

KAPITEL LVII

Mit einem Schrei fuhr Luise aus dem Schlaf, weil etwas Weiches und Pelziges über ihr Gesicht strich. Sowie sie sich im Bett aufsetzte, verschwand das Wesen mit einem Fiepen. Es kam ihr vertraut vor. Sie tastete vor dem Bett auf dem Boden herum, bis sie den Leuchter und die Schwefelhölzer fand, die sie dort hingelegt hatte. Beim zweiten Versuch flammte das Holz auf und setzte den Docht in Brand. Der Kerzenschein erhellte das Bett und beließ den Rest des Zimmers im Dämmerlicht. Luise schaute sich um.

Das Fenster stand einen Spaltbreit offen, wie sie es vor dem Schlafengehen gerichtet hatte. Luise nahm ihren Mut zusammen, um aufzustehen und zu kontrollieren, ob die Tür abgeschlossen war, als das Fiepen erneut erklang. Es kam unter dem Bett hervor.

Obwohl ihr Herz heftig klopfte, beugte sie sich mit der Kerze in der Hand hinunter. Etwas Weißes versteckte sich dort. Und fiepte. Sie erkannte einen buschigen Schwanz, am anderen Ende einen schlanken Kopf, kleine Ohren, schwarze Augen.

»Fritz!«, entfuhr es ihr. Zweifel waren nicht möglich.

»Fritz, komm her zu mir. Ich wollte dich nicht erschrecken. Das tut mir leid, aber wo kommst du auf einmal her? Bedeutet es, dass Papa und Georg da draußen sind?«

Sie lockte das Frettchen mit sanfter Stimme. Fritz trug das Geschirr, das Herr von Lobschütz ihm geschenkt hatte. Die Leine fehlte. Er kam heran, schnupperte an ihren Fingern. Vorsichtig zunächst. Auf einmal lief er ihren ausgestreckten Arm entlang und schmiegte sich in ihre Halsbeuge.

»Fritz, du Guter, du bist da.« Mit einem Finger kraulte Luise das Frettchen an der Kehle. Das hatte es besonders gern.

Dabei fiel ihr ein, dass ihr Vater und Georg nicht draußen sein konnten. Sie wussten wahrscheinlich gar nichts von ihrer Entführung. Fritz hatte sie bei Herrn von Lobschütz und seinem Enkel gelassen. Sie schmiegte ihre Wange an das weiche Fell.

»Ich habe neue Kleider bekommen«, flüsterte sie ihm zu. »Und Anton hat mir Wasser gebracht. Er brachte auch Handtücher und Wäsche. Diesmal ist das Kleid dunkelblau. Darin sehe ich wahrscheinlich blass aus, aber das spielt auch keine Rolle mehr.«

Fritz hörte aufmerksam zu. Kaum hatte sie geendet, stieß er sie mit der Nase an.

»Du hast recht, und ich bin eine dumme Kuh. Ich schwatze und schwatze, dabei gibt es anderes zu tun.«

Sie sprang auf und eilte zum Fenster, öffnete es weit und spähte nach draußen. Die Nacht war vollständig angebrochen, außer der Ulme und der Linde sah sie nichts weiter. Sie hörte auch nichts außer dem Rauschen der Blätter im Wind. Zu rufen, traute sie sich nicht, um Anton nicht zu alarmieren. Er war sicherlich im Haus. Wo der Baron die Nacht verbrachte, mochte sie sich nicht vorstellen. Sie stellte die Kerze ins Fenster. Das war hoffentlich ein Zeichen.

Dann fiel ihr die struppige Feder in ihrem Damensekretär ein. Die Tinte im Fläschchen daneben war eingetrocknet. Mit ein wenig Wasser aus der Waschschüssel ließ sie sich auflösen. Da sie kein Papier besaß, riss Luise einen Streifen von ihrem Nachthemd ab und schrieb darauf. Ihre Hand war zittrig, die Tinte verlief, aber am Ende hatte sie ein paar Worte auf den Stoff gemalt. Sie band es Fritz als Halstuch um und hob das Frettchen an ihr Gesicht.

»Meine Hoffnungen ruhen auf dir, Fritz.« Damit setzte sie ihn auf die Fensterbank.

KAPITEL LVIII

»Ein Licht! Da wurde ein Licht angezündet«, wisperte Barbara Ehrmann.

In der Stille der Nacht trug ihre Stimme trotzdem erschreckend weit. Benedict stieß sie an, und sie verstummte augenblicklich. Sie konnten nur warten und beten. Fritz war ein possierlicher Kerl, aber ob auf ihn viel Verlass war, bezweifelte Benedict.

Wieder hatte Barbara Ehrmann ihre Mutterschaft in die Waagschale geworfen und sich nicht abhalten lassen, ihn zu begleiten. Benedicts Listen hatten sie nahezu abgearbeitet, sich die Nächte mit der Beobachtung einsam gelegener Häuser um die Ohren geschlagen und mehr als eines davon vollständig verrammelt vorgefunden. Nach diesem Haus stand nur noch eine weitere Adresse auf seiner Liste, aber diesmal war ihnen der Zufall zu Hilfe gekommen: Während sie unterwegs waren, waren sie einem Reiter im Galopp begegnet. Ohne Gruß war er an ihnen vorbeigeprescht. Benedicts Großvater hatte in ihm zweifelsfrei Baron von Cranmeer erkannt. Seitdem zweifelte nicht einmal mehr Jacob Ehrmann daran, dass sie auf der richtigen Spur waren.

Die Abwesenheit eines Hundes und ein halboffener Fensterflügel im Erdgeschoss kamen ihnen zupass. Benedict hatte nicht mehr tun müssen, als das Frettchen auf dem Fenstersims abzusetzen. Der neugierige Kerl war sogleich im Inneren verschwunden.

Seitdem hieß es, an eine Stallwand gepresst, abzuwarten.

Was Barbara Ehrmann erfahrungsgemäß schwerfiel. Permanent raschelten ihre Röcke hinter ihm.

»Luise ist da. Ich weiß es«, sagte sie wieder. Sie schlüpfte an ihm vorbei und hatte den Schutz der Wand schon halb verlassen, ehe Benedict sich von seiner Überraschung erholte. Er bekam sie am Ellenbogen zu fassen.

»Was machen Sie? Kommen Sie wieder zurück. Wir müssen warten«, sagte er eindringlich.

Sie schüttelte seine Hand ab. »Da drin ist meine Tochter. Ich muss zu ihr.«

»Wir können es nicht sicher wissen. Kommen Sie zurück! Werden wir entdeckt, ist alles verdorben. Dann sehen Sie Ihre Tochter vielleicht nie wieder.«

»Barbara«, sagte jetzt auch Jacob Ehrmann, der sich als Vater auch nicht hatte zurückhalten lassen. Er stand einige Schritte hinter ihnen.

Frau Ehrmann blieb stehen. »Sie ist meine Tochter, die ich so viele Jahre nicht gesehen habe. Wir müssen sie retten.« Ihre Stimme klang erstickt von ungeweinten Tränen.

Benedict berührte erneut ihren Ellenbogen. »Das werden wir auch. Wir müssen gezielt und überlegt vorgehen. Dazu gehört es, nicht blindlinks voranzustürmen.«

Die einzelne Kerze brannte immer noch. Aus zwei Fenstern schien das Licht. Warf zitternde Schatten heraus. Andere Bewegungen sah er nicht. Es dauerte eine Weile, bis ein Fensterflügel weit geöffnet wurde. Die Kerze wurde auf dem Sims abgestellt und war jetzt deutlich zu erkennen. Benedict taten die Augen weh, so angestrengt schaute er hin.

Das Kerzenlicht verschwamm vor seinen Augen, und er musste kurz wegschauen. Deshalb hätte er beinahe verpasst, wie eine Person noch etwas auf das Fenstersims stellte. Der Schattenriss ließ eine weibliche Person vermuten. Was sie abgelegt hatte, war nicht zu erkennen. Der Fensterflügel wurde jedenfalls gleich darauf geschlossen. Dann erlosch auch die Kerze.

Er blinzelte, und es dauerte einen Augenblick, bis er erkannte, dass das, was auf dem Sims zurückgelassen worden war, sich bewegte, aber angebunden zu sein schien.

»Was machen wir jetzt?«, wisperte Barbara hinter ihm. »Erkennen Sie etwas?«

»Ich gehe hin und schaue nach«, schlug Jacob vor. Wenn Benedict erwartet hatte, dass der Fischer an ihm vorbeigehen würde, wurde er eines Besseren belehrt. Der Mann verschwand in einer anderen Richtung. Nach einer Weile sah er ihn seitlich aus dem Gebüsch kommen und zum Haus huschen. Er ging gebückt und war unter seinem dunklen Umhang und der ebenfalls dunklen Kappe auf dem Kopf kaum zu erkennen. Man musste schon wissen, dass dort ein Mensch war.

Als Jacob Ehrmann den Schutz des Gebüschs verließ und den gut einsehbaren Hof überqueren musste, legte er sich auf den Boden und kroch schlangengleich weiter.

»Mein Jacob«, erklärte Barbara stolz.

Benedict hielt die Luft an. Das war etwas anderes als fünfhundert Böcke zu schießen und danach das Essen auszukotzen oder über einen See zu rudern. Das war echte Gefahr. Jetzt hatte Jacob das Haus erreicht, schlich unter den Fenstern entlang. Was immer auf dem Sims abgesetzt worden war, war nicht mehr zu erkennen.

Jacob tastete herum und steckt etwas unter seinen Umhang. In Benedict erwachten Ungeduld und Ärger darüber, dass er dem Fischer das Feld überlassen hatte. Er hätte derjenige sein sollen, der sich auf den Weg machte. Stattdessen stand er hier und passte auf Barbara auf. Sein Großvater würde den Kopf über ihn schütteln.

Endlich kehrte Jacob zurück.

»Hast du was entdeckt? Sag schon! Wird Luise hier festgehalten?«, sprudelte seine Frau heraus.

»Du lässt mich nicht zu Wort kommen.« Das Lächeln war dem Fischer anzuhören. »Ob Luise hier ist, weiß ich nicht, aber ich habe Fritz. Und ich glaube, ihm wurde etwas um den Hals gebunden.«

»Was denn?«

»Das weiß ich nicht.«

»Zeigen Sie her, Mann.« Benedict griff nach dem, was der Fischer unter seinem Vorhang hervorholte.

Es war tatsächlich Fritz, der knurrte und kratzte, weil es ihm gar nicht gefiel, in der Dunkelheit herumgereicht zu werden. Benedict störte sich nicht daran, sondern tastete nach dem Hals des Frettchens. Dorthin schien wirklich etwas umgebunden zu sein.

»Ich brauche Licht«, sagte er leise, aber eindringlich.

»Damit uns jeder sieht? Sie haben selbst …«, schnappte Barbara.

Er antwortete nicht darauf, sondern ging mit Jacob ein Stück beiseite. Sie breiteten ihre Umhänge aus.

»Ich habe eine Kerze«, flüsterte der Fischer.

»Ich die Schwefelhölzer.«

Sie zündeten die Kerze an, die Jacob hielt, während der junge Herr einen Stofffetzen vom Hals des Frettchens los knüpfte.

»Was ist?« Barbara drängte sich an ihren Mann.

Benedict hielt den Stoffstreifen in einer Hand, mit der anderen verfrachtete er Fritz in seine geräumige Rocktasche. Der Stofffetzen von seinem Hals sah aus, als hätte jemand Tinte darüber gespritzt. Er hielt das Gewebe näher an die Kerzenflamme und erkannte, dass das, was er für Flecken gehalten hatte, in Wirklichkeit ungelenke Buchstaben waren.

»Eine Botschaft.« Er pfiff verhalten durch die Zähne.

»Von Luise?«

Die Schrift war nicht leicht zu entziffern, weil die Buchstaben stark verlaufen waren. Er kniff die Augen zusammen. Nach kurzer Zeit war er sich sicher, dass die Unterschrift ›Luise Ehrmann‹ lautete. Barbaras Lippen entkam ein spitzer Laut, obwohl sie sofort die Hände darauf presste. Es blieb ein Keuchen. Benedict entzifferte weiter die Worte »Baron« und »Anton«. Daraus schloss er, dass er es mit zwei Männern zu tun hatte, von denen er sicher wusste, dass einer nicht anwesend war. Er besprach seine Erkenntnisse mit den Ehrmanns.

»Wir gehen rein und holen sie raus. Es kann höchstens dieser Anton im Haus sein«, schloss er.

Luises Eltern stimmten sofort zu. Sie bewaffneten sich mit Ästen, und Benedict bedauerte, nicht den abgenutzten Gehstock seines Großvaters dabeizuhaben. Darin verbarg sich ein Degen. Nicht, dass er ein großartiger Fechter war; er hatte seine Stunden absolviert, wie es sich für einen Mann seines Standes gehörte. Um einen Galgenvogel zu beeindrucken, würde es reichen. Er hatte auch keine Pistole einstecken. Der Schießprügel, den ihm der Großvater in die Hand hatte drücken wollen, war ihm zu schwer und unhandlich erschienen. Jacob Ehrmann zupfte ihn am Rock.

»Nehmen Sie die, Herr von Lobschütz.« Er hielt ihm eine Pistole hin. »Sie können damit umgehen, ich nicht.«

Dankbar nahm Benedict die Waffe entgegen. Sie lag gut in der Hand, war keines von den vorsintflutlichen Dingern, die sein Großvater zuhauf hortete, sondern eine moderne Waffe, mit der ein Ziel auf fünfzig Schritt Entfernung gut zu treffen war. Mit Pistolen war er deutlich geschickter als mit dem Degen. Den Stock behielt er trotzdem in der Hand.

Diesmal gaben sie sich keine Mühe, sich dem Haus unbemerkt zu nähern. Aufrecht schritten sie über den Hof. Fritz rumorte in Benedicts Rocktasche. Einige Male schaute eine kleine Pfote heraus, aber die Tasche verfügte über eine Klappe, zwei Knöpfe und zwei Laschen, um sie zu verschließen. Das hielt das Frettchen drinnen. Es fühlte sich allerdings an, als nähme in seiner Rocktasche eine Zwergenarmee Aufstellung.

»Soweit ich feststellen konnte, sind die Fenster unten vergittert. Wir werden eine Tür aufbrechen müssen. Oder wir suchen eine Leiter«, sagte der Fischer in diese Gedanken hinein.

Benedict war gegen die Leiter. Wer als Erster darauf stand, musste es allein mit diesem Anton aufnehmen. Kamen sie aber durch eine Tür ins Haus, fand dieser Mensch sich zwei bewaffneten Männern gegenüber. Er setzte sich durch. Sie probierten die Hintertür, die solide gebaut und mit einem guten Schloss versehen war. Das Gleiche galt für die Vorder- und eine Seitentür, die wahrscheinlich in den Wirtschaftstrakt führte. Es gab noch eine große zweiflügelige Tür, die auf eine erhöhte Terrasse und von dort in den Garten führte. Diese erschien Benedict am schwächsten. Zwei, drei gezielte Tritte und sie wäre aufgebrochen. Wahrscheinlich gingen dabei Scheiben zu Bruch, und der Lärm wäre ohrenbetäubend …

»Was soll's?«, sagte Jacob, nachdem sie sich flüsternd beraten hatten. Er ging zwei Schritte zurück.

»Hier ist was«, rief Barbara leise. Sie hatte einige Schritte von den Männern entfernt am Fuß der Terrasse gestanden. Jetzt zeigte sie auf etwas.

Jacob zuckte mit den Schultern, zumindest glaubte Benedict, das im Mondlicht zu erkennen, und ging nachschauen.

»Hier ist noch eine Tür. Nicht sehr stabil, scheint mir«, flüsterte er atemlos nach oben.

Halb von einem Busch verborgen gab es dort tatsächlich

eine Tür. Natürlich war sie ebenfalls abgeschlossen, aber sie saß locker in ihrer Fassung, und das Schloss fühlte sich rostig an, als hätte es seit Jahren niemand mehr geöffnet. Benedict steckte seinen Ast in den Türspalt und benutzte ihn als Hebel. Zunächst brach ein Stück davon ab. Bei einem zweiten Versuch hielt er. Gemeinsam mit Jacob stemmte er sich dagegen. Die Tür knackte und knirschte, bewegte sich aber nicht. Benedict trat der Schweiß auf die Stirn.

»Barbara, komm her«, verlangte Jacob. »Und halte das hier.«

Wortlos nahm sie seinen Platz am Hebel ein. Sie besaß weniger Kraft als der Fischer, und der Druck auf Benedicts Arme nahm zu. Er keuchte. Jacob nahm Anlauf, riss den rechten Fuß hoch und trat gegen das Türschloss. Er sah aus wie einer dieser chinesischen Krieger, die Benedict auf Gemälden und Wandschirmen gesehen hatte. Die Tür sprang mit einem nicht einmal so lauten Geräusch auf. Dafür krachte Jacob mit einem Schmerzensschrei zu Boden. Der Hebel brach ab, die Tür öffnete sich nach innen, Benedict, des Gegengewichts beraubt, stolperte nach vorne. Beinahe wäre er in dem Schwarzen Loch verschwunden, das sich aufgetan hatte. Barbara kniete neben ihrem Mann und fragte ihn, ob er aufstehen könne.

»Bin doch kein Greis«, knurrte Jacob, brauchte dann aber doch die helfende Hand seiner Frau, um auf die Füße zu kommen. Er rieb sich die Hüfte und schonte das linke Bein.

Benedict lauschte auf Geräusche aus dem Haus. Wenn dieser Anton bei dem Getöse nicht aufgewacht war, war er entweder betrunken oder hatte sich aus dem Staub gemacht. Vorerst blieb jedenfalls alles ruhig. Feuchte, kalte Luft schlug ihnen entgegen. Sie entzündeten die Kerze wieder, und Benedict leuchtete umher.

»Sie können hier warten,« bot der Student Frau Ehrmann an.

»Kommt nicht infrage.« Sie wollte sich an ihm vorbeidrängen und als Erste das Haus betreten.

Nun war es an ihm, schnell voranzugehen, denn falls dieser Anton ihnen auflauerte, konnte er auf keinen Fall eine Frau als Erste auf ihn treffen lassen. Die Pistole in der Rechten, die Kerze in der Linken schritt Benedict voran. Die Faszination seiner Geschwister für dunkle Ecken und einsame Treppen hatte er nie geteilt. Seine Nackenhaare stellten sich auf, während er sich auf dem Weg in die Hölle wähnte. Die Treppenstufen waren ungleichmäßig, und an den Wänden wucherten Moos und andere schleimige Substanzen. Wenn er sich Luise in dieser Umgebung vorstellte …

Die Treppe endete in einem schmalen Gang, der sich zu beiden Seiten in der Dunkelheit verlor. Auf gut Glück bog Benedict nach rechts ab. Wasser tropfte von der Decke, Schimmel wuchs an den Wänden. Der Boden bestand aus schlüpfrigen Bohlen, die vermuten ließen, dass es noch tiefere Verliese in diesem Haus gab. Nach wenigen Schritten fand er eine Treppe nach oben. Auf einem Absatz stand eine Tür offen. Er leuchtete in den Raum dahinter. Ein Bett, ein Tisch mit zwei Stühlen und ein von Schimmel überzogener Sack. Der Raum war notdürftig für eine Person hergerichtet worden. Luise! Dieses Schicksal mussten sie ihr ersparen. Von einem Wandbord griff Jacob eine Handvoll Kerzen und steckte sie ein.

Die Treppe führte weiter nach oben, endete an einer massiven Tür. Die Männer stellten sich nebeneinander auf die oberste Stufe. Es war so eng, dass ihre Schultern sich berührten. Wenn die Tür abgeschlossen war, ließe sie sich nicht mit ein paar Tritten öffnen. Das war allen klar. Jacob Ehrmann streckte die Hand aus, um nach der Klinke zu greifen.

KAPITEL LIX

Ein Krachen ließ Luise zusammenschrecken. Seit sie Fritz auf dem Fensterbrett angebunden hatte, saß sie in gespannter Erwartung auf dem Bett. Sie war davon ausgegangen, der junge Herr von Lobschütz würde an ihr Fenster klopfen. Sie hatte sich zurechtgelegt, was sie zu ihm sagen und wie oft sie sich bei ihm entschuldigen müsste. Der Krach jetzt war beunruhigend. Das müssten auch Anton und der Baron gehört haben. Gleich darauf war es wieder still im Haus.

»Vater unser im Himmel, geheiligt werde dein Name …« Luise faltete die Hände und suchte Zuflucht im vertrauten Gebet.

Einige Zeit war nichts zu hören. Luise war bereits beim zweiten Vaterunser angelangt, als sie erneut zusammenzuckte. Sie konnte das Geräusch nicht zuordnen, aber dann ertönte ein Schrei. Gleich darauf ein Schuss. Verschiedene Stimmen riefen durcheinander. Sie verstanden nur einen einzigen Satz deutlich: »Ich bin getroffen!«

»Bitte, lieber Gott, lass es nicht Benedict von Lobschütz sein«, betete sie.

Die Rufe verstummten, aber die Parkettböden knarrten unter schweren Stiefeltritten. Wenn der Baron und Anton den jungen Herrn von Lobschütz überwältigt hatten, wäre er nicht nur für einige Wochen von der Universität verwiesen, sondern zeit seines Lebens. Sein Leben wäre verdorben, wenn er es nicht ganz verlor – durch ihre Schuld.

Luise saß längst nicht mehr auf dem Bett, sondern stand

neben der Tür. Es war quälend, nicht zu wissen, was draußen vorging; hier eingeschlossen zu sein, statt zu helfen. Sie rüttelte probeweise an der Klinke, aber die Tür war wie immer verschlossen.

»Luise? Wo bist du?« Sie erkannte die Stimme ihres Vaters.

»Fräulein Ehrmann?« Das hörte sich nach Benedict von Lobschütz an.

Luise wurden die Knie weich, sie musste sich an der Türklinke festhalten. Zunächst brachte sie nur ein Krächzen als Antwort zustande. Sie räusperte sich.

»Ich bin hier. Hier!« Sie schlug mit der Faust gegen die Tür, dass sie im Rahmen wackelte und ihre Knöchel schmerzten.

»Luise, Kind!«

Ihr Vater musste unmittelbar vor der Tür stehen. Gleich darauf wurde auch der Schlüssel im Schloss gedreht, und zwei Riegel wurden zurückgezogen. Die Tür flog auf, und Luise stand ihrem Vater gegenüber.

Jacob Ehrmann breitete die Arme aus. Sie warf sich hinein.

Er umfing sie fest. Klopfte ihr auf den Rücken, tätschelte ihr Haar. Luise atmete tief den vertrauten Geruch nach Fisch und Rauch ein. Hätte er sie nicht gehalten, sie wäre zu Boden gesackt. »Mädchen, bleib bei uns.« Der Vater schüttelte sie leicht. »In Ohnmacht fallen nur die vornehmen Damen, aber nicht eine Ehrmann.«

Sie musste lächeln, und die Kraft kehrte in ihren Körper zurück.

Zumal sie nun Benedict von Lobschütz erblickte. In der Linken hielt er eine Pistole mit der Mündung nach unten. Luise löste sich aus der Umarmung ihres Vaters, nur um sich gleich danach in seiner wiederzufinden. Die Pistole polterte hinter ihr zu Boden, seine Hand strich über ihren Rücken. Seine breite Brust versprach ihr Schutz. Sie schmiegte die Wange an den Kragen seiner Jacke und wusste zugleich, dass sie für den Rest ihres Lebens von diesem Gefühl zehren müsste.

Da gab er sie auch schon frei, und seine Rechte fingerte an der Rocktasche herum. Gleich darauf streckte Fritz den Kopf heraus und schaute sich schnuppernd um.

»Vater, Fritz. Herr von Lobschütz!« Luise wurde immer verwirrter.

Fritz war inzwischen aus der Rocktasche geklettert und hing unglücklich am Stoff, als wüsste er nicht, was er als Nächstes tun sollte.

»Dieser kleine Kerl will zu Ihnen, denke ich.« Benedict nahm ihn und hielt ihn ihr hin.

Luise nahm das Frettchen entgegen. Sie schmiegte sein weiches Fell an ihre Wange, hörte sein kleines Herz schlagen. Gleichzeitig musterte sie die beiden Männer. Die schienen ihr unversehrt, obwohl ihr Vater ein Bein schonte. Er hatte die Pistole aufgehoben, hielt sie vorsichtig zwischen zwei Fingern. Benedict nahm sie ihm ab.

»Wie haben Sie mich gefunden? Ich weiß gar nicht, was ich sagen soll. Es ist …« Luise erinnerte sich daran, dass sie sich bei Herrn von Lobschütz entschuldigen musste. Sie setzte zu den Worten an, die sie sich zurechtgelegt hatte.

Der junge Herr winkte ab, es gäbe vordringlichere Dinge.

»Haben Sie geschossen?«

»Es musste sein.« Benedict klang bedauernd.

»Was ist mit dem Baron und mit Anton?«

»Was mit von Cranmeer ist, wissen wir nicht. Sein Scherge – kommen Sie mit in die Halle und sehen Sie selbst.«

Luise musste erkennen, dass das Haus um ein Vielfaches größer war, als sie angenommen hatte. Es handelte sich um ein richtiges Herrenhaus, von dem sie bisher nur einen Trakt kennengelernt hatte. Vor der Kellertür fiel ihr Blick auf eine Blutlache auf dem Boden. Eine Spur zog sich von dort den Flur entlang. Luise schluckte.

In der großen, sich über mehrere Stockwerke öffnenden Eingangshalle wurde sie zunächst von der Größe und Pracht abgelenkt. Nicht einmal in Angeliques Haus hatte sie so viel Prunk gesehen. Die Wohnung des alten Herrn von Lobschütz nahm sich dagegen geradezu bescheiden aus.

Dann entdeckte sie einen verletzt auf dem Boden liegenden Mann. Er presste seine gefesselten Hände auf einen seiner Oberschenkel. Die Blutspur führte zu ihm. Stühle waren umgestürzt, Scherben umgaben ihn. Eine Frau mit einem Knüppel in der Hand bewachte ihn. Sie drehte sich bei ihrem Eintritt um.

»Luise.« Der Name sprang von ihren Lippen, ehe ihr die Sinne schwanden.

Jacob stürzte zu ihr hin. »Barbara!«

Er kniete neben ihr, legte eine Hand unter ihrem Kopf.

»Kümmert sich mal jemand um mich? Mein Bein muss verbunden werden«, moserte der Verletzte mit schmerzverzerrtem Gesicht.

Niemand reagierte. Barbara. Der Name geisterte durch Luises Gedanken. Das war der Name ihrer Mutter. Dass der Vater sich so um diese Frau sorgte, konnte eigentlich nur eines bedeuten ... Hilfesuchend schaute sie zu Benedict von Lobschütz.

Er nickte ihr zu. »Sie ist es. Ihre Mutter ist nicht tot. Sie und Ihr Vater haben sich wiedergefunden.« Er streckte einen Arm aus, als befürchtete er, auch ihr würden die Sinne schwinden.

Das geschah nicht, aber sie beobachtete fasziniert, wie die Frau, die ihre Mutter war, die Augen wieder aufschlug. Mit Jacobs Hilfe richtete sie sich auf und suchte Zuflucht auf einer Chaiselongue. Den Blick hielt sie fest auf Luise geheftet. Auf die stürmte mehr ein, als sie verkraften konnte. Sie entschied, zunächst in Erfahrung zu bringen, wie ihre Befreiung gelungen war und was es mit dem Verletzten auf sich hatte. Ihr war längst klar, dass es sich dabei um Anton handeln musste. Wo war der Baron? Hatte er sich am Ende aus dem Staub gemacht?

Benedict übernahm es, ihr die Zusammenhänge zu erklären. Anton hatte vor der Tür zum Keller gelauert, mit einem Stock in der einen und einem Messer in der anderen Hand. Es war nichts anderes übrig geblieben, als einen Schuss auf ihn abzugeben. Er wurde in den Oberschenkel getroffen. Benedict bezeichnete es achselzuckend als einen glatten Durchschuss, dessentwegen sich der Verletzte nicht anstellen müsse. Er habe auch einen Schlag auf den Kopf erhalten und sei bewusstlos gewesen. Es hatte ausgereicht, ihn in die Halle zu schaffen und zu fesseln.

Das war's dann gewesen.

»Sollen wir uns nicht doch um seine Verletzungen kümmern?«, fragte Luise.

»Weil er alles voll blutet meinen Sie?«

»Ich hatte an seine Schmerzen gedacht.«

Benedict kratzte sich am Kopf. »Wir müssen ihn in eine Kutsche schaffen. Vielleicht haben Sie recht. Wenn nur Ihr Vater sich losreißen könnte, um eine zu holen.«

»Was soll mit ihm geschehen?«

»Er muss den Behörden übergeben werden. Dieser Galgenstrick hat Sie entführt. Dafür muss er zur Rechenschaft gezogen werden. Es hat für Sie ein glückliches Ende genommen. Sein Verdienst ist das nicht.« Benedict griff nach ihrer Hand und drückte sie warm.

Aus dem Augenwinkel bemerkte Luise eine im Hintergrund umherhuschende Gestalt. Kaum hatte sie sich versteift, wurde

Benedict aufmerksam. Er rannte der Gestalt nach. Es dauerte auch nicht lange, bis er zurückkam und dabei jemanden vor sich herschubste, den er am Ellenbogen gepackt hatte.

»Ottilia!«, entfuhr es Luise.

»Sie wollte sich davonstehlen«, ergänzte Benedict.

Jacob schaute auf. »Rosina Weller. Du hier? Du hast nie was getaugt.«

»Was wissen Sie schon, alter Mann!« Rosina wollte sich aus Benedicts Griff befreien, aber er schüttelte sie, bis sie stillstand.

Der Fischer richtete sich auf, sein Gesicht war dunkelrot angelaufen. »Hast du geholfen, meine Tochter den Händen eines Schurken auszuliefern?« Er kam drohend näher.

»Papa nicht!«, rief Luise. »Versündigen Sie sich nicht.«

»Immer das brave Mädchen. Du warst schon immer so langweilig, dass es mir ein rechtes Rätsel ist, was der edle Baron in dir sieht.« Rosina spuckte auf den Boden. Ihr herzförmiges Gesicht war vor Wut verzerrt.

»Du warst die ganze Zeit hier? Die Kleider … das Essen … das warst alles du?« Luise schüttelte vor lauter Unglauben den Kopf. Sie hatte Rosina – Ottilia – nie für ihre Freundin gehalten, aber sie stammten doch immerhin aus demselben Dorf.

»Der Baron hat mir gutes Geld versprochen, wenn ich ihm hier zur Hand gehe. Er nannte es eine schöne Geste, wenn ich mich um dich kümmere, weil wir uns schon lange kennen.«

Die Verworfenheit dieses Menschen kannte keine Grenzen. Luise schüttelte den Kopf. Ihr Unglauben spiegelte sich in Benedicts Miene wider.

»Halt den Mund!«, fuhr er Rosina an. »Du wirst dich vor den Gerichten zu verantworten haben.«

»Ich habe nichts getan.«

»Darüber werden andere befinden.«

KAPITEL LX

Conrad Meinel wusste nicht, ob er sich alt fühlen oder über sich selbst die Stirn runzeln sollte. Neuerdings freute er sich darauf, einen Abend im Hausmantel mit einem Buch zu verbringen, und war froh, wenn er mit niemandem mehr reden musste. Das lag wahrscheinlich an den gegenwärtigen Verhandlungen mit den Deichbaumeistern, die ihn alle Worte kosteten. Weswegen er an den Abenden das Gefühl hatte, keines mehr zu irgendjemandem sagen zu können. Er war ein leeres Gefäß.

Jeder Deichbaumeister sah nur den Abschnitt, für den er verantwortlich war, und reklamierte alle Gelder und Materialien für sich. Seine Aufgabe bestand darin, diese Interessen unter einen Hut zu bringen. Nicht selten wünschte er sich Jacob Ehrmann an seine Seite. Der raubeinige Fischer könnte mit den Männern von gleich zu gleich reden und mit der Faust auf den Tisch hauen, um Ruhe in diesen Hahnenhaufen zu bringen. Täte er das, würden sie ihn nur konsterniert anschauen, weil er ein studierter Herr war, für den sich das nicht gehörte.

Jacob Ehrmann – nach dem Brief, den er nach Loschwitz geschrieben hatte, rechnete er nicht damit, in der nächsten Zeit etwas von dem Fischer zu hören.

In seiner Wohnung wartete ein kalter Imbiss auf ihn. Seine Zugehfrau hatte ihn hingestellt. Auf dem Tisch lag auch ein Brief und darauf eine von der Frau in eigenwilliger Orthographie geschriebene Notiz. Sie besagte, dass sie beim Kehren hinter der Kommode im Flur einen Brief gefunden habe. Conrad runzelte die Stirn und faltete das Papier auseinander.

Er erkannte Luises Handschrift, aber das Schreiben war schon mehrere Wochen alt. Er las, dass sie sich bitter darüber beklagte, er hätte sie mit dem Auftrag für eine Stickarbeit aufs Glatteis geführt. Statt eines Auftrags habe sie sich eine herbe Abfuhr geholt. Ihre Enttäuschung teilte sich ihm aus jedem Wort mit. Unterdessen spürte er Röte in seine Wangen steigen. Ihm wurde einiges klar, als er mit dem Lesen fertig war.

Sie hatte von ihm ja denken müssen, dass er sich nicht für ihre Kunst interessierte, in ihr nur das harmlos naive Weibchen sah, das immer sprühende Laune zeigen musste. Kein Wunder, dass sie verstimmt gewesen war. Eins hatte zum anderen geführt, bis ihr letzter Brief nach Abschied geklungen hatte. Und als er sie dann in der Stadt gesehen hatte … Conrad barg das Gesicht in den Händen. Es war alles ein riesiges Missverständnis.

Nun war sie in den Händen eines gewissenlosen Schurken, während er … Sein Blick fiel auf den Imbiss. Der Appetit war ihm vergangen. Die Herren von Lobschütz, Enkel und Großvater, hatten keinen Hehl daraus gemacht, dass sie ihn bei der Suche nach Luise nicht dabei haben wollten. Er hatte sich nur zu gern hinter seine neue Aufgabe zurückgezogen.

»Damit ist Schluss.« Conrad hieb mit der flachen Hand auf den Tisch. Er würde sich nicht länger beiseiteschieben lassen, sondern sich mit Luise aussprechen. Wenn sie nur erst wieder da wäre. Er musste …

Conrad sprang auf und rannte ohne Hut und Stock aus dem Haus, durch die halbe Stadt, bis er in der Nähe der Sophienkirche an die Tür der Lobschützschen Wohnung pochte. Es dauerte einen Moment, ehe ihm ein Hausdiener mit verschlafener Miene und im Hausmantel öffnete. Conrad wurde bewusst, wie spät es war.

Die Herren seien nicht da, teilte ihm der Diener mit. Er

wisse auch nicht, wann sie zurückkommen. Hinter vorgehaltener Hand verbarg der Mann ein Gähnen.

Conrad musste einsehen, dass er nichts ausrichten konnte. Auf die Herren zu warten, kam ebenso wenig infrage. Unverrichteter Dinge kehrte er in seine Wohnung zurück.

* * *

Eine Kutsche reichte nicht aus, um alle Personen nach Dresden zu transportieren. In einem nahen Dorf organisierte Benedict einen Wagen mit einem Kutscher und zwei weitere Männer, um Anton und Rosina zu bewachen. Er hatte nur einen bäuerlichen Leiterwagen finden können. Darauf lag der gefesselte Anton. Luise und Barbara hatten sich durchgesetzt und seine Wunden verbunden. Rosina hockte neben ihm. Beide schauten aneinander vorbei und redeten kein Wort.

Die anderen Passagiere drängten sich im Lobschützschen Landauer zusammen. Luise saß neben ihrer Mutter, die beiden flüsterten miteinander. Zuvor hatte sie eine Umarmung Hermann Carl von Lobschütz' über sich ergehen lassen müssen. Nun lehnte er in einer Ecke der Kutsche und schlief. Sein Enkel und Jacob Ehrmann hatten den Kutschbock erobert. Sie erreichten Dresden weit nach Mitternacht.

Hermann Carl scheuchte seinen Kammerdiener aus dem Bett, das Schlaflager für alle in der Wohnung zu bereiten. Der Mann murrte zwar, dass dies nicht zu seinen Aufgaben gehöre, fügte sich aber. Luise kam in der Kammer unter, in der sie zuvor genächtigt hatte. Das zweite Bett belegte ihre Mutter. Für Jacob hatte der Diener eine eigene Kammer gerichtet.

Luise lag im Bett und starrte an die Decke, dabei lauschte sie auf die Atemzüge ihrer Mutter. Richtig begriffen hatte sie noch nicht, dass sie wieder eine Mutter hatte, die seit Jahren in Dresden lebte, ganz in der Nähe. Vielleicht waren sie sich sogar über den Weg gelaufen. Für den Vater sollte sie sich freuen, ob es auch für sie selbst der Fall war, konnte sie noch nicht sagen.

»Weiß Georg es? Dass Sie zurückkehren, meine ich?«, fragte sie in die Stille hinein.

»Wir haben uns bereits gesehen.«

»Wie hat er es aufgenommen?«

Es dauerte einen Augenblick, bis die Antwort von der anderen Seite des Raumes kam. »Er braucht keine Mutter mehr, nachdem er sein Leben lang auf eine verzichten musste. Das waren seine Worte.«

»Er wird sich an Sie gewöhnen. Georg ist oft …« Luise überlegte, wie sie ihren Bruder beschreiben sollte. Er hatte so viele gute Eigenschaften, war verantwortungsbewusst und stark. Gleichzeitig konnte er ein Leichtfuß sein, in der Not konnte man sich jedoch auf ihn verlassen. Die Eisflut im Winter hatte das gezeigt. Es gab viel über ihren Bruder zu sagen, aber in die richtige Reihenfolge konnte sie die Worte nicht bringen und schwieg deshalb.

»Georg kommt mir wie eine jüngere Ausgabe seines Vaters vor. Rau an der Oberfläche und darunter ein guter Kern.«

Das traf es! Luise nickte, bis ihr einfiel, dass die Mutter es in der Dunkelheit nicht sehen konnte. »So ist er.«

»Was denkst du darüber, wieder eine Mutter zu haben?«

»Es ist schön, zu wissen, dass Vater nicht die ganzen Jahre vergeblich gehofft hat. Ich bin auch froh, dass wir uns wiedersehen, dass es Ihnen gut geht und Sie wieder da sind. Nach Loschwitz zurückkommen kann ich aber nicht mehr.«

»Warum denkst du das?«

»Nach allem, was passiert ist. Die Leute werden mit dem Finger auf mich zeigen und mich Kokotte oder Schlimmeres nennen. Die Schande darf ich Vater nicht zumuten.«

»Hast du dir etwas vorzuwerfen?«, fragte Barbara leise.

»Nein, nicht. Der Baron wollte mir Gewalt antun, aber es ist nicht dazu gekommen.«

»Darüber kannst du froh sein. Wirklich froh sein. Wenn ein Mann und eine Frau zusammenkommen, sollen sie miteinander verheiratet sein, und es soll in Liebe und Respekt geschehen.« Barbara drehte sich im Bett um. Der Rahmen knarrte. »Deinem Vater habe ich die Zusage abgetrotzt, dich nicht aus dem Haus zu weisen. Geh mit ihm zurück nach Loschwitz.«

»Kommen Sie auch zurück?«

»Möchtest du das?«

»Ja.« Die Antwort kam heraus, ohne dass Luise darüber nachgedacht hatte, und sie fühlte sich richtig an.

»Dann werde ich kommen.«

KAPITEL LXI

»Das verstehe ich nicht. Ich verstehe es wirklich nicht.« Hermann Carl von Lobschütz hielt einen Brief in der Hand und sah erschüttert aus. »Es ist erst ein paar Jahre her, dass sein letztes Schreiben gekommen ist. Und jetzt … Das kann nicht sein.«

Der Brief war in aller Frühe von einem Boten gebracht worden, als alle noch geschlafen hatten. Jetzt war es ein paar Stunden später. Die Familie Ehrmann war vollständig bekleidet, während Großvater und Enkel von Lobschütz bodenlange Hausmäntel trugen. Der des alten Herren war mit Jagdszenen bestickt und hatte etliche Jahre auf dem Buckel.

Luise ging zu ihm und nahm ihm das Schreiben aus der Hand. »Es tut mir so leid. Nehmen Sie meine aufrichtigen Bekundungen entgegen. Ich kannte Ihren Sohn nicht, aber nach allem, was Sie mir erzählt haben, muss es sich um einen famosen Mann gehandelt haben. Sie haben so viele Jahre nichts von ihm gehört, und er hat in einem wilden Land gelebt. Es ist … Es war …«

Sie drückte den alten Herren kurz an sich. Hermann Carl erwiderte die Umarmung.

Die Eheleute Ehrmann kondolierten ebenfalls, Jacob steif, seine Frau mit mehr Wärme. Benedict kauerte auf einer Chaiselongue, hatte das Gesicht in den Händen vergraben und schien keiner Worte fähig. Luise überlegte, ob sie hingehen sollte, um ihn zu trösten. Es tat ihr weh, ihn so gramgebeugt zu sehen, gleichzeitig fürchtete sie, ihre Kompetenzen mit derart vertraulichen Gesten zu überschreiten. Sie blieb, wo sie war, und hielt unschlüssig den Brief in der Hand.

»Ich meine nicht das. Wir mussten immer mit einer derartigen Nachricht rechnen, nachdem er jahrelang nichts von sich hören ließ, aber dass er in diesem fremden Land ein Vermögen gemacht haben soll ... Konnte als Junge nie besonders mit Geld umgehen. Es ist ihm zwischen den Fingern zerronnen, schneller als Wasser.«

Benedict schaute bei diesen Worten seines Großvaters auf. Er sah keineswegs bekümmert aus, sondern unterdrückte mit Mühe ein Lachen. »Das passt zu Onkel Arnold. Während wir denken, er fristet in einer kargen Hütte ein ärmliches Dasein als Jäger, ist er einer der reichsten Rinder- und Pferdezüchter Virginias. Zu schade, dass in dem Brief nicht geschrieben steht, wie er das gemacht hat.«

»Für Pferde hatte er ein Händchen. Beim Reiten machte ihm keiner was vor. Da ist er bei meinem Freund Emilius in eine gute Schule gegangen.«

»Reiten ist für einen erfolgreichen Pferdezüchter nicht nötig. Er braucht ein Händchen für die Auswahl der Stuten und Hengste und natürlich für das Geld. Das scheint mir das Wichtigste überhaupt zu sein. Wie das bei Rindern ist ...?«

»Das ist absurd«, platzte Barbara heraus. »Ihr Sohn ist gestorben, und Sie reden über Pferdezucht.«

»Und Rinderzucht. Aber Sie haben recht«, lenkte Hermann Carl ein. Er zeigte auf das Schreiben in Luises Hand. »Diesem Brief nach ist er vor über einem Jahr gestorben, tausende Meilen von uns entfernt. Wir können nichts anderes tun, als uns über seinen Lebensweg zu unterhalten und uns zu wundern.«

Luise, die mit den beiden Herren vertrauter war als ihre Mutter, erkannte hinter den lockeren Reden tiefe Betroffenheit. Sie berührte ihre Mutter am Arm, um sie zum Schweigen zu bringen. »Lassen Sie«, sagte sie leise.

»In diesem Brief steht auch«, fuhr der alte Herr von Lobschütz fort, »dass mein Sohn keine Erben in Virginia hatte und sein Vermögen deshalb seiner Familie in der alten Heimat zufällt. Wir müssen uns darum kümmern. Es ist wohl ein Bauerngut mit viel Land, wenn ich es recht verstanden habe. In dem Brief ist von einer Farm die Rede. Wir müssen hinreisen und uns die Sache ansehen. Im Moment liegt alles in den Händen eines Verwalters, der mir ein fähiger Mann zu sein scheint, aber seine Familie ist aus Preußen ausgewandert.«

»Dann wird alles bis aufs Letzte stimmen, was in diesem Brief steht, weil die Preußen über keinerlei Phantasie verfügen. Mit Erben sind wohl Papa und Sie gemeint. Sie sind die nächsten Verwandten«, erklärte Benedict.

»Ich und dein Vater sollen nach Virginia reisen?« Der alte Herr sah drein, als wäre von einer Reise zum Mond die Rede.

»Wenn die Anwesenheit der Erben verlangt wird, wüsste ich keinen anderen Weg.«

Großvater und Enkel sahen einander unglücklich an.

»Ich bin über siebzig Jahre alt. Nicht viel, aber immerhin. Mein Lebtag lang habe ich es vermieden, eines dieser Ungetüme namens Schiff zu betreten. Eine Fähre über die Elbe hat mir immer gereicht. Das kann niemand von mir verlangen.«

»Schlagen Sie das Erbe aus.«

»Wer bekommt es dann?«

»Die Engländer. Sie herrschen über West Virginia. Oder die neuen Herren, die sich Amerikaner nennen. Es gab einen Krieg, und niemand weiß es genau.«

»Auf keinen Fall!«, rief Hermann Carl von Lobschütz aus. »Kommt nicht infrage. Du wirst hinreisen und dich um alles kümmern. Du bist jung, und als Student der Rechte bist du bestens geeignet.«

»Großpapa?« Von dieser Wendung der Dinge schien Benedict überrascht.

Luise konnte es ihm nachfühlen. Es mochten keine angenehmen Aussichten sein, allein eine Reise ins Ungewisse anzutreten. Angesichts dessen kam ihr ihre Zukunft weniger dunkel vor. Dass sie wieder nach Hause zurückkehren würde, um dort weiterzumachen, wo sie vor drei Wochen aufgehört hatte, sah sie nicht ein. Obwohl ihre Mutter ihr genau dies angeboten hatte. Sie würde in Stellung gehen.

»Du erhältst von mir alle notwendigen Vollmachten. Von deinem Vater auch.«

»Dann gibt es wohl nichts mehr, was ich noch sagen kann.«

»Nein. Es ist beschlossen.«

»Wo kommt der auf einmal her?« Hermann Carl von Lobschütz deutete auf die Tür des Salons.

Dort schob sich Conrad Meinel durch einen Spalt und betrachtete verschreckt die Anwesenden. Hinter ihm stand der Hausdiener und deutete eine Entschuldigung an. Der alte Herr von Lobschütz nickte ihm zu. Es schien eine Eigenart des Geographen zu sein, immer in ungelegenen Momenten aufzutauchen.

Er stand neben Jacob Ehrmann und schüttelte ihm die Hand. Danach trat er zu Luise.

»Fräulein Ehrmann«, begann er zögerlich. Er klang, als hätte er einen Stoffball im Mund. »Auf ein paar Worte mit Ihnen. Ich habe mir im Deichbauamt frei genommen, um Sie zu sehen.«

Luise wich zurück und barg ihre Hände in den Falten des Rocks. »Sie konnten nicht wissen, ob ich hier sein würde.«

»Aber hoffen. Zumindest ging ich davon aus, hier würde man Ihren Aufenthaltsort kennen.«

»Da haben Sie wirklich Glück.«

»Luise, bitte.« Diesmal war er schnell genug und erhaschte ihre Hand.

»Ich weiß nicht, was wir noch zu reden hätten? Nach dem Brief, den Sie meinem Vater geschrieben haben … Ich weiß davon.«

»Darum geht es gerade. Es ist alles ein großes Missverständnis, und ich bin gekommen, um mich bei Ihnen zu entschuldigen. Liebe Luise …« Er fiel vor ihr auf die Knie.

Ein Raunen ging durch den Raum. Von Benedict kam ein Schnauben.

»Conrad? Sie können doch nicht …«

»Liebe Luise, ich kann und ich muss. Sie müssen mir glauben, ich habe nur Ihr Bestes gewollt. Sie sollten eine Stickerin werden. Nichts habe ich mir so sehr gewünscht, als Ihnen diese Freude zu bereiten. Ich kann mir nicht erklären, warum es dann nicht … Es war eine wohlwollende Prüfung versprochen, und dann hätte ein Auftrag für eine Tischdecke folgen sollen. So war es verabredet.«

»Es war der Vorsitzende ihrer Flutschadenkommission, der Amtmann des neuen Deichamtes«, warf Luise mit dünner Stimme ein.

Conrad, weiter vor ihr auf den Knien, schüttelte den Kopf. »Es steht mir nicht zu, den Mann wegen dieser Sache zur Rede zu stellen. Das Schlimmste war aber, Ihren Brief zu verlieren und Ihnen nicht darauf zu antworten. Sie mussten ja von mir denken … Er war hinter eine Kommode gerutscht und hat dort bis gestern gelegen. Ich bin Ihrer Spur von der Wagnerin hierher gefolgt, als mir die Zusammenhänge klar wurden. Es war spät am Abend, und niemand war hier.« Conrad atmete tief ein.

»Luise«, mahnte Jacob Ehrmann.

»Ich bitte Sie, vergeben Sie mir und lassen Sie uns noch einmal die Gemeinsamkeiten unser beider Charaktere suchen.«

»Was ist das für ein geschwollenes Gerede? Sprechen Sie in klaren Worten. Wer soll denn das verstehen?«, fuhr Hermann Carl von Lobschütz dazwischen.

»Ich sage es, Luise.«

»Immer heraus damit.« Wieder der alte Herr von Lobschütz

Über Luises Gesicht huschte ein Lächeln. Der freundliche alte Herr schaffte es immer wieder, ihr Gemüt zu erhellen.

»Nun stehen Sie doch auf.« Es war ihr unangenehm, von allen – einschließlich Conrad – angestarrt zu werden wie ein seltsames Tier. Dass er vor ihr kniete, machte es noch schlimmer.

Er erhob sich nicht. »Luise, wollen Sie das Flehen eines Unwürdigen erhören? Ich biete Ihnen Hand und Herz. Schon einmal hatten wir dies verabredet, auch wenn ich die letzten Worte nicht aussprach. Wir wollen alles vergessen und vergeben. Es soll nicht mehr zwischen uns stehen, in welche Gesellschaft du geraten bist.« Conrad wechselte zur vertraulichen Anrede und sah zu ihr auf wie ein im Netz zappelnder Fisch. »Ich weiß, dass dies alles nicht deine Schuld war. Ich habe dir einfach nicht die Festigkeit geboten, die du von unserer Verbindung erwarten durftest. Das tut mir ebenso leid wie alles andere. Du weißt von meinem neuen Amt, das mich in die Lage versetzt, eine Ehefrau standesgemäß zu unterhalten.« Vom Feuer seiner Rede beseelt zog er Luises Hand an seine Lippen und drückte einen schmatzenden Kuss darauf.

»Hört, hört«, kam es von Benedict von Lobschütz.

Luise spürte, wie sie rot wurde.

»Ich erwarte deine Antwort nicht sofort«, begann der Geograph wieder. »Du brauchst sicher eine angemessene Zeit, um nach deinen schrecklichen Erlebnissen wieder zur Ruhe zu kommen und über alles nachzudenken. Sicher wirst du dich mit deinen Eltern beraten wollen, wo du gerade deine Mutter wiedergefunden hast …«

»Ich weiß nicht, was es da zu überlegen geben soll«, brummte Jacob Ehrmann. »Das ist so viel mehr, als sich unsereins erträumen darf. Es wäre dumm …«

»Jacob. Es ist die Entscheidung unserer Tochter über ihr zukünftiges Leben«, mahnte Barbara.

Luise konnte Conrads seelenvollen Anblick nicht länger ertragen und floh an die Seite des alten Herrn von Lobschütz. Der drückte sie an sich. Conrad stand unsicher auf.

»Lassen Sie sich nicht unterkriegen, Sie haben doch Ihre Entscheidung längst getroffen«, raunte Hermann Carl von Lobschütz ihr zu.

Luise nahm die Schultern zurück und hob den Kopf. Sie trat einen Schritt in die Mitte des Raumes. »Ich weiß nicht, wie Sie auf die Idee kommen, nach einem Kniefall könnte alles vergessen sein? Und obendrein so tun, als nähmen Sie mich in Gnade wieder auf? Nach allen Versprechungen, die Sie gemacht und nicht gehalten haben.« Ihre Stimme zitterte kein bisschen.

»Luise, ist das die Höflichkeit, die ich dich gelehrt habe?«, empörte sich der Vater.

»Sie haben mich Stolz und Ehre gelehrt und dass auch ich Höflichkeit erwarten darf. Diese habe ich in der letzten halben Stunde sehr vermisst.« Sie hatte zu ihrem Vater gesprochen, den Blick aber auf Conrad gerichtet.

Dem schoss die Röte ins Gesicht und hinterließ Flecken auf seinen glatten Wangen. »Es kam kein einziges unziemliches Wort über meine Lippen. Ich muss sehr bitten. Es ist nichts zwischen uns geschehen, was sich nicht wieder kitten lässt.

Wenn du es unbedingt wünschst, werde ich selbstverständlich bei meinem Vorgesetzten intervenieren, damit dir ein Stickauftrag erteilt wird.«

»Ich frage mich, warum Sie es nicht längst getan haben? Sie wissen, wie wichtig dies für mich ist.«

Conrad Meinel sackte in sich zusammen. »Nun, ich, es … Es war … du …«

»Mir gefällt diese vertrauliche Anrede nicht. Weiterhin möchte ich wissen, wo Sie waren, als es darum ging, mich aus den Klauen eines gewissenlosen Barons zu retten?«

»Luise!« Das Wort hallte wie ein Peitschenschlag durch den Raum. Ihr Vater war rot im Gesicht. »Wenn du nicht an deine Zukunft denkst … Du wirst kein Wort mehr sagen, bevor wir nicht in aller Ruhe zu Hause gesprochen haben.«

Luise schob dies dem guten Einfluss ihrer Mutter zu. Früher hätte der Vater über ihren Kopf hinweg bestimmt, wie es sein gutes Recht war, und sich um ihre Wünsche nicht gekümmert. Insofern war sie froh, wieder eine Mutter zu haben. Dennoch blieb die Tatsache, dass sich ihr außer mit Conrad Meinel kaum Möglichkeiten boten. An seiner Seite würde sie ein Leben führen, wie es die Tochter eines Fischers nicht erwarten konnte. Edda Neuber würde vor Neid platzen.

KAPITEL LXII

Als Einziger hatte bisher Benedict lässig auf einer Chaiselongue gesessen. Nun stand er auf und entfaltete seine Gestalt zu voller Größe. Er trat vor Luise.

»Da gerade von Aussichten für die Zukunft die Rede ist, möchte ich etwas beitragen.« Seine Stimme klang gleichmütig, als bäte er beim Essen um ein zweites Glas Wein, aber er zwinkerte ihr zu. »Wie die meisten hier wissen, werde ich nach Amerika, genauer gesagt nach Virginia reisen, um das Erbe meines Onkels anzutreten. Gott sei seiner Seele gnädig, aber er hat hier einigen Schlamassel zurückgelassen. Das muss auch einmal gesagt werden.«

Luise klopfte das Herz bis zum Hals.

»Ich stimme meinem Enkel zu. Arnold hätte wirklich auf unsere Situation Rücksicht nehmen und mit dem Sterben bis nach mir warten können.« Der alte Herr von Lobschütz wischte sich verstohlen eine Träne aus dem Augenwinkel.

Conrad Meinel sah empört drein und zog sich aus der Mitte des Salons an den Rand neben Jacob Ehrmann zurück. »Haben Sie eine Ahnung, was das werden soll, lieber Freund?«, flüsterte er.

»Machen Sie sich keine Sorgen, Luise wird zur Vernunft kommen, sobald wir in Loschwitz sind.«

»Wie immer es sei«, begann Benedict wieder. »Mir steht eine lange Reise bevor, und es ist ungewiss, ob ich die Heimat wiedersehen werde. Was ist besser als eine Reise allein in die Fremde?«

Alle schwiegen zunächst auf diese Frage hin.

»Eine Reise mit einem guten Freund an der Seite?«, antwortete Luise endlich zögernd.

»Schon recht gut, aber noch besser ist eine Reise mit einer mutigen und findigen Frau an der Seite. Eine, die keine Mühen scheut, um keine Antwort verlegen ist und bei einem guten Spaß frei heraus lachen kann. Ich verspreche, es wird auch etwas zu sticken geben.«

In Luises Gehirn knäulten sich die Gedanken. Sie fand keinen Anfang und kein Ende. »Aber ... aber ... Herr von Lobschütz?«, brachte sie endlich hervor.

»Ich kann mir niemanden vorstellen, der dazu besser taugt als Sie, Fräulein Ehrmann. Sie verzweifeln in ausweglosen Lagen nicht und scheuen sich auch nicht, einen Feind mit ungewöhnlichen Mitteln in die Flucht zu schlagen. Genau das wird in der Ferne gebraucht.«

Sie ahnte, auf welche Episode mit dem Baron er anspielte, aber noch war sie viel zu verwirrt, um eine schlagfertige Antwort parat zu haben. Der junge Herr erzählte nichts als Schmeicheleien über ihren Charakter.

»Das ist eine Schmierenkomödie der schlimmsten Art«, erboste sich Conrad Meinel.

»Selten war es mir mit einem Anliegen ernster als mit diesem.« Benedicts gewöhnlich jungenhaft verschmitzte Miene war jetzt ernst. »Fräulein Ehemann, wollen Sie mich als meine Gefährtin in die Fremde begleiten? Freud und Leid und alle Abenteuer mit mir teilen?«

»Dieser Geck«, schnaubte wieder Conrad Meinel.

»Luise, wenn du dieses unmoralische Ansinnen ...« Der Vater schüttelte den Kopf.

»Beachten Sie diese Beeinflussungen gar nicht, hören Sie auf Ihr Herz und Ihren Verstand«, riet Hermann Carl von Lobschütz.

Das war nicht so leicht getan wie gesagt. Luise schwindelte, und sie konnte immer noch nicht völlig glauben, was sie in den letzten Minuten gehört hatte.

»Das geht doch nicht, Herr von Lobschütz, bei unserem unterschiedlichen Stand«, warf sie ein.

»Darauf gebe ich nicht viel«, antwortete der junge Herr mit einer wegwerfenden Handbewegung. »Da drüben kommt es nicht auf die Geburt an, sondern auf das, was ein Mensch zu leisten vermag – habe ich gehört. Genau kann das niemand wissen, aber wenn wir erst einmal Herr und Frau von Lobschütz sind, wird niemand an Ihrer Stellung zweifeln.«

»Das wird ja immer schlimmer. Wann macht endlich jemand dieser Farce ein Ende?«, rief Conrad Meinel. Die Röte auf seinen Wangen steigerte sich zu Blutfarben.

Luise straffte sich. »Ich werde dem ein Ende bereiten.«

Sie fühlte sich auf einmal ganz ruhig, und in ihrem Kopf herrschte eine Klarheit wie selten zuvor in den letzten Tagen. Sie bedachte Conrad mit einem strafenden Blick. Seine Empörung und die aufgeblasenen Backen kamen ihr geradezu lächerlich vor.

»Der Einzige, der aus diesem Gespräch eine Farce macht, sind Sie«, fuhr sie ihn an. »Die ganze Zeit geben Sie vor, mich wieder in Ihr Leben holen zu wollen und tun dabei so, als wäre das die größte Gnade, die mir widerfahren könnte. Dass ich Ihnen dafür ewig dankbar sein müsste. Ich will nicht mein ganzes Leben in Dankbarkeit vor einem Ehemann verharren müssen.«

»Luise, du verdirbst alles!«, sagte der Vater.

»Daher wähle ich die Reise mit Herrn Benedict von Lobschütz ins ferne Virginia.«

Der junge Mann zog Luises Hände an seine Lippen und küsste ihre Finger.

»Bravo«, sagte auch Hermann Carl von Lobschütz. Er

klopfte seinem Enkel auf die Schulter. »Wäre ich nur ein paar Jahre jünger, ich würde euch nicht alleine fahren lassen.«

»Schlimmer als eine Schmierenkomödie.« Conrad Meinel stürzte wütend aus dem Raum. Gleich darauf wurde die Wohnungstür zugeschlagen.

»Wir haben eine Hochzeit zu planen und eine Reise vorzubereiten. Ganz nebenbei werden wir miteinander vertrauter werden«, flüsterte Benedict ihr zu.

»Sie haben sich aber nicht nur aus einem komischen Gefühl heraus mit mir verlobt? Die Herrschaften Ihres Standes werden es eine Mesalliance nennen«, gab sie ebenso leise zurück.

»Ein komisches Gefühl ist es allemal. Aber ein richtiges Gefühl. Zusammen werden wir da drüben Großes vollbringen, und was die Leute hier über uns denken, kann uns in Virginia egal sein.«

KAPITEL LXIII

»Du wirst Frau von Lobschütz werden. Ich kann es nicht glauben.« Georg fasste seine Schwester um den Leib und wirbelte mit ihr durch die gute Stube des Ehrmannschen Hauses.

»Frau von Lobschütz, Frau von Lobschütz«, sang er dazu.

Lachend ließ Luise es geschehen. Jetzt spielte er den wilden Mann, aber als er Benedict kennengelernt hatte, hatte er kaum ein Wort herausgebracht. Hatte auf alle Fragen nur einsilbige Antworten gegeben und verschämt auf die Trauerränder unter seinen Fingernägeln gestarrt, dass jeder darauf aufmerksam werden musste. Benedict ging darüber hinweg und hatte Georg wie einen jüngeren Bruder behandelt. Am Ende hatten sie zusammen im Fischerkahn gesessen, und er hatte sich alles zu Reusen und Netzen und Angeln erklären lassen. Deshalb liebte Luise ihn, wie sie sich klopfenden Herzens eingestand, und gleichzeitig fürchtete sie, beide kämen mit der Planung einer absurden Wette zurück. Aber das war nicht passiert.

Dafür hatte Jacob Ehrmann zugestimmt, seinen Sohn eine Lehre als Wagenbauer machen zu lassen und einen der Neuber-Jungen als Lehrling anzunehmen.

Barbara Ehrmann war zurückgekehrt und hatte die Pflichten der Hausfrau übernommen. Worüber Luise herzlich froh war, denn ihre Tage waren angefüllt mit Hochzeitsvorbereitungen. Mit Benedict hatte sie sich auf ein bescheidenes Fest verständigt. Was sie beide darunter verstanden, war jedoch nicht dasselbe. Ihr kamen seine Vorstellungen pompös vor. Jeden Tag tauchten mehr Personen auf, die unbedingt eingeladen werden mussten. Obwohl er nur einen älteren Bruder und zwei Schwestern hatte, der einzige Onkel väterlicherseits verstorben und Hermann Carl von Lobschütz geschwisterlos, kamen wenigstens vierzig Verwandte zusammen, die alle aus dem einen oder anderen Grund eingeladen werden mussten. Es gab auch reichlich Freunde, bis hin zu einer Familie von Kobsdorff aus dem fernen Küstrin, die unbedingt dabei sein mussten.

Seiner Mutter hatte Benedict eine Empfehlung für ihren Dresdner Schneider abgetrotzt, damit dieser Luise ein Hochzeitskleid auf den Leib schneiderte. Wieder einmal würde ihr ein Kleid geschenkt werden, aber diesmal wollte sie es als gutes Omen nehmen. Je besser sie Benedict kennenlernte, desto mehr erkannte sie, dass er in überreichem Maße die Eigenschaften besaß, die sie an einem Mann schätzte und die sie zunächst in Conrad Meinel gesehen hatte. Bei Benedict wurden ihre Knie weich, wenn sie ihm einen Kuss erlaubte. Es wäre wohl nicht beim Küssen geblieben, aber die Mutter hatte sie in inniger Umarmung hinter dem Räucherschuppen erwischt und ihnen einen langen Vortrag über die Tugenden der Zurückhaltung und der Keuschheit gehalten und sie am Ende im Namen des Herrn versprechen lassen, die Hochzeitsnacht nicht vorwegzunehmen. Wider Erwarten war Benedict ganz eingeschüchtert gewesen.

Von Anton wusste Luise nichts weiter, als dass er auf der Burg Nossen einsaß und auf sein Gerichtsverfahren wartete. Benedict hatte ihr erklärt, wie es ablaufen würde und welche Strafe ihn erwartete. Er hatte darüber gewettert, dass Luise als unverheiratete Frau nicht selbst am Verfahren teilnehmen konnte, sondern nur über ihren Vater handeln durfte. Sie war froh darüber, denn diesem Menschen wollte sie nie wieder gegenübertreten müssen. Je weniger sie mit dem Gerichtsverfahren zu tun hatte, desto lieber war es ihr.

Den Baron hatte sie nicht wiedergesehen. Aus gewissen Äußerungen zwischen Benedict und seinem Großvater glaubte sie, entnehmen zu dürfen, dass der hessische Landgraf ihn aus Kursachsen abberufen und dass eine Intervention des alten Herren von Lobschütz dazu beigetragen hatte. Sie bedauerte es, dass Anton bestraft wurde und dieser Herr als Drahtzieher wegen seiner Eigenschaft als Gesandter ungeschoren davonkommen sollte. Er müsste wenigstens so hart bestraft werden wie sein Scherge. Viel Zeit, darüber nachzugrübeln, blieb ihr allerdings nicht, denn bis zur Hochzeit waren es nur noch sechs Wochen, und bald darauf würde sie mit Benedict nach London reisen und von dort ein Schiff nach Amerika besteigen.

Umso erstaunter war sie, als jemand in Uniform an die Tür des Fischerhauses klopfte und sich als Bote des hessischen Landgrafen zu erkennen gab. Er stieß sich beinahe den Kopf an der niedrigen Tür, und als er Luise in der Stube gegenüberstand, fühlte die sich klein, so groß und massig war der Mann. Er überreichte Luise ein in einer ledernen Hülle steckendes Schreiben. Ein majestätisches Siegel schaute hervor. Zwei Knechte schleppten außerdem eine Truhe herein. In der Stube wurde es noch voller. Luise schaute hilflos zu ihrer Mutter.

Die Knechte stahlen sich wieder davon, aber der Bote räusperte sich. »Verehrtes Fräulein Ehrmann, dies schickt Ihnen Landgraf Ludwig IX. von Hessen-Darmstadt als Entschädigung für Ihre erlittenen Unbill. Und eine Truhe mit Gaben. Damit ist hoffentlich alles zu Ihrer Zufriedenheit geregelt?«

»Ich danke dem hessischen Landgrafen. Wirklich, ich bin ihm sehr dankbar. Noch besser würde es mir allerdings gefallen, wenn er diesem Baron einen Tritt in den Hintern gäbe.«

Die Augenbrauen des Uniformierten schossen in die Höhe.

»Was meine Tochter sagen wollte«, mischte sich Barbara Ehrmann mit einem Lächeln ein, »ist, für sie wäre es weitaus befriedigender, wenn der Verantwortliche für ihre Unbill zur Rechenschaft gezogen werden würde. Baron Sebastian von Cranmeer hat sie in seine Gewalt gebracht und ihr kalt lächelnd ins Gesicht gesagt, er müsse wegen seiner diplomatischen Immunität in Kursachsen keine Verfolgung befürchten.«

»Ich bin nicht über alles informiert, die Einzelheiten werden in diesem Brief stehen. Mein Herr war äußerst verärgert über die Tat des Barons. Er hat ihn all seiner Ämter enthoben, kaum dass er hessischen Boden betreten hatte. Sein Vermögen in Hessen wurde eingezogen, der Herr selbst des Landes verwiesen. Das ist, was ich dazu sagen kann. Ich empfehle mich, meine Damen.« Er zog seinen Hut und ließ sich von Barbara zur Tür bringen.

In dem Brief stand auf mehreren Seiten, was der Bote in drei Sätzen gesagt hatte. Es wurde außerdem mitgeteilt, dass in der Truhe einige Gaben aus dem von Cranmeerschen Vermögens als Entschädigung enthalten seien.

Luise klappte den Deckel auf – und stieß einen Schrei aus. Ihre Mutter spähte ihr über die Schulter. Kostbare Stoffe funkelten ihnen entgegen. In einer Holzkiste lagen Goldtaler und in einer anderen glitzerte Geschmeide. Ringe, Ketten, Broschen, Armbänder, eine Garnitur goldene Knöpfe. Scheu ließ Luise die Preziosen durch die Finger gleiten.

Unterdessen kam Benedict zu Besuch. Nachdem er den Brief gelesen hatte, lachte er angesichts der Truhe überschwänglich. Er packte Luise um die Taille und wirbelte mit ihr durch die Stube. Sie ließ sich anstecken von seiner Heiterkeit.

»Meine süße Braut, nun heirate ich doch noch ein Vermögen«, rief er dabei.

EIN PAAR ANMERKUNGEN …

Als Autorin historischer Romane werde ich immer wieder gefragt, was in meinen Geschichten tatsächlich passiert ist und was ich erfunden habe. Luises Geschichte entspringt meiner Phantasie, aber sicher war für junge Frauen wie sie der Pfad abseits der Tugend niemals weit, wurde doch schon damals ein nicht enden wollender Strom junger Mädchen für die Freudenhäuser oder als Kurtisanen gebraucht. Wer sich einmal in diesen Netzen verfing – tiefer als Luise – für den gab es kein Zurück mehr. Ebenso glaube ich, dass die Schwierigkeiten junger Mütter im 18. Jahrhundert sich nicht sehr von denen in der heutigen Zeit unterscheiden. Womöglich trafen sie damals auf weniger Verständnis, aber auf ebenso viele Ratschläge wohlmeinender Nachbarinnen, wie sie sich heutige Mütter bei Social Media abholen können. Wie leicht konnte daraus Verzweiflung erwachsen, die zu einer Depression führte. Dieses Krankheitsbild kannte man damals noch nicht, wohl aber, dass jemand in Melancholie verfiel. Es war ein Leiden der wohlhabenden Schichten. Arme Menschen konnten es sich schlicht nicht leisten, sich ihrer Schwermut hinzugeben. Sie mussten funktionieren, so lange es eben ging. Manche fanden sicher wieder heraus aus dem grauen Einerlei, andere nicht. Deshalb war es mir wichtig, Barbara Ehrmanns Geschichte einigen Raum zu geben und mich in Gedanken vor den Menschen zu verneigen, die mit der Melancholie zu kämpfen hatten.

Die Elbflut und die im Roman beschriebenen Wetterphänomene haben im Jahr 1784 tatsächlich stattgefunden. Die Wetterkapriolen wurden in ganz Europa beobachtet. Die Elbflut traf die Menschen unvorbereitet und heftig. Nicht nur an der Elbe, sondern auch an anderen Flüssen, zum Beispiel am Rhein. Abwehrmaßnahmen gegen sich auftürmendes Eis an Flussbiegungen oder vor Brücken, wie von Jacob und Conrad gefordert, gab es nicht. Das Wasser der Elbe stieg schnell, es erreichte innerhalb einer Nacht seinen Scheitelpunkt und fiel dann schnell wieder, aber die Schäden waren angerichtet. Etwa die an der Dresdner Augustusbrücke. Es wurden auch die Boote darunter hindurchgeschoben, die Jacob beobachtet hat. Welcher Fährmann seine Kähne retten konnte und welcher sie verloren hat, entspricht ebenso der Historie. Ich recherchierte noch eine Vielzahl anderer Begebenheiten, die ich gar nicht alle im Roman unterbringen konnte. Dass es eine Wahnsinnsfahrt, wie die der Angelique La-Trebe gab, entspringt meiner künstlerischen Freiheit.

Die Maßnahmen nach der Flut fußen weitgehend auf historischen Tatsachen. Etwa die Arbeit der Flutschutzkommissionen und die von ihnen ermittelten Schäden. Es wurden mehrere Kommissionen gebildet und sie bereisten im Kurfürstentum Sachsen beidseits die Elbe. Sie standen unter dem Vorsitz der von mir genannten Amtmänner, die Zusammensetzung der restlichen Kommission, habe ich mir ausgedacht, wie sie mir dienlich erschien. Dass ein brummiger Mensch wie Jacob Ehrmann sich in einer solchen Kommission nicht wohlfühlt, versteht sich von selbst. Er macht sich dann auch nicht die Mühe, sich die Namen seiner Kollegen zu merken, weshalb alle Mitglieder nur mit ihren Berufen bezeichnet werden.

An etlichen Häusern entlang der Elbe gibt es aktuelle und historische Flutmarken, die mir einen guten Eindruck vermittelt haben, wie hoch der Fluss wirklich stieg. Im Jahr 1784 nicht so hoch wie bei der Jahrhundertflut 2002, aber damals kamen Eis und Kälte hinzu.

Danken möchte ich meinen Lektorinnen beim Aufbau Verlag Constanze Bichlmaier und Anne Sudmann, ohne die der Roman nicht das geworden wäre, was Sie, liebe Leser:innen, heute in Ihren Händen halten, und meiner Testleserin Theresa Beyer. Wir hatten beide Spaß mit dem Frettchen, und sie hat mich auf etliche Lücken und Widersprüche hingewiesen. Ich danke auch meinem Mann Detlef, der mir den Rücken freihält und mir voller Überzeugung immer wieder gesagt hat, wie gut ihm die Geschichte gefällt. Zuletzt, aber darum nicht weniger von Herzen kommend, danke ich auch Ihnen liebe Leser:innen, die Sie meine Geschichten mögen.